UNE SOIF DE LIVRES ET DE LIBERTÉ

Janet Skeslien Charles est une autrice américaine. Son expérience d'enseignante en Ukraine lui a inspiré son premier roman, *Les Fiancées d'Odessa*, traduit dans une douzaine de langues. Pour son deuxième roman, *Une soif de livres et de liberté*, elle s'est intéressée à l'histoire de l'American Library de Paris où elle occupait le poste de directrice de la programmation.

JANET SKESLIEN CHARLES

Une soif de livres et de liberté

ROMAN TRADUIT DE L'ANGLAIS PAR FREDDY MICHALSKI

JC LATTÈS

Titre original :
THE PARIS LIBRARY
Publié par Atria Books, un département de Simon & Schuster, Inc., New York.

Ce livre est une œuvre de fiction. Les noms, personnages, lieux, organismes et événements sont soit imaginaires, soit utilisés de manière fictive. Toute ressemblance avec des faits réels, ou des personnes réelles, vivantes ou décédées, serait purement fortuite.

L'image de la page 8 est reproduite avec l'aimable autorisation des archives institutionnelles de l'American Library de Paris.

Cette édition a été publiée avec l'accord de Kaplan/DeFiore via l'Agence Eliane Benisti.

ISBN : 978-2-253-10374-5 – 1re publication LGF

À mes parents

1

Odile

Paris, février 1939

Les nombres flottaient dans ma tête comme les étoiles dans le ciel. 823. Des nombres qui étaient les clés d'une vie nouvelle. 822. Des constellations d'espoirs. 841. Tard le soir dans ma chambre aussi bien qu'au matin lorsque je sortais acheter des croissants, se succédaient devant mes yeux des séries – 810, 840, 890. Elles représentaient la liberté, l'avenir. En même temps que les nombres, j'avais étudié l'histoire des bibliothèques en remontant jusqu'aux années 1500. En Angleterre, tandis que Henry VIII s'affairait surtout à trancher les têtes de ses épouses, notre roi François se préoccupait de moderniser sa bibliothèque qu'il avait ensuite ouverte aux lettrés, et cette collection royale avait marqué la naissance de la Bibliothèque nationale. Assise à mon bureau dans ma chambre, je révisais une dernière fois mes notes pour mon entretien d'embauche à la Bibliothèque américaine : fondée en 1920, elle avait été la première de

Paris à autoriser au public le libre accès à ses collections, et ses abonnés, dont un quart étaient français, venaient de plus de trente pays. Je me raccrochais précieusement à ces faits et à ces chiffres avec l'espoir que, grâce à eux, je paraîtrais la mieux qualifiée aux yeux de la directrice.

Je sortis de l'appartement familial situé en face de la gare Saint-Lazare, rue de Rome, toujours noire de suie à cause des fumées crachées par les locomotives. Le vent fit voler mes cheveux et je calai les mèches vagabondes sous mon béret écossais. Au loin, je voyais le dôme noir d'ébène de l'église Saint-Augustin. Religion, 200. Ancien Testament, 221. Et le Nouveau Testament ? J'eus beau faire, le nombre refusait de me revenir et j'étais tellement à cran que j'en oubliais les faits les plus simples, au point que je dus sortir mon calepin de notes de mon sac. Ah, oui, 225. Je le savais pourtant.

Pendant mes études de bibliothécaire, mon cours préféré traitait de la classification décimale de Dewey. Conçue en 1873 par le bibliothécaire américain Melvil Dewey, elle utilisait dix catégories pour organiser les livres de bibliothèque exposés en rayon avec pour seul critère le sujet. Il existait un nombre pour tout, permettant à n'importe quel lecteur de trouver n'importe quel livre dans n'importe quelle bibliothèque. Par exemple, maman tirait grande fierté de son 648, ménage et entretien de la maison. Papa ne voulait pas le reconnaître mais il appréciait sans réserve le 785, la musique de chambre. Mon frère était plus porté sur le 636.8 tandis que je préférais pour ma part 636.7. Respectivement, Chiens et Chats.

J'arrivai sur *le grand boulevard*[1] où, en l'espace d'un pâté de maisons, la ville abandonnait son pardessus de prolétaire pour endosser un manteau de vison. L'odeur grossière du charbon s'était dissipée, cédant la place aux senteurs de miel et de jasmin du parfum *Joy* que répandaient inévitablement les femmes qui faisaient leurs délices des robes de Nina Ricci exposées en vitrine et des gants de cuir vert de Kislav. Un peu plus loin, je contournai des musiciens qui sortaient de la boutique vendant des partitions fripées, longeai le bâtiment baroque à la porte bleue et tournai au coin pour m'engager dans une étroite venelle. Je connaissais le chemin par cœur.

J'adorais Paris, une ville de secrets. Semblables aux couvertures des livres, certaines en cuir, d'autres en tissu, chaque porte parisienne ouvrait sur un monde insoupçonné. Une cour intérieure pouvait renfermer un entassement de vélos ou une concierge replète armée d'un balai. Dans le cas de la Bibliothèque, la porte en bois massive ouvrait sur un jardin secret. Bordée sur un côté par des pétunias et de l'autre par du gazon, l'allée de galets blancs conduisait au bel immeuble en briques et pierres. J'en franchis le seuil sous les drapeaux français et américain qui flottaient côte à côte et suspendis ma veste au portemanteau branlant. Je respirai la plus belle odeur qui fût au monde – le parfum de mousse des livres un peu moisis, mêlé à celui de l'encre des journaux fraîchement

1. En français dans le texte. De nombreux mots ou expressions en italique figurent en français dans le texte original.

imprimés – avec le sentiment que j'étais rentrée chez moi.

Comme j'avais quelques minutes d'avance avant mon entretien, je contournai le comptoir de prêt où une poignée de personnes s'entretenaient avec le bibliothécaire débonnaire (« Où puis-je trouver un bon steak ? » demandait un nouveau venu en bottes de cow-boy. « Pourquoi devrais-je payer une amende alors que je n'ai même pas terminé le livre ? » voulait savoir la revêche Mme Simon) et entrai dans le cocon douillet de la salle de lecture.

À une table près de la porte-fenêtre, une élégante plume de paon piquée dans son chignon, la professeure Cohen lisait le journal, tandis que Mr Pryce-Jones cogitait sur le *Time* en tirant sur sa pipe. En temps normal, je les aurais salués, mais j'étais si tendue par la perspective de mon entretien que j'allai me réfugier au milieu des rayonnages de mon secteur préféré. J'adorais me sentir entourée d'histoires et de récits, certains aussi vieux que le temps et d'autres tout juste publiés.

Je songeai à emprunter un livre pour mon frère. De plus en plus fréquemment désormais, j'étais réveillée la nuit par le bruit que faisait Rémy en tapant des tracts sur sa machine à écrire. Quand il ne rédigeait pas d'articles sur la manière dont la France devrait aider les réfugiés chassés d'Espagne par la guerre civile, il insistait sur le fait qu'Hitler allait s'emparer de l'Europe de la même façon qu'il avait dévoré un grand morceau de la Tchécoslovaquie. Le seul moment où Rémy oubliait ses soucis – c'est-à-dire les soucis des autres –, c'était avec un bon livre.

Je laissai mes doigts courir sur les dos des ouvrages. J'en choisis un et l'ouvris au hasard. Je ne jugeais jamais d'un livre par son début car cela me renvoyait aussitôt au seul et unique rendez-vous amoureux que j'avais connu jadis et à son duo de sourires forcés. Non, j'ouvris une page du milieu, là où l'auteur n'essaierait pas de m'impressionner. Je lus : « Il y a des ténèbres dans la vie et il y a des lumières. Tu es une de ces lumières, la lumière de toute lumière[1]. » *Oui, merci*, monsieur Stoker. Voilà exactement ce que je dirais à Rémy si je le pouvais.

J'étais en retard maintenant et me dépêchai de rejoindre le comptoir où je signai la carte de prêt avant de glisser *Dracula* dans mon sac à main. La directrice attendait. Comme toujours, elle portait ses cheveux châtains remontés en chignon et tenait un stylo en argent en équilibre entre ses doigts.

Tout le monde avait entendu parler de Miss Reeder. Elle rédigeait des articles pour les journaux et, à la radio, éblouissait ses auditeurs qu'elle ne manquait pas d'inviter à la Bibliothèque — étudiants, professeurs, soldats, étrangers et français. Ici, il y aurait toujours une place pour chacun, affirmait-elle catégoriquement.

— Je m'appelle Odile Souchet. Désolée d'être en retard. Je suis arrivée en avance mais j'ai ouvert un livre…

— C'est dangereux, la lecture, me répondit Miss Reeder avec un sourire entendu. Venez, allons nous installer dans mon bureau.

1. Extrait de *Dracula*, roman de Bram Stoker.

Je la suivis et traversai la salle de lecture, où des abonnés en costume élégant baissèrent leur journal pour mieux observer la fameuse directrice, qui gravit l'escalier en spirale avant d'emprunter un couloir dans la sacro-sainte aile indiquée « Réservé au personnel » pour rejoindre son bureau qui fleurait bon le café. Au mur était accrochée une grande photo aérienne d'une ville dont les blocs d'immeubles évoquaient un échiquier, si différent des courbes et virages des rues parisiennes.

Remarquant mon intérêt, elle expliqua :

— C'est la capitale, Washington D.C. Je travaillais à la Bibliothèque du Congrès.

D'un geste, elle me proposa de m'asseoir tandis qu'elle s'installait à son bureau littéralement envahi de papiers, certains essayant de se faire la belle de la bannette et d'autres maintenus en place par une perforeuse. Dans le coin était posé un téléphone en bakélite noire luisante. À côté d'elle, sur un fauteuil trônait une pile de livres. J'y repérai des romans de Isak Dinesen[1] et d'Edith Wharton et un signet – un simple ruban brillant, en vérité – les rappelait au bon souvenir de la directrice pour qu'elle s'y replonge.

Quel genre de lectrice était Miss Reeder ? Au contraire de moi, jamais elle n'aurait laissé de livres ouverts à l'envers parce qu'elle ne disposait pas de *marque-page*. Jamais non plus elle ne les aurait laissés en tas sous son lit. Elle devait en avoir quatre ou cinq en route en même temps. Un premier glissé dans son

1. Pseudonyme de Karen Blixen.

sac à main pour ses trajets en bus. Un autre sur lequel une amie chère voulait avoir son opinion. Un autre encore dont personne ne saurait jamais rien, petit plaisir secret pour un dimanche après-midi pluvieux…

— Quel est votre auteur préféré ? s'enquit Miss Reeder.

Quel est votre auteur préféré ? Une question impossible. Comment pouvait-on n'en choisir qu'un seul ? En fait, ma tante Caro et moi avions inventé des catégories – auteurs décédés, auteurs vivants, étrangers, français, etc. – pour éviter d'avoir à faire un choix. Je réfléchis aux livres de la salle de lecture que j'avais touchés quelques instants plus tôt, des livres qui m'avaient touchée, moi. J'admirais Ralph Waldo Emerson pour sa façon de penser : « Je ne suis pas solitaire lorsque je lis et écris, bien qu'il n'y ait personne avec moi. » Ainsi que les romans de Jane Austen. Même si cette auteure écrivait au XIXe siècle, pour de nombreuses femmes d'aujourd'hui, la situation était restée la même – leur avenir encore défini par celui qu'elles allaient épouser. Il y a trois mois, lorsque j'avais informé mes parents que je n'avais pas besoin de mari, papa avait pouffé et s'était mis à inviter, chaque dimanche, pour le déjeuner, un de ses subordonnés du poste de police. Mais jamais deux fois le même. À l'image de la dinde que maman troussait et saupoudrait de persil ciselé, lui aussi présentait chacun de ses employés sur un plateau : « Marc n'a jamais manqué une journée de travail, pas même quand il a attrapé la grippe. »

— Vous aimez lire, n'est-ce pas ?

Papa se plaignait souvent que ma bouche fonctionnait plus rapidement que mon esprit. Dans un éclair de frustration, je répondis à la première question de Miss Reeder.

— Mon auteur décédé préféré est Dostoïevski parce que j'aime son personnage, Raskolnikov. Il n'est pas le seul à avoir envie de taper sur la tête de quelqu'un.

Silence.

Pourquoi n'avais-je pas donné une réponse normale – par exemple, Zora Neale Hurston, mon auteure vivante préférée ?

— Ce fut un honneur de faire votre connaissance, déclarai-je.

Je me dirigeai vers la porte, convaincue que l'entretien était terminé. Mes doigts tenaient le bouton en porcelaine lorsque j'entendis Miss Reeder dire :

— « Plongez-vous immédiatement dans la vie, sans réfléchir ; vous n'avez rien à craindre – le courant vous portera jusqu'à la berge saine et sauve et vous remettra d'aplomb. »

Ma phrase favorite de *Crime et Châtiment*. 891.73. Je fis volte-face.

— La plupart des candidats répondent que leur écrivain préféré est Shakespeare, poursuivit-elle.

— Le seul auteur à disposer de sa classification Dewey personnelle.

— Quelques-uns citent *Jane Eyre*.

Encore une réponse des plus normales. Pourquoi n'avais-je pas indiqué Charlotte Brontë ou même une autre Brontë ?

— Je l'adore moi aussi. Les sœurs Brontë se partagent le même numéro – 823.8.

— Mais j'ai beaucoup aimé votre réponse.

— Vraiment ?

— Vous avez exprimé votre sentiment profond et non ce que vous pensiez que j'aimerais entendre.

C'était la vérité.

— N'ayez pas peur d'être différente, dit Miss Reeder.

Elle se pencha en avant. Son regard – intelligent, direct – croisa le mien.

— Pourquoi voulez-vous travailler ici ?

Je ne pouvais pas lui révéler la véritable raison. Ce serait abominable.

— J'ai mémorisé le système décimal de Dewey et je n'ai eu que des bonnes notes à l'École nationale des chartes.

Elle jeta un œil à mon dossier de candidature.

— Votre CV est impressionnant. Mais vous n'avez pas répondu à ma question.

— Je suis abonnée ici. J'adore l'anglais…

— C'est ce que je constate, répondit-elle d'un ton visiblement déçu. Merci pour le temps que vous m'avez consacré. Nous vous ferons connaître notre décision, qu'elle soit positive ou négative, d'ici quelques semaines. Je vous raccompagne.

Une fois seule dans la cour, je soupirai de frustration. J'aurais peut-être dû révéler pourquoi je désirais ce travail.

— Qu'est-ce qui ne va pas, Odile ? me demanda la professeure Cohen.

J'adorais ses présentations à la Bibliothèque, debout face à son public, sur le thème de la littérature anglaise. Drapée dans le châle mauve devenu sa marque personnelle, elle rendait accessibles des livres aussi intimidants que *Beowulf* et ses conférences étaient pleines de vie avec toujours un soupçon de malice. Des nuages d'un passé scandaleux flottaient dans son sillage comme les notes de lilas de son *parfum*. Il se disait que *Madame la professeure* était originaire de Milan. *Prima ballerina*, elle avait abandonné son statut de danseuse étoile (et son mari étouffe-chrétien) pour suivre un amant à Brazzaville. À son retour à Paris – seule –, elle avait étudié à la Sorbonne où, comme Simone de Beauvoir, elle avait réussi *l'agrégation*, ce concours d'État quasiment impossible, pour pouvoir enseigner au plus haut niveau.

— Odile ? répéta-t-elle.

— J'ai été nulle à mon entretien d'embauche.

— Une jeune femme intelligente comme vous ? Avez-vous dit à Miss Reeder que vous n'avez raté aucune de mes conférences ? Je regrette bien que mes étudiants ne soient pas tous aussi assidus !

— Je n'ai pas pensé à le mentionner.

— Écrivez-lui un mot de remerciements et incluez-y absolument tout ce que vous aviez l'intention de lui dire.

— Ce n'est pas moi qu'elle choisira.

— La vie est une grande bagarre. Vous devez vous battre pour obtenir ce que vous désirez.

— Je ne suis pas sûre…

— Eh bien moi, je le suis, répondit la professeure Cohen. Vous croyez que les vieux jetons poussiéreux de la Sorbonne m'ont engagée sur ma bonne mine ? Je me suis donné un mal de chien pour les convaincre qu'une femme était capable d'assurer des cours d'université.

Je ne voyais jusque-là que son châle mauve mais en relevant la tête, je découvris son regard d'acier.

— Se montrer insistante n'est pas une mauvaise chose, poursuivit-elle, bien que mon père se soit souvent plaint que je veuille toujours avoir le dernier mot.

— Le mien aussi. Il prétend que je suis « obstinée ».

— Mettez donc cette qualité en pratique.

Elle n'avait pas tort. Dans mes livres préférés, les héroïnes ne baissaient jamais les bras. Coucher mes réflexions sur le papier était une belle idée de la professeure Cohen car écrire est toujours plus aisé que de parler face à face. Je pourrais ainsi rayer mes bévues et tout reprendre de zéro, cent fois de suite au besoin.

— Vous avez raison…, répondis-je.

— Bien sûr que j'ai raison ! J'informerai la directrice que c'est vous qui posiez les meilleures questions lors de mes conférences, alors assurez-vous d'en apporter la confirmation dans votre lettre.

Dans un bruissement de châle, elle entra dans la Bibliothèque d'un pas décidé.

Peu importait comment je me sentais, il y avait toujours quelqu'un à l'ALP[1] pour me rattraper et me

---

1. American Library of Paris.

remettre d'aplomb quand j'étais tombée trop bas. La Bibliothèque était bien plus que des briques et des livres, son mortier était les gens de cœur qui s'y impliquaient. J'avais passé du temps dans d'autres bibliothèques, avec leurs chaises en bois et leur politesse insigne : « *Bonjour*, mademoiselle. *Au revoir*, mademoiselle. » Je ne trouvais rien à redire à ces établissements-là mais il y manquait simplement la solidarité d'une vraie communauté. À la Bibliothèque, je me sentais comme chez moi.

— Odile ! Attendez !

C'était Mr Pryce-Jones, diplomate à la retraite, arborant son nœud papillon à motifs cachemire, accompagné par Mrs Turnbull, la rédactrice des catalogues, coiffée de sa frange de tortillons gris-bleu. La professeure Cohen avait dû les informer de mon découragement.

— Rien n'est jamais perdu, tenta-t-il de me rassurer en me tapotant gauchement le dos. Vous réussirez à convaincre la directrice. Rédigez simplement la liste de vos arguments, ainsi que le ferait tout diplomate digne de ce nom.

— Cessez donc de la couver, cette petite ! intervint Mrs Turnbull avant de se tourner vers moi. Au pays, à Winnipeg, nous avons l'habitude de l'adversité, c'est elle qui fait de nous ceux que nous sommes. Lors des hivers à moins quarante, vous ne nous entendrez jamais nous plaindre, contrairement aux Américains…

Se rappelant pour quelle raison elle était sortie dans le froid – une occasion de donner des ordres à quelqu'un –, elle pointa un doigt osseux vers ma figure.

— Secouez-vous et refusez de recevoir un « non » comme réponse !

Je souris en songeant que ce nouveau chez-moi était un lieu où les secrets n'existaient pas. Mais au moins je souriais. C'était déjà ça.

Une fois à la maison, ma nervosité disparue, je rédigeai ma lettre dans ma chambre :

Chère Miss Reeder,

Je vous remercie d'avoir discuté avec moi de la nature de ce poste. J'étais ravie que vous me receviez. Cette bibliothèque signifie davantage pour moi que tout autre lieu à Paris. Lorsque j'avais cinq ans, ma tante Caroline m'y avait emmenée pour assister à l'Heure des contes. C'est grâce à elle que j'ai étudié l'anglais et que je suis tombée amoureuse de la Bibliothèque. Bien que ma tante ne soit plus parmi nous, je continue à la chercher à l'ALP. J'ouvre des livres, j'inspecte leur étui à fiches répertoriant les emprunts et j'espère toujours y voir son nom inscrit. Lire les mêmes romans qu'elle me donne l'impression que nous sommes toujours proches.

La Bibliothèque est mon refuge et mon havre de paix. Je parviens toujours à y dénicher un coin qui devient le mien, pour y lire et y rêver. Je veux m'assurer que tout le monde puisse profiter de la même chance, en particulier les gens qui se jugent différents et ont besoin d'un lieu, un foyer qu'ils pourront appeler leur chez-eux.

Je signai de mon nom, mettant un terme à l'entretien.

2

Lily

Froid, Montana, 1983

Elle s'appelait Mrs Gustafson et habitait la maison voisine. Dans son dos, les gens l'appelaient la Mariée de guerre mais elle n'avait rien d'une mariée à mes yeux. D'abord, elle ne portait jamais de blanc. Et elle était âgée. Bien plus âgée que mes parents. Tout le monde sait qu'une mariée a besoin d'un époux mais son mari était décédé depuis longtemps. Bien qu'elle connût deux langues qu'elle parlait couramment, la plupart du temps elle ne parlait à personne. Elle vivait ici depuis 1945 mais serait toujours considérée comme la femme qui venait d'ailleurs.

Elle était la seule mariée de guerre de Froid, tout comme le Dr Stanchfield était notre seul médecin. De temps à autre, il m'arrivait de jeter un œil dans son salon dont même les tables et les chaises étaient étrangères – et dignes d'une maison de poupée avec leurs pieds en noyer sculpté. Je jetais un œil indiscret dans sa boîte aux lettres, dont le courrier lui arrivait d'aussi loin que Chicago sous des enveloppes toujours à l'adresse de Madame Odile Gustafson. Comparé aux noms que je connaissais, comme Tricia et Tiffany, « Odile » semblait exotique. Les gens disaient qu'elle venait de France. Voulant en savoir plus sur elle, j'étudiai les entrées concernant Paris dans l'encyclopédie. Je découvris les gargouilles grises de Notre-Dame et l'Arc de triomphe de Napoléon. Malgré tout, rien de ce que je lisais ne pouvait répondre à ma question – qu'est-ce qui rendait Mrs Gustafson si différente ?

Mrs Gustafson n'avait rien de commun avec les autres femmes de Froid ; celles-ci, aussi potelées que des roitelets sous leurs chandails qui boulochaient et chaussées de talons plats éculés, n'hésitaient pas à entrer à l'épicerie les bigoudis sur la tête. Contrairement à Mrs Gustafson qui, rien que pour sortir sa poubelle, revêtait ses plus beaux habits du dimanche – jupe plissée et hauts talons –, la taille toujours mise en valeur, immanquablement sanglée d'une ceinture rouge. Son rouge à lèvres brillait, même à l'église. « Elle doit avoir une bien haute opinion d'elle-même, celle-là », disaient les autres dames en la voyant rejoindre à grands pas son banc à l'église près de l'autel, les yeux cachés par son chapeau cloche – elle était bien la seule à en porter un. Et, à la différence d'elle, la plupart des paroissiens s'installaient dans le fond, peu désireux d'attirer sur eux l'attention de Dieu. Ou du prêtre.

Ce matin-là, Maloney Collier-de-Fer nous demanda de prier pour les deux cent soixante-neuf passagers arrachés brutalement au ciel par des missiles soviétiques. À la télévision, le président Reagan nous avait informés de l'attaque de l'avion parti d'Anchorage pour rejoindre Séoul en Corée. Et alors que la cloche de l'église carillonnait, ses paroles résonnaient encore à mes oreilles : « Chagrin, choc, colère… l'Union soviétique a violé tous les concepts des droits humains… une brutalité inhumaine qui ne devrait pas nous surprendre de leur part. » Les Russes assassineraient n'importe qui, semblait-il dire. Y compris des enfants.

Même dans le Montana, la guerre froide nous donnait des frissons. Oncle Walt, qui travaillait à Malmstrom, la base de l'Air Force, disait qu'un millier de missiles Minuteman avaient été plantés comme des pommes de terre dans nos plaines. Sous leurs cryptes arrondies en béton gris, les têtes nucléaires attendaient patiemment la fin des temps. Il tirait grande fierté du fait que les Minutemen étaient plus puissants que les bombes ayant détruit Hiroshima. Il disait que les missiles cherchent d'autres missiles et donc que les engins russes contourneraient Washington en nous prenant pour cibles. En réponse, nos Minutemen prendraient leur envol et frapperaient Moscou en moins de temps qu'il ne me fallait pour me préparer pour l'école.

La messe terminée, les membres de la congrégation traversèrent la rue d'un pas lourd pour gagner la salle paroissiale où les attendaient café et beignets sans oublier la fraternité des cancans. Maman et moi faisions la queue pour les pâtisseries tandis que, devant le pupitre du percolateur, papa et les autres hommes se rassemblaient autour de Mr Ivers, le président de la banque. Papa travaillait six jours par semaine dans l'espoir de devenir son vice-président.

— Les Soviets n'accepteront jamais qu'on recherche les corps. Salopard d'impies.

— Quand Kennedy était aux affaires, le budget de la défense était supérieur de soixante-dix pour cent à celui d'aujourd'hui.

— Nous sommes devenus des cibles trop faciles.

J'écoutais sans écouter – en ces temps de guerre froide où une éternelle circonspection était de mise, ces conversations brutales et rocailleuses constituaient la bande sonore de nos dimanches. J'étais si occupée à empiler des beignets dans mon assiette qu'il me fallut une minute pour comprendre que maman respirait avec difficulté. D'habitude, quand elle avait une crise, elle avançait toujours une bonne raison : « C'est à cause des fermiers qui moissonnent, la poussière de l'air déclenche mon asthme. » Ou bien encore : « Le père Maloney agite son encensoir comme pour une séance de fumigation. » Sauf que cette fois elle ne dit rien et m'agrippa juste le haut du bras. Je la guidai vers la chaise la plus proche, à la table de Mrs Gustafson. Elle s'affaissa sur le métal froid du siège et me fit asseoir à côté d'elle.

Alors que j'essayais d'attirer l'attention de papa, maman déclara avec le plus grand sérieux :

— Je vais bien. Inutile d'en faire des tonnes.

— C'est une tragédie, ce qui est arrivé à tous ces passagers dans l'avion, commenta Mrs Ivers de l'autre côté de la table.

— C'est bien pour ça que je ne bouge plus, ajouta Mrs Murdoch. Se balader par monts et par vaux, ça vous attire toujours des ennuis.

— Des tas d'innocents ont trouvé la mort, intervins-je à mon tour. Le président Reagan a déclaré qu'un membre du Congrès avait été tué.

— Un profiteur de moins, voilà tout ! conclut Mrs Murdoch en enfournant un reste de beignet entre ses dents marron.

— Mais c'est horrible de dire une chose pareille ! Les gens ont bien le droit de prendre l'avion sans se faire abattre en plein vol, répliquai-je.

Le regard de Mrs Gustafson croisa le mien et elle acquiesça, comme si mon opinion avait quelque importance. Si je passais ma vie à l'observer – un comportement devenu chez moi un véritable passe-temps –, c'était bien la première fois qu'elle me remarquait.

— Je trouve ça courageux de défendre ainsi son point de vue, dit-elle.

— Les gens ne devraient pas se montrer aussi méchants, répondis-je avec un haussement d'épaules.

— Je ne saurais être plus d'accord, reprit-elle.

Mais avant que j'aie pu lui répondre, la voix de Mr Ivers résonna :

— La guerre froide dure depuis presque quarante ans. Nous ne gagnerons jamais.

Des hochements de tête le confortant dans son jugement, il poursuivit :

— Ce sont des tueurs de sang-froid.

— Avez-vous déjà rencontré un Russe ? lui demanda alors Mrs Gustafson. Travaillé avec un Russe ? Eh bien, moi oui, et je peux vous dire qu'ils ne sont guère différents de vous et moi.

La salle tout entière se tut. Où avait-elle rencontré l'ennemi et comment avait-elle « travaillé » avec l'un d'eux ?

À Froid, les habitants savaient tout sur tout le monde. Nous savions qui buvait et pourquoi, nous savions qui trichait sur ses impôts et qui trompait son épouse, et nous savions qui vivait dans le péché avec un homme à Minot. Le seul véritable mystère concernait Mrs Gustafson. Personne ne connaissait les noms de ses parents ou le métier de son père. Personne ne savait comment elle avait rencontré Buck Gustafson durant la guerre ni comment elle l'avait convaincu de laisser tomber sa copine de lycée pour l'épouser elle. Si des rumeurs circulaient à son propos, elles ne tenaient jamais bien longtemps. Ses yeux étaient pleins de tristesse, mais s'agissait-il de perte ou de regret ? Après avoir vécu à Paris, comment pouvait-elle se contenter de ce petit point terne sur les plaines ?

*

J'étais une élève du genre « premier rang, toujours prête à lever la main ». Derrière moi, Mary Louise griffonnait sur son bureau tandis qu'au tableau noir Miss Hanson faisait de son mieux pour nous intéresser à *Ivanhoé*. Mary Louise marmonnait « Ivan-non ».

Et de l'autre côté de l'allée, les doigts hâlés de Robby s'enroulaient autour d'un crayon. Ses cheveux – marron comme les miens – étaient coupés en dégradé. Il savait déjà conduire, car il devait aider sa famille à rentrer le grain après les moissons. Il porta son crayon à la bouche, la gomme rose effleurant sa lèvre inférieure, et j'aurais pu contempler la commissure de ses lèvres pour l'éternité.

Le « french kiss », le « french toast » ou pain perdu, les « french fries » ou frites : tout était bon chez les Français. Pour autant que je sache, même les haricots verts français avaient meilleur goût que les américains. Les chansons françaises sonnaient sûrement mieux que la musique country qui passait sur la seule station radio du village. « Ma vie a calé quand cette peau de vache a fini de ruminer et m'a largué pour un taureau plus fringant. » Pour sûr, les Français s'y connaissaient aussi mieux que nous en amour.

Je voulais emprunter la piste d'envol d'un aéroport, l'estrade d'un défilé de mode. Je voulais me produire à Broadway, jeter un œil derrière le rideau de fer. Je voulais connaître la sensation que donnent les mots français dans ma gorge. Et une seule personne de ma connaissance avait fait l'expérience du monde extérieur au-delà de Froid – Mrs Gustafson.

Nous avions beau être voisines, elle semblait vivre à des années-lumière de moi. Chaque Halloween, maman m'avait prévenue : « La lampe du perron de la Mariée de guerre ne sera pas allumée, ce qui signifie qu'elle ne veut pas voir de gamines comme vous frapper à sa porte. » Lorsque Mary Louise et moi vendions des cookies pour les scoutes, sa mère nous prévenait : « La vieille a des moyens limités alors n'allez pas la taper. »

Ma rencontre avec Mrs Gustafson m'avait enhardie. Il me suffisait de trouver le bon devoir à faire, et je pourrais l'interviewer.

Comme il fallait s'y attendre, Miss H. nous donna comme devoir une fiche de lecture sur *Ivanhoé*. Après les cours, je m'approchai de son bureau et lui demandai si je pouvais écrire sur un pays plutôt que sur un livre.

— Juste pour cette fois, alors, me prévint-elle. Mais je suis impatiente de lire votre compte rendu sur la France.

J'étais si obnubilée par mon plan qu'en allant aux toilettes j'en oubliai d'inspecter le bas des cabines et de verrouiller la porte d'entrée. Et comme de bien entendu, une fois sortie, je découvris la horde de Tiffany Ivers qui traînait autour des lavabos, tandis que celle-ci crêpait ses cheveux blonds comme les blés face au miroir.

— La chasse d'eau n'a pas marché ! lança-t-elle. V'là l'étron qui remonte.

Pas vraiment raffinée, sa vanne, mais lorsque j'examinai mon reflet, je ne vis que mes cheveux couleur de bouse. Je patientai du côté des cabinets, sachant que si je me lavais les mains, Tiffany me pousserait vers le robinet ouvert et m'arroserait, mais que si je ne les lavais pas, sa bande irait aussitôt le colporter dans toute l'école. Ce à quoi avait eu droit Maisie, et un mois durant plus personne n'avait accepté de s'asseoir à côté de « Mains Pipi ». Bras croisés, le quatuor des toilettes attendait.

La porte couina sur ses gonds et Miss H. jeta un œil par l'ouverture.

— Encore là, Tiffany ? Vous devez avoir des problèmes de vessie, ma parole.

Les filles sortirent à grands pas, les yeux fixés sur moi comme pour me signifier *ce n'est pas fini*. Cela, je le savais.

Maman, en guérillera toujours optimiste, me conseillait de voir le bon côté des choses. Au moins le vieil Ivers n'avait procréé qu'une seule fois. Et on était déjà vendredi.

Ce jour-là, mes parents avaient l'habitude de recevoir pour le dîner (maman faisait rôtir des travers de porc, Kay apportait une salade et Sue Bob un gâteau renversé à l'ananas), de sorte que je passais la nuit chez Mary Louise. Ce soir, néanmoins, je restai dans ma chambre à réfléchir aux questions que je destinais à Mrs Gustafson. J'entendais les rires des adultes fuser depuis la salle à manger. Lorsque tout redevint silencieux, je savais d'avance qu'à l'instar des seigneurs et belles dames d'Angleterre, les femmes allaient se retirer afin de laisser les hommes s'installer dans leurs fauteuils et se raconter ce qu'ils ne pouvaient pas dire devant leurs épouses.

Alors que les femmes faisaient la vaisselle, j'écoutais l'autre voix de maman, celle dont elle usait en compagnie de ses amies. Avec elles, elle paraissait toujours plus heureuse. C'était d'ailleurs un peu étrange qu'une même personne puisse être deux individus si différents. Ce qui m'incitait à penser que j'ignorais certaines choses de maman, même si elle était moins mystérieuse que Mrs Gustafson.

Assise à mon bureau, je rédigeais les questions comme elles me venaient : Quand est-ce qu'une guillotine avait tranché une tête en France pour la dernière fois ? Est-ce que la France avait elle aussi des Témoins de Jéhovah ? Pourquoi les gens racontent-ils que vous avez volé votre mari ? Maintenant qu'il est décédé, pourquoi restez-vous ? J'étais si concentrée que je ne remarquai pas la présence de maman derrière moi avant qu'elle ne pose sa main chaude sur mon épaule.

— Tu n'as pas voulu aller dormir chez Mary Louise ?

— Je fais mes devoirs.

— Un vendredi..., me fit-elle remarquer, guère convaincue. La journée a été dure à l'école ?

La plupart de mes journées étaient dures mais je n'avais pas envie de parler de Tiffany Ivers. Maman me tendit alors le paquet de la taille d'une boîte à chaussures qu'elle cachait dans son dos.

— Je t'ai fait quelque chose.

— Merci !

J'arrachai le papier et découvris un gilet en laine au crochet que j'enfilai sur mon tee-shirt. Maman l'ajusta un peu au niveau de la taille, satisfaite de la manière dont il tombait.

— Tu es belle. Le vert fait ressortir les petites taches de tes yeux.

Un coup d'œil au miroir me confirma que j'avais une allure parfaitement ringarde – si jamais je portais ce chandail à l'école, Tiffany Ivers me dévorerait toute crue.

— C'est… joli, déclarai-je un peu trop tard.

Elle sourit pour masquer sa déception.

— Et sur quoi travailles-tu ?

Je lui expliquai que j'avais un devoir sur la France à remettre et que j'allais devoir interviewer Mrs Gustafson.

— Oh, chérie, je ne suis pas sûre qu'il faille l'embêter…

— Je n'ai que quelques questions à lui poser. Pouvons-nous l'inviter à venir chez nous ?

— Je suppose que oui. Que voudrais-tu lui demander ?

Je lui montrai mon papier.

En voyant la liste de questions, maman soupira bruyamment.

— Tu sais, elle avait sans doute une bonne raison de ne pas retourner là-bas.

*

Le samedi après-midi, je longeai à la hâte la vieille Chevy de Mrs Gustafson, gravis les marches branlantes de son perron et appuyai sur le bouton de la sonnette. Ding-dong. Pas de réponse. Je sonnai à nouveau. Personne ne répondit. J'allais essayer la porte quand celle-ci s'entrouvrit.

— Hello ? fis-je avant d'entrer.

Silence.

— Y a quelqu'un ? demandai-je.

Dans le salon, les murs étaient couverts de livres et des fougères s'alignaient sous la baie vitrée. La chaîne stéréo, de la taille d'un gros congélateur, aurait pu abriter un corps. J'examinai d'un doigt sa collection de disques : Tchaïkovski, Bach, encore Tchaïkovski.

Mrs Gustafson apparut dans l'entrée en traînant les pieds comme si elle venait de se réveiller. Même seule chez elle, elle portait une robe avec sa ceinture rouge mais pieds nus, sans chaussons, elle paraissait vulnérable. Je songeai alors que je n'avais jamais vu une quelconque voiture se garer devant chez elle, que je ne l'avais jamais vue recevoir de la famille, pas même pour l'enterrement de son mari. Elle était la définition même de la solitude.

Elle s'arrêta à quelques pas de moi et me fusilla du regard comme si j'étais une voleuse venue lui piquer *Le Lac des cygnes*.

— Qu'est-ce que vous voulez ?

Vous savez des choses et moi aussi, je veux les savoir.

Elle croisa les bras.

— Alors ?

— Je dois écrire un texte sur vous. Je veux dire, sur votre pays. Peut-être pourriez-vous venir à la maison, comme ça je pourrais vous interviewer.

Les commissures de ses lèvres s'affaissèrent. Elle ne répondit pas.

Son mutisme me rendit nerveuse.

— On se croirait dans une bibliothèque, chez vous, lui dis-je en montrant les rayonnages pleins de noms de femmes que je ne connaissais pas – Madame de Staël, *Madame Bovary*, Simone de Beauvoir.

C'était peut-être une mauvaise idée. Je pivotai sur place, prête à repartir.

— Quand ? demanda-t-elle.

Je tournai la tête.

— Que diriez-vous de maintenant ?

— J'étais en plein travail, répondit-elle sèchement, d'un ton de présidente qui éprouverait le besoin de se replonger dans la gestion du petit domaine de sa chambre à coucher.

— Je dois écrire un texte, lui rappelai-je, puisque l'école venait tout de suite après Dieu, le pays et le football.

Mrs Gustafson chaussa ses hauts talons et attrapa ses clés. Je la suivis sur le perron où elle verrouilla sa porte d'entrée, un geste qu'elle était bien la seule à faire à Froid.

— Est-ce que vous débarquez toujours au domicile des gens sans prévenir ? demanda-t-elle alors que nous traversions la pelouse.

— En général, ils répondent à la porte, rétorquai-je en haussant les épaules.

Dans notre salle à manger, elle resta un instant les mains serrées puis les laissa retomber mollement le long du corps. Son regard voletait vers la moquette, le siège devant la fenêtre, les photos de famille au mur. Sa bouche remua pour articuler quelque chose – peut-être bien « Comme c'est joli ! » ainsi que l'auraient fait les autres dames –, puis sa mâchoire se referma.

— Bienvenue, dit maman en posant sur la table un plat de cookies aux pépites de chocolat.

D'un geste je proposai à notre voisine de s'asseoir. Maman posa un mug devant sa propre assiette et la mienne, mais devant celle de Mrs Gustafson elle plaça sa tasse à thé personnelle dont je connaissais l'histoire par cœur. Des années auparavant, lorsque Mrs Ivers avait fait une « tournée des châteaux » en Angleterre, papa lui avait donné de l'argent afin qu'elle achète à maman un service à thé original et chic. Mais la porcelaine était très chère et Mrs Ivers était revenue avec juste une tasse et sa soucoupe. Redoutant que la porcelaine se brise, elle les avait gardées sur ses genoux durant tout le vol transatlantique. À mes yeux, cette tasse si fine et couverte de délicates fleurs bleues était la preuve qu'on trouvait mieux ailleurs. Plus de raffinement. À l'image de Mrs Gustafson.

Maman servit le thé et je rompis le silence.

— Quelle est la meilleure chose à savoir sur Paris ? Est-ce véritablement la plus belle ville au monde ? C'était comment de grandir là-bas ?

Mrs Gustafson ne répondit pas immédiatement.

— J'espère que nous ne vous importunons pas, dit maman.

— La dernière fois que l'on m'a questionnée de cette façon, c'était pour un emploi en France.

— Étiez-vous nerveuse ? m'enquis-je.

— Oui, mais j'avais mémorisé des tomes entiers pour me préparer au mieux.

— Et cela vous a aidée ?

Elle sourit tristement.

— Il y a toujours des questions auxquelles vous n'êtes pas prête à répondre.

— Lily ne vous posera pas ce genre de questions, la prévint maman.

Elle s'adressait à Mrs Gustafson mais c'est à moi qu'était destiné cet avertissement.

— La meilleure chose à savoir sur Paris ? C'est une ville où les gens lisent, déclara notre voisine.

Elle nous apprit que chez ses amis, les livres étaient aussi importants que le mobilier. Elle passait ses étés à lire dans les parcs luxuriants de la ville puis, de la même façon qu'on remisait les palmiers en pot du jardin des Tuileries bien à l'abri dans la serre au premier coup de froid, elle passait ses hivers à la bibliothèque, lovée près de la fenêtre avec un volume sur les genoux.

— Vous aimez lire ? demandai-je.

Pour moi, la lecture obligatoire des classiques était une corvée.

— Je vis pour lire. Essentiellement des livres d'histoire ou traitant de l'actualité.

Donc une activité à peu près aussi amusante que de regarder la neige fondre.

— Et quand vous aviez mon âge ?

— Je lisais des romans comme *Le Jardin secret*[1]. C'est mon frère jumeau qui s'intéressait à l'actualité.

Un jumeau. J'aurais aimé savoir comment il s'appelait, où il se trouvait. Je voulais lui poser

1. Roman pour la jeunesse de Frances Hodgson Burnett publié en 1911.

la question mais elle n'en avait pas terminé. Les Parisiens, expliquait-elle, se délectaient presque autant de nourriture que de romans. Quarante années s'étaient écoulées, mais elle se souvenait encore de la pâtisserie que son père lui avait apportée après sa première journée de travail, un gâteau nommé *financier*. Fermant les yeux, elle déclara que sa bouche s'emplissait d'un goût de paradis au souvenir de la poudre d'amandes au beurre. Sa mère, elle, raffolait des *opéras* avec leurs couches de chocolat d'un noir intense superposées à des tranches de gâteau trempées dans le café… Fee-nahn-see-yay. Oh-pay-rah. Je goûtai ces deux mots et adorai leur sensation sur ma langue.

— Paris est un lieu qui vous parle, poursuivit-elle. Une cité qui fredonne au son de sa propre mélodie. L'été, les Parisiens gardent leurs fenêtres ouvertes et l'on entend la musique du piano d'un voisin, le claquement des cartes qu'on abat, le grésillement des parasites quand une main tripote le bouton de la radio. Il y a toujours des rires d'enfants, des bruits de disputes, une clarinette qui joue dans le square.

— À vous entendre, c'est merveilleux, murmura maman d'un air rêveur.

Habituellement, le dimanche après la messe, les épaules de Mrs Gustafson s'affaissaient et son regard me faisait penser à l'enseigne au néon du bar Oasis qui fermait le lundi – elle était débranchée. Mais là, ses yeux brillaient. Le simple fait de parler de Paris lissait ses traits anguleux et adoucissait sa voix. Je me demandai pourquoi elle en était partie.

— C'était comment la vie pendant la guerre ? s'enquit maman, une question qui me surprit.

— Difficile.

Les doigts de Mrs Gustafson se crispèrent autour de sa tasse à thé. Lorsque retentissaient les sirènes d'alerte aérienne, sa famille descendait se cacher à la cave. Avec l'instauration du rationnement, chaque individu recevait un œuf par mois et en voyant les Parisiens maigrir un peu plus chaque jour, elle avait imaginé qu'ils finiraient tout bonnement par se dissoudre. Dans les rues, les nazis obligeaient les Parisiens à passer par des points de contrôle aléatoires. Pareils à des loups, ils restaient en meutes. Les gens se faisaient arrêter sans raison. Ou pour des motifs mesquins, comme de rester dehors après le couvre-feu.

Le couvre-feu concerne bien les adolescents, non ? me dis-je. Angel, la sœur de Mary Louise, y était astreinte.

— Qu'est-ce qui vous manque le plus de Paris ? demandai-je.

— Ma famille et mes amis, répondit Mrs Gustafson, ses yeux marron devenus soudain mélancoliques. Des gens qui me comprennent. Ne plus parler français me manque. Me sentir chez moi.

Je ne savais plus quoi ajouter. Et lorsque le silence s'installa doucement dans la pièce, j'éprouvai, tout comme maman, une sorte de malaise et commençai à m'agiter sur mon siège. Mrs Gustafson, en revanche, resta imperturbable en sirotant ce qui lui restait de thé.

Remarquant la tasse vide de notre voisine, maman bondit de sa chaise.

— Je vais mettre la bouilloire à chauffer, annonça-t-elle en se dirigeant vers la cuisine.

À mi-chemin, elle s'arrêta brutalement, chancela et tendit le bras pour s'agripper au placard. Avant même que j'aie pu réagir, Mrs Gustafson s'était précipitée et glissait un bras autour de sa taille pour la guider jusqu'à son siège. Je m'accroupis au côté de maman dont les joues s'étaient empourprées. Elle respirait lentement, par bouffées brèves, comme si l'air refusait de pénétrer dans ses poumons.

— Tout ira bien, nous rassura-t-elle. Je me suis levée trop vite. Ce n'est rien.

— Cela vous est déjà arrivé ? demanda Mrs Gustafson.

Au regard que me jeta maman, je retournai à ma chaise et fis mine de ramasser quelques miettes.

— Oui, mais pas très souvent, reconnut-elle.

Mrs Gustafson appela aussitôt le docteur Stanchfield. À Froid, les adultes disaient tous la même chose : « En ville, quand on appelle un médecin, il ne veut pas venir, même si on est très malade. Ici, la secrétaire répond dès la deuxième sonnerie et Stanch débarque chez vous en moins de dix minutes. » Il mettait les bébés au monde dans trois comtés – c'était lui qui avait tenu le premier nombre d'entre nous entre ses mains chaudes constellées de taches de vieillesse.

Il frappa à la porte et entra, sa sacoche en cuir noir à la main.

— Ce n'était pas la peine de vous déplacer, protesta maman un peu gênée.

Elle qui me conduisait chez le docteur Stanch à mon premier éternuement n'avait jamais voulu prendre rendez-vous pour son asthme.

— Laissez-moi en juger par moi-même, répliqua-t-il.

Il écarta délicatement ses cheveux sur le côté et posa son stéthoscope sur son dos.

— Respirez profondément.

Elle inspira.

— Si vous appelez ça une profonde inspiration…

En prenant sa tension, il fronça les sourcils. Il déclara qu'elle était trop haute et lui prescrivit des cachets.

Maman s'était peut-être trompée en prétendant qu'il s'agissait d'asthme.

*

Lundi après le dîner, Mary Louise et moi nous allongeâmes sur la moquette pour faire nos devoirs.

— Qu'est-ce qu'elle a raconté, Mrs Gustafson ? demanda-t-elle.

— Que la guerre était dangereuse.

— Dangereuse ? Mais comment ?

— L'ennemi était partout.

Je m'imaginai Mrs Gustafson en chemin vers son lieu de travail dans des rues pleines de loups galeux. Certains grognant, d'autres cherchant à mordre ses hauts talons. Mais elle poursuivait sa marche.

Peut-être même qu'elle ne suivait jamais le même itinéraire deux fois de suite.

— Et donc elle était obligée de passer en douce le plus discrètement possible ?

— Je crois bien.

— Ce ne serait pas génial si elle était agent secret ?

— Absolument.

Je l'imaginai délivrant des messages dans des livres qui sentaient le moisi.

— À propos de secrets..., reprit Mary Louise en posant son crayon. J'ai fumé une des cigarettes d'Angel.

— Tu étais seule quand tu as fumé ? Quand même pas, dis.

Elle resta silencieuse.

— Quand même pas, répétai-je.

— J'étais avec Tiffany.

Je déglutis. Ses mots me firent plus mal que ceux de Tiffany Ivers.

— Si tu fumes encore, je ne te parlerai plus jamais, murmurai-je en retenant mon souffle.

Nous avions toutes les deux douze ans mais Mary Louise était toujours la première à tout savoir. À cause de sa sœur Angel, elle avait entendu parler de préservatifs et de soirées où la bière coulait directement du tonneau. Comme mes parents refusaient que je me maquille, c'est elle qui me prêtait sa trousse. Plus forte et plus rapide que moi, je la sentais qui commençait à prendre le large au pas de course.

— De toute façon, je n'ai pas beaucoup aimé ça, commenta-t-elle.

*

Au cours des semaines qui suivirent, maman perdit tout appétit et ses vêtements flottaient sur elle. Ses médicaments ne lui faisaient aucun effet. Papa l'avait emmenée voir un spécialiste qui avait répondu que son état était juste dû au stress. Comme elle était trop fatiguée pour cuisiner, c'est papa qui nous préparait des sandwiches. Le jour de Thanksgiving, nous fîmes un sort à notre toast au fromage grillé devant le plan de travail de la cuisine. Nos regards filaient sans cesse vers l'embrasure de la porte, toujours avec l'espoir que maman se sentirait suffisamment bien pour nous rejoindre.

Soudain, il s'éclaircit la gorge avant de me demander :

— Comment va l'école ?

J'avais des A partout mais pas de petit ami et Tiffany Ivers essayait de me voler Mary Louise.

— Bien.

— Bien ?

— Toutes les autres filles ont le droit de se maquiller. Pourquoi je ne peux pas, moi ?

— Une jolie fille comme toi n'a pas besoin de se mettre ces cochonneries sur la figure.

J'éludai la plupart de ce qu'il me dit. Je n'entendis rien de ses préoccupations, je ne l'entendis même pas me dire que j'étais jolie pour ne garder en tête que son refus catégorique.

— Mais papa… ?

— J'espère simplement que tu n'embêtes pas ta mère de la même façon.

Pour la millième fois, nos regards convergèrent vers la porte.

*

L'école terminée, sacs sur les épaules, Mary Louise et moi nous traînions péniblement jusque chez nous. Un arrêt sur la première rue pour caresser Smokey le berger allemand, puis passage devant la maison des Flesch et ses quarante-sept nains en céramique disséminés dans le jardin, un pour chaque année de mariage. Au coin de la rue, la vieille Mrs Murdoch écarta ses rideaux en dentelle afin de bien s'assurer que nous ne coupions pas par sa pelouse au lieu de suivre le trottoir, auquel cas elle n'aurait pas manqué d'appeler nos parents.

À Froid, tous autant que nous étions, nous faisions nos courses à la même épicerie, buvions au même puits, partagions le même passé et répétions les mêmes histoires. Avant que son mari ne s'écroule en déblayant la neige, jamais Mrs Murdoch ne s'était comportée aussi méchamment et quant à Buck Gustafson, après la guerre, il n'avait plus jamais été le même. Tous, nous lisions le même journal et dépendions du même médecin. En chemin vers ici ou là, nous empruntions les mêmes chemins de terre pour aller regarder les moissonneuses-batteuses qui tournaient dans les champs, leurs têtes de coupe arrachant les épis de blé. L'air sentait le propre. Nos bouches et nos narines étaient pleines du tendre goût du foin et la poussière de la moisson pulsait dans notre sang.

— Partons d'ici pour aller à la grande ville, déclara Mary Louise en lançant un regard noir à Mrs Murdoch. Là où personne ne viendra mettre son nez dans nos affaires.

— Là où nous aurons le droit de tout faire, ajoutai-je. Comme de hurler à l'église.

— Ou de ne pas y aller du tout.

S'ensuivit un long silence, l'idée étant si énorme qu'il nous fallut un moment pour l'absorber, et nous longeâmes côte à côte le dernier pâté de maisons sans échanger une parole. Depuis la rue, j'aperçus maman à la fenêtre et fus choquée par la pâleur spectrale de son reflet dans la vitre. Mary Louise prit la direction de sa maison tandis que je poursuivais mon chemin jusqu'à la boîte aux lettres où je m'accrochai au poteau de bois, pas tout à fait prête à rentrer chez moi. Il n'y avait pas si longtemps, maman préparait encore des cookies et bavardait avec ses amies au comptoir de la cuisine. Parfois, elle passait me prendre au lycée et nous allions au refuge de Medicine Lake où elle observait les oiseaux, son lieu favori. Dans le break, maman et moi regardions dans la même direction, la route riche de possibilités qui s'étirait devant nous. Il était facile de me confier à elle, que ce soit après une prise de bec avec Tiffany Ivers ou une mauvaise note à un contrôle. Je pouvais lui raconter les bonnes choses aussi, comme ce jour où, en cours d'éducation physique, Robby, capitaine de l'équipe de base-ball, m'avait choisie en premier avant même de prendre un garçon. Chaque fois que je devais abandonner mon tour de batte, ils se plaignaient amèrement. Mais il restait à mon côté pour me dire : « Tu les auras la prochaine fois. »

Maman savait tout de moi.

À Medicine Lake, deux cent soixante-dix espèces d'oiseaux étaient répertoriées. Nous avancions jusqu'aux genoux dans l'herbe, des graminées en touffes. Maman portait des jumelles autour de son cou.

— Les faucons sont peut-être les plus majestueux et les pluviers siffleurs dotés du plus beau nom, je préfère quand même les rouges-gorges, disait-elle.

Je la taquinais pour avoir fait tout ce trajet dans le seul but d'observer des oiseaux visibles sur notre pelouse.

— Les rouges-gorges sont élégants, m'expliquait-elle, un bon augure, un rappel des choses si spéciales que nous avons devant nous.

Elle me serrait fort contre elle.

Mais à présent elle restait confinée à la maison et avait rarement l'énergie suffisante pour bavarder, même avec moi.

Voyant justement Mrs Gustafson sortir pour relever son courrier, je franchis la bande de pelouse brune qui nous séparait. Elle serrait une lettre contre sa poitrine.

— De qui vient-elle ?

— De mon amie de Chicago, Lucienne, me répondit-elle bien en face. Nous nous écrivons depuis des dizaines d'années. Elle et moi sommes arrivées ensemble par bateau – trois semaines inoubliables de Normandie jusqu'à New York. Tout va bien ? s'enquit-elle en me regardant.

— Je vais bien.

Tout le monde connaissait les règles. Ne pas attirer l'attention sur soi, personne n'aime les frimeuses. Ne jamais se retourner dans l'église, même si une bombe explose derrière soi. Quand quelqu'un demande si ça va, on répond que ça va bien, même lorsqu'on est triste et effrayée.

— Aimeriez-vous vous joindre à moi ? me proposa-t-elle.

Je laissai tomber mon sac à dos devant ses étagères. Des livres y étaient alignés du sol au plafond, mais elle n'avait en tout et pour tout que trois petites photos, carrées comme des Polaroid. À la maison, nous avions plus de photographies que de livres (la Bible, les manuels d'ornithologie de maman, et les volumes d'une encyclopédie qu'elle et moi avions dénichée lors d'un vide-greniers).

Le premier cliché était celui d'un jeune Marine qui avait les yeux de Mrs Gustafson.

Elle s'approcha de moi.

— Mon fils, Marc. Il a été tué au Vietnam.

Un jour, sur le parvis de l'église, alors que je distribuais des bulletins paroissiaux, un troupeau de ces dames avait débarqué pour se poster près du bénitier, et juste à l'entrée de Mrs Gustafson, Mrs Ivers avait murmuré :

— Demain, c'est l'anniversaire de la mort de Marc.

La vieille Mrs Murdoch avait secoué la tête et répondu :

— Perdre un enfant, il n'y a rien de pire. Nous devrions envoyer des fleurs ou…

— Vous devriez surtout cesser vos cancans, l'avait mouchée sèchement Mrs Gustafson. Au moins pendant la messe.

Ces dames avaient alors plongé leurs doigts tremblants dans l'eau bénite pour se signer avant d'aller au plus vite s'asseoir sur leur banc.

— Je suis absolument navrée, murmurai-je en passant la main sur le haut du cadre de la photo.

— Tout comme moi.

D'entendre le chagrin dans sa voix me mit mal à l'aise. Personne ne venait jamais lui rendre visite, ni ses beaux-parents ni sa famille française. Et si tous ceux qu'elle aimait étaient décédés ? Probable qu'elle n'avait aucune envie de me voir chez elle, faire ainsi revenir ses chers disparus à sa mémoire. Je me baissai pour ramasser mon sac à dos.

— Aimeriez-vous un cookie ? demanda-t-elle.

Dans la cuisine, j'attrapai les deux plus gros sur l'assiette et les engloutis d'un coup avant qu'elle ait eu le temps de toucher les siens. Ses cookies minces et croustillants étaient roulés en forme de longue-vue.

Comme elle venait tout juste de cuire sa première fournée, je l'aidai à préparer le reste durant toute l'heure qui suivit. J'appréciai le fait qu'elle n'ait rien dit concernant maman. Rien du genre : « Votre mère nous manque lors de la réunion des parents d'élèves, on a besoin de son aide. » Ni même : « Elle n'a rien qu'un bon rôti de porc ne saurait résoudre. » Jamais je n'avais trouvé le silence aussi bienvenu.

— Comment appelle-t-on ces cookies ? demandai-je en en prenant un de plus.

— Des *cigarettes russes*.

Des cookies communistes ? Je le reposai sur l'assiette.

— Qui vous a appris à les faire ?

— J'ai obtenu la recette auprès d'une amie qui m'en offrait quand je venais lui apporter des livres.

— Pourquoi ne pouvait-elle pas aller les chercher elle-même ?

— Parce qu'elle n'était pas autorisée à fréquenter les bibliothèques durant la guerre.

Avant que j'aie pu demander pour quelle raison, on frappa à la porte.

— Mrs Gustafson ?

C'était papa, et donc il était 18 heures – l'heure du dîner, et j'allais me faire sonner les cloches. Essuyant les miettes que j'avais autour de la bouche, je préparai ma défense. Le temps avait filé trop vite, papa, il fallait que je reste pour aider à finir…

Lorsque Mrs Gustafson ouvrit la porte, je m'attendais à ce qu'une tempête s'abatte sur moi, mais papa écarquillait les yeux et sa cravate était de travers.

— J'emmène Brenda à l'hôpital, annonça-t-il à Mrs Gustafson. Pourriez-vous garder Lily ?

J'aurais voulu lui dire que je regrettais mais il tourna brusquement les talons sans attendre de réponse.

3

Odile

Paris, février 1939

Encore un office dominical en compagnie de maman et de Rémy – un de plus et toujours aussi sinistre. À notre sortie, l'ombre de l'église Saint-Augustin nous écrasa de toute sa hauteur. Enfin libérée de l'odeur oppressante de l'encens, j'aspirai du bout des lèvres les bourrasques d'air glacé, soulagée de m'éloigner du prêtre et de son sermon. Maman nous pressait de l'avant sur le trottoir sans jamais ralentir la cadence, pas même devant la deuxième librairie préférée de mon frère ni devant la boulangerie dont le patron au cœur brisé faisait brûler son pain ou au passage du seuil couvert de suie de notre immeuble.

— C'est lequel, aujourd'hui, Pierre ou Paul ? s'agaça-t-elle. Quel qu'il puisse être, il sera ici d'une minute à l'autre. Odile, tu n'as aucune raison de faire une tête de six pieds de long. Il est normal que papa veuille apprendre à connaître ces hommes… Ils ne travaillent pas tous dans son commissariat et l'un d'eux pourrait se révéler un prétendant parfait pour toi.

Encore un déjeuner avec un policier qui ne se doutait de rien. C'était embarrassant de voir un homme me porter de l'intérêt et mortifiant quand il n'en affichait aucun.

— Change-toi, et mets ton chemisier blanc ! Je n'arrive pas à croire que tu aies choisi cette robe informe et sans couleur pour te rendre à l'église. Que vont penser les gens ? ajouta-t-elle, avant de se précipiter dans la cuisine pour vérifier la cuisson de son rôti.

Dans le vestibule, devant le miroir aux dorures écaillées, je tressai mes cheveux châtains tandis que mon frère passait une noisette de crème à raser dans ses boucles en broussaille. Dans les familles françaises, le déjeuner du dimanche était un rituel tout aussi sacré que la messe, et maman insistait pour que nous soyons sur notre trente et un.

— Comment Dewey classifierait-il ce déjeuner ? s'enquit Rémy.

— Facile, lui dis-je. 841. *Une saison en enfer.*

Il éclata de rire.

— Combien de ses sous-fifres papa a-t-il invités jusqu'ici ?

— Quatorze, répondit-il. Je te parie qu'ils ont tous peur de refuser.

— Et pourquoi toi, tu n'es pas obligé de subir cette torture ?

— Parce que je suis un homme, et on se fiche bien que je me marie ou pas.

Un sourire malicieux aux lèvres, il me piqua mon écharpe en laine rêche et s'en fit un fichu qu'il noua sous son menton comme le faisait notre mère.

— *Ma fille*, la parodia-t-il, exposées en rayon, les femmes ne font jamais long feu.

Je gloussai. Il avait toujours su me remonter le moral.

— Mais vu la façon dont tu te comportes, poursuivit-il en imitant la voix stridente de maman, tu resteras sur ton étagère pour l'éternité !

— Alors celle d'une bibliothèque, si je suis engagée.

— *Quand* tu seras engagée.

— Je n'en suis pas sûre…

Rémy dénoua l'écharpe.

— Tu as un diplôme de bibliothécaire, tu parles couramment anglais et tu as eu d'excellentes notes lors de ton stage. J'ai foi en toi. Aie donc foi en toi-même.

On toqua à la porte. Nous ouvrîmes à un policier blond en caban. Je me préparai au pire. La semaine précédente, le protégé de papa m'avait accueillie en frottant ses bajoues graisseuses contre ma figure.

— Je m'appelle Paul, m'annonça celui-ci, et c'est tout juste si sa joue frôla les miennes.

— C'est un plaisir de faire votre connaissance à tous deux, dit-il en serrant la main de Rémy. Je n'ai entendu que des compliments vous concernant.

Il semblait sincère mais j'avais du mal à croire que papa ait pu nous présenter mon frère et moi sous notre meilleur jour. À la maison, tout ce à quoi nous ayons jamais eu droit de sa part se limitait aux notes désastreuses de Rémy (et pourtant il était le meilleur de sa classe de droit lors des débats contradictoires !) et à mon absence absolue de talents ménagers (« Comment peux-tu dormir dans un lit couvert de livres ? »).

— Il y a une semaine que j'attends ce jour, déclara le « protégé » à maman.

— Un repas cuisiné maison vous fera le plus grand bien, répondit-elle. Nous sommes heureux de vous accueillir chez nous.

Papa fourra son invité dans le fauteuil près de la cheminée puis servit l'apéritif (vermouth pour les hommes et sherry pour ces dames). Tandis que maman allait et venait entre son siège, toujours à proximité de ses bien-aimées fougères, et la cuisine pour s'assurer que ses instructions soient bien suivies par la bonne, papa présidait depuis son fauteuil Louis XV, ponctuant de sa moustache en balai-brosse chacune de ses affirmations à l'emporte-pièce.

— Qui a besoin de ces *chômeurs intellectuels* ? Moi, je dis que ces gens-là devraient composer leur prose en travaillant dans les mines. Quel autre pays fait la distinction entre les flemmards intelligents et les paresseux débiles ? C'est l'argent de mes impôts qui les fait vivre !

Invariablement, chaque dimanche, le prétendant changeait, à la différence de l'interminable laïus de papa qui restait toujours mot à mot le même.

— Personne ne t'oblige à soutenir les artistes et les écrivains, lui répliquai-je une nouvelle fois. Tu peux choisir des timbres ordinaires ou ceux qui sont légèrement surtaxés.

À côté de moi, sur le canapé, Rémy croisa les bras et je lus dans ses pensées : *Pourquoi te donner cette peine ?*

— Je n'ai jamais entendu parler de ce programme, intervint le protégé de papa. Lorsque j'écrirai chez moi, je demanderai ces timbres-là.

Peut-être que celui-ci ne sera pas aussi nul que les autres, en fin de compte.

Papa se tourna vers Paul.

— Nos collègues ont d'énormes difficultés dans les camps de détention près de la frontière. Tous ces réfugiés qui nous arrivent en masse – bientôt, il y aura plus d'Espagnols en France qu'en Espagne.

— Il y a une guerre civile, objecta Rémy. Ces gens ont besoin d'aide.

— C'est notre pays et ils se servent comme s'ils étaient chez eux !

— Que peuvent faire des civils innocents ? insista Paul. Rester chez eux et se faire massacrer ?

Pour une fois, papa n'eut pas de réponse à fournir. Je m'intéressai à notre invité. Non pas à ses cheveux coupés en brosse ni à ses yeux bleus assortis à son uniforme, mais à sa force de caractère et son courage à défendre ainsi ses convictions.

— Avec toute cette agitation politique, une chose est sûre : la guerre est à notre porte, reprit Rémy.

— Ridicule ! s'exclama papa. Des millions ont été investis pour renforcer nos défenses. Avec la ligne Maginot, la France est parfaitement en sécurité.

Cette fameuse ligne sur les frontières françaises avec l'Italie, la Suisse et l'Allemagne, je me l'imaginais comme un immense fossé prêt à engloutir les armées qui tenteraient de nous envahir.

— Faut-il vraiment qu'on discute de la guerre aujourd'hui ? se lamenta maman. Toutes ces conversations sinistres alors que nous sommes dimanche ! Rémy, pourquoi ne pas nous parler des classes que tu suis ?

— Mon fils a l'intention d'abandonner ses études de droit, précisa papa à Paul. Je sais de source sûre qu'il sèche ses cours.

Je me creusai la tête pour trouver quelque chose à dire qui détournerait l'attention de papa. Mais Paul me prit de vitesse et se tourna vers Rémy.

— Que souhaiteriez-vous faire plutôt que du droit ? s'enquit-il.

— J'aimerais être candidat aux élections. Pour essayer de changer les choses.

Papa leva les yeux au ciel.

— Ou alors devenir garde forestier, pour échapper à ce monde corrompu, ajouta Rémy.

— Vous et moi veillons à la sécurité des gens et des commerces, dit papa à Paul. Et lui protégera les pommes de pin et les déjections des ours.

— Nos forêts sont aussi importantes que le Louvre, fit remarquer Paul.

Encore une réponse qui ne suscita aucune réaction de la part de papa. Je regardai Rémy pour tenter de déchiffrer ce qu'il pensait de Paul, mais il s'était tourné vers la fenêtre pour s'évader vers quelque lieu lointain, ainsi qu'il nous arrivait si souvent de le faire durant les interminables déjeuners du dimanche. Je décidai de rester sur terre car je tenais à entendre ce que Paul avait à dire.

— Ça sent délicieusement bon ! déclarai-je avec l'espoir de détourner une fois de plus l'attention de papa.

— En effet, confirma vaillamment Paul. Il y a des mois que je n'ai pas mangé de repas fait maison.

— Comment aideras-tu tes réfugiés si tu quittes la fac de droit ? insista papa. Il faut que tu t'accroches à quelque chose et que tu t'y tiennes.

— La soupe doit être prête…, l'interrompit maman en arrachant nerveusement les feuilles sèches de ses fougères.

Sans dire un mot, Rémy passa à côté d'elle et se dirigea vers la salle à manger.

— Tu ne veux pas travailler, lui cria papa, mais pour passer à table, tu es toujours le premier !

Même en présence d'un invité, il était incapable de s'arrêter.

Comme à l'accoutumée, ce fut d'abord une soupe poireaux pommes de terre.

Paul complimenta maman sur sa soupe crémeuse et elle lui murmura, me sembla-t-il, que c'était une bonne recette ou quelque chose du genre. Le raclement de la cuillère de papa sur la porcelaine signala la fin du premier plat et maman entrouvrit légèrement la bouche comme pour lui indiquer d'y aller plus doucement. Mais jamais elle n'adressait le moindre reproche à papa.

Lorsque la bonne apporta la purée de pommes de terre au romarin et le rôti de porc, je glissai un œil vers l'horloge sur la cheminée. D'habitude, le déjeuner traînait en longueur mais là, je fus surprise de voir qu'il était déjà 14 heures.

— Êtes-vous également étudiante ? me demanda alors Paul.

— Non, j'ai fini mes études…, répondis-je avant d'ajouter après une légère hésitation : Et je viens de poser ma candidature à la Bibliothèque américaine.

Un sourire flotta sur les lèvres de Paul.

— Cela ne me dérangerait pas de travailler dans un endroit de ce genre, beau et paisible.

Les yeux noirs de papa brillèrent d'un intérêt soudain.

— Paul, si vous ne vous plaisez pas au 8e arrondissement, pourquoi ne pas demander à être transféré dans mon commissariat ? Il y a un poste de sergent qui attend le bon candidat.

— Je vous remercie, monsieur, mais je suis heureux là où je suis, répondit Paul sans quitter mon visage des yeux. Extrêmement heureux.

Soudain, j'eus le sentiment qu'il n'y avait plus que nous deux. *Tandis qu'il se penchait en arrière dans son fauteuil et dirigeait à son tour sur elle un regard profond, peut-être eût-il pu remarquer chez elle un moment, un seul moment d'hésitation où elle se sentit poussée à se jeter dans ses bras et à lui confier les émotions d'un cœur durement refoulé*[1].

— Des filles qui travaillent, se moqua papa. Et tu n'aurais pas pu au moins postuler à une bibliothèque française ?

À regret, j'abandonnai mon tendre face-à-face avec Paul, et avec Dickens.

— Papa, les Américains ne se contentent pas de classer les livres par ordre alphabétique, ils utilisent des nombres qu'on appelle le système décimal de Dewey…

— Des nombres pour classer des lettres ? Tu peux être sûre que c'est un capitaliste qui a trouvé cette idée – ils se soucient bien plus de chiffres que de lettres ! Qu'est-ce qui ne va pas dans notre façon de faire les choses ?

— Miss Reeder prétend que c'est bien d'être différent.

— Des étrangers ! Dieu seul sait à quelles engeances tu vas avoir affaire !

— Accorde donc leur chance aux gens, tu risquerais d'être surpris…

— C'est toi qui auras une mauvaise surprise, rétorqua-t-il en pointant sa fourchette dans ma direction. Travailler avec le public est sacrément difficile.

1. Extrait de Charles Dickens, *Les Temps difficiles*, traduction de William Hughes sous la direction de P. Lorain, édition Hachette et Cie, 1880.

Pas plus tard qu'hier, on m'a fait venir parce qu'un sénateur avait été arrêté pour violation de domicile. Une vieille dame l'avait trouvé évanoui sur son plancher. Lorsque ce gredin a repris ses esprits, il n'a pas arrêté de crier des obscénités, après quoi il s'est mis à vomir. Résultat ? Il a fallu le passer au tuyau d'arrosage avant qu'il puisse nous donner sa version des faits. Il a expliqué qu'il se croyait dans l'immeuble de sa maîtresse mais comme sa clé ne fonctionnait pas, il a escaladé le treillage pour entrer par une fenêtre. Crois-moi, t'occuper des gens n'est pas la solution, et je ne te parle même pas des racailles qui mènent ce pays à sa perte, inutile de me lancer là-dessus.

Et le voilà qui repartait pour un tour, à déblatérer sur les étrangers, les hommes politiques et les femmes audacieuses. Lorsque je soupirai, Rémy posa son pied en chaussette sur les miens. Réconfortée par ce simple contact, je sentis mes épaules se dénouer. Nous avions inventé ce geste de soutien secret quand nous étions petits. Face à la colère de notre père – « Par deux fois cette semaine, tu as eu droit au bonnet d'âne à l'école, Rémy ! Je devrais te l'agrafer sur la tête ! » –, je n'avais pas été assez stupide pour réconforter mon frère par des mots gentils car la dernière fois que je l'avais fait, papa avait déclaré : « Et maintenant tu prends son parti ? Je devrais vous corriger tous les deux. »

— C'est une Américaine qu'ils vont engager, pas toi, conclut-il.

Je ne souhaitais qu'une chose, apporter la preuve au *commissaire* Je-sais-tout qu'il se trompait. Je souhaitais qu'il accepte mes choix au lieu de me seriner ce que je devrais faire.

— Un quart des abonnés de la Bibliothèque sont parisiens, lui rétorquai-je. Ils ont besoin de personnel qui parle français.

— Qu'est-ce que les gens vont penser ? s'inquiéta maman. Ils iront raconter que papa ne subvient pas à tes besoins.

— Je suppose qu'aujourd'hui beaucoup de filles ont un emploi, intervint Rémy.

— Odile n'a pas besoin de travailler, lâcha papa.

— Mais c'est elle qui le veut, dis-je d'une petite voix.

— Ne nous disputons pas.

Maman servit la *mousse au chocolat* dans de petites coupes en cristal. Le dessert, riche et crémeux, exigeait toute notre attention et nous permit de tomber d'accord sur quelque chose – maman faisait la meilleure mousse du monde.

À 15 heures, Paul se leva de table.

— Merci pour ce déjeuner. Je suis désolé, mais je dois partir, je dois bientôt reprendre le travail.

Nous le suivîmes jusqu'à la porte où papa lui serra la main et déclara :

— Réfléchissez à ma proposition.

Je voulais remercier Paul de nous avoir défendus, Rémy et moi, mais en présence de papa, je gardai le silence. Paul se rapprocha, jusqu'à me toucher presque. Je retins ma respiration.

— J'espère que vous aurez le poste, murmura-t-il.

Quand il me fit la bise pour me dire au revoir, la sensation de ses lèvres sur ma joue fut telle qu'elle me rendit curieuse de connaître celle de sa bouche sur la mienne. Alors que j'imaginais notre baiser, mon cœur s'emballa, comme la toute première fois que j'avais lu *Avec vue sur l'Arno*[1]. J'avais passé les scènes en accéléré, attendant que George et Lucy – qui étaient tellement faits l'un pour l'autre – s'avouent leur passion débridée et s'enlacent sur une piazza déserte. Je regrettai de ne pouvoir sauter les pages de ma vie plus rapidement pour savoir si je reverrais Paul un jour.

Je m'approchai de la fenêtre et le suivis des yeux tandis qu'il se hâtait dans la rue.

Derrière moi, j'entendis les glouglous du digestif que versait papa. Chaque semaine, le déjeuner du dimanche était le seul moment où lui et maman s'offraient un voyage dans les sombres souvenirs de la Grande Guerre. Après quelques gorgées, elle égrenait solennellement les noms des voisins qui avaient été tués, comme si chacun était un grain de rosaire. Tandis que pour papa, les combats gagnés par son régiment ressemblaient à des défaites parce que tant de ses soldats y avaient trouvé la mort.

Rémy me rejoignit à la fenêtre et se mit à arracher les feuilles sèches de la fougère de maman.

— Encore un autre prétendant que nous avons fait fuir, commenta Rémy.

— Tu veux dire que c'est papa le fautif, non ?

---

1. Titre français du roman de E. M. Forster, *A Room with a View*, adapté au cinéma sous le titre *Chambre avec vue.*

— Il me rend fou. Il est tellement étroit d'esprit. Il n'a aucune idée de ce qui se passe.

D'ordinaire je prenais toujours le parti de Rémy, mais pour une fois, j'espérais que papa avait raison.

— Tu étais sérieux quand… quand tu as parlé de guerre ?

— J'en ai bien peur. Il faut nous attendre à des temps difficiles.

Les Temps difficiles. 823. Littérature britannique.

— Les civils meurent en Espagne. Les Juifs sont persécutés en Allemagne, poursuivit-il en plissant le front devant la feuille de fougère qu'il tenait entre les doigts, et moi, je suis coincé en cours.

— Tu publies des articles qui font prendre conscience aux gens du sort affreux de ces réfugiés. Tu as organisé une collecte de vêtements pour eux, et tu y as impliqué toute la famille. Je suis fière de toi.

— Ce n'est pas suffisant.

— Pour l'instant, il faut que tu te concentres sur tes études. Tu étais dans les premiers de ta classe ; aujourd'hui tu auras de la chance si tu obtiens ton diplôme.

— J'en ai ma claque d'étudier des procès théoriques. Les gens ont besoin d'aide *maintenant*. Les hommes politiques ne bougent pas. Je ne peux pas me contenter de rester assis à la maison. Quelqu'un doit faire quelque chose.

— Tu as besoin d'avoir ton diplôme.

— Un diplôme n'arrangera rien.

— Papa n'a pas complètement tort, chuchotai-je tendrement. Tu devrais terminer ce que tu as commencé.

— J'essaie de t'expliquer…

— S'il te plaît, promets-moi que tu n'as rien fait sur un coup de tête.

La dernière fois, il avait offert toutes ses économies à un fonds d'aide aux réfugiés. Puis, sans avertir maman, il avait donné la nourriture de notre cellier aux pauvres, jusqu'au dernier gramme de farine. Elle et moi avions dû nous précipiter au magasin pour mettre quelque chose sur la table du dîner avant le retour de papa et éviter qu'il ne s'en s'aperçoive et réprimande son fils.

— Jadis, tu comprenais.

Il sortit brusquement et gagna sa chambre dont il claqua la porte.

Je tressaillis sous son accusation. J'eus envie de lui hurler que je ne l'avais jamais vu aussi véhément, tout en sachant que cela ne mènerait nulle part. Quand il serait calmé, je réessaierais. Pour l'instant, je voulais oublier papa et Paul et même Rémy. *Les Temps difficiles*. Je pris le livre sur mon étagère.

4

Lily

Froid, Montana, janvier 1984

Je me trouvais à l'hôpital en compagnie de papa, debout au côté de maman allongée sur un lit entouré d'appareils qui bipaient. Elle essayait de sourire mais seul un léger tremblement agitait ses lèvres devenues exsangues. Ses paupières clignaient au ralenti. Pourquoi n'étais-je pas rentrée immédiatement à la maison après l'école ? Peut-être que si je l'avais fait, maman ne serait pas ici.

Je fermai les yeux pour l'emmener jusqu'au lac, loin de la puanteur stérile de l'hôpital et à bonne distance de son bol de gelée sucrée verte. Le visage rougi par la chaleur du soleil, elle respirait comme moi l'odeur des marécages ; nous marchions à pas lourds sans but précis quand elle remarqua quelque chose dans l'herbe. Je m'approchai et aperçus plusieurs canettes vides de bière Coors qu'elle se dépêcha de glisser dans un sachet en plastique sorti de son coupe-vent. Souhaitant juste jouir de cet instant, je lui dis « Allez, viens, m'man, oublie les ordures », mais elle m'ignora. Il était important à ses yeux de toujours laisser un endroit en meilleur état qu'à son arrivée.

Le Dr Stanchfield me ramena sur terre. Il était venu traduire le diagnostic du spécialiste : l'électrocardiogramme montrait qu'elle avait subi plusieurs crises cardiaques silencieuses qui avaient causé de gros dégâts. J'ignorais comment il pouvait être aussi brutalement question de crises cardiaques alors que maman nous assurait qu'elle avait juste des difficultés à reprendre son souffle. Ce basculement soudain ressemblait à une longue portion de route sans le moindre panneau d'avertissement du genre « Chute de pierres » ou « Vents latéraux dangereux ». Comment en étions-nous arrivés là ? Combien de temps maman allait-elle devoir rester ici ?

*

Pour souper, papa réchauffait des steaks surgelés Salisbury que nous mangions sur nos plateaux devant la télé. Pour nous permettre de regarder les informations, prétendait-il en guise d'excuse, mais je connaissais la vraie raison : Graham Brewster, le présentateur aux allures de papy, se chargerait de faire la conversation à notre place. Ce soir, il interviewait un membre de l'UCS[1], l'union des scientifiques engagés, censé nous apprendre ce qui se produirait en cas de guerre nucléaire.

1. Union of Concerned Scientists.

— Est-ce que maman va mieux ? demandai-je à papa.

— Je l'ignore. En tout cas, elle semble moins fatiguée.

Plus de deux cent vingt-cinq tonnes de fumée se déverseraient dans l'air, annonça le physicien du MIT.

— Quand rentrera-t-elle à la maison ?

— Je voudrais bien le savoir, ma chérie, mais Stanch n'a rien dit. Très vite, j'espère.

La fumée masquerait le soleil, déclenchant un nouvel âge glaciaire.

— J'ai la trouille.

— Mange quelque chose, me conseilla papa.

Il importe peu que les choses aillent mal, conclut le savant, elles peuvent toujours empirer.

Je jouai distraitement avec ma viande dans mon assiette, le ventre durci en un bloc compact que je sentais battre de longues et lentes pulsations tel un cœur désemparé.

Le dîner terminé, papa disparut dans son bureau. J'entortillai le cordon du téléphone autour de mon doigt avant d'appeler Mary Louise. La ligne était occupée. Quand sa sœur Angel n'avait pas rendez-vous avec un de ses chéris, elle était au téléphone. Je jetai un œil alentour pour m'assurer que papa n'était pas dans les parages avant de composer le 5896. Faites, s'il vous plaît, que Robby soit chez lui. « Allô ! répondit-il. Allô ? Il y a quelqu'un au bout du fil ? » J'aurais tellement aimé lui parler mais j'ignorais comment le faire. Je reposai le combiné sur son berceau mais ne repartis pas immédiatement – la voix profonde de Robby et son ton interrogateur m'aidaient un peu à oublier ma solitude.

À la fenêtre de ma chambre, je contemplai la lune pleine qui me fixait en retour. Au-dehors, le vent arrachait les branches trop fragiles. Quand j'étais petite et que j'avais peur de l'orage, maman me racontait que mon lit était un navire et les bourrasques des vagues dont le ressac raclait notre pelouse à chaque aller-retour en nous transportant dans un pays très lointain. Sans elle, le vent n'était que du vent et se contentait de passer en hurlant pour rejoindre un meilleur endroit.

*

Dix jours plus tard, à son retour chez nous, maman s'affala sur son lit et papa lui prépara une tasse de camomille. Je m'étendis auprès d'elle sous la couverture jaune citron et m'imprégnai de sa chaleur. Elle sentait le savon Ivory. Des chandelles de glace pendouillaient en bordure du toit, la neige raidissait les lignes téléphoniques, l'immense ciel était bleu et notre monde tout blanc.

— Nous avons de la chance aujourd'hui, déclara-t-elle en montrant la fenêtre. Il y a plein de faucons.

Parfois, je les voyais planer au-dessus du pâturage de l'autre côté de la rue et, parfois, voler en rase-mottes pour chasser les souris. Maman disait que regarder les oiseaux était mieux que la télé.

— Lorsque j'étais enceinte, ton papa et moi allions nous blottir sur le siège devant la fenêtre pour observer les rouges-gorges. Ils annonçaient l'arrivée du printemps et j'adorais leur poitrine si colorée, mais lui n'aimait pas leur façon d'engloutir les vers de terre. Alors je lui conseillais de penser à des spaghettis.

— Beurk.

— Tu as failli être un rouge-gorge. Après ta naissance, j'ai dit à l'infirmière que ton nom était Robin[1], même si ton père préférait Lily[2], parce que le muguet était en fleur quand nous avions acheté la maison. Puis je t'ai vue avec lui, et tes doigts serrés sur son auriculaire m'ont fait penser à ces fleurs minuscules. Il s'est penché vers toi et t'a embrassé le ventre. La façon dont il te regardait... avec un tel amour. C'est ce qui m'a fait changer d'avis.

Elle racontait souvent cette histoire mais aujourd'hui, pour une raison inconnue, elle ajouta :

— Lorsque papa travaille, ce n'est pas pour lui. Il veut que nous nous sentions en sécurité. Enfant, il a grandi dans une famille pauvre et, au fond de lui, il a toujours peur de tout perdre. Est-ce que tu comprends ?

— Plus ou moins.

— Les gens sont maladroits, ils ne savent pas toujours ce qu'il faut faire ou dire. Essaie de ne pas leur en tenir rigueur. Tu ne sais jamais ce qu'ils ont dans le cœur.

Les gens sont maladroits. Ne leur en tiens pas rigueur. Tu ne sais jamais ce qu'ils ont dans le cœur. Qu'est-ce qu'elle voulait dire ? Elle parlait d'elle ? Ou

---

1. Rouge-gorge ou rouge-gorge américain, en anglais.
2. Lily-of-the-valley en anglais ; muguet en français.

bien de papa ? La maman de Mary Louise prétendait qu'il se prenait pour un trader de Wall Street et aimait l'argent plus que les gens.

— Papa est trop souvent absent.

— Oh, quel dommage que les bébés ne gardent aucun souvenir de la manière dont ils ont été chéris. Ton papa t'a bercée dans ses bras des nuits durant.

Papa était un aigle, ajouta-t-elle, calme et courageuse. J'avais appris des choses sur les aigles – le mâle et la femelle couvaient leurs œufs tour à tour.

— Les humains ont des familles, poursuivit-elle. Mais les oies, hein ?

Je haussai les épaules.

— On parle de troupeau d'oies.

— Et pour les moineaux ?

— Une volée de moineaux.

— Les faucons ?

— Une compagnie. Comme à l'armée.

Je gloussai.

— Sais-tu comment on appelle un groupe de corneilles ? Une volée[1] de corneilles.

C'était trop débile pour être vrai, pensai-je. Je scrutai son visage pour connaître la vérité mais elle semblait sérieuse.

— Et les corbeaux ?

— Un vol[2] de corbeaux.

---

1. En anglais, *unkindness* (*of ravens*), qui pourrait se traduire par rosserie ou méchanceté.

2. En anglais, *a murder* (*of crows*), soit un meurtre de corbeaux.

J'avais l'impression d'être revenue au bon vieux temps, à l'époque où tout allait bien. Je la serrai contre moi, si fort, en souhaitant que tout soit toujours comme à cet instant. Nous deux, ensemble, dans ce grand lit en laiton, toutes chaudes à l'intérieur.

*

Au matin, papa et moi traînions au comptoir de la cuisine en compagnie de maman quand il déclara que je n'en mourrais pas si je manquais un jour de classe.

— Je n'ai pas besoin de baby-sitter ! s'exclama maman.

— Stanch a dit que tu n'aurais pas dû quitter l'hôpital aussi rapidement, répliqua papa.

Le silence régna le temps de manger nos œufs au bacon, mais une fois le petit déjeuner terminé, elle nous fit sortir de la pièce. À l'école, elle occupait toutes mes pensées – à l'hôpital au moins, elle n'était pas seule. Au milieu des maths, Tiffany Ivers donna un coup de pied à ma chaise.

— Hé, la godiche, me lança-t-elle. Mr Goodan t'a posé une question.

Je relevai la tête mais le prof s'était déjà éloigné. Lorsque retentit le dernier coup de cloche, je me précipitai vers la maison, fis le tour et entrai en silence par la cuisine.

— Stanch a suggéré que nous engagions une infirmière, entendis-je papa dire à maman.

— Pour l'amour du ciel ! Je te répète que je vais bien.

— Ce serait si pénible d'avoir quelqu'un à la maison pour t'aider ? Je crois que Lily serait soulagée.

Il ne se trompait pas, c'était la vérité.

— Qui choisirais-tu ? demanda maman.

— Sue Bob ?

Je tendis l'oreille en entendant le nom de la mère de Mary Louise.

— Je ne tiens pas à ce que mes amies me voient comme ça, protesta maman.

— C'était juste une idée, lâcha papa en battant en retraite.

Peut-être que Mrs Gustafson pourrait nous aider, me dis-je. J'allai frapper à sa porte. Cette fois, j'attendis qu'elle réponde.

— Maman est toujours malade, l'informai-je.

— Je suis désolée de l'apprendre.

— Et nous avons besoin d'une aide à la maison, pour qu'elle n'en fasse pas trop. Pourriez-vous…

— Lil ? fit la voix de mon père dans mon dos. Qu'est-ce que tu fabriques ? On doit rentrer au chevet de maman.

— Je crois que je pourrais vous aider, proposa Mrs Gustafson.

— C'est inutile, répondit papa. Nous allons nous débrouiller.

Elle nous regarda tour à tour.

— Au moins, laissez-moi préparer le dîner. Je vais juste prendre quelques ingrédients.

Elle rentra chez elle et en ressortit chargée d'une brassée de légumes et d'un pack de crème.

Installée au comptoir de la cuisine, elle éplucha les pommes de terre si finement qu'on voyait à travers les pelures.

— Qu'est-ce que vous préparez ?

— Une soupe poireaux pommes de terre.

— C'est quoi, un poireau ?

— Dans l'est du Montana, un légume peu connu.

Elle sectionna la touffe de racines du légume avant de fendre en deux son mince corps blanc ; il s'en dégagea un arôme d'oignon doux. Elle le détailla en petits morceaux qu'elle versa dans la casserole où le beurre fondu bouillonnait doucement, le temps que les pommes de terre cuisent dans l'eau. Puis elle réduisit le tout en purée au mixer et y ajouta ensuite de la crème et servit la soupe dans des bols.

— Le dîner est prêt ! criai-je.

Papa s'avança au côté de maman, ses mains en suspens autour de sa taille à la manière des aides-soignants de l'hôpital. Dans un passé tout récent, je levais les yeux au plafond quand mes parents s'embrassaient, mais en cet instant je souhaitais plus que tout qu'ils reprennent leurs câlins et leurs jeux de mains comme jadis.

Les grâces terminées, je me penchai au-dessus de mon bol et pris une cuillerée de soupe. On aurait dit de la soie sur ma langue et je voulais l'avaler au plus vite, mais elle était très chaude.

— La soupe enseigne la patience, indiqua Mrs Gustafson.

Le dos bien droit, elle porta sa cuillère à la bouche ; je me redressai moi aussi.

— Délicieuse, commenta maman.

— C'était la préférée de mon fils.

La lumière de son regard s'éteignit un instant.

— Il suffit de peu d'ingrédients pour faire un repas sain, et pourtant les fabricants de nourriture industrielle ont convaincu les Américains que le temps manquait pour cuisiner soi-même. Vous mangez de la soupe en boîte insipide alors même que des poireaux cuits au beurre ont un goût de paradis. Le fait d'avoir dû m'en priver m'a fait apprécier ce plat encore plus. Si, pendant la guerre, c'est le sucre qui manquait à ma mère, moi, c'est le beurre que je regrettais.

— La nourriture était donc difficile à trouver ? demanda papa.

— La bonne nourriture. Je ne sais pas quelle « spécialité de guerre » était la pire – les baguettes cuites avec des copeaux de bois parce que la farine manquait ou la soupe sans aucun goût, des rutabagas juste bouillis à l'eau. Il y avait des queues démesurées pour la viande, les laitages, les fruits et la plupart des légumes, mais les marchands ne parvenaient jamais à se débarrasser de leurs rutabagas. Et lorsque je suis arrivée dans le Montana, savez-vous ce que ma belle-mère mettait dans chacun de ses ragoûts ? Des rutabagas !

Esclaffement général. Elle nous faisait rire en parlant de petits riens, ce qui nous changeait radicalement du silence étrange qui s'était abattu sur notre famille. Lorsqu'elle se leva pour partir, maman dit :

— Merci, Odile.

Notre voisine parut surprise et je m'en demandai la raison. Était-ce parce qu'elle n'avait plus l'habitude d'entendre son prénom ?

— Ce fut un plaisir, finit-elle par répondre.

*

À mon retour de l'école en compagnie de Mary Louise, j'entendis des rires en provenance de la chambre de mes parents. Odile avait quitté ses hauts talons et rapproché le rocking-chair du lit. Maman, les cheveux fraîchement lavés et bouclés, portait le même rouge à lèvres qu'Odile. Elle était belle.

— Qu'est-ce qu'il y a de si drôle ? demanda Mary Louise à maman.

— Odile me racontait que ses beaux-parents avaient du mal à prononcer son nom.

— Ils m'appelaient « Ordeal[1] » !

— Le mariage, c'est pour le meilleur et pour le pire, peu importe à quel point la belle-famille est timbrée, commenta maman, et toutes deux éclatèrent de rire.

Mary Louise et moi nous dirigions vers ma chambre quand nous entendîmes maman demander :

— Si je ne suis pas indiscrète, où avez-vous rencontré votre mari ?

— Dans un hôpital, à Paris. En ce temps-là, un engagé devait demander l'autorisation de se marier

1. Ordalie ou jugement de Dieu, par l'eau ou le feu, une épreuve.

à son supérieur. Comme son commandant a refusé, Buck l'a défié aux cartes – s'il gagnait, il pourrait m'épouser, s'il perdait, il s'engageait à nettoyer les bassins hygiéniques un mois durant.

— Il était vraiment déterminé !

S'ensuivit une série de chuchotements, et Mary Louise et moi dûmes nous rapprocher pour mieux entendre.

— Il ne m'en avait rien dit, poursuivait Odile, et quand je suis arrivée, il y a eu un scandale. Je voulais rentrer à la maison mais je n'avais pas l'argent pour le billet. Je pensais que les gens pardonneraient… Non pas que j'eusse besoin de leur pardon !

— Quel scandale ? murmura Mary Louise. Elle était une danseuse de cancan ? C'est pour cette raison que les gens ne lui parlent pas ?

— C'est *elle* qui ne leur parle pas, répliquai-je agacée.

*

Maman hiberna tout l'hiver. À mon retour de l'école, je m'allongeais à côté d'elle et, lorsque je lui racontais ma journée, elle se contentait d'acquiescer sans ouvrir les yeux. Papa restait à proximité, prêt à lui apporter sa camomille dans sa tasse préférée. Le Dr Stanchfield lui prescrivit de nouveaux cachets mais son état ne s'améliora pas.

— Pourquoi ne peut-elle pas se lever ? lui demanda papa alors que nous nous attardions à la porte d'entrée. Le moindre effort la fatigue.

— Son cœur est beaucoup trop endommagé, expliqua le médecin. Il ne lui reste plus beaucoup de temps.

— Des mois ?

— Des semaines, répondit Stanchfield.

Papa passa son bras autour de mes épaules à mesure que la vérité prenait corps en nous.

*

Mes parents insistaient sur le fait que l'école était trop importante pour que je m'absente, mais papa prit un congé et veilla son épouse sans jamais quitter son chevet.

— Tu m'étouffes ! entendis-je maman s'exclamer.

Ils ne se disputaient jamais, mais désormais j'avais l'impression que papa ne faisait plus rien de bien et elle avait du mal à reprendre son souffle quand elle s'énervait. Par peur de faire pire que mieux, il retourna à son travail, quittant discrètement la maison au lever du soleil pour ne rentrer qu'à la nuit tombée. Et comme il craignait de la déranger, il dormait sur le canapé. La nuit, dans la maison silencieuse, je prêtais l'oreille aux gémissements de maman et le moindre de ses soupirs, ses raclements de gorge, un début de quinte, tout ce que j'entendais m'emplissait d'effroi. Au point que je me blottissais dans mon lit, le ventre noué, tant je redoutais d'aller voir si elle allait bien.

Après avoir parlé à Odile de sa respiration rauque, je fus soulagée. Odile savait ce qu'il fallait faire. Elle décida d'installer un lit de camp près de celui de maman pour passer la nuit près d'elle. Et lorsque maman protesta, Odile lui assura que ce n'était pas un problème.

— J'ai dormi avec des dizaines de soldats.

— Odile ! s'exclama maman, avec un tressaillement de paupières dans ma direction.

— À côté d'eux, dans la salle d'hôpital, pendant la guerre.

À 21 heures, la porte de derrière couina. Papa était de retour. Odile quitta son lit de camp et se faufila dans la cuisine. Je la suivis sur la pointe des pieds avant de me coller au mur du couloir.

— Votre femme a besoin de vous et votre fille aussi, l'avertit Odile.

— Brenda me dit que le simple fait de me voir si malheureux lui donne l'impression d'être déjà morte.

— Alors pourquoi ne laisse-t-elle pas ses amies lui rendre visite ?

— Elle ne supporte pas les pleurs, même s'ils sont pour elle. Elle ne veut pas de pitié. Je voulais être présent pour elle mais je pense maintenant qu'il est préférable que je lui laisse l'espace qu'elle demande.

— Il ne faudrait pas que vous ayez des regrets, lui dit alors Mrs Gustafson sans aigreur, d'une voix tendre. Comme celle d'une mère.

— Si ça ne tenait qu'à moi.

Au bout du couloir, j'entendis maman tousser. Était-elle éveillée ? Avait-elle besoin de moi ? Je me précipitai vers sa chambre mais, soudain effrayée, je m'arrêtai au pied de son lit. J'entendis papa demander :

— Brenda, chérie ?

Odile me poussa vers maman mais je ne bougeai pas, mes omoplates résistant à la poussée de ses paumes. Maman tendit les bras. J'eus brusquement la trouille de lui prendre la main et la trouille de ne rien faire. Elle me serra contre elle mais je me raidis entre ses bras.

— Il reste si peu de temps, me dit-elle d'un filet de voix, presque un murmure. Trop peu de temps. Sois courageuse…

J'essayai de lui répondre que je le serais mais ma peur me vola ma voix. Après un long moment, elle écarta mon corps du sien et me regarda. Prise au piège de son regard désespéré, je me rappelai les choses qu'elle m'avait apprises. Le trop-plein d'amour qui fait dormir les bébés. Un troupeau d'oies, un vol de corbeaux. Les gens sont maladroits, ils ne savent que faire ni dire. Ne leur en tiens pas rigueur, nous ne savons jamais ce qu'ils ont dans le cœur. Je voulais que tu sois Robin mais tu es Lily. Oh, Lily.

5

Odile

Paris, mars 1939

— Mlle Reeder a appelé, m'annonça maman alors que Rémy et moi arrivions à la maison. Elle veut te voir.

Je me tournai vers mon frère et vis, en reflet dans ses yeux, mon propre tourbillon d'espoir et de soulagement.

— Es-tu certaine que ce travail soit une bonne idée ? reprit maman.

— Certaine, répondis-je en la prenant dans mes bras.

Rémy me tendit sa sacoche verte.

— Comme porte-bonheur. Elle te servira aussi pour les livres que tu rapporteras à la maison.

Je me précipitai à la Bibliothèque avant que Miss Reeder ne changeât d'avis, traversai la cour au pas de course et gravis l'escalier en colimaçon en m'arrêtant sur une glissade au seuil de son bureau, où elle examinait des documents, son stylo en argent à la main. Les yeux fatigués, son rouge à lèvres depuis longtemps disparu, elle avait l'air mal fichue. Il était effectivement plus de 19 heures. Elle me fit signe de m'asseoir.

— Je suis en train de finaliser le budget.

La Bibliothèque étant une institution privée, m'expliqua-t-elle, elle ne pouvait recevoir de financement du gouvernement – elle ne devait compter que sur ses curateurs et ses donateurs aussi bien pour l'achat de livres que pour le chauffage des bâtiments.

— Mais il est inutile de vous préoccuper de ça, dit-elle en refermant son classeur. La professeure Cohen a une très haute opinion de vous et vous m'impressionnez. Parlons de votre travail. Par le passé, certains candidats que nous avions recrutés n'ont pas pu rester pour diverses raisons, aussi demandons-nous désormais à nos employés de signer un contrat pour deux ans.

— Pourquoi ne sont-ils pas restés ?

— Certains étaient étrangers, et la France était simplement trop loin de chez eux. D'autres trouvaient le contact avec le public difficile. Ainsi que vous l'avez écrit dans votre lettre, la Bibliothèque est un havre de paix et le personnel œuvre de son mieux pour qu'elle le reste.

— Je pense que je saurai faire ça.

— Le salaire est modeste. Est-ce un problème ?

— Pas du tout.

— Une dernière chose : le personnel travaille par roulement le week-end.

Plus de messe ni de prétendants, donc ?

— Je veux bien travailler le dimanche !

— Le poste est à vous, déclara-t-elle solennellement.

Je bondis sur mes pieds.

— Vraiment ?

— Vraiment.

— Merci, je ne vous décevrai pas.

Elle m'adressa un clin d'œil malicieux.

— Mais on ne tape pas sur la tête des abonnés.

— Je ne ferai pas de promesses que je ne peux pas tenir, rétorquai-je en riant.

— Vous commencez demain, dit-elle en se replongeant dans son budget.

Je sortis comme une fusée en espérant attraper Rémy avant qu'il ne parte pour sa réunion politique et me cognai à lui sur le trottoir.

— Tu es venu !

— Alors, quel est le verdict ? s'enquit-il. Tu es restée une éternité là-dedans.

— Vingt minutes.

— Pour ce que ça change ! grommela-t-il.

— J'ai eu le poste !

— Je te l'avais dit !

— Je croyais que tu serais à ta réunion politique ?

— Certaines choses sont plus importantes.

— C'est toi, le président. Ils ont besoin de toi.

Il couvrit mon pied du sien.

— Et moi, j'ai besoin de toi. Sans *toi*, il n'y a pas de *moi*.

*

À la maison, je me rendis au salon où maman me tricotait une écharpe.

— Alors ? demanda-t-elle en posant ses aiguilles.

— Je suis bibliothécaire ! répondis-je en la soulevant pour la faire valser dans la pièce.

UNE-deux-trois.

LIVRES-indépendance-bonheur.

— Félicitations, *ma fille*. Ton père changera d'avis, je te le promets.

Désirant me préparer pour mon travail, j'allai dans ma chambre étudier mes notes sur le système décimal de Dewey. Hier, au jardin du Luxembourg, j'avais vu plusieurs 598 (oiseaux) et un jour, j'allais apprendre 469 (le portugais)… Existait-il un nombre pour l'amour ? Et si je disposais de mon nombre personnel, quel serait-il ?

Je pensais à tante Caro – elle avait été la première à me faire connaître le système de Dewey. J'avais tellement adoré m'asseoir sur ses genoux pendant l'Heure des contes quand j'étais enfant ! Des années plus tard, j'avais neuf ans, elle m'avait montré le catalogue par cartes, un étrange meuble en bois fait de tiroirs minuscules, chacun orné d'une lettre.

— À l'intérieur, tu trouveras les secrets de l'univers.

Tante Caro avait ouvert le tiroir des N, révélant des dizaines et des dizaines de fiches.

— Chacune donne des informations qui t'ouvriront des mondes entiers. Pourquoi ne pas y jeter un coup d'œil ? Je parie que tu vas y trouver ton bonheur.

Je m'étais exécutée. Faisant défiler les cartes, j'étais tombée sur un nom de friandise.

— Nougat !

Elle m'avait ensuite enseigné comment trouver l'indice suivant, un numéro d'appel qui nous mènerait à une section précise, à la bonne étagère, au bon livre. Une vraie chasse au trésor !

Tante Caro avait une taille des plus fines et le plus gros des cerveaux. Tout comme sa sœur, elle avait des yeux pervenche mais, contrairement à maman dont le regard s'était affadi comme le bleu des chemises habillées de papa, les siens brillaient toujours du même éclat. Elle était aussi une lectrice omnivore et dévorait tout, sciences, maths, histoire, pièces de théâtre et poésie. Elle vivait au milieu des livres et sur sa coiffeuse se mélangeaient fard à joues et Dorothy Parker, mascara et Montaigne. De la même façon, sa grande armoire abritait Horace et des chaussures à hauts talons, des bas aussi bien que Steinbeck. Son amour pour moi et pour la lecture m'avait autant imprégnée que les gouttes ambrées du parfum *Shalimar* qu'elle déposait autrefois derrière mon oreille.

Les souvenirs de tante Caro me rappelaient pourquoi j'*avais besoin* de ce travail.

*

En ce premier jour, je me sentais plus nerveuse que lors de mon entretien d'embauche. Et si je décevais Miss Reeder ? Et si quelqu'un me posait une question à laquelle je n'aurais pas de réponse ? Si seulement tante Caro était encore parmi nous… Je lui aurais demandé de ne pas venir le premier jour mais elle n'en aurait pas tenu compte. Les bras chargés de Shelley et de Blake, elle m'aurait fait un clin d'œil et ma nervosité aurait fondu comme neige au soleil à ses paroles – les réponses étaient ici, il fallait simplement chercher et les trouver.

— Faisons connaissance, dit brusquement la directrice en me présentant Boris Netchaeff, le débonnaire bibliothécaire en chef d'origine russe, impeccable comme toujours en costume bleu et cravate.

Au comptoir des prêts attendait une rangée d'abonnés qui défilaient devant lui comme devant le prêtre de leur paroisse – pour la communion ou pour une question personnelle. L'étincelle qui brillait dans ses yeux verts ne s'éteignait jamais, pas même lorsqu'il prenait sur lui d'écouter jusqu'au bout des histoires à n'en plus finir. Il savait où se procurer les meilleurs vêtements (« Mon homme ne fera jamais de mauvais choix au Bazar de l'Hôtel de Ville ») et connaissait aussi bien les critères pour l'achat d'un cheval. La sévère Mrs Turnbull prétendait qu'il était un aristocrate autrefois propriétaire d'une écurie de pur-sang. Mr Pryce-Jones disait que Boris avait été dans l'armée russe. À la Bibliothèque, les rumeurs étaient aussi nombreuses que les livres.

Boris était célèbre pour ses talents de bibliothérapeute. Il savait quels livres répareraient un cœur brisé, ce qu'il fallait lire par un jour d'été et quel roman choisir pour s'évader dans de belles aventures. La première fois que j'étais retournée à la Bibliothèque après la disparition de tante Caro dix ans auparavant, les hauts rayonnages semblaient vouloir se refermer sur moi. Les titres imprimés aux dos des ouvrages ne me parlaient plus comme ils le faisaient jadis et je me retrouvais en pleurs, fixant un brouillard de livres au travers de mes larmes.

L'air préoccupé, Boris s'était rapproché.

— Votre tante n'est pas venue avec vous ? avait-il demandé. Il y a un moment que nous ne l'avons pas vue.

— Elle ne reviendra plus jamais.

Il avait choisi un volume sur l'étagère.

— Celui-ci traite de la famille, et de la perte. Et aussi de la manière de trouver des moments de bonheur même lorsque nous sommes au trente-sixième dessous.

Je ne crains pas les tempêtes, car j'apprends à mener ma barque.

Les Quatre Filles du Docteur March était un de mes préférés.

— Boris a commencé ici comme page – comme apprenti bibliothécaire, si vous préférez – et il sait absolument tout sur l'ALP, me précisa Miss Reeder.

— Vous, vous êtes une abonnée, dit-il en me serrant la main.

J'acquiesçai, heureuse d'être reconnue. Avant que j'aie pu répondre, Miss Reeder me conduisit rapidement vers la salle de lecture où une femme écrivait près de la fenêtre, des lunettes noires en équilibre sur le bout du nez et le visage encadré de cheveux gris. Devant elle, la table était couverte de livres sur l'Angleterre élisabéthaine. Miss Reeder me présenta la curatrice, la comtesse Clara de Chambrun. Le nom m'était familier. Je venais de terminer *Playing with*

Souls[1], un de ses romans. Comtesse *et* écrivaine, en chair et en os !

— Vous cherchez un autre livre sur le barde[2] ? lui demanda la directrice. Pourquoi ne pas vous installer dans mon bureau ?

— Je ne mérite pas de traitement spécial ! Je suis une abonnée comme les autres.

L'accent de la comtesse n'avait rien de français, pas plus qu'il n'était anglais. Est-ce que l'Amérique avait des comtesses ? Je me promis de résoudre l'énigme un autre jour. La directrice m'emmena ensuite à la salle des périodiques qui devait être mon poste de travail. En chemin, elle me présenta sa secrétaire, Mlle Frikart (franco-suisse), la comptable Miss Wedd (britannique) et le rangeur Peter Oustinoff (américain).

J'examinai les longues étagères qui contenaient cinquante quotidiens et trois cents revues d'Amérique, de France, d'Allemagne et de pays aussi lointains que le Japon. Lorsque Miss Reeder m'apprit que je serais également responsable du tableau d'affichage, de la lettre d'information et de la chronique ALP News du *Herald*, je paniquai en songeant que je n'y arriverais sans doute jamais ; c'était trop.

— Vous savez, m'expliqua-t-elle, c'est dans cette section que j'ai débuté et regardez aujourd'hui où j'en suis.

Nous partageâmes un moment de complicité en contemplant les abonnés en pleine lecture, la tête

1. Jouer avec les âmes.
2. Shakespeare.

penchée, pleins de déférence pour le livre qu'ils tenaient en main.

Mr Pryce-Jones s'approcha. Il me fit penser à une grue arborant un nœud papillon à motifs cachemire. L'accompagnait un abonné qui ressemblait à un phoque avec sa moustache blanche broussailleuse.

— Bonjour, messieurs, veuillez je vous prie faire bon accueil à notre toute dernière recrue, déclara Miss Reeder avant de regagner son bureau.

— Merci de m'avoir conseillé de rédiger mon argumentaire, glissai-je à Mr Pryce-Jones.

— Heureux que vous ayez obtenu le poste, me répondit-il, son nœud papillon tressautant comme un bouchon sur l'eau.

Puis, désignant l'homme à son côté, il ajouta :

— Le journaliste fourbe ici présent s'appelle Geoffrey de Nerciat et, à ses yeux, l'exemplaire du *Herald* détenu par la Bibliothèque est sa propriété privée.

— Toujours et encore à raconter des mensonges, je me trompe ? lança M. de Nerciat. Vous n'êtes bons qu'à ça, vous, les diplomates.

— Je m'appelle Odile Souchet, bibliothécaire et arbitre, plaisantai-je.

— Où est votre sifflet ? s'enquit Mr Pryce-Jones. Avec nous, il vous en faudra un.

— Nos prises de bec trop bruyantes sont devenues légendaires, se rengorgea M. de Nerciat.

— La seule personne qui puisse beugler plus fort que nous est la comtesse.

— Ce que nous avons appris à nos dépens quand elle est parvenue à s'immiscer entre nous deux en insistant sur le fait que nous devions régler nos différends à l'extérieur, précisa le Français avec Clara de Chambrun en ligne de mire.

— J'ai eu une de ces peurs ! J'ai cru un instant qu'elle allait m'attraper par l'oreille et me jeter dehors.

— Cette belle dame peut m'emmener où elle le désire, dit M. de Nerciat en souriant de toutes ses dents.

— Je doute fort que son mari l'accepte.

— Et c'est un général ! Il serait bon que je fasse attention.

Le duo continua de ferrailler en paroles tandis que je sortais les journaux du jour et me familiarisais avec les magazines. Très vite, je me plongeai dans les tables des matières, la tête pleine d'histoire, de mode et d'actualité.

— Mademoiselle ? Odile ?

Plongée dans mon travail, c'est à peine si j'entendis.

— Excusez-moi. Mademoiselle ?

Je sentis une main sur le haut de mon bras et la chaleur de ce contact me ramena à la réalité. Je levai les yeux, c'était Paul.

Il avait superbe allure dans son uniforme d'*hirondelle*, les policiers qui patrouillaient à bicyclette, et sa cape bleu marine accentuait sa large carrure. Il avait dû venir ici directement de son travail.

Un jour au jardin public, j'avais commencé à lire un livre mais le vent s'était invité et j'avais perdu ma page. Face à Paul mon cœur s'emballait comme ces feuillets qui avaient défilé à toute vitesse.

Soudain, une pensée horrible me traversa l'esprit : et si c'était papa qui l'avait envoyé ?

— Qu'est-ce que vous faites ici ? dis-je.

— Je ne suis pas ici à cause de vous.

— Loin de moi cette idée, mentis-je.

— De nombreux touristes demandent leur chemin aux agents de police et j'ai besoin d'un livre pour améliorer mon anglais.

— Mon père vous a-t-il annoncé que j'avais obtenu le poste ?

— Je l'ai entendu grommeler contre les femmes audacieuses.

— Toujours le même refrain, donc, répliquai-je d'un ton acerbe. Il fera bientôt de vous son inspecteur en chef. Exactement ce que vous désirez.

— Vous n'avez aucune idée de ce que je désire, reprit-il en sortant de sa sacoche un petit bouquet. Ces fleurs sont pour vous, afin que tout se passe bien aujourd'hui.

J'aurais dû l'embrasser sur la joue mais, trop intimidée, je me contentai d'enfouir mon nez dans les fleurs. Mes préférées, les jonquilles ; elles étaient une promesse de printemps.

— Puis-je vous aider à trouver quelques livres ?

— Ce serait un bon entraînement si je parvenais à les trouver tout seul, répondit-il en montrant sa carte de la Bibliothèque. J'ai la ferme intention de passer du temps ici.

Il m'abandonna dans l'allée et se dirigea à grands pas vers la salle de référence. La carte qu'il venait de me montrer était toute neuve et j'eus l'espoir qu'il était venu pour moi, moi seule.

Toute la matinée, la plupart des abonnés firent sagement la queue, attendant leur tour le temps que je les aide à trouver des périodiques. Un seul se plaignit : « Vous ne pouvez pas veiller à ce que le *Herald* soit à sa place ? Il est introuvable ! » Un peu plus tard, je dénichai le journal sous la serviette de M. de Nerciat.

Les éclats d'une dispute me sortirent de la salle des périodiques et je gagnai le comptoir des prêts, où une femme au visage écarlate agitait un livre à la figure de Boris, en lui criant que la Bibliothèque devait cesser de prêter des romans « immoraux ». Lorsqu'il refusa de censurer sa collection, elle sortit comme une furie.

— Ne soyez pas aussi choquée, me dit-il. Ce genre d'incident se produit au moins une fois par semaine. Il y a toujours quelqu'un qui estime que notre travail doit consister à protéger la morale.

— Par simple curiosité, de quel livre parlait-elle ?

— *Studs Lonigan*[1].

— J'en prends bonne note, je tiens absolument à le lire.

Il éclata de rire et, en le regardant, je ne pus m'empêcher de penser combien il était étrange – et merveilleux – que nous soyons à présent collègues.

— J'ai quelque chose pour vous, ajouta-t-il.

---

1. Héros d'une trilogie romanesque de James T. Farrell publiée dans les années 1930.

— C'est vrai ?

J'espérais qu'il m'avait sélectionné un roman. Au lieu de quoi il me tendit une liste de soixante-dix livres que je devais rassembler et emballer pour les envoyer à des abonnés qui n'habitaient pas la ville. Je consultai ma montre. 14 heures passées. J'avais été si occupée que j'en avais oublié de déjeuner. Trop tard maintenant. Depuis *Summer*[1], 813, jusqu'à *Alcools*, 841, la course au trésor m'emmena sur trois niveaux de rayonnages. À 18 heures, mes pieds me faisaient mal et ma tête aussi. Je n'avais jamais ressenti une telle fatigue, pas même pendant la semaine des examens. J'avais rencontré au moins vingt personnes et étais incapable de me souvenir du moindre nom. J'avais aussi parlé anglais toute la journée et répondu à des dizaines de questions. *Est-il vrai que les Français mangent les cuisses des grenouilles, mais alors que font-ils du reste de l'animal ? Puis-je avoir accès aux archives ? Où sont les toilettes ? Qu'avez-vous dit, ma fille ? Parlez plus fort !* À la fin de mon service, mon anglais m'avait désertée, comme si, en ouvrant un roman, je n'y trouvais que des pages blanches.

J'attrapai mon bouquet de jonquilles qui faisaient grise mine et sortis dans la nuit froide. Le gel avait recouvert les galets devenus glissants et les ampoules que j'avais aux pieds m'élançaient. J'eus le sentiment que le trajet jusqu'à la maison allait me prendre quinze ans au lieu de quinze minutes. Traînant la patte, je remarquai de l'autre côté de la rue, sous la

1. Roman d'Edith Wharton publié en 1917.

lumière chiche du *lampadaire*, une voiture noire qui tournait au ralenti. Mon père en sortit et ouvrit la portière côté passager.

— Oh, papa, *merci.*

Soulagée de revenir au français, je me glissai sur le siège et m'assis pour la première fois depuis mon petit déjeuner.

— Tu as faim ?

Il me présenta une boîte de la pâtisserie Honoré. En l'ouvrant, je humai l'arôme de beurre du financier avant d'en prendre un morceau qui fondit dans ma bouche. Je le savourai en fermant les yeux.

La voiture avança lentement sur les pavés.

— *Ça va ?* C'est ton premier jour et tu es déjà épuisée. Tu n'as pas une de tes migraines, au moins ?

— Je vais bien, papa.

— À ton âge, poursuivit-il avec tendresse, maman et moi avions tout juste survécu à la guerre et nous pleurions la perte de nos amis et des membres de la famille. Tu n'as que vingt ans – nous voulons que tu profites de ta jeunesse, que tu te trouves un galant et ailles au bal, et non que tu fasses un travail d'esclave dans une usine à livres.

— Papa, s'il te plaît, pas ce soir…

Aussi loin que je m'en souvienne, les discussions sur la guerre entre mon père et mon oncle avaient ponctué mon quotidien – tanks et tranchées, gaz moutarde et soldats mutilés.

— Très bien, parlons d'autre chose, alors. Maintenant que tu travailles le dimanche, j'ai invité quelqu'un à dîner mercredi. Et celui-là dit qu'il lit !

6

Odile

Chaque matin avant l'ouverture de la Bibliothèque, j'allais rendre visite à un département différent. Le lundi, j'avais rendez-vous à la comptabilité, où Miss Wedd était connue pour la finesse de son intelligence et ses scones légendaires. Lorsqu'elle se pencha sur son grand registre, j'aperçus trois stylos fichés dans son chignon brun. Après qu'elle m'eut expliqué les diverses lignes de dépense – du charbon et bois de feu jusqu'aux livres proprement dits et la colle pour les reliures –, je lui demandai si je pouvais l'interroger. J'avais une idée pour la lettre d'information mensuelle dont Miss Reeder m'avait confié la charge. En plus des habituels comptes rendus critiques de haut niveau et de la liste des ouvrages le plus souvent empruntés, je désirais y inclure quelque chose de personnel sur les abonnés et l'équipe d'encadrement.

— Quel genre de lectrice êtes-vous ? lui demandai-je, mon calepin à la main.

— J'aimais les maths à l'école et les nombres m'ont toujours paru plus sensés que les individus. C'est pourquoi mes livres favoris sont ceux des anciens Grecs : Pythagore et Héraclite. Nous continuons à utiliser leur travail, leurs idées.

« Je ne suis pas comme Boris et Miss Reeder. Je ne suis pas très douée pour les contacts avec le public, ajouta-t-elle en glissant un quatrième stylo dans son chignon. Mais j'espère que, dans une certaine mesure, ma contribution ici compte. Depuis plus d'une décennie, je remplis à ma façon des livres entiers de récits sur les généreux donateurs et les membres avertis du personnel qui travaillent de longues heures, sauf que je remplis des colonnes et non des lignes horizontales.

Interviewer Miss Wedd était comme d'observer une rose en train d'éclore : elle s'ouvrait, les pétales de ses joues rosies par la passion.

— Merci, conclus-je, heureuse de l'avoir choisie. Les lecteurs vont adorer vos réponses et je suis impatiente de découvrir Héraclite.

J'avais également grand plaisir à mieux faire connaissance avec mes collègues. Le mardi, je passais du temps avec Peter-le-rangeur, chargé de remettre les ouvrages à leur place – le seul à être suffisamment grand pour atteindre les rayons les plus hauts. Sur son chariot, il disposait toujours les livres par leur nombre d'appel, et le temps que j'en replace deux, lui en mettait dix au bon endroit. Il avait le physique racé d'un boxeur, mais quand la corne de brume qui faisait office de voix à l'imposante Mme Frot résonnait entre les rayons, « Peter, chéri, oh, Peter », il courait se réfugier au vestiaire pour éviter l'abonnée amoureuse.

Le mercredi, c'était le tour de la salle des enfants aux murs garnis de courtes étagères, avec tables et chaises minuscules rassemblées devant le feu qui crépitait. Bien que n'ayant jamais rencontré Muriel Joubert, l'employée responsable des enfants, j'avais le sentiment de la connaître, parce que sa signature proprette apparaissait sur chacune des cartes correspondant aux livres que je sortais. Au cours de cette seule dernière semaine, elle m'avait prise de vitesse sur *Mon Ántonia*[1], *Belinda*[2], *L'Intéressant Récit de la vie d'Olaudah Equiano*[3]. Vu tout ce qu'elle lisait, je me l'étais imaginée en dame déjà âgée avec des cheveux blancs et fus surprise de découvrir une fille de mon âge qui m'observait d'un regard vif aux yeux violets. Même avec la tresse noire qui couronnait sa tête, elle ne mesurait pas un mètre cinquante.

— Mademoiselle Joubert ? demandai-je.

Elle me pria de l'appeler Bitsi, comme tout le monde, depuis le jour où un abonné du Texas s'était exclamé en l'apercevant : « Mais ma parole, vous êtes toute petiote[4] ! » Elle m'apprit aussi qu'elle espérait me rencontrer depuis qu'elle avait vu mon nom gribouillé sur les fiches de ses romans favoris.

— Nous sommes sœurs de livres, déclara-t-elle, avec la même conviction que si elle avait affirmé

1. *My Ántonia*, roman de Willa Cather paru en 1918.
2. *Belinda*, roman de Maria Edgeworth paru en 1801.
3. *The Interesting Narrative of the Life of Olaudah Equiano*, publié en 1789 à Londres.
4. En anglais, *itsy-bitsy*.

« Le ciel est bleu » ou « Paris est la meilleure ville au monde ». Si j'étais sceptique quant aux âmes sœurs, je pouvais tout à fait accepter la notion de « sœurs de livres », deux êtres reliés l'un à l'autre – à l'image des livres eux-mêmes – par la passion de la lecture.

Elle évoqua *Les Frères Karamazov*.

— J'ai pleuré quand je l'ai fini, me confia-t-elle d'une voix gonflée par l'émotion. D'abord, parce que j'étais heureuse de l'avoir lu. Ensuite parce que l'histoire est tellement émouvante. Et enfin parce que je ne revivrai plus jamais l'expérience de le découvrir.

— Dostoïevski est mon écrivain décédé favori, dis-je.

— Le mien aussi. Et quel est le romancier vivant que vous préférez ?

— Zora Neale Hurston.

La première fois que j'avais emprunté son livre *Mais leurs yeux dardaient sur Dieu*[1], j'avais savouré les chapitres l'un après l'autre, engloutissant les mots tant je tenais à savoir ce qui arriverait ensuite – est-ce que Janie se tromperait d'homme en se mariant ? Est-ce que Tea Cake serait à la hauteur de mes espoirs pour Janie ? Puis, confrontée soudain à la poignée de pages qui me restait à lire, j'avais été prise de panique à la pensée que cet univers que j'aimais tant allait prendre fin alors que je n'étais pas prête à lui dire adieu. Alors j'ai décidé de lire lentement, pour jouir de chaque scène.

Elle acquiesça.

1. *Their Eyes Were Watching God.*

— Je fais la même chose ; afin que chaque page dure le plus longtemps possible.

— J'ai fini le roman en quatre jours mais je l'ai gardé les deux semaines allouées pour sa lecture. À la date prévue, je l'ai posé sur le bureau des prêts, la main toujours sur sa couverture, pas tout à fait prête à le laisser partir. Boris m'a trouvé trois autres romans de Miss Hurston.

— Je m'en suis gorgée également comme si c'était de l'amour ou des gâteaux au chocolat. Je m'étais attachée si profondément aux personnages qu'ils en étaient devenus réels. J'avais le sentiment de connaître Janie au point qu'un jour, peut-être, elle entrerait à la Bibliothèque et m'inviterait à prendre un café.

— Moi aussi, c'est ce que je ressens à l'égard de mes personnages favoris.

Une mère s'approcha.

— Mon fils a choisi ceux-ci, dit-elle en montrant deux livres de contes. Mais ils me semblent… avoir été souvent feuilletés.

— Parce qu'ils sont très appréciés, répondit Bitsi. Si vous préférez, nous avons des livres flambant neufs sur notre étagère « dernières acquisitions ».

Lorsque Bitsi articula « Au boulot » en silence et conduisit la mère et son fils jusqu'à la bonne étagère, je jetai un œil dans la salle de référence dans l'espoir d'y voir Paul. En vain.

Déçue, je regagnai mon propre bureau où une abonnée s'impatientait en tapant du pied malgré ses durillons parce qu'elle voulait son *Harper's Bazaar*.

— Où étiez-vous donc passée ? me tança Mme Simon.

Lorsque je lui tendis le tout dernier numéro, encore sous son emballage de papier kraft, elle s'adoucit en me confiant qu'à la maison elle était toujours la bonne dernière pour tout. Quand elle parlait, son dentier ne restait pas en place, et elle m'expliqua que tout ce qu'elle possédait – le vison feutré de sa tante décédée, les fausses dents qui avaient appartenu à sa belle-mère – avait déjà servi à quelqu'un d'autre. Mais ici, elle était la première à profiter des nouveautés de la mode même s'il n'y avait rien qu'elle pût s'offrir.

— Ni qui soit à la bonne taille, se lamenta-t-elle en soulignant de sa main charnue sa silhouette imposante.

Elle alla s'installer à côté de la professeure Cohen.

Après un coup d'œil à Boris, le bibliothécaire en chef, Mme Simon reprit :

— On raconte que, pendant la révolution russe, la fortune de sa famille a été perdue. Qu'il a dû repartir de zéro en France. Pauvre comme Job.

— Quelle que soit sa situation, cet homme est un vrai prince, répliqua la professeure.

— C'est son épouse qui est princesse. Ou qui l'était. Aujourd'hui, elle est caissière. Comment des puissants sont-ils tombés si bas !

— Entendre ça dans la bouche de quelqu'un qui n'a jamais eu à gagner son pain !

Clara de Chambrun passa droite comme un I, les bras chargés d'une pile de journaux.

— En parlant de noblesse, se gaussa Mme Simon, voilà la comtesse d'Ohio.

— Ne soyez pas si mauvaise langue ! Vous êtes remontée aujourd'hui et vos piques sont méchantes. Clara est une excellente curatrice, elle a la manière pour lever des fonds. Sans elle, nous ne serions pas assises ici. Puisque vous adorez tant la mode, je ne vous répondrai que ceci : les sarcasmes ne donnent pas belle allure.

7

Margaret

Paris, mars 1939

Tapotant ses perles du matin d'une main nerveuse, Margaret hésita sur le seuil de la Bibliothèque américaine, aussi silencieuse qu'une cathédrale. Elle n'était pas du tout certaine de vouloir y entrer car elle n'était en rien américaine et les livres ne l'intéressaient pas. Mais après quatre mois passés à Paris, elle se languissait désespérément de l'anglais sous n'importe quelle forme. Le français, elle ne le comprenait pas. Cette langue se résumait pour elle à un marécage de nasales où elle devait patauger au quotidien, dans les boutiques, chez le coiffeur et à la boulangerie. Là où personne ne parlait anglais. Elle en était réduite à utiliser la langue des signes, pointant le doigt avant de le dresser pour signifier qu'elle voulait un croissant. Après quoi elle hochait la tête quand elle avait compris et haussait les épaules quand c'était l'inverse.

À la maison, c'était Lawrence, son mari, qui entretenait la conversation – comme à Londres jadis, et maintenant à Paris. La bonne d'enfants s'occupait de Christina et Jameson dirigeait l'appartement avec la même efficacité ici qu'à Londres. Personne n'avait besoin d'elle. C'est tout juste si elle parlait encore.

Elle avait imaginé adorer Paris. Sa haute couture, ses lingeries, ses parfums. N'était le fait que le shopping en solitaire n'avait rien d'amusant, surtout lors des essayages, lorsqu'elle n'avait aucune amie à son côté pour la complimenter sur sa silhouette. Mais pardessus tout, elle aurait aimé connaître l'opinion de sa mère – la couleur de cette robe longue lui allait-elle bien ? Devrait-elle avoir une discussion à cœur ouvert avec Lawrence ou fallait-il le laisser tranquille ? Ce qui la surprenait le plus à Paris ce n'étaient pas les magnifiques robes de Jeanne Lanvin ni les chapeaux chics des femmes, mais le fait que sa maman puisse lui manquer à ce point.

Elle ne comprenait rien à la monnaie trop peu familière. Et elle se faisait escroquer par les vendeuses ! Quand elle achetait des bas, elles lui disaient dans leur langue tarabiscotée que soixante-quinze francs étaient le prix d'un bas et non de la paire. Pourtant, quand une Parisienne dans la queue derrière elle achetait les mêmes, elle payait la moitié du prix. Elle était incapable de protester, ne savait pas insister et se contentait de taper du pied sous les gloussements des vendeuses. Les plaisanteries à ses dépens lui coûtaient très cher.

Elle cessa d'aller en ville et finit par baisser complètement les bras. Elle arpentait l'appartement ou allait se blottir en chien de fusil sous ses robes du soir dans le dressing où elle pleurait toutes les larmes de son corps, consciente qu'il était parfaitement ridicule d'être aussi malheureuse dans la plus fabuleuse ville du monde. Elle s'était tellement vantée devant ses amies : « Je serai dans la capitale la plus romanesque du monde ! Oh là là ! Les Français vont flirter avec moi ! Oh là là ! Champagne ! Chocolat ! Vous devez absolument venir nous voir. » Sauf que, désormais, cette vérité la dérangeait si profondément qu'elle aurait préféré mourir plutôt que de la révéler à ses amies. Pour autant, celles-ci ne l'appelaient jamais et ne lui écrivaient pas. En quittant Londres, Margaret avait disparu de la surface de leur planète.

Ce matin, l'épouse du consul, Mrs Davies, une femme gentille quoique assez mal fagotée, était venue sonner à sa porte. Lorsque Jameson lui avait annoncé son arrivée, Margaret s'était précipitée devant le miroir. Elle ne se souvenait plus de la dernière fois où elle s'était lavé les cheveux et ses yeux étaient injectés de sang. Honteuse d'être devenue aussi pitoyable, elle aurait volontiers demandé au maître d'hôtel de refuser l'entrée à Mrs Davies mais cette femme était la première à venir lui rendre visite. Elle avait quitté son peignoir taché pour une élégante robe vert foncé. La femme du consul lui avait jeté un bref coup d'œil et avait insisté pour qu'elle fasse un saut à la Bibliothèque américaine l'après-midi même. Ce que Margaret avait fait.

Tout autour d'elle, des inconnus bavardaient dans une atmosphère de camaraderie bon enfant qui lui était inconnue. Les femmes ne demandaient pas

« Que fait votre mari ? » mais plutôt « Que lisez-vous en ce moment ? ». Margaret soupira. Ici encore, elle se sentait exclue du brouhaha des conversations…

— Bienvenue à la Bibliothèque.

La robe de la bibliothécaire était tristounette mais la jeune femme suffisamment jolie avec sa chevelure relevée et maintenue par un nœud noir. Ses yeux étaient aussi brillants que les diamants que le second mari de Marjorie Simpson avait offerts à son épouse pour leur troisième anniversaire de mariage – quant à lui, le mari de Margaret ne lui offrait plus ce genre de bijoux.

— Puis-je vous aider à trouver quelque chose ?

L'air pincé, Margaret mordilla sa lèvre supérieure en espérant être pour une fois capable d'exprimer ce qu'elle désirait. Mais elle se contenta de demander :

— Auriez-vous des livres pour ma fille ? Elle a quatre ans.

— Que diriez-vous de *Bella the Goat* ? dit la jeune femme en penchant la tête.

— Vous ne pouvez pas savoir combien je suis soulagée d'être dans un lieu où l'on parle anglais. Paris me paraît tellement étranger.

Margaret s'interrompit. Sa phrase sonnait faux. Tout ce qu'elle disait sonnait faux.

— Bien sûr, je sais qu'en France c'est moi l'étrangère…

— Vous y trouverez votre place, la rassura la jeune femme. Nous avons beaucoup d'amoureux des livres qui viennent d'Angleterre ou du Canada.

— Magnifique. Auriez-vous quelque chose pour moi ? Cela fait une éternité que je n'ai pas eu d'anglais devant les yeux !

— Un roman de Dorothy Whipple ? *The Priory* est l'un de mes préférés.

En fait, Margaret voulait parler de revues. Elle n'avait plus ouvert de livres depuis celui de cette sinistre George Eliot durant son année à l'École de Bonnes Manières.

— Ou *Miss Pettigrew Lives for a Day*[1], une histoire de Cendrillon pour adultes.

Un conte de fées serait le bienvenu, songea Margaret.

— Si vous avez des difficultés à comprendre le français, nous avons quelques merveilleux livres sur la grammaire. Voyons…

Margaret fut touchée par cette attention. Lors des soirées à l'ambassade, lorsque les gens s'entretenaient avec elle, ils ne lui accordaient jamais que la moitié d'un regard car l'autre inspectait la salle. À la seconde où ils apercevaient mieux qu'elle, ils coupaient court au beau milieu de la conversation.

— Si vous voulez, dit la bibliothécaire, nous avons *Vogue*.

La voyant aussi déçue, Margaret répondit :

— Je vais prendre les livres.

Le visage de la jeune femme s'éclaira.

— Allons les chercher. À propos, je m'appelle Odile.

---

1. Roman de Winifred Watson publié en 1938, devenu film en 2008.

— Et moi, Margaret.

Mais au lieu de se diriger vers les rayonnages, Odile monta l'escalier, Margaret sur ses talons. À leur passage dans le secteur « Réservé au personnel », celle-ci lui demanda :

— Où allons-nous ?

— Vous verrez bien.

Dans le minuscule foyer, Odile posa sur la table deux tasses à thé désassorties et une assiette de scones sans fioritures. Lorsqu'elle se retourna pour poser la bouilloire sur la plaque chauffante, Margaret effleura un des scones, si semblable à ceux que lui faisait sa mère. Oui, Paris était plein de délices culinaires et elle avait fait un sort à des tas de pâtisseries décadentes, mais elle aspirait à quelque chose de familier.

Odile s'assit et lui indiqua le siège à côté d'elle.

— *Racontez*, dit-elle. Ça signifie « Tell me ».

Et pour la première fois depuis son arrivée à Paris, Margaret fut heureuse ; elle se sentait chez elle.

8

Odile

« L'heure bleue », ce moment magique entre le jour et la nuit. Tandis que les abonnés enregistraient les livres qu'ils avaient empruntés et rentraient chez eux, le silence tissait sa toile entre les tables et les chaises. J'adorais la Bibliothèque à ce moment-là car tout y était si tranquille que j'avais le sentiment d'en être la propriétaire.

Dans le gros registre en cuir, j'aidai Boris à répertorier le nombre d'abonnés qui étaient passés aujourd'hui (287), combien de livres avaient été empruntés (936) et autres détails de notre vie au quotidien (Encore une femme enceinte tombée dans les pommes – elle avait lu la page 43 de *Prospective Mother*[1]).

— Il est tard, me dit-il. Vous n'êtes pas obligée de rester.

— Mais je veux rester.

Boris me montra la salle de lecture vide, sa main élégante balafrée de coupures de papier.

1. Future Maman.

— Paradisiaque, non ?

Et ainsi commença notre ballet nocturne, sa chorégraphie perfectionnée au fil du mois écoulé. Il s'assura que les fenêtres étaient bien verrouillées et tira les rideaux. De mon côté, je baissai les lumières pour bien signifier aux éternels érudits de la salle de référence que la Bibliothèque allait bientôt fermer. Nous n'échangeâmes aucune parole en réalignant les chaises. Il y avait pourtant des problèmes dont il fallait discuter, des tâches à assigner, mais tout cela pouvait attendre demain. Après une journée passée à répondre à des questions, le silence était notre récompense. Je me demandai si Mme Simon avait raison en disant que Boris avait été aristocrate. Et aussi s'il me ferait un jour suffisamment confiance pour me parler de sa vie.

Mais c'était mon tour de chasser les derniers abonnés et je commençai ma ronde. Serpentant parmi les rayons de non-fiction, je découvrais des titres que je n'aurais jamais remarqués pendant la journée. (Ce soir, c'était *Comment faire bouillir de l'eau dans un sac en papier*.) Dans la salle de référence, j'inspectais les rayonnages et fis la plus belle des découvertes – Paul plongé dans un livre de grammaire anglaise.

Il me fit deux bises et j'essayai de m'imprégner de lui tout entier. Sa peau sentait le tabac, un parfum fumé comme le Lapsang Souchong, mon thé préféré. Un instant, je supposai que je devrais prendre mes distances, mais les livres me chaperonnaient avec bienveillance.

— C'est l'heure de la fermeture ? s'étonna-t-il. Désolé de vous retenir.

— Ce n'est pas un problème.

Retiens-moi. Tiens-moi.

— Je suis venu plusieurs fois…

— C'est vrai ?

— Mais vous étiez occupée auprès d'autres abonnés.

Nous nous tenions debout face à face, et seuls quelques petits centimètres nous séparaient. Mais c'était encore trop. Je me rapprochai, ses lèvres frôlèrent les miennes et je laissai mes doigts caresser sa joue. Hier, si quelqu'un m'avait dit que nous serions en train de nous embrasser entre deux rayonnages, je l'aurais accusé d'avoir inhalé des vapeurs de colle. Néanmoins, cette tendre confrontation me faisait l'effet d'être parfaite voire juste.

J'avais beaucoup lu sur la passion – Anna et Vronski, Jane et M. Rochester – et j'éprouvais en cet instant ces mêmes sensations à donner le frisson, en tout cas j'en étais convaincue. Mais aucun passage d'aucun livre ne pouvait procurer à son lecteur le plaisir de notre baiser.

Au bruit d'un claquement de hauts talons sur le parquet, je m'écartai et Paul recula. Nous nous étions à peine touchés mais chaque partie de mon corps – ma peau, mon sang, mes os – continuait de sentir son contact.

— Ah, vous voilà ! lança Miss Reeder avant que son regard ne se pose sur Paul.

— Merci… euh… mademoiselle Souchet, dit Paul. Je sais maintenant où trouver des renseignements sur… euh… le participe passé, ajouta-t-il en levant son livre de grammaire avant de détaler au plus vite.

Un petit sourire amusé étira les lèvres de la directrice.

— Miss Wedd attend votre visite.

— Miss Wedd ?

— C'est le jour de la paie.

Mais bien sûr ! Le jour de paie ! Comment avais-je pu oublier ?

— Qu'allez-vous faire avec votre premier salaire ?

— Ce que je vais faire ? répétai-je bêtement, l'esprit embrouillé.

— Vous mettrez bien sûr la majeure partie de côté – il est important d'avoir un petit bas de laine. Mais il est tout aussi important de fêter l'occasion, voire de faire un cadeau à ceux qui vous ont encouragée depuis le début.

— C'est une gentille attention.

Je regrettai de ne pas y avoir pensé toute seule, j'avais juste décidé d'ouvrir un compte épargne.

— Qui avez-vous remercié ? lui demandai-je.

— Ma mère et ma meilleure amie – je leur ai offert des romans. S'il vous plaît, ne faites pas attendre Miss Wedd, me pressa-t-elle.

Je rejoignis la comptable toujours de bonne humeur à son bureau. Juste deux stylos dans le chignon, ce soir.

— Vous aviez raison à propos de ce philosophe grec, Héraclite. J'ai adoré ce qu'il dit sur « on ne se baigne jamais deux fois dans la même eau ».

— La seule chose sur laquelle nous pouvons compter avec certitude, c'est le changement, confirma-t-elle.

Elle fit le compte de mon salaire. Chaque franc correspondait à une victoire quand je savais répondre à une question, à un embarras lorsque je pataugeais, à des journées entières à parler dans une langue étrangère, à des nuits passées à lire afin de pouvoir recommander des livres. Certes, je savais que j'allais adorer mon travail, mais j'étais surprise de constater combien il représentait un défi de chaque instant.

Je glissai mes billets dans ma poche, c'était eux la vraie raison pour laquelle j'avais voulu ce poste. Argent équivalait à stabilité. Et je me refusais de finir comme tante Caroline ; solitaire et démunie de tout.

*

Le lendemain après-midi, j'allai à la banque et y déposai mon salaire en gardant quelques francs pour mes petites dépenses. Ensuite, je me rendis à la gare et achetai deux billets pour Fontainebleau, pour remercier Rémy de son soutien indéfectible. Plus que la musique et les livres, il adorait marcher en forêt. J'avais dans l'idée de lui offrir son cadeau au moment du dîner mais il s'esquiva au bout de quelques bouchées.

— Il ne mange plus rien, marmonna maman. Il n'aime donc plus ma cuisine ?

— Ton repas était délicieux, intervint papa en prenant la main dodue de maman.

— Oui, mais par les temps qui courent, tu préfères dîner dehors, répliqua-t-elle sèchement.

— Allons, Hortense…

— Pourquoi ne pas aller rejoindre ton frère ? me suggéra alors maman.

Rémy travaillait à son bureau devant divers journaux étalés devant lui. Je lui donnai les billets, en pensant qu'il insisterait pour qu'on parte immédiatement. Mais il se contenta de m'embrasser d'un air absent. De plus en plus souvent, il était… loin. Même quand il était avec nous, il n'était pas là. Il me manquait. Il resta silencieux mais ne se remit pas à la rédaction de son tract.

— Tu es allé en cours aujourd'hui ?

— À quoi ça sert d'étudier le droit et les lois quand personne ne les respecte ? L'Allemagne s'empare de l'Autriche… des soldats japonais se battent en Chine… Le monde est devenu fou et personne ne s'en soucie.

D'une certaine façon, il avait raison. Les escarmouches entre les abonnés me semblaient autrement plus réelles que les conflits lointains. Me rappelant la toute dernière prise de bec, je pliai un morceau de papier en deux et le plaçai sur mon cou.

— Je te présente Mr Pryce-Jones avec son nœud papillon à motifs cachemire.

Je déplaçai le papier vers ma bouche.

— Et voici M. de Nerciat avec sa moustache de phoque toute laineuse.

Nœud pap : « Le réarmement, voilà ce qu'il nous faut ! Nous devons nous préparer à la guerre. »

Moustache : « C'est de paix que nous avons besoin, pas de nouvelles armes. »

Nœud pap : « Espèce d'autruche ! Cessez de vous enfoncer la tête dans le sable. »

Moustache : « Mieux vaut une autruche qu'un abruti. Pendant la Grande Guerre… »

Nœud pap : « Je ne vois pas pourquoi vous la remettez sans cesse sur le tapis ! La seule chose qui soit restée la même, c'est votre abominable coupe de cheveux. »

Rémy éclata de rire.

— Si tu me trouves drôle, tu devrais venir assister à un de leurs shows à la Bibliothèque.

— Je suis débordé, Odile. Je dois finir cet article au plus vite.

— Allez, viens, lui susurrai-je. Tu verras que les gens se préoccupent de ce qui se passe.

*

Jeudi avait lieu l'Heure des contes, mon événement préféré de la semaine. J'adorais regarder les petits immergés dans des histoires, tout comme moi, jadis, avec tante Caro. En chemin, je jetai un œil dans la salle de référence dans l'espoir d'y apercevoir Paul.

En vain. *Les Cœurs détruits*[1], 823. Je me dis qu'il ne pouvait pas passer tous les jours à la Bibliothèque. Au souvenir de notre baiser, je portai mes doigts à mes lèvres. Peut-être un jour, bientôt ?

Dans la salle des enfants, j'allai m'installer devant l'âtre où s'étaient rassemblées plusieurs mères. La plupart d'entre elles bavardaient, à l'exception d'une femme qui se tenait à l'écart.

— Hello, dit-elle en jouant avec son collier de perles. Ravie de te revoir.

C'était l'Anglaise solitaire. Margot ? Non, Margaret.

— J'ai trouvé *The Priory* merveilleux, poursuivit-elle. Le roman m'a tellement plu que j'ai emprunté trois autres ouvrages de Mrs Whipple. Je n'ai jamais beaucoup lu par le passé mais j'ai pris la décision que ma fille et moi allions désormais lire ensemble tous les jours.

— Laquelle est ta fille ? demandai-je.

Margaret me désigna la blondinette assise à côté d'Hélène, la petite de Boris. Les fillettes papotaient avec animation en attendant que Bitsi commence sa lecture, ce qui n'allait pas tarder. Je plissai les yeux vers l'horloge au-dessus du montant de la porte et fus surprise de voir entrer Rémy qui contourna le groupe d'enfants et vint me rejoindre.

— Je suis heureuse que tu sois venu, dis-je.

— Comment aurais-je pu résister après ton numéro seule en scène ? Je voulais passer un peu de

---

1. *The Death of the Heart*, roman d'Elizabeth Bowen publié en 1933.

temps avec toi dans ton lieu favori. Nous avons tous les deux été pas mal occupés…

— Tu es ici, c'est tout ce qui importe.

Perchée sur un tabouret, Bitsi feuilleta les pages d'un livre, s'éclaircit la gorge, et la salle fit silence. Vingt enfants se rapprochèrent d'elle. En lisant *Miss Maisy*, sa voix se fit plus grave et son regard hypnotisa son public. Sous le charme, un garçonnet toucha sa jupe qui flottait autour de ses ballerines.

Un regard à Rémy me suffit pour constater que Bitsi avait un nouveau fan – il ne la quittait plus des yeux. Quand elle eut terminé, il applaudit et d'autres se joignirent à lui.

— C'est donc elle ta « sœur en livres », commenta-t-il. Elle en a vraiment lu autant que toi ?

— Probablement encore plus.

— Elle a du talent.

— Elle sait faire vivre les personnages.

— Non, elle devient les personnages, rectifia-t-il en s'avançant vers elle.

Je lui emboîtai le pas.

— *Vous êtes magnifique*, la complimenta-t-il en français.

— *Merci*, murmura-t-elle dans la même langue, les yeux rivés au sol.

Je voulais présenter Rémy à Mr Pryce-Jones et M. de Nerciat mais lorsque je le tirai par la manche, il ne le remarqua même pas.

— Vous devez avoir la gorge sèche, dit-il à Bitsi. Aimeriez-vous aller boire un *citron pressé* ?

C'était bien la première fois que je le voyais aussi résolu devant une femme. Au moins six camarades de ma classe m'avaient prise pour amie dans le seul but de le rencontrer. Chaque fois que je lui présentais une fille, il restait poli et écoutait, mais il n'avait jamais engagé la conversation le premier.

J'espérais que Bitsi allait accepter son invitation. Pour une fois, elle pouvait partir avant l'heure ; ce n'était pas un problème.

Quand elle posa la main au creux de son bras, il ferma les paupières une fraction de seconde de plus que nécessaire, tel un *Merci* silencieux, avant de l'escorter jusqu'à la sortie. Me sentant oubliée, je tâchai de me convaincre qu'il était naturel que Rémy soit tombé sous son charme. Il n'avait eu aucune intention de me laisser à la traîne.

Boris me tapota le dos.

— La bonne nouvelle, me dit-il, c'est que nous allons faire don d'un certain nombre de livres.

— Et la mauvaise ?

— Il y en a plus de trois cents, et votre travail consistera à faire le tri.

Il me donna une liste et, tout en lisant les titres, je revins sur terre et cessai de m'apitoyer sur mon sort. Si la visite de Rémy ne s'était pas terminée comme je l'avais prévu, je n'allais pas en faire un drame. Des occasions, il y en aurait d'autres.

— Lorsque j'ai appris que la Bibliothèque distribuait des milliers de livres aux universités, j'ai bien sûr trouvé cette décision admirable. Naturellement, c'était avant que je n'apprenne que ce serait à moi de les emballer ! plaisantai-je.

— Plutôt vous que moi, s'esclaffa Boris.

L'arrière-salle débordait de caisses vides et de livres entassés en vrac.

— Fais bon voyage, murmurai-je à un livre relié en le plaçant dans la caisse destinée au Collège américain de Téhéran, en Perse ; un autre partit pour l'Institut Seaman en Italie ; les troisième, quatrième et cinquième voyageraient ensemble jusqu'en Turquie. J'y passai des heures, me sembla-t-il, mais en regardant l'horloge, je constatai qu'il ne s'était écoulé que dix minutes. L'après-midi allait être solitaire et interminable.

On frappa à la porte.

— J'ai demandé à l'homme de la réception où tu avais disparu et il m'a envoyée ici, annonça Margaret.

— Un peu de compagnie serait la bienvenue. Tu veux bien me donner un coup de main ? suggérai-je, songeant néanmoins que sa robe en soie rose serait couverte de poussière si elle acceptait et que, de toute façon, les femmes qui s'habillaient chez les couturiers ne travaillaient pas.

— Pourquoi pas ? s'exclama-t-elle. Je n'ai rien de mieux à faire.

Je lui proposai d'aller chercher sa fille mais elle m'expliqua que Christina avait paru heureuse de se lier d'amitié avec Hélène et son père. Je montrai à Margaret comment trouver le destinataire de chaque ouvrage et la vis zigzaguer entre les caisses avec élégance et emballer les livres avec soin.

— *Bon voyage*, murmurait-elle à chacun.

J'ouvris de grands yeux.

— Tu dois me prendre pour une folle de parler ainsi à des livres, non ?

— Absolument pas.

— *Bon voyage* est l'une des seules phrases françaises dont je me souvienne de l'école. Ma mère avait raison, j'aurais dû travailler plus sérieusement.

— Il n'est jamais trop tard ! Je t'enseignerai quelques expressions. *Bon vent* signifie « que les vents te soient propices ». On dit aussi *bonne route* ou *bonne chance*. On dit *bon courage* quand on veut donner un peu de tonus à quelqu'un.

— *Bon courage !* lança-t-elle à un manuel de chimie.

— *Bon vent !* dis-je à un abrégé de maths.

Je gloussai avec elle tout en souhaitant aux livres d'arriver à bon port.

— Qu'est-ce qui t'a amenée à Paris ? m'enquis-je.

— Mon mari est attaché à l'ambassade britannique.

— Il y a pire comme cercle de relations.

— Je parlerais plutôt de cercle vicieux, objecta-t-elle avec une grimace. Oh, s'il te plaît, ne répète à personne que j'ai dit une chose pareille. Tu comprends maintenant pourquoi je ne suis pas diplomate.

Soudainement intimidée, Margaret se remit à trier les ouvrages.

— Tu dois quand même avoir l'occasion d'assister à des événements glamour, repris-je avec l'espoir qu'elle me raconterait ses soirées.

— Hier, j'ai été invitée pour le thé à la résidence de l'ambassadeur néerlandais, mais je m'amuse bien plus ici.

— Comment est-ce possible ? Tu dois rencontrer des gens du monde entier.

— Ces gens-là ne s'intéressent qu'à mon mari, pas à moi, répondit-elle, avec des larmes dans les yeux. Ma maman me manque, retrouver mes amies pour le thé me manque.

Je ne savais plus quoi répondre. D'après Miss Reeder, les étrangers à Paris souffraient souvent du mal du pays, et le personnel de la Bibliothèque pouvait soulager un trop-plein de solitude.

— Je ne voulais pas pleurer, bredouilla Margaret en séchant ses larmes. Ma maman m'appelle « la théière au bec qui fuit ».

— Elle va bientôt t'appeler *la Parisienne*, répliquai-je en plaçant le couvercle sur la dernière caisse. Tu m'as été d'un grand secours.

— C'est vrai ?

— Tu devrais te proposer comme volontaire ici.

— Je n'ai reçu aucune formation. Et si je commets une erreur ?

— C'est une bibliothèque, pas une salle d'opération d'hôpital ! Personne ne va mourir si tu ne ranges pas un livre à la bonne place.

— Je ne suis pas sûre…

— Tu te feras de nouveaux amis, et je t'enseignerai le français.

Je l'accompagnai dans la cour où sa fillette jouait avec Hélène. L'ombre du crépuscule tombait sur la ville, franchissait peu à peu le mur pour gagner la pelouse au-delà du lierre dans sa jarre, mettant le cap sur la Bibliothèque. Mais l'obscurité ne pouvait pas tout envahir – les lampes de la salle de lecture brillaient trop fort. Par la fenêtre, nous vîmes l'une et l'autre Mme Simon jeter alentour des regards furtifs avant de sortir de son sac un caniche qu'elle posa sur ses genoux pour lui caresser le ventre en compagnie de la professeure Cohen. Tout à leur petit bonheur, elles ne remarquèrent pas Boris et son épouse Anna assis dans un coin, côte à côte, leurs têtes aux cheveux sombres penchées. S'ils ne se touchaient pas, ils rayonnaient néanmoins d'amour et de tendresse. Un doigt maigre sur ses lèvres, la sévère Mrs Turnbull fit taire quelques étudiants. Le pauvre Peter-le-rangeur disparut entre les rayonnages pour éviter la matrone qui le traquait comme une proie. En le voyant faire, notre comptable se couvrit la bouche pour étouffer un rire.

À mesure que ces petites scènes se déroulaient sous ses yeux, le regard de Margaret se remplissait d'attente. Quelque chose me dit alors qu'elle avait besoin de la Bibliothèque. Et que la Bibliothèque avait besoin d'elle. Au-dessus de livres poussiéreux, nos conversations avaient coulé comme la Seine. Je me mis à espérer que Margaret rejoindrait notre troupe.

9

Odile

Paris, juin-juillet 1939

Comme c'était semaine d'examens, toutes les tables se trouvaient occupées et il ne restait qu'une seule place assise. M. Grosjean, ses oreillettes mandarine bien en place, s'était planté au milieu de la salle de lecture et, le voyant faire, je me préparai au pire, tout comme Boris.

— Que va faire notre habituel client si inhabituel ? me demanda-t-il.

— *Appelez-moi Ismaël*[1], commença à lire M. Grosjean à haute voix. *Voici quelques années – peu importe leur nombre précis –, sans un sou en poche ou presque et n'ayant rien de particulier qui me retînt sur la terre ferme, je songeai à aller naviguer et voir de plus près les étendues liquides de ce monde…*

Lorsque Boris lui indiqua la chaise vide et l'invita à lire *pour lui seul*, en silence, ce dernier répliqua :

---

1. *Moby Dick*, roman de Herman Melville publié en 1851.

— Je préfère aller en enfer plutôt que de m'asseoir à côté de ces Juifs parfumés.

Miss Reeder s'approcha, les lèvres pincées, le front barré d'un pli ; c'était bien la première fois que je la voyais en colère. M. Grosjean recula d'un pas.

— Je m'occupe de vous dans un instant, lâcha-t-elle sèchement.

Elle rassembla alors les jeunes filles – des étudiantes de la Sorbonne – et leur présenta ses excuses en leur promettant qu'elles allaient pouvoir étudier en paix avant de remonter vertement les bretelles à son abonné :

— Dans cette bibliothèque, il n'y a pas de place pour ce genre de propos.

— Je dis tout haut ce que d'autres pensent tout bas, marmonna-t-il.

— Réfléchissez-y à deux fois dans ce cas.

— Ne venez pas me dire ce que je dois faire ! rétorqua M. Grosjean en fouettant l'air d'un geste si brusque qu'il faillit la frapper.

Boris l'agrippa par le bras et l'escorta jusqu'à la porte. En chandail sans manches et cravate, il était étonnamment efficace dans son rôle de videur.

— Je voulais lire le passage sur « le crachin humide de novembre en mon âme » !

— Quelle âme ?

— Lâchez-moi…

— Vous n'êtes pas une victime, continua Boris en le mettant dehors de force. Vous êtes un individu déplaisant qui vient d'offenser un grand nombre de personnes. Encore un mot et je ferai en sorte que vous ne puissiez plus jamais revenir.

Miss Reeder apaisa les abonnés dérangés par cet éclat et je décidai d'aller voir comment se sentait Boris. Je le trouvai à l'autre bout de la cour, près des roses pourpres auxquelles le concierge s'adressait comme à ses enfants. Il était adossé au mur, une Gitane entre les doigts.

— *Ça va ?*

Il ne répondit pas. Je m'appuyai à mon tour contre le mur et contemplai les volutes de fumée qui s'élevaient dans l'air.

— Après la révolution, j'ai été contraint de faire mes adieux à mon pays, m'expliqua-t-il. Le départ a été douloureux, mais mon frère et moi étions convaincus qu'en venant ici nous serions dans un pays meilleur et moins étriqué. La France n'est-elle pas le pays des Lumières ? En Russie, beaucoup de gens ont trouvé la mort à cause des pogroms et le mari de notre tante a été tué, uniquement parce qu'il était juif. Alors quand j'entends des choses pareilles…

— Je suis désolée.

— Je crois bien que la haine est partout, maugréa-t-il.

Il tira une bouffée de sa cigarette et souffla sa fumée comme s'il lâchait un soupir.

— Même dans notre Bibliothèque.

*

Papa ne s'était pas trompé – travailler auprès du public pouvait être démoralisant. Dans le bus qui me ramenait à la maison, je plongeai dans les pages de ma fidèle amie 813, *Mais leurs yeux dardaient sur Dieu*, en me tournant vers la fenêtre pour voler le peu de lumière qui restait du jour. *Elle savait des choses que personne ne lui avait jamais dites. Par exemple, les mots des arbres et du vent. Souvent, elle s'adressait aux graines portées par la brise en leur disant « J'espère que vous tomberez dans la terre molle », parce qu'elle les avait entendues se souhaiter la même chose à leur passage. Elle savait que le monde était un étalon qui se roulait dans la pâture bleue de l'éther. Elle savait que chaque soir, Dieu démolissait le vieux monde pour en rebâtir un tout neuf avant le lever du jour. Et c'était merveilleux de voir ce monde prendre forme avec le soleil et émerger de la poussière grise de sa création. Choses et gens familiers l'ayant cruellement déçue, elle se pencha par-dessus la grille et contempla la route qui serait sa porte de sortie.* Lorsque le bus s'arrêta en couinant à un feu rouge, j'émergeai de mon livre.

Où étions-nous ? Je cherchai un repère familier et reconnus le commissariat de mon père, un immeuble immense et menaçant. La maison était encore loin et si papa était encore à son travail, je pouvais espérer rentrer avec lui. Je balayai la rue à la recherche de sa voiture mais c'est lui que je trouvai, son feutre incliné bas sur le front, avec une femme à son bras. Qui sait, il s'agissait peut-être de la victime d'un crime qu'il voulait consoler ou d'une boutiquière qui avait été volée. Je remarquai alors le nom du bâtiment derrière eux, le Normandy Hotel. Non, ce devait être une réceptionniste ou une bonne. Elle dit quelques mots à papa qui lui répondit par un grand sourire avant de l'embrasser, non pas sur les joues mais à pleine bouche.

Comment pouvait-il faire une chose pareille à maman ? Cette traînée n'était même pas jolie – des cheveux clairsemés et des pommettes rebondies comme des boutons de porte. Heureusement, le feu passa au vert et, cahin-caha sur les pavés, le bus m'emporta loin de là.

Cependant je me sentais si mal que je descendis à l'arrêt suivant. Durant le trajet à pied jusqu'à la maison, je m'efforçai de donner un sens à ce que j'avais vu. Depuis combien de temps cela durait ? Qu'est-ce que maman avait fait pour mériter ça ? Que n'avait-elle pas fait ? Je tournai les pages de ma mémoire. Un soir, maman avait dit que papa préférait « dîner dehors ». Parlait-elle d'une liaison ?

Dans l'entrée, je laissai tomber ma sacoche et appelai Rémy. Il lisait *Des souris et des hommes*.

— Steinbeck peut attendre, déclarai-je.

Je l'accompagnai pour rejoindre notre cachette secrète, sous mon lit, à bonne distance de nos parents et loin du monde, un lieu que la lumière n'atteignait pas complètement. Rémy d'abord puis moi, nous glissâmes sur le parquet comme jadis ; et c'était un vrai bonheur de retomber en enfance, dans le dernier endroit où l'on viendrait nous chercher.

Peinant à retrouver mon souffle, je bredouillai :

— Papa… avec une femme… Pas maman.

— Et ça te surprend ?

Son insouciance me fit aussi mal que de voir papa avec sa traînée.

— Tu étais au courant ? Pourquoi ne m'en as-tu pas parlé ?

— Nous ne sommes pas obligés de tout nous dire.

Depuis quand ?

— Les hommes importants ont des maîtresses, poursuivit-il. C'est un symbole de statut social, comme une montre en or.

Rémy croyait-il vraiment ce qu'il disait ? Et Paul le croyait aussi peut-être ? La liaison de papa me faisait l'effet d'une trahison, non simplement à l'égard de maman mais à l'égard de notre famille. Pourquoi Rémy ne s'en rendait-il pas compte ? Je lui jetai un coup d'œil mais il me fut impossible de lire son expression. Je ne savais pas ce qu'il pensait. Mes doigts s'accrochèrent aux ressorts du sommier.

— Bitsi prétend que devenir adulte, c'est en partie comprendre que les parents ont leur propre vie, leurs propres désirs, conclut-il.

Si Bitsi l'a dit…

Je me souvins d'un autre de nos désaccords. L'été de nos neuf ans, à cause d'une infection aux poumons, il avait dû garder le lit, et maman avait recouvert sa poitrine décharnée de cataplasmes à la moutarde pour résorber la congestion. J'étais restée à son côté – à lui faire la lecture à haute voix ou à le regarder somnoler – tous les jours sauf le dimanche, quand maman et moi allions à la messe avec oncle Lionel et tante Caro. J'aimais beaucoup oncle Lionel parce qu'il disait toujours combien il regrettait de ne pas avoir une fille comme moi. Les yeux de tante Caro s'embuaient alors de larmes, tandis que maman répétait avec force qu'ils seraient bientôt bénis par la naissance d'un enfant. Mais maman – obstinée dans sa conviction d'avoir toujours raison – avait dû reconnaître cette fois qu'elle n'avait raison qu'à moitié.

Lorsque mon oncle avait cessé d'aller à la messe, tante Caro avait justifié sa décision de façon si naturelle – il avait la grippe ou alors il devait emmener des clients à Calais – que personne ne s'était aperçu qu'il y avait anguille sous roche. La dernière fois, à notre sortie de la messe, maman avait même déclaré :

— Je suis heureuse qu'on soit juste entre filles.

Je marchais devant en rêvant de dessert.

— Je suis soulagée que tu sois d'aussi bonne humeur. J'ai des choses à t'apprendre.

C'est l'épine que j'avais perçue dans sa voix qui m'avait arrêtée mais je ne m'étais pas retournée. Je ne voulais pas que maman m'accuse une fois encore d'espionner ses conversations.

— Depuis quelque temps, Lionel se montre distant, avait poursuivi tante Caro.

— Distant ?

— J'ai fini par me convaincre qu'il avait quelqu'un, et quand je lui ai posé la question, il a reconnu qu'il avait une maîtresse.

— Ainsi va notre monde. Je suis surprise qu'il t'ait avoué la vérité, commenta maman.

Sa voix était si pleine d'amertume que j'avais fait volte-face, mais ni ma mère ni ma tante ne l'avaient remarqué.

— Il a bien été obligé, avait expliqué tante Caro, les yeux brillants de larmes. Il l'a mise enceinte. Et moi, j'ai entamé une procédure de divorce.

— Le divorce, avait répété maman d'une voix blanche. Mais qu'allons-nous dire aux gens ?

Ma mère avait une tournure d'esprit bien à elle et sa première réaction était invariablement : « Que vont penser les gens ? » Elle avait jeté un coup d'œil inquiet à Mgr Clément qui se tenait sur les marches de l'église.

— C'est tout ce que tu trouves à dire ? s'était exclamée tante Caro.

— Tu ne pourras plus assister à la messe.

— C'est très dommage, mais je suis assez grande pour lire les Écritures toute seule. Allez, viens.

Maman n'avait pas bougé.

— Tu dois retourner chez toi, tu as des choses à faire là-bas.

— J'espérais pouvoir rester avec toi.

— Il faut que tu retrouves ton appartement.

— Je ne peux pas. C'est chez nous que Lionel installe cette femme.

— Ce n'est pas mon *problème*.

J'avais été choquée de voir maman, qui détestait les conflits, se disputer ainsi devant l'église, Dieu et tout un chacun. Comment pouvait-elle se montrer si cruelle envers sa propre chair et son propre sang ?

— S'il te plaît, avait insisté tante Caro. Je ne supporte pas de rester seule.

Le regard de maman avait accroché le mien. J'espérais la voir prendre sa sœur dans ses bras comme elle le faisait avec moi quand je m'écorchais le genou après une chute, mais elle s'était contentée de dire :

— Je ne veux pas que les enfants soient influencés.

Une divorcée était en dessous de tout, même d'une femme déchue. Ma mère avait beau croire ce que l'Église lui commandait de croire, elle allait sûrement faire une exception pour sa propre sœur.

— Je n'ai nulle part où aller, avait supplié tante Caro. Je n'ai pas d'argent.

— S'il te plaît, maman, avais-je murmuré.

Mais son expression s'était durcie.

— Le divorce est un péché.

— En confession, on peut demander pardon pour un péché, avais-je rétorqué.

Lorsqu'elle ne parvenait pas à l'emporter par la simple logique, maman utilisait la force. Elle m'avait attrapée par le bras et tirée dans la rue avec elle, direction la maison. Je m'étais retournée vers tante Caro qui nous regardait partir, sa main tremblant sur son sein.

À notre arrivée, je m'étais immédiatement dirigée vers la chambre de Rémy mais lorsque j'avais tourné le bouton de sa porte, maman s'était appuyée contre le battant.

— Je t'interdis d'aller perturber ton frère.

Les jours suivants, j'avais interrogé ma mère à propos de tante Caro, dans l'espoir qu'elle se radoucirait. Elle m'avait simplement répondu :

— Mentionne encore une fois son nom et je te chasse.

Je l'avais crue.

Deux semaines durant, j'avais gardé le silence – ou c'était le silence qui m'avait gardée. Incapable de taire mon secret plus longtemps, j'avais grimpé sur le lit auprès de Rémy. Son visage empourpré était moite de sueur et je savais combien il pouvait être épuisé à cause des quintes de toux qui lui déchiraient la poitrine.

— Avec ton cataplasme à la moutarde, tu sens comme le rôti du dimanche, l'avais-je taquiné.

— Très drôle.

— Désolée.

J'avais tendu la main comme pour lui ébouriffer les cheveux. S'il me laissait faire, je saurais qu'il me pardonnait ma plaisanterie. Sinon, sa colère serait restée intacte.

Il m'avait laissée faire.

— Tu te sens mieux ?

— Pas vraiment.

— Oh…

Je n'avais rien osé lui dire – maman m'avait prévenue, je ne devais pas le perturber, et mes parents comme moi vivions toujours dans la crainte d'une rechute. Quand on le pensait endormi, il n'y avait plus que des murmures dans la maison et chacun passait devant sa porte sur la pointe des pieds.

De quoi s'agit-il ? m'avait-il demandé silencieusement.

Rien.

Vas-y, dis.

Il nous arrivait alors de communiquer de cette façon.

Il m'avait écoutée me vider de ma douleur : j'avais toujours cru que l'amour de notre mère coulait sans conditions et voilà qu'elle l'arrêtait d'un coup, aussi facilement qu'on ferme un robinet. Qu'allait devenir notre tante ?

— Maman m'a juste annoncé que tante Caro voulait retourner à Mâcon, avait-il articulé lentement.

J'avais brusquement relevé la tête. *C'est elle qui le voulait ?*

— Pourquoi alors tante Caro n'a-t-elle pas dit au revoir ? lui rétorquai-je. Pourquoi n'a-t-elle pas écrit ?

Pour une fois, mon bavard de frère n'avait eu aucune réponse à me fournir.

— Tu préfères croire ce qui t'arrange plutôt que d'accepter la vérité, lui avais-je reproché.

— Tu as dû mal comprendre. Jamais maman ne se montrerait aussi cruelle.

Son refus de me croire avait été aussi dévastateur que notre mère abandonnant notre tante.

— Tu n'étais pas là, avais-je réagi. Tu jouais au malade, comme à ton habitude.

Il s'était empourpré puis assis dans son lit et avait ouvert la bouche. Redoutant une avalanche de mots choisis, je m'étais préparée au pire. Mais je me trompais : il s'était mis à tousser, encore et encore, une toux profonde qui lui avait fait cracher un sang noir. Impuissante, je lui avais tendu mon mouchoir et caressé le dos. Toute envie de remporter notre joute verbale m'avait quittée.

Deux mois plus tard, Rémy était revenu à l'église, pour la messe. À l'image de maman, il s'était agenouillé avec dévotion devant le crucifix, convaincu que sa foi l'avait sauvé et remis sur pied. Je l'avais laissé croire ce qu'il avait besoin de croire. J'avais appris que l'amour n'était pas patient, l'amour n'était pas gentil. L'amour était conditionnel. Même vos amis les plus proches pouvaient vous tourner le dos et vous dire au revoir pour une peccadille. Vous ne pouviez compter que sur vous-même.

Ma passion pour la lecture avait grandi – les livres ne me trahiraient pas. Alors que Rémy dépensait son argent de poche en bonbons, je gardais le mien précieusement. À l'école, c'était lui le clown, et moi la première de la classe. Quand ses amis m'invitaient à sortir, je répondais non ; que l'amour était hors de question. J'allais apprendre un métier, je trouverais un emploi et mettrais mon argent de côté pour parer à toute éventualité : s'il arrivait l'inévitable, je pourrais toujours m'en sortir.

*

Les yeux larmoyants après une nuit d'insomnie, j'essayai d'aider les abonnés de mon mieux mais il m'était difficile d'arrêter ma sarabande personnelle. Papa avait une maîtresse, Rémy passait tout son temps avec Bitsi et Paul n'était pas revenu me voir. Je m'arrêtai au comptoir des prêts avec l'espoir que Boris aurait un livre pour moi.

— Vous avez été bien triste aujourd'hui, fit-il remarquer en me tendant 891.73. Allez donc dans l'Après-Vie. Personne n'ira vous embêter là-bas.

Serrant Tchekhov contre ma poitrine, je me glissai dans l'escalier, laissai les lettrés du premier étage à leur passion – ils n'avaient même pas remarqué que le printemps était arrivé – et montai au second si serein, là où nous gardions les livres qui ne sortaient que très rarement, ce qu'on appelait l'Après-Vie.

À mesure que j'avançais entre les rayonnages comme sur un nuage, mon corps recouvra son calme et le silence m'emplit de paix. Cachée parmi les livres, je lus : *Il avait deux vies : l'une, ouverte, vue et connue de tous ceux qui se préoccupaient de savoir, et une autre vie qui suivait son cours en secret.* Il nous serait à jamais impossible de connaître ceux que nous aimons, et eux ne nous connaîtraient jamais. À cette pensée, mon cœur certes se déchirait. Mais en lisant les récits des autres, au moins je savais que je n'étais pas seule.

— Ah, te voilà ! s'exclama Margaret.

Comme elle venait de manipuler quantité d'ouvrages trop lourds pour elle, son visage, habituellement si parfaitement poudré, était brillant de sueur, mais aussi de contentement. La petite personne fragile et hésitante que j'avais vue à notre première rencontre avait cédé la place à une femme sûre d'elle et compétente.

— Quelle tâche t'a-t-on confiée aujourd'hui ?

— Transférer les exemplaires des encyclopédies, répondit-elle en se frottant les biceps. Il faut être costaud pour travailler ici.

— Tu es gentille de nous consacrer tout ce temps.

— C'est facile quand on croit, et je crois en la Bibliothèque.

Et moi qui hésitais à donner mon cœur à Paul…

— Et si tu donnes sans rien recevoir en retour ?

— Quand on donne, je ne suis pas certaine qu'il faille attendre quoi que ce soit. Qu'est-ce que tu fais ici toute seule ? s'étonna-t-elle.

— Un inventaire.

— Tu m'as l'air plutôt pensive.

— Je vais bien.

— Oui, c'est ce que je constate, répondit-elle avec légèreté. On étouffe ici. Tu as besoin de prendre l'air.

Une fois dehors, *La Dame au petit chien* sous le bras et Margaret sur mes talons, je remontai trois rues.

— Où allons-nous ? s'enquit-elle.

Je fronçai les sourcils. Est-ce que le commissariat de Paul se trouvait rue Washington ?

J'avais vu l'amour mal tourner. Et maintenant je voulais le voir prendre une bonne direction. J'avais besoin de savoir si les sentiments de Paul envers moi étaient à l'unisson des miens : pleins d'espoir mais prudents. J'avais un travail et devenais de plus en plus indépendante. Je pouvais peut-être tenter ma chance.

— Tout va bien ?

— Je…

Je ne savais comment exprimer ce que je ressentais et de toute façon, Margaret avait un esprit trop cosmopolite pour s'intéresser à mes petits problèmes.

— Aimerais-tu assister à la soirée de l'ambassade, le 14 juillet ?

— Tu es sérieuse ? m'exclamai-je.

— Bien sûr ! Je tiens absolument à te remonter le moral. Viens donc chez moi, nous nous préparerons ensemble. Tu pourras emprunter une de mes robes longues. Euh… je ne sous-entends pas que tu n'as rien à te mettre…

C'est tout juste si je l'entendis. Le commissariat était là ! Hourra ! Je m'arrêtai pile. Margaret contemplait les barreaux aux fenêtres avec circonspection, mais lorsqu'une poignée de beaux agents de police sortit du bâtiment, son visage s'éclaira.

— N'y aurait-il pas par hasard un certain abonné dont tu aimerais croiser le chemin ? J'espère sincèrement qu'il est policier et non pas voleur !

— Il est bien policier.

— Va donc le saluer.

— Papa n'aimerait pas ça. Il dit que les commissariats sont remplis de criminels.

— Ton père travaille ici ?

— Non.

— Alors je ne vois vraiment pas ce qui t'empêche d'y aller !

Elle ouvrit la porte en bois et me poussa à l'intérieur du poste dont l'éclairage trop chiche parvenait difficilement à traverser le brouillard de fumée de cigarettes. Sur un banc, un homme en maillot de corps sale me lorgna d'un air salace et je serrai *La Dame* contre ma poitrine. Il se rapprocha, je reculai. Peut-être que Paul avait fini par accepter le poste que papa lui avait proposé et ne travaillait plus ici. Peut-être même qu'il n'avait jamais travaillé ici. J'étais une idiote. Je n'aurais jamais dû venir. En sortant, je sentis une main sur mon coude et me libérai aussitôt d'une secousse, prête à assener un coup de Tchekhov à l'importun. Au lieu de quoi je découvris deux yeux bleus inquiets.

— J'ai souvent rêvé de te revoir, mais ce n'était pas ici, murmura Paul.

Je baissai mon roman.

— Tu avais l'intention de me revoir ?

— Naturellement. Mais après t'avoir embarrassée devant ta patronne…

— Ce n'était pas le cas. Quoi qu'il en soit, sache que tu nous as manqué… à la Bibliothèque.

— Elle aussi m'a manqué… la Bibliothèque.

J'attendis qu'il ajoute autre chose, en vain.

— Je dois y aller. Une amie m'attend…

— Je viens de terminer mon service. Puis-je vous inviter à dîner toutes les deux ?

Dans le bistrot, le serveur, très élégant en blazer et nœud papillon noirs, nous conduisit à une table tranquille près du mur du fond, à l'abri du regard des flics qui nous reluquaient par-dessus leurs bières. Je ne reconnus aucun visage familier parmi les buveurs mais je me demandai si l'un d'eux n'était pas venu déjeuner un dimanche.

Un arôme de pommes caramélisées, à faire venir l'eau à la bouche, s'échappa de la cuisine.

— C'est quoi, cette odeur divine ? s'enquit Margaret.

— Une tarte Tatin. Mon troisième dessert préféré, après les profiteroles et la mousse au chocolat de maman.

— Mon quatrième favori, dit Paul.

— Je n'en ai jamais goûté, reprit Margaret, mais je suis convaincue que c'est mon nouveau dessert favori.

Intimidée soudain, j'époussetai les miettes de pain sur la nappe à carreaux. Elle articula en silence : « Parle-lui. » Le silence résonna plus fort pendant que j'essayais de trouver un sujet. Je pourrais peut-être l'interroger sur son travail. Je pensais à papa d'une humeur de chien à son retour à la maison, quand il se plaignait des scélérats auxquels il avait affaire, et Rémy et moi n'étions jamais très sûrs de savoir s'il parlait des criminels ou de ses collègues.

— Pourquoi diable as-tu voulu devenir policier ? lâchai-je brusquement.

— Elle parle des dangers, précisa Margaret. Elle admire les hommes en bleu.

— C'est ce que j'ai toujours voulu faire. Aider les gens, assurer leur sécurité.

— Ça doit être gratifiant ! s'exclama-t-elle.

— Et pourquoi as-tu voulu devenir bibliothécaire ? me demanda-t-il, une *étincelle* dans le regard.

— Parfois, je préfère les livres aux gens.

— Les livres ne mentent pas, les livres ne volent pas, avança-t-il. Ils sont dignes de confiance.

Je fus à la fois surprise et encouragée d'entendre un écho de mes propres sentiments.

— Et toi, quel genre de lecteur es-tu ? lui demandai-je à mon tour.

— Ma réponse t'intéresse-t-elle personnellement, ou est-elle destinée à la lettre d'information de la Bibliothèque ?

Je me sentis rosir de fierté.

— Tu lis ma lettre d'information ?

— J'ai adoré la réponse de Miss Wedd et je suis même allé jeter un œil à ce bon vieil Héraclite. « Nous ne nous baignons jamais deux fois dans la même eau », cita-t-il en même temps que moi.

— C'est juste moi qui le demande, repris-je timidement.

— J'aime surtout ce qui n'est pas de la fiction. En particulier la géographie. J'ai beaucoup apprécié de me replonger dans une grammaire anglaise, un ouvrage qui contient des règles. Quelque chose que je peux désigner du doigt avant de dire, oui, c'est exactement ça. Je suppose que la raison en est simple, j'ai besoin que les choses soient vraies.

J'étais sur le point de lui rétorquer que les romans pouvaient être plus vrais que la vie, mais il poursuivit :

— Probablement parce que je passe beaucoup de temps avec des criminels qui ignorent les règles. Les malfrats ne se soucient pas de ceux auxquels ils font du mal. Ils racontent de belles histoires et on cherche toujours à se convaincre qu'ils avaient une bonne raison de faire ce qu'ils ont fait. Mais quand un individu a abusé de ta confiance en mentant comme un arracheur de dents, c'est toujours dur à encaisser.

— C'est douloureux, confirmai-je, songeant à papa et à sa catin.

Le serveur s'éclaircit la gorge. J'avais oublié que nous étions dans un restaurant bondé tout comme j'avais oublié Margaret à côté de moi. Après qu'on eut pris notre commande, Paul s'adressa à Margaret dans un anglais hésitant :

— Je ne crois pas que j'aurais pu vivre comme vous, aussi loin de chez moi. Ne serait-ce que pour cette raison, je vous admire.

— C'est gentil de votre part. C'est vrai, j'avais le mal du pays, et c'était horrible, mais j'ai fait la connaissance d'Odile.

— Margaret nous a apporté une aide précieuse à la Bibliothèque.

Elle rougit et demanda à Paul :

— Vous avez des projets pour les vacances ?

— Tous les étés, j'aide ma tante à la ferme, répondit-il.

— Près de Paris ?

— En Bretagne.

— Tu vas donc partir ? dis-je d'une voix morose.

Lorsque le garçon nous apporta nos steaks frites, je n'avais plus faim et me contentai de picorer mes frites.

Le dîner terminé, Margaret remercia Paul et monta dans un taxi. Sous les lueurs tamisées des lampadaires, il me raccompagna chez moi. Je ne savais pas si je devais me dépêcher comme à mon habitude ou accorder mes pas aux siens. Je ne savais pas si je devais fourrer ma main dans ma poche ou la laisser pendouiller librement pour qu'il puisse s'en saisir s'il le désirait. En montant l'escalier, je me demandai s'il allait se pencher vers moi et couvrir mes lèvres des siennes, que je puisse enfin l'inspirer comme une bouffée d'air. Mais sur le palier, il garda ses distances.

Je masquai ma déception en baissant la tête pour chercher ma clé perdue au fond de mon sac.

J'essayais de la glisser dans la serrure quand il me toucha le poignet. Je me raidis.

— J'allais te demander de sortir avec moi, dit-il.

— C'est vrai ?

— Puis ton père m'a proposé ce poste.

J'en laissai tomber ma clé par terre.

C'est à cause de papa qu'il m'appréciait ! Quelle idiote j'avais été : aller le traquer jusque dans son commissariat ! J'en avais la nausée. Je devais absolument entrer et fermer la porte sur lui. Je me baissai pour récupérer la clé mais il fut plus rapide ; d'une main il la ramassa et de l'autre il m'attrapa par le coude.

— Je corresponds au bon profil, expliqua-t-il en m'aidant à me relever, et j'ai besoin de cette augmentation de salaire pour trouver un endroit où vivre.

Je me concentrai sur le petit bouton bleu de sa chemise.

— Félicitations. Et quand commences-tu ?

— J'ai refusé le poste.

— Sérieusement ?

— Je ne veux pas que tu doutes de mes sentiments.

Mon cœur s'épanouit telle une fleur au soleil et Paul couvrit ma bouche de la sienne. Au début, je pinçai les lèvres en moue comme dans les films puis ma bouche s'ouvrit et sa langue caressa la mienne. Son baiser avait un goût divin et, quand il releva la tête, je le contemplai, émerveillée, avec le sentiment qu'en cet instant langoureux il m'avait transportée au beau milieu des *Hauts de Hurlevent*.

*

Le 14 juillet, à mon arrivée à l'appartement de Margaret, un maître d'hôtel vint m'ouvrir la porte et me conduisit au salon, où des portraits d'hommes arrogants me contemplaient de toute leur hauteur. Intimidée, je trouvai refuge auprès du piano à queue disposé dans un angle – aussi imposant que la voiture de papa. Je tapotai quelques touches de mes doigts nerveux. Personne de ma connaissance n'avait de piano à queue chez lui, ni de maître d'hôtel, d'ailleurs – c'étaient des éléments de roman, pas de la vraie vie. Par la fenêtre, je distinguai le dôme doré des Invalides qui abritait le tombeau de Napoléon et en conclus que ce quartier devait accueillir le gratin de la bonne société. À la maison, on ouvrait rarement les fenêtres à cause de la poussière de charbon que le vent transportait depuis la gare de chemin de fer. Quand le temps était au beau, notre appartement bas de plafond se révélait agréable et chaleureux mais, les mauvais jours, on y devenait rapidement claustrophobe. La fenêtre de ma chambre donnait directement sur l'immeuble d'en face – soit trois mètres de distance –, où une guirlande de corsets ramollis séchait au-dessus de la baignoire de Mme Feldman. La lumière du soleil et les belles vues étaient donc un luxe, et Margaret n'était pas vraiment la pauvre petite femme perdue que je m'étais imaginée.

— Nous ne t'avons pas trop fait attendre ? Christina ne voulait pas sortir de son bain, m'expliqua Margaret, portant sa fille dans les bras.

La petite cacha son visage dans le cou de sa mère et je n'entrevis que ses bouclettes humides.

— Nous nous sommes rencontrées à l'Heure des contes, rappelai-je à la fillette. C'est le moment de la semaine que je préfère.

— Moi aussi, me répondit-elle, retrouvant brusquement son entrain.

Une nounou vint chercher Christina et je suivis Margaret à travers sa chambre à coucher bleu poudré pour gagner son dressing, aussi grand que le bureau de Miss Reeder. Sur tout un mur s'alignaient des robes du jour haute couture et, sur un autre, des robes du soir, chacune valant plus d'une année de salaire. Il était difficile de croire qu'à elle seule, cette femme pût posséder autant, et aussi difficile de ne pas rester ébahie d'admiration. Et ces couleurs ! Rouge pomme d'api, caramel, peppermint, réglisse ! Je ne pouvais m'empêcher de les toucher toutes.

— Aimerais-tu en essayer une ?

— À ton avis !

Voyant mon incapacité à me décider, Margaret me tendit une robe noire. Je la collai contre ma poitrine et virevoltai dans le dressing.

— Allez, viens, lui dis-je. Qu'est-ce que tu attends ?

Elle décrocha la robe verte de son cintre et se joignit à moi pour une petite danse autour de la pièce. Je commençai à fredonner les paroles de *Mon légionnaire* et Margaret se joignit à moi, jusqu'à ce que nous soyons à bout de souffle l'une et l'autre et, toujours chantant et gloussant, nous écroulions sous les robes en soie.

— Est-ce que j'interromps quelque chose ?

L'homme parlait anglais avec un fort accent français et sa fine moustache noire pouvait rivaliser avec celle de Salvador Dalí, le provocateur.

Je me relevai en même temps que Margaret, et elle fit les présentations.

— *Enchanté*, dit-il.

À cause de sa clientèle haut de gamme, les chroniques mondaines des journaux l'appelaient « le coiffeur des héritières[1] ». Il ne discutait jamais avec ses *clientes* sur ce qu'elles désiraient, il savait simplement ce qu'il y avait à faire. Tout ce que j'avais offert à Margaret se limitait à de longues journées passées à réparer des livres et, en retour, elle m'offrait un rendez-vous à domicile avec le styliste le plus couru de Paris.

Margaret me fit essayer la robe noire de manière que sa bonne puisse faire l'ourlet puis elle me fit asseoir devant sa coiffeuse Art déco.

— Paul est un gentil garçon, commenta-t-elle alors que Monsieur Z commençait à me peigner les cheveux.

— Penses-tu que nous ayons beaucoup de points communs, lui et moi ? Il est officier de police tandis que moi… je suis moi, c'est tout.

---

1. *Heir dresser* en anglais, mais comme *heir* (héritier) et *hair* (chevelure) sont homonymes, oralement, *heir dresser* s'entend comme *hair dresser* (coiffeur).

— Regarde mon mari et ses copains de Cambridge, poursuivit Margaret. Ils ont beau être capables de réciter des sonnets, cela ne fait pas d'eux des experts en amour. Il est clair qu'il tient à toi et c'est bien plus important que son métier ou les livres qu'il lit.

J'aurais dû lui dire combien j'appréciais d'être ainsi rassurée, mais Monsieur Z se mit à me masser le cuir chevelu et je m'abandonnai au seul plaisir. Je ne m'étais pas rendu compte à quel point j'étais nerveuse – entre mes sentiments naissants pour Paul, la douloureuse distance qui s'était creusée entre Rémy et moi et mon père qui nous négligeait pour sa maîtresse – jusqu'à ce que toute la tension disparaisse comme neige au soleil. Lorsque maman me coupait les cheveux, son peigne arrachait les nœuds et me griffait le cuir chevelu. Celui de Monsieur Z démêla mes boucles aussi aisément qu'un couteau dans une motte de beurre.

C'était la première fois que je me faisais coiffer par un professionnel et j'étais hypnotisée de voir Monsieur Z envelopper les mèches sur son fer chaud pour créer une mer de vaguelettes ondulantes.

Il termina par un moulinet des deux mains qu'il ponctua d'un « Et voilà » résolu.

— Exactement comme Bette Davis ! s'exclama Margaret. Tu ferais une femme fatale du tonnerre.

Pendant que Monsieur Z nouait les cheveux de Margaret en un chignon sophistiqué, elle me demanda :

— Penses-tu que Miss Reeder ait un galant ?

— L'ambassadeur l'a escortée au gala de la Bibliothèque.

— On raconte que Bill Bullitt est un fin négociateur mais qu'il a le regard baladeur. Je connais un consul norvégien qui serait parfait pour elle. Je vais lui conseiller de s'abonner.

— Il va devoir attendre son tour.

Lorsque Monsieur Z eut terminé de coiffer Margaret, elle se tourna vers moi sans se regarder dans le miroir.

— Qu'en penses-tu ?

— Superbe, répondis-je avec sincérité. Absolument superbe.

Elle rougit et je me demandai à quand remontait la dernière fois qu'on lui avait fait un compliment.

— Ton mari va retomber amoureux de toi, affirmai-je.

— J'en doute… il est très occupé.

— Trop occupé pour te dire combien tu es belle ?

— Tout le monde ne me voit pas avec tes yeux, lâcha-t-elle avant de se lever sans même un coup d'œil à son reflet.

Elle enfila la robe verte sans bretelles et me tendit la robe ourlée. La soie glissa sur ma peau, si différente de la laine qui me protégeait l'hiver et du lin trop rêche que je portais l'été. Elle remonta ma fermeture à glissière et, l'espace d'un instant, j'eus du mal à respirer. Les robes que je portais d'ordinaire retombaient sur mon torse comme une nappe sur une table, tandis que celle-ci soulignait ma taille au plus près et rehaussait une poitrine dont j'ignorais même l'existence.

C'est parce que le bustier est serré, me dis-je, sachant toutefois que cette sensation de tissu froid m'enserrant les côtes ressemblait à l'envie. Margaret avait tant, et moi si peu.

— Aujourd'hui, c'est bien la première fois que j'ai apprécié de me préparer pour une soirée à Paris, déclara-t-elle. J'espère que tu reviendras me voir.

Robes longues et visites à domicile du coiffeur – je pourrais facilement m'habituer à ce genre de luxe. Son invitation à revenir effaça le tourbillon de ma jalousie.

Flottant toutes deux comme sur un nuage pour rejoindre Lawrence dans son refuge privé, la soie de ma robe me murmurait des *oui*, *oui*, *oui* sensuels en caressant mes mollets. Je regrettai que Paul ne puisse pas me voir.

À moitié caché par le *Herald*, Lawrence paressait dans son fauteuil. Margaret s'éclaircit la voix. Il posa son journal. De longs cils ténébreux masquaient ses yeux turquoise. *Mon Dieu*, il était vraiment superbe en smoking !

— Vous êtes ravissante !

Il se leva pour me baiser la main. Je m'attendais à le voir embrasser Margaret mais il ne me quittait pas des yeux, ma main toujours dans la sienne.

— Si je n'étais pas déjà marié…

Il joua de ses sourcils et je gloussai, sous le charme.

— Mr Pryce-Jones serait-il une de vos connaissances ? lui demandai-je, tenant à lui montrer que moi aussi je connaissais quelqu'un qui gravitait dans les cercles exaltants de la diplomatie.

— Cet homme est une légende ! C'est lui qui a rédigé le protocole des relations franco-britanniques et il n'a pas perdu un débat depuis 1926. Comment le connaissez-vous ?

— C'est l'un de nos *habitués*, expliqua fièrement Margaret.

Le regard de Lawrence resta rivé sur moi.

— C'est gentil à vous de la laisser jouer à la bibliothécaire, lâcha-t-il.

Je sentis Margaret se raidir à mon côté. Et me revint en mémoire une phrase de *Mais leurs yeux dardaient sur Dieu* : « Elle amidonnait et repassait son visage, en lui donnant la juste forme que les gens voulaient voir[1]. »

— Elle ne « joue » absolument pas, lui répliquai-je en arrachant ma main à la sienne pour la passer autour de la taille de sa femme. Margaret est extrêmement compétente.

Le courant qui agitait l'air était bien étrange. De grand charmeur, il était devenu condescendant tandis que son épouse se figeait. Je me rappelai le conseil de maman à ma cousine Clotilde : « Fais en sorte que la cour dure le plus longtemps possible. Une fois que tu es mariée, tout change. » C'était donc cela que maman avait voulu dire ?

— Tu es bien élégant, lui fit remarquer Margaret.

Ce petit compliment de circonstance semblait sortir tout droit d'un drame mille fois rejoué auquel elle ne voulait plus prendre part.

1. Extrait du roman de Zora Neale Hurston déjà cité.

— Toi aussi, fit-il d'un air distrait en consultant sa montre de gousset. Nous y allons ? Le chauffeur attend.

À la résidence de l'ambassadeur britannique, sous l'éclat des lustres, les femmes endiamantées étaient éblouissantes. À l'image de Lawrence, tous ces messieurs portaient un *smoking* noir. C'était le genre de soirée dont j'avais toujours rêvé – un lieu élégant où l'on côtoyait des gens du monde. Je mourais d'envie de les entendre parler de tous les lieux qu'ils avaient vus, de tous les livres qu'ils avaient lus.

Lawrence nous abandonna et se précipita vers une brunette à poitrine généreuse.

— Si vous n'aviez pas fait un mariage heureux, je vous enlèverais aussitôt, lui déclara-t-il.

— Chéri, il ne faut pas vous arrêter pour si peu ! répliqua-t-elle en lui caressant la poitrine comme si Margaret n'était pas là.

C'est un cercle vicieux. La remarque de Margaret sur les milieux diplomatiques prenait tout son sens. Je me rembrunis, furieuse contre Lawrence pour avoir humilié Margaret de cette façon et furieuse contre moi-même pour m'être laissé prendre au flatteur qu'il était.

— Il ne faut pas qu'il te gâche ta soirée, m'expliqua Margaret en me montrant une matrone corpulente. Elle, c'est l'épouse du consul. Elle est en charge des âmes égarées.

— Mrs Davies ! s'écria-t-elle. Quel plaisir de vous voir. Merci de m'avoir conseillé d'aller faire un tour à la bibliothèque.

— Vous avez l'air d'aller mieux, répondit la dame avec chaleur.

— Connaissez-vous ma nouvelle et chère amie ?

— Une amie peut faire toute la différence, commenta Mrs Davies. Oui, nous nous sommes croisées lors des conférences de la professeure Cohen.

J'ignorais jusque-là que Mrs Davies était une déléguée – non officielle mais vitale – du corps diplomatique, songeai-je en la voyant accueillir personnellement chaque nouvel arrivant.

— Que vous êtes jolie ! lança-t-elle à une dame au teint pâle qui s'épanouit à son compliment. Comment vous adaptez-vous ? demanda-t-elle à une *Italienne* solitaire. La France peut être le rêve de toute femme mais s'habituer à sa réalité demande un certain temps.

— Nous ne pouvons pas laisser Hitler se frayer un chemin en Europe au rouleau compresseur ! tempêta avec conviction Mr Pryce-Jones.

Ses paroles résonnèrent dans la salle de bal de la même façon que dans la Bibliothèque quand il s'accrochait avec M. de Nerciat.

— Nous devons faire front commun et combattre, insista-t-il.

— Il n'a donc pas conscience d'être à une soirée mondaine ? m'étonnai-je.

— Par les temps qui courent, il ne parle que de guerre, répondit Margaret.

— Avez-vous vu *Othello* la semaine dernière ? s'enquit Mrs Davies.

Plusieurs invités répondirent en même temps, soulagés de parler d'autre chose que de la guerre.

— C'est tout à fait incongru d'entendre Shakespeare en français !

— *Très bizarre !*

— Pauvre Desdémone !

— L'armée française est plus forte qu'elle ne l'a jamais été, c'est ce que déclare le général Weygand.

— Le général Weiss prétend que l'aviation française est la meilleure d'Europe. Nous n'avons pas à nous inquiéter !

— Nous devons constituer des alliances, insista Lawrence. L'Italie était un allié encore récemment mais Mussolini a signé un traité avec Hitler.

— Est-ce que quelqu'un peut me donner le nom d'une couturière réputée ?

— Il faut absolument que vous alliez chez Geneviève. C'est ce qu'a fait Emma Jane Kirby, et sa robe est somptueuse !

— Peux-tu imaginer cette Emma qui flirte avec un homme trois fois plus âgé qu'elle ? murmura Margaret, les yeux fixés sur une beauté blonde. Il doit être horriblement riche !

— Le vieux bouc gobe ça comme du petit-lait, chuchotai-je en retour.

— Le jeune Lawrence a raison, déclara Mr Pryce-Jones. Il faut observer ce qui se passe autour de nous.

— Absurde. Nous devons apaiser Hitler, répondit l'ambassadeur.

— Espèce de vieil imbécile ! maugréa Margaret.

— Imbécile et incompétent ! rugit Lawrence.

— Champagne ! s'écria l'épouse du consul. Encore du champagne !

Fantastique ! La dernière fois que j'en avais bu une coupe remontait au Nouvel An. Les bouchons qui sautaient – le signal de la fête et, sur cette terre, mon bruit préféré entre tous – précédèrent l'arrivée des serveurs chargés de flûtes. Tout m'était tendu sur un plateau d'argent. Les bulles pétillaient dans mon verre et un ruisselet glacé coulait dans ma gorge. J'étais tellement subjuguée que j'en oubliai la muflerie de Lawrence et les diplomates qui se chamaillaient. Complètement sous le charme des paysages éthérés de Turner qui ornaient les murs, je savourai le caviar que m'offraient des hommes gantés de blanc. Tout cela, Margaret pouvait en bénéficier au quotidien, en permanence, et grâce à elle je disposais de cette unique soirée et mon intention était d'en profiter. Des explosions dans le ciel marquèrent le début du feu d'artifice. Comme il était exclu que je le rate, je tirai Margaret à l'extérieur pour rejoindre les autres fêtards sur la pelouse dans l'air chargé du parfum des roses. De hauts murs en pierre nous cachaient la ville. L'imposante résidence – toutes fenêtres éclairées – brillait de mille feux. Au-dessus de nos têtes, une constellation de lumières s'élevait dans le ciel avant de crépiter, et le bonheur vaporeux qui m'enveloppa me fit oublier la guerre, Rémy, papa et Paul.

10

Odile

Paul devint si assidu à la Bibliothèque que Miss Reeder commença à faire référence à lui comme à « notre plus fidèle abonné ». Les après-midi où il était de patrouille, il rangeait sa bicyclette dans la cour et m'aidait à arracher l'épais papier qui protégeait des revues comme *Life* et *Time* le temps de leur traversée de l'océan. Hélas, sous l'œil de fouine de Mme Simon, voler un baiser était impossible.

À la maison, ce n'était pas mieux. Assis sur le divan, séparés par trente-deux centimètres, nous contemplions la théière sans y toucher.

— Penses-tu que la pluie va cesser ? demandai-je.

Encore une question d'une banalité exemplaire, consciente que maman tendait l'oreille derrière la porte.

— Les nuages se dispersent.

Dire qu'il partait le lendemain pour la Bretagne et que nous étions là à discuter de la pluie et du beau temps comme deux inconnus à un arrêt de bus.

— Allons faire un tour, proposa Paul. Je veux t'emmener dans le lieu que je préfère à Paris.

— Je ne suis pas sûre…, intervint maman depuis l'entrée.

— S'il te plaît, maman, m'écriai-je d'une voix aiguë, tant mon désir d'être avec lui était violent. Il sera parti tout le mois d'août.

— Pour cette fois seulement, consentit-elle. Mais pas trop longtemps.

Au milieu des concerts d'avertisseurs, sa main chaude au creux de mes reins, il m'entraînait le long de l'avenue en direction de la gare du Nord. Un commerçant fumait une cigarette devant sa porte. Sous l'immense verrière, les porteurs en bleu de travail charriaient les bagages tandis que les voyageurs criaient et se bousculaient pour rejoindre leur train.

Paul m'indiqua le quai où un jeune homme à lunettes embrassait une femme qui venait de descendre de son train.

— Je viens ici parce que je veux être en présence d'amour. Tu dois me prendre pour un cinglé qui espionne les gens…

Je secouai la tête. Si je lisais, c'était pour la même raison – entrevoir d'autres existences.

Un musicien portant un étui à trompette passa au pas de course. Des scouts ébahis admiraient une locomotive. Une mère lâcha les mains de ses deux bambins, et ils détalèrent comme des lapins en direction d'un homme en imperméable qui les souleva dans ses bras et les fit tournoyer.

— Comme c'est mignon, murmurai-je.

Paul restait bouche bée devant le spectacle de ces retrouvailles.

— Qu'y a-t-il ? lui demandai-je.

— Rien.

— Rien ?

Il suivit des yeux la petite famille qui sortait de la gare.

— Je vivais avec mes parents à un pâté d'immeubles de là.

— Ah bon ?

— Jusqu'au départ de mon père de la maison… J'avais sept ans. Ma mère m'avait expliqué qu'il était parti faire un long voyage en train et j'étais convaincu qu'il allait revenir. C'est ici que je venais l'attendre, ajouta-t-il en se tournant vers moi. Et je continue.

Je le serrai contre moi et, quand il enfouit son visage dans mes cheveux, je sentis son cœur battre contre le mien. Peut-être qu'il n'y avait aucun danger à accorder sa confiance.

— Je n'en avais encore jamais parlé à quiconque, précisa-t-il.

Sur le chemin du retour, tout comme lui, je gardai le silence, même en gravissant au ralenti l'escalier jusqu'à mon palier.

— Peux-tu rester dîner ? finis-je par lui proposer.

Il m'embrassa sur la tempe, la joue, les lèvres.

— Et prétendre ensuite que je ne suis pas malheureux à la pensée de partir demain ? Non, je ne peux pas.

Tandis que je le regardais descendre les marches, la porte s'ouvrit derrière moi.

— Je croyais bien avoir entendu quelqu'un, dit Rémy. Tu parlais toute seule ?

— Non, je parlais à Paul.

Je voulais expliquer à mon frère qu'à certains moments je me sentais aussi enjouée et légère qu'une luciole, mais qu'à d'autres, comme en cet instant, séparée de Paul, j'étais juste malheureuse.

— Je pense toujours à lui, c'est plus fort que moi.

J'avais essayé de reléguer Paul à la marge de mon esprit mais il s'était déplacé en milieu de page, au cœur de mon histoire.

— Tu es amoureuse, commenta Rémy. J'en suis content pour toi.

— J'espère que tu es aussi heureux que moi.

— C'est ce que je suis venu te dire. Je suis amoureux de Bitsi.

Ils étaient parfaits l'un pour l'autre et j'étais ravie d'avoir joué un petit rôle dans leur rencontre.

— Je t'avais poussé à faire la connaissance de M. de Nerciat et de Mr Pryce-Jones mais Bitsi était peut-être le meilleur choix.

— Peut-être ?

— Tu le lui as dit ?

— Je voulais que tu le saches la première.

Nous partagions tant de choses. C'était toujours à lui que je demandais de relire ma lettre d'information et j'étais la seule personne autorisée à corriger ses articles pour sa revue de droit. Nous connaissions nos secrets et Rémy était mon refuge.

Et pourtant, tout était en train de changer. Moi, j'étais avec Paul, lui avec Bitsi. J'avais un travail ; bientôt il aurait son diplôme de droit ; et ce serait la dernière année que nous passerions sous le même toit.

Nous étions ensemble depuis notre naissance, mais nous finirions par vivre séparés. Je me demandai combien de temps il nous restait jusque-là.

*

Notre journée terminée, j'interrogeai Margaret sur la leçon de français de la veille.

— Les verbes se divisent en trois groupes. *Aimer*, *parler* et *manger* appartiennent auquel ?

— Les trois se terminent en *-er* ; ils appartiennent donc au premier groupe, répondit-elle. Ils font partie de la même famille – quelle adorable façon de classer les mots.

— N'oublie pas ton français quand tu seras à Londres.

— Je ne resterai absente que deux semaines.

À notre arrivée dans la cour, je vis la bicyclette de Rémy appuyée contre le mur.

— *Merci*, Odile, de m'avoir suggéré d'être volontaire. J'ai enfin l'impression de faire partie de quelque chose.

— *Merci à toi !* Sans toi, j'en serais encore à bourrer des caisses de livres. Ou à rester plantée devant le commissariat.

— Tu dis n'importe quoi ! me lança-t-elle, mais à voir ses joues empourprées, elle paraissait heureuse.

— C'est vrai. Je ne sais pas ce que je ferais sans toi, lui dis-je, mais j'aurais pu ajouter : « Sans toi, je n'aurais jamais trouvé le courage d'aller au-devant de Paul. Te donner des cours m'a fait retrouver la beauté du français, une beauté que j'avais prise pour argent comptant. Quand tu es à mon côté, les tâches les plus barbantes – expédier des livres, réparer les déchirures dans les revues, déplacer les vieux journaux aux archives – sont plus faciles. »

— Ma chère et tendre amie, moi non plus je ne sais pas ce que je ferais sans toi, renchérit-elle.

Je l'aurais volontiers embrassée sur les joues mais je ne pensais qu'au dîner. J'enfourchai la bicyclette de Rémy.

— Tu sais rouler à vélo ? me demanda-t-elle.

— Tu ne sais pas, toi ? m'étonnai-je en ôtant mon pied de la pédale. Je peux t'apprendre.

— Je ne vais jamais y arriver, et si je tombe, ce sera du dernier ridicule.

— Quelle importance si quelques rares Parisiens voient ton genou écorché ? N'est-ce pas la meilleure des choses que de se trouver dans un pays étranger ? Tu peux faire ce que tu veux, personne n'en saura jamais rien dans ton pays.

Je maintins solidement la bicyclette et conseillai à Margaret d'enjamber le cadre. Elle agrippa une poignée du guidon, mon bras de l'autre et, en équilibre instable, le vélo se mit à trembler puis à zigzaguer.

— Je ne peux pas faire ça.

— Tu es déjà en train de le faire. Tiens bien le guidon.

— Je ne suis pas sûre que ce soit une bonne idée…

— Tu apprends le français et tu vis dans un pays étranger – comparé à ça, rouler à vélo, ce n'est rien du tout, répliquai-je en la poussant légèrement. *Bon vent !*

Comme Margaret prenait de la vitesse, sa jupe s'envola au-dessus de ses genoux.

— Si je tombe, je remonte en selle immédiatement.

— Bonne idée ! C'est la seule chose à faire !

Elle pédala lentement.

— J'ai la trouille !

— Fais-moi confiance ! m'écriai-je en trottinant à son côté. Il ne t'arrivera rien, je te promets.

— J'ai confiance en toi !

Son euphorie l'emporta sur l'incertitude que je percevais dans sa voix.

J'écartai les bras, prête à la rattraper en cas de chute.

*

Le mois d'août à Paris étant chaud et humide, de nombreux abonnés avaient prévu de partir pour Biarritz ou Nice prendre le soleil, ou rentraient au pays retrouver leur famille à New York ou Cincinnati. J'étais à mon comptoir en compagnie de Miss Reeder et nous appréciions l'une et l'autre un rare moment de calme. Coiffée en chignon très élégant, toute pimpante dans sa robe à pois, elle s'apprêtait à composer un discours ou à rédiger une carte de remerciement, son stylo d'argent à la main. Toute ma vie, la plupart des gens – depuis mon père et mes professeurs jusqu'aux fonctionnaires et aux serveurs – m'avaient toujours répondu par la négative. J'aimerais prendre des cours de ballet. « Non, tu n'as pas le corps qu'il faut. » J'aimerais suivre des cours de peinture. « Non, tu n'as pas l'expérience nécessaire. » J'aimerais un verre de vin rouge. « Non, le blanc va mieux avec le plat que tu as commandé. » Miss Reeder était différente. Lorsque je lui avais suggéré de faire des changements dans la salle des périodiques, ç'avait été presque un choc de l'entendre accepter.

Il y avait tant de choses que je me languissais de lui demander. Que pensent vos parents de votre décision de vivre ici ? Où avez-vous trouvé le courage d'aller vivre dans un pays étranger ? Serais-je un jour aussi courageuse ? Même si j'entendais la voix de maman me répéter « Ne va pas fourrer ton nez dans les affaires des autres. Occupe-toi de tes oignons », les questions bouillonnaient en moi, jusqu'à ce que l'une d'elles finisse par sortir :

— Qu'est-ce qui vous a amenée en France ?

— Une histoire d'amour, répondit-elle, ses yeux noisette s'éclairant soudain.

— Vraiment ? fis-je en me penchant vers elle.

— Je suis tombée amoureuse de Mme de Staël.

— L'écrivaine ?

— À son époque, les gens disaient qu'il existait trois grands pouvoirs en Europe : la Grande-Bretagne, l'Allemagne et Madame de Staël. Comme elle s'opposait à Napoléon, il avait réagi en interdisant son livre et en la bannissant.

— Elle ne craignait personne.

— Le croiriez-vous si je vous racontais que je me suis introduite dans la demeure où elle vivait ? Ma première intention était juste d'entrer dans la cour, mais quand un serviteur m'a dit « Bonjour » comme si j'étais chez moi, je me suis avancée d'un pas décidé et j'ai monté l'escalier en laissant courir ma main sur la rampe, béate d'admiration devant les murs qui s'ornaient jadis de ses portraits de famille. Un comportement un peu saugrenu, vous ne trouvez pas ?

— Pour moi, c'est l'amour qui parle. Vous êtes réellement venue ici pour une écrivaine ?

— Je me trouvais déjà en Espagne pour l'Exposition ibéro-américaine. Une place s'était libérée ici et j'ai sauté sur l'occasion. Et vous ? Êtes-vous impatiente de voyager ? Avez-vous toujours voulu être bibliothécaire ?

— J'ai toujours désiré travailler ici. Dans ma lettre, j'évoquais le souvenir de ma tante qui m'emmenait à la Bibliothèque. Vous me la rappelez, d'ailleurs – pas uniquement par votre chignon très chic, mais par votre gentillesse et votre façon de partager votre passion des livres.

La comtesse s'approcha, portant des dossiers sous le bras. Sa chevelure me rappelait la mer par temps couvert ; de petites volutes blanches et bouclées comme autant de vagues au-dessus d'un fort courant gris. Ses lunettes de lecture perchées sur le bout de son nez donnaient l'impression qu'elle venait nous sermonner.

— Il faut qu'on parle, déclara-t-elle à Miss Reeder.

— Nous pouvons poursuivre cette conversation plus tard si vous le désirez, me dit Miss Reeder avant d'accompagner la curatrice dans son bureau.

Alors que je réalignais les journaux, Boris lut à haute voix une information du *Figaro* :

— « Mr Neville Chamberlain a déposé une motion demandant un ajournement du Parlement, du 4 août jusqu'au 3 octobre, sauf si quelque événement extraordinaire exigeait sa convocation. »

— J'aimerais tellement partir en vacances, murmurai-je, pleine de regrets à la pensée de ne pouvoir être en compagnie de Paul.

— Faites-vous élire au Parlement, plaisanta Boris.

Il me restait au moins le déjeuner à venir, dimanche. Rémy avait invité Bitsi, ce qui équivalait à une annonce officielle, mais je redoutais déjà de voir papa tout gâcher en humiliant son fils.

Je récupérai les journaux de la semaine écoulée et les emportai à l'étage aux archives, en jetant au passage un œil dans le bureau de Miss Reeder dont la porte était entrouverte.

La directrice faisait grise mine.

— J'ai reçu une lettre de la bibliothèque universitaire de Strasbourg. M. Wickersham m'écrit que Mme Kuhlman et lui ont emballé et évacué deux cent cinquante caisses de livres.

— La guerre est proche, ajouta la comtesse, la gorge nouée.

Strasbourg était dangereusement proche de l'Allemagne. Des bibliothécaires avaient donc décidé de mettre des livres en sécurité alors que les hommes politiques n'avaient jamais parlé d'une évacuation des habitants.

— Les caisses ont été expédiées dans la région du Puy-de-Dôme, expliqua Miss Reeder. Nous aussi, nous devons nous montrer prévoyants.

Le Centre était plus sûr que Strasbourg ? Plus sûr que Paris ?

— Je vais emporter nos plus beaux ouvrages dans ma maison de campagne. Les papiers du jeune Alan Seeger, les premières éditions. Ils seront en sécurité.

— Nous allons stocker des conserves, des bouteilles d'eau et du charbon. Du sable aussi pour éteindre les feux.

La comtesse soupira.

— Et des masques à gaz, ajouta-t-elle, si la guerre à venir ressemble à la précédente. Dix millions de morts et au moins autant de blessés et de mutilés. Je n'arrive pas à croire que pareille chose se reproduise.

Morts… blessés… mutilés… J'avais jusque-là évité toute discussion sur la guerre : dès que Rémy la mettait sur le tapis, je détournais la conversation, ou bien je partais me réfugier dans la salle des enfants chaque fois que Mr Pryce-Jones pestait sur le sujet. Mais désormais, les collections de la Bibliothèque semblaient être en danger. Et nous aussi, peut-être. J'étais donc obligée de reconnaître que la guerre n'était pas loin.

11

Odile

À 11 h 55, dimanche, le jour du déjeuner au cours duquel Rémy devait faire son annonce – *ses fiançailles* –, je m'installai avec mes parents sur le divan. Je portai un chemisier rose en soie que Margaret m'avait prêté pour cet heureux moment. Les joues fardées de maman ressemblaient à des prunes mûres et elle arborait son camée monté en broche qu'elle ne sortait que pour les grandes occasions. Trop serré dans son costume, papa tiraillait sur sa cravate. On sonna à la porte, et Rémy enfila son blazer et se précipita pour ouvrir à Bitsi. Comme à son habitude, elle avait tressé ses cheveux en couronne mais s'était choisi une robe couleur citron vert au lieu de la chose marron qu'elle portait au quotidien. Ils se contemplèrent longuement, les yeux dans les yeux. J'avais le souffle si court que c'en était presque douloureux. J'aurais voulu que Paul soit près de moi.

Lorsque Bitsi finit par remarquer notre présence, elle évita de croiser mon regard. Était-ce sa timidité ou m'en voulait-elle de quelque chose ? Il m'arrivait de laisser ma tasse dans l'évier et elle m'avait rappelé à plusieurs reprises que personne n'avait envie de nettoyer après moi.

Rayonnante comme un soleil, maman l'accueillit chaleureusement.

— Odile et Rémy m'ont dit le plus grand bien de vous.

Papa se leva.

— Ainsi donc, vous tenez vous aussi à travailler et à faire carrière ?

— J'aide ma famille, monsieur, répliqua Bitsi en le regardant bien en face.

— Excellente chose, conclut-il.

Maman soupira lentement. Pour une fois, peut-être que papa allait bien se comporter.

— Puisque vous travaillez avec des enfants, j'imagine que vous aimeriez en avoir, non ? poursuivit-il.

Bitsi rougit et Rémy l'entoura d'un bras protecteur.

— Ignore le *commissaire*, lui conseilla-t-il.

Je lançai un coup d'œil noir à papa. Il était décidément incapable de mettre de l'eau dans son vin ; il fallait toujours qu'il dise ce qu'il pensait.

— Est-ce que vous tricotez ? s'enquit maman en replaçant la discussion sur des bases convenables.

— Après la lecture, c'est mon passe-temps préféré. J'aime aussi aller à la pêche.

Papa fit un geste vers le salon où étaient disposés les carafons pour l'apéritif mais maman désigna la salle à manger. Là, au moins, elle aurait la main sur les questions intempestives de son mari, même si rien ni personne ne saurait empêcher papa de harceler Bitsi comme s'il s'agissait d'une nouvelle recrue.

Bitsi était assise à côté de papa qui présidait en bout de table, tandis que je m'installais à côté de maman face au jeune couple radieux. Lorsque la bonne apporta le rôti et les pommes de terre, papa servit Bitsi puis maman et moi, et enfin Rémy et lui-même. Au cours du repas, Bitsi continua à éviter mon regard. Je sentais que maman fouillait mentalement dans son coffret à bijoux à la recherche de la bague en opale de grand-mère afin que Rémy l'offre à Bitsi. Il y aurait une noce et une grande fête, une lune de miel, et je me demandai si les nouveaux mariés allaient vivre ici, du moins au début.

Rémy se tourna vers Bitsi qui lui prit la main. Avec elle à son côté, il avait plus d'assurance.

— J'ai une annonce à vous faire, commença-t-il.

C'était le moment tant attendu. Ils étaient fiancés. Bitsi avait toujours du mal à me regarder – elle se sentait sans doute coupable d'avoir gardé le secret. Eh bien, ce dernier s'était éventé ! Je levai mon verre pour féliciter les amoureux.

— Oui ? fit papa en adressant un large sourire à Bitsi.

— Je me suis engagé dans l'armée, annonça Rémy.

Maman porta la main à sa bouche, papa fut sidéré et mon bras s'immobilisa à mi-course. Quelque chose dans la voix de Rémy – son ton de défi si froid, sa décision manifestement irrévocable – me fit mal, et j'eus l'impression qu'il venait de vider une boîte de balles de fusil sur la table, dans nos verres et ce qui restait de jus de viande. Je tremblais mais je ne m'en rendis compte que lorsque je vis le vin clapoter dans mon verre. Seule Bitsi semblait sereine – Rémy avait dû l'informer de ses projets. De toute évidence, elle l'approuvait. Peut-être même l'avait-elle encouragé.

— Quoi ? s'écria maman. Mais pourquoi ?

Je ne peux pas me contenter de rester assis à la maison. Quelqu'un doit faire quelque chose, avait dit Rémy.

— Je veux faire bouger les choses.

— Alors fais-le ici, rétorqua-t-elle en désignant papa. Engage-toi dans la police.

Je pouvais entendre les pensées de mon jumeau : « La dernière chose que je souhaite, c'est d'être comme lui. »

Papa recula brutalement de la table. Sa chaise racla le sol et bascula en arrière.

Je m'attendais à le voir attaquer avec tout l'arsenal à sa disposition. La dérision : Comment pourrais-tu réussir à être soldat ? Tu tiens à peine debout le dos bien droit. Le mépris : Si tu refuses de m'aider à abattre un sapin de Noël, je doute fort que tu sois capable d'abattre un homme. Le machisme : Penses-tu que l'armée acceptera une mauviette comme toi ? Elle ne prend que de vrais hommes comme moi. La furie : C'est moi le chef de cette famille. Comment oses-tu t'engager sans m'en informer !

Sans un mot, il quitta la pièce et, une seconde plus tard, la porte d'entrée claqua violemment. J'échangeai des regards médusés avec maman. Bitsi murmura quelque chose à Rémy. Il se tourna vers moi.

« Alors ? » l'entendis-je me dire.

Il attendait que je lui donne ma bénédiction. Mais les seules paroles qui parvinrent à sortir de ma bouche furent :

— Ne fais pas ça…

Et cette douleur que je lus dans ses yeux ! Il avait compté sur mon soutien.

Je ne voulais pas que se creuse la moindre distance entre nous. Pas maintenant.

— Tu ne sais donc pas à quel point tu vas me manquer ? m'exclamai-je avec une gaieté forcée. Il va falloir que nous tirions le meilleur parti du temps qu'il nous reste avant ton départ.

— Je pars dans trois jours.

— Quoi ?

— Papa a des contacts partout et je ne voulais pas lui laisser le temps de dénicher quelqu'un pour me virer de l'armée avant même que je ne sois arrivé à la caserne.

Maman se leva et redressa la chaise de papa.

12

Lily

Froid, Montana, mars 1984

L'enterrement de ma mère eut lieu le premier jour du printemps. À l'église, face à son cercueil qui croulait sous les roses rouges, il était difficile de croire que maman se trouvait à l'intérieur et non pas à la maison, perchée sur notre siège devant la fenêtre. Papa et moi étions sur le premier banc, tête baissée, Odile et Mary Louise étaient assises à côté de nous. Comme ma lèvre inférieure ne cessait de trembler, je me couvris la bouche d'une main et Odile serra l'autre dans la sienne. Je ne voulais pas qu'elle me lâche.

Papa regardait un peu partout sauf en direction du cercueil – vers la peinture de Jésus passée par le temps ou les vitraux qui ne laissaient rien entrevoir du monde extérieur. Il ressemblait au voyageur qui, s'étant trompé de train, se retrouve dans un lieu étranger. Derrière nous, j'aperçus le Dr Stanchfield et, à son côté, sa sacoche aussi fidèle qu'une épouse. Robby, entre ses parents. Le père de Mary Louise avec une boulette de tabac à chiquer dans la joue, Sue Bob qui jurait, les dents serrées. Même Angel était venue. Ainsi que tous les enseignants que j'avais eus.

D'une voix chevrotante, des femmes lurent des pages des Écritures. Puis, l'une après l'autre, les amies de maman prirent la parole. Sue Bob dit qu'elle avait le meilleur sens de l'humour. Kay déclara que maman était la plus douce des épaules sur laquelle s'épancher. Mon nez coulait, la salive s'accumulait dans ma bouche, le chagrin me barattait les tripes et lorsque j'essayai de tout ravaler, je m'étranglai et me mis à tousser. Mary Louise me tapa dans le dos. Violemment. La douleur me fit du bien.

Le braiement de l'orgue marqua la fin du service religieux et ses geignements lugubres nous accompagnèrent jusqu'à la sortie. La congrégation traversa la rue pour rejoindre la salle paroissiale. En temps normal, les hommes râlaient contre les impôts, ces dames se plaignaient les unes des autres et les enfants chahutaient bruyamment, libérés des contraintes de la messe. Cette fois, le parcours se fit dans le silence. Angel glissa dans ma poche une cassette audio compilée par ses soins. Le patron de papa passa le bras autour de son épouse corpulente comme s'il craignait qu'elle aussi puisse lui être enlevée. En Wrangler noir au lieu de son blue-jean habituel, Robby s'approcha nonchalamment et me tendit un mouchoir que j'acceptai. Puis, les poings fourrés dans ses poches, il retourna auprès de ses parents qui hochèrent la tête en signe d'approbation. Je crois qu'ils lui enseignaient la façon de devenir un homme.

Une longue table garnie de nourriture nous attendait. Une des dames de service nous fit asseoir papa et moi, une autre nous prépara nos assiettes, tranches de rôti, purée de pommes de terre et jus de viande. Mon père n'avait rien organisé personnellement. Rompues au cérémonial de la mort, ces dames s'occupaient de tout, toujours sereines et efficaces. Elles cuisinaient, servaient et nettoyaient ensuite. Derrière le buffet ou dans la cuisine, elles faisaient en sorte que la pire journée de nos existences se passe sans heurts.

Autour de nous, les gens bavardaient, tâchant de se comporter comme si la vie allait suivre son cours.

— Très bien, le service.

— Si jeune…

— Que va-t-il faire de Lily ?

Après la cérémonie, en compagnie du père Maloney et de papa, je suivis le corbillard jusqu'au cimetière. Devant la tombe, tandis que le père récitait les bénédictions, je fus heureuse qu'il n'y ait que moi et papa pour ce moment silencieux avec maman. À quelques pas de là, un rouge-gorge picorait la pelouse. Quand il le remarqua, papa posa sa main sur mon épaule et mes larmes se mirent à couler.

*

À notre réveil, la maison était plongée dans l'obscurité. Maman avait toujours été la première à ouvrir les doubles rideaux de sorte que je m'éveillais au contact de ses lèvres sur mon front et dans une chambre inondée de soleil. Mais depuis l'enterrement, papa avalait son café et mangeait ses céréales dans un brouillard sombre et lugubre. Laisser entrer la lumière ne nous venait tout simplement pas à l'esprit.

Jadis, notre maison donnait l'impression d'être toujours pleine, animée et bruyante. Des dîners entre amis. Maman et ses copines gloussaient tout leur soûl le samedi après-midi, et à mon retour de l'école elle était là. Maintenant, je rentrais dans une maison silencieuse. Lorsque je partais me coucher, plus personne ne me criait « Fais de beaux rêves ». Au lycée, face aux casiers, les autres élèves reculaient en me voyant, de peur de vivre à leur tour ce qui m'était arrivé. Les professeurs ne m'interrogeaient jamais sur mes devoirs à la maison. Le dimanche, lorsque papa et moi nous traînions dans l'allée centrale pour rejoindre notre banc, Dieu ne disait pas un mot.

Chaque jour, je rentrais avec tant de choses à raconter à maman. Les questions qu'elle me posait sur ma journée me manquaient et elle me manquait tout entière. Je passais le doigt sur le rebord de sa tasse à thé nichée dans le placard de la cuisine mais je craignais si fort de casser son objet favori que je ne l'utilisais jamais. J'aurais aimé lui dire : « Tu as été la meilleure maman du monde. J'ai besoin de toi. Nous avons besoin de toi. J'adorais observer les rouges-gorges avec toi en espérant voir des colibris. J'aurais voulu passer encore une matinée avec toi. Avoir un câlin de plus. Une occasion supplémentaire de te dire combien je t'aime. »

*

Les soirées pyjama du vendredi chez Mary Louise s'étaient transformées en week-ends passés à traîner dans des fauteuils poires. Nous passions l'essentiel de notre temps à nous plaindre des seules choses que nous connaissions, le lycée et la famille.

— C'est tout juste si papa est capable d'ouvrir une boîte de soupe Campbell, expliquai-je en levant les yeux au plafond.

— Tout comme vous, espèces d'andouilles ! nous lança Angel en enfilant sa veste en satin.

— Puisque tu es si géniale, pourquoi te plantes-tu en maths ? répliqua Mary Louise.

— Moi, au moins, j'ai une vie, contrairement à vous deux, s'exclama-t-elle avant de sortir en trombe.

Ces chamailleries étaient préférables au silence qui régnait à la maison. Seule la mère de Mary Louise me traitait toujours de la même façon, et ça me réconfortait de m'entendre dire :

— Cesse d'être aussi impertinente, nom d'un chien.

La ville tout entière s'occupait de nous nourrir papa et moi, au point qu'il dut acheter un congélateur pour y stocker tous les ragoûts qu'on nous apportait. Au dîner, nous ne parlions guère – le présentateur télé, notre compagnon de tous les instants, entretenait la conversation. Nos échanges de paroles étaient contraints et crispés, et les silences duraient aussi longtemps que les publicités.

Lorsque le lycée ferma pour l'été, Angel nous fit découvrir les soaps, ces feuilletons interminables, comme Bo et Hope dans *Des jours et des vies*[1]. Pendant une heure, leur histoire d'amour me permettait d'oublier mon chagrin, et d'en tirer quelques leçons. L'amour est aspiration et attente, l'amour est souffrance, l'amour est sexe. Je nous imaginais Robby et moi, nos âmes et nos corps entrelacés. Je m'empiffrai de soap opera un mois durant.

Lorsque le thermomètre grimpa jusqu'à près de quarante, papa quitta son travail de bonne heure et vint me chercher chez Mary Louise. Il nous trouva devant la télévision où les amants s'enlaçaient, s'embrassant à pleine langue, pour le baiser devenu leur signature.

Je vis papa hausser les sourcils avant de se renfrogner aussitôt.

— Je suis venu vous emmener manger une glace, annonça-t-il.

Dans son esprit, l'invitation incluait Mary Louise, mais là, il était en colère ; il la rendait responsable du choix que j'avais fait. Elle le comprit clairement et ne bougea pas. Furieuse, je rejoignis le break à grands pas et fis la tête pendant tout le trajet jusqu'au Tastee Freez. Mon milk-shake à la fraise ne calma en rien ma mauvaise humeur.

— Pourquoi n'ai-je pas le droit de regarder ce que je veux ?

— Ta mère n'aimerait pas ça, répliqua-t-il, sachant que c'était la meilleure façon de me faire taire.

À notre retour à la maison, papa se rendit chez Odile. Appuyée à l'arrière de notre voiture, je

1. *Days of our Lives*, qui fêtait en 2021 son 56e anniversaire.

l'entendis se lamenter à propos des dangers de la télévision et des parents trop laxistes de Mary Louise. Sur le perron, dépassant Odile d'une bonne tête, je le vis ouvrir son portefeuille et lui tendre de l'argent. Elle repoussa sa main d'un geste brusque.

— J'ai besoin de quelqu'un pour la surveiller, dit-il, avant d'ajouter : pas de soaps.

— Je n'ai pas besoin de baby-sitter ! criai-je.

Le lendemain matin, je me retrouvai là où j'avais voulu être, chez Odile, mais le bref trajet suffit à m'emplir de rancœur. Elle le comprit et continua de s'occuper de son jardin. Au moment du déjeuner, je m'efforçai de garder une expression boudeuse, mais les sandwichs qu'elle nous servit brisèrent toute ma résistance. Nous mangeâmes nos *croque-monsieur* au couteau et à la fourchette à cause de la couche brûlante de gruyère sur le dessus. Tout était élégant chez elle, même sa façon de manger son sandwich. À Froid, elle se détachait du lot, mais peut-être qu'à Paris elle se fondait dans la masse. Je me languissais de voir son monde. Y retournerait-elle un jour ? M'emmènerait-elle avec elle ?

Alors que nous faisions la vaisselle ensemble, elle me suggéra de lui apprendre à préparer mon dessert favori – des cookies aux pépites de chocolat. Je fus surprise qu'elle ignore des choses aussi élémentaires que le fait de nettoyer les fouets en les léchant. C'est ce qu'il y a de meilleur quand on fait un gâteau.

Maman me laissait manger autant de cookies que je le désirais mais Odile ne m'en accorda que deux. Quand j'essayai d'en prendre plus, elle répondit :

— Deux suffisent à nourrir votre estomac et le reste, votre âme. Nous trouverons un autre moyen de vous apaiser le cœur, ajouta-t-elle en me tendant un livre. Par la littérature, pas les sucreries.

Je gémis et m'affalai sur son canapé en brocart. Elle s'installa dans ce qu'elle appelait son « fauteuil Louis XV ». Avec ses pieds sculptés, c'était certainement un meuble de prix. Peut-être avait-elle été riche et qu'au même âge que moi sa gouvernante lui faisait faire le tour du château avec, posée sur sa tête, la Bible familiale aux relents de moisi. Je vivais à côté d'Odile depuis une éternité – enfin, mon éternité à moi – et j'ignorais presque tout de sa vie. Je passai en revue les tiroirs du buffet en me demandant ce qui se cachait à l'intérieur. Peut-être que si j'y jetais un petit coup d'œil…

— Lisez, me somma-t-elle.

Le Petit Prince commençait par parler d'un garçon qui faisait des dessins tout simples. Quand il les montrait aux adultes, ceux-ci ne comprenaient pas, de la même façon que personne ne comprenait combien maman me manquait. « Jésus a besoin d'elle au ciel, chérie », me disaient ces dames, comme si je n'avais plus besoin d'elle ici-bas. Je continuai à lire. *C'est tellement mystérieux, le pays des larmes* – ces lignes d'un aviateur mort me réconfortaient davantage que les platitudes des gens que je connaissais. *On ne voit bien qu'avec le cœur ; l'essentiel est invisible pour les yeux.* Le livre me transporta dans un autre monde, un monde qui m'aidait à oublier.

Odile m'expliqua que *Le Petit Prince* avait été écrit en français et que j'étais en train de lire une traduction. Je voulais lire l'original, pour comprendre l'histoire de la façon dont celle-ci m'avait comprise. Je souhaitais être éloquente comme le Prince, élégante comme Odile. Je lui déclarai que je voulais apprendre le français.

— J'adorerais vous l'enseigner, me répondit-elle.

Dans le cahier qu'elle m'avait acheté – comme un signe avant-coureur de l'école – elle écrivit : *le mariage, la rose, la Bible, la table*. Quand je lui demandai pourquoi il y avait des « le » et des « la », elle m'apprit qu'en français les noms étaient soit masculins soit féminins.

— Hein ?

— Laissez-moi vous exposer ça sous une autre forme : ils sont… soit garçon, soit fille.

— En France, les tables sont des filles ?

Elle éclata de rire, un joli rire cristallin.

— Quelque chose comme ça.

La table ? J'imaginai des tables portant des robes. Une minijupe en jean ou une robe longue fleurie frôlant le sol. Ça me paraissait un peu bêta mais je me rappelai maman peignant ses cheveux devant sa coiffeuse gansée d'un large galon de tissu vichy qui effleuraient ses genoux. L'idée qu'une table soit une femme n'était pas dénuée de sens.

Il y avait quatre mois que maman était morte et, pour la première fois, je ne me sentis plus désespérée à son souvenir.

*

Le soir, je demeurais seule. Pendant que papa allait s'enfermer dans son bureau, de mon côté je révisais ma leçon de français quotidienne, faisant rouler les mots dans ma bouche jusqu'à ce qu'ils ne me soient plus étrangers. Odile me trouva mon dictionnaire français-anglais personnel : *an orange* devient une orange, mais *a lemon* est un citron. *Je préfère Robby. Odile est belle. Paris est magnifique.* Des phrases de base, des plaisirs simples, un mot à la fois, chaque phrase au présent, pas de tristesse du passé, pas d'inquiétude pour le futur. J'adorais le français, ce pont vers *la France*, un monde que seules Odile et moi connaissions, un endroit où l'on trouvait des desserts qui mettaient l'eau à la bouche et des jardins secrets où je pourrais me cacher. Je ne savais pas maîtriser les chagrins du cœur – trop denses, trop écrasants – mais je savais conjuguer les verbes. *I begin* – je commence ; *you finish* – tu finis. Dans cette langue secrète de la perte, je parlais de ma mère : *j'aime maman*.

*

Le jour de la rentrée des classes, Mary Louise et moi bâillions devant les placards jaune moutarde de la salle du cours d'économie domestique, obligatoire pour les classes de quatrième. Je priai que Robby soit dans notre classe et poussai un soupir de soulagement en le voyant entrer.

À l'aide de son porte-bloc à pince, Mrs Adams organisait les binômes d'élèves.

— Lily et Robby.

Je donnai un coup de coude à Mary Louise, incapable de croire en ma chance. Je m'approchai tout doucement de lui mais j'avais la tête vide et rien ne me venait pour l'aborder. Pas de « Comment s'est passée la moisson ? ». Ni même de « Salut ! ». Lui m'offrit un semblant de sourire. Ce fut suffisant.

Lorsque Mrs Adams nous tendit une fiche de recette, je ne bougeai pas plus que Robby pour la prendre, aussi la posa-t-elle sur le plan de travail à côté des boîtes contenant farine, sucre et sel. Nous étions côte à côte pour lire les indications sur la marche à suivre et je sentais la chaleur de son corps gagner le mien. Je mesurai les ingrédients qu'il mélangea ensuite à l'aide d'une spatule déjà bien abîmée. Une fois la pâte répartie à la cuillère dans des petits moules individuels, tels des parents fiers de leur œuvre, nous scrutâmes l'intérieur du four pour surveiller les cupcakes qui levaient.

Quand ils furent d'un beau brun doré, je les sortis. Ils étaient encore chauds mais Robby en prit une bouchée, mastiqua deux fois et lâcha :

— C'est dégueulasse !

— Arrête de faire l'andouille.

J'en portai un morceau à ma bouche. Il avait le goût d'une éponge moisie trempée dans le sel, et j'allai le recracher à la poubelle.

— J'ai dû mélanger le sel et le sucre, dis-je.

— Ce n'est pas bien grave.

— Tu plaisantes ou quoi ? bredouillai-je, au bord des larmes, non seulement à cause de la morsure du sel mais parce que je redoutais de nous voir rater l'épreuve.

— Tu te tracasses pour ta mention très bien.

Robby engloutit un cupcake et le mastiqua à peine avant de l'avaler d'un coup, les yeux humides, puis en reprit un autre. Je fourrai le mien dans ma bouche et faillis vomir au passage de cette boule jaunâtre dans ma gorge.

Mrs Adams félicita Tiffany et Mary Louise pour leur chef-d'œuvre puis s'approcha de nous. Elle désigna nos moules vides.

— Comment suis-je censée vous noter ?

Grimaçant à cause de l'âpreté du sel, je haussai les épaules tout comme Robby.

— Eh bien, ne restez pas plantés là ! s'exclama-t-elle. Commencez à nettoyer.

Devant l'évier, nos mains plongèrent dans l'eau chaude et savonneuse d'où s'éleva une minuscule bulle. Elle se mit à flotter en direction du plafond et nous la suivîmes tous les deux des yeux. Jamais je n'avais été aussi heureuse.

En études sociales, Miss Davis, irritée par le boycott soviétique des Jeux olympiques de L.A., était à cran.

— Ils ont probablement peur que leurs athlètes ne passent à l'Ouest ! Comment pourrons-nous remporter la guerre froide s'ils refusent de se battre ?

J'écoutai à peine son soliloque plein d'animosité et échangeai des petits mots avec Mary Louise.

« Je meurs de faim, m'écrivait-elle. Frites au fromage à déjeuner ? »

Devant mon casier, je me mis un peu de son rouge à lèvres avant de l'accompagner jusqu'à la Husky House, de l'autre côté de la rue. Tandis que je poussais la porte vitrée, je tombai sur Robby assis au beau milieu de la salle, Tiffany Ivers en équilibre sur ses cuisses, ses bottes western turquoise suspendues à deux centimètres du sol. Je sentis mes yeux s'écarquiller et me changeai en statue.

Mary Louise me bouscula.

— Hé !

Puis elle découvrit ce que je voyais : Robby, le visage grimaçant, qui se tortillait, et le sourire suffisant de Tiffany Ivers triomphante.

— Pourquoi lui ? Elle peut avoir n'importe qui.

— On ne choisit pas celui qu'on aime, déclara Mary Louise.

— Pourquoi tu la défends tout le temps ?

— Pourquoi tu te laisses manipuler par elle ?

Le sel me donnait des aigreurs d'estomac. Ou alors c'était le fait de voir Tiffany Ivers sur les genoux de Robby.

— Je rentre, marmonnai-je.

— Ne la laisse pas gagner !

Je courus chez Odile et entrai sans même attendre.

— Pourquoi n'êtes-vous pas en classe ? Il est arrivé quelque chose ? voulut-elle savoir.

J'étais dans un état pas possible, en nage de la tête aux pieds.

— J'ai vu quelque chose… et maintenant je suis malade.

Pendant qu'elle allait me chercher un verre d'eau, je feuilletai le dictionnaire français-anglais sur l'étagère. Je bus une gorgée et lui demandai :

— Quels sont les pires mots en français pour décrire quelqu'un ?

— *Odieux. Cruel.*

J'aurais préféré « traînée » et « salope » mais je me dis que ces deux-là suffiraient.

— Pourquoi vous concentrer sur le côté négatif des choses, *ma grande* ? Est-ce en rapport avec ce garçon qui vous faisait rêver après l'église ?

Seigneur, toute la congrégation est au courant ?

— Alors ? insista-t-elle.

Lorsque je lui racontai, elle tenta de m'éclairer.

— Parfois, on a tout faux en déchiffrant les signes. J'avais tellement pris de choses pour argent comptant quand j'ai connu Paul, mon premier… petit ami, mais je me trompais. Peut-être que Robby gigotait parce qu'elle le mettait mal à l'aise.

— Aucune importance, déclarai-je en croisant les bras. J'en ai terminé avec lui.

— Ne fermez pas votre cœur.

Je songeai à tous les êtres chers qu'elle avait perdus et sentis combien j'étais stupide de me plaindre.

— Vous avez survécu à une guerre, et moi je n'arrive même pas à tenir le coup au collège.

— Nous avons plus de choses en commun que vous ne le pensez. Laissez-moi vous donner les mots qui vous décrivent. *Belle, intelligente, pétillante.*

Tout de suite, je me sentis mieux.

— C'est quoi, le dernier ?

— Qui étincelle.

— Vous pensez que j'étincelle ?

Elle sourit avec bienveillance.

— Vous êtes entrée dans ma vie comme l'étoile du soir.

*

Si Robby voulait être avec Tiffany, qu'il en soit ainsi. En classe, je décidai de ne plus le regarder et ne quittais pas le professeur des yeux. Mary Louise me fit passer un billet en murmurant : « Ça vient de Robby. » Probablement une invitation à son mariage. Je jetai le petit mot à *la poubelle. Je déteste l'amour. Je déteste* Tiffany Ivers. *Je déteste* tout le monde.

Je craignais de voir Robby et Tiffany en rendez-vous amoureux – son bras autour d'elle au concert du chœur, ou bien se partageant un beignet après l'église, mais ce jour-là n'arriva jamais. Au moment d'Halloween, je compris qu'Odile ne s'était pas trompée en parlant de signaux que je déchiffrais mal. J'essayai d'accrocher son regard mais il ne regardait plus dans ma direction.

Mais un autre que moi avait, lui, beaucoup de rendez-vous. Papa. Dans les bras duquel les dames de Froid poussaient chaque femme seule. À la salle paroissiale, elles l'installèrent auprès d'une caissière blonde gloussante qui venait de débuter à la banque.

— Il n'a plus que la peau sur les os, décrétait la vieille Mrs Murdoch.

— Il a perdu l'appétit, renchérissait Mrs Ivers. Mais son compte épargne est bien garni.

Pendant le concert d'automne, elles le collèrent avec une fleuriste aux cheveux gras.

— Il a un bon métier, murmura Mrs Ivers pendant la *Danse macabre*.

Lors de la soirée spaghettis destinée à lever des fonds pour les pompiers, leur choix se porta sur ma professeure d'anglais. À voir papa écouter ses commentaires sur *Macbeth*, il ne semblait guère heureux, mais il n'avala pas pour autant son dîner en quatrième vitesse. Mary Louise et moi fûmes les premières à partir.

— C'est révoltant ! m'exclamai-je en donnant des coups de pied aux feuilles mortes sur le trottoir.

— Ça me donne la nausée, confirma-t-elle.

— Ton père a plus de rencards que toi, me lança Tiffany Ivers au passage.

Dans la chambre de Mary Louise, nous chantâmes *You May Be Right* à pleins poumons, en nous servant de la bombe de laque d'Angel en guise de micro. Quelque chose dans le rythme furieux et saccadé de la chanson de Billy Joel m'allait droit au cœur. À minuit, Sue Bob cogna à la porte et nous pria de la boucler.

Au matin, je trottinais en compagnie de Mary Louise dans l'allée – l'itinéraire le plus rapide jusque chez moi. À deux maisons de la mienne, nous nous figeâmes sur place comme deux antilopes en apercevant papa à la porte de derrière en compagnie de la caissière blonde. Il rougit quand elle lui caressa la manche de sa chemise, et ils entrelacèrent leurs doigts.

— C'est dégueulasse ! lâcha Mary Louise. C'est du sexe des mains.

— Elle a passé la nuit.

— Tu crois qu'il va l'épouser ?

Il ne s'était écoulé que huit mois depuis le décès de maman.

*

Le chagrin est une mer constituée de nos larmes. Des rouleaux d'eau salée recouvrent les profondeurs obscures que nous devons traverser à la nage à notre propre rythme, et il faut du temps pour nous bâtir une carapace qui résistera aux années. Certains jours, mes bras tranchaient l'eau et je sentais que tout irait bien, le rivage n'était pas si loin. Puis, l'espace d'une seconde, un seul souvenir suffisait presque à me submerger et je me retrouvais à mon point de départ, bataillant contre les vagues, épuisée, sombrant dans mon propre désespoir.

*

Une semaine plus tard, après l'église, papa, Mary Louise et moi choisissions nos pâtisseries dans la salle paroissiale quand la blonde s'approcha. Ses yeux pleins d'espoir se fixaient sur mon père dont le regard ne cessa de passer d'elle à moi jusqu'à ce qu'il ouvre la bouche :

— Les filles, finit-il par dire, je voudrais vous présenter Eleanor. Elle est… Voici Lily et Mary Louise, sa fidèle complice.

— Heureuse de faire votre connaissance ! J'ai tellement entendu parler de vous, caqueta-t-elle d'une voix de perruche saisie de démence.

— Lily ? entendis-je mon père. Tu vas bien ?

Je secouai la tête. Lui pouvait aller de l'avant, moi, je resterais avec maman. Je me rappelai sa main blanchie de farine qui me passait les fouets chargés de filets de pâte à cookie ; son rire en voyant le bout de ma langue caresser le métal lorsque je m'efforçais de récupérer tout ce que je pouvais ; le costume de clown qu'elle m'avait fabriqué pour Halloween, son pied sur la pédale de la machine à coudre, tête baissée, concentrée sur son ouvrage. Je me souvenais même de choses qui ne pouvaient pas exister dans ma mémoire : maman qui veillait sur mon sommeil, maman le visage si tendre qui tapotait son ventre énorme, avec moi nichée à l'intérieur. Je me rappelai mon refus de porter le gilet qu'elle m'avait tricoté parce qu'il ne venait pas d'une des boutiques que fréquentait Tiffany Ivers. Et je me souvins du sourire de maman pour masquer sa déception. Si je pouvais le retrouver, ce gilet, je le porterais tous les jours.

*

Pour mon quatorzième anniversaire, papa m'emmena chez Jeans'n Things, dont la propriétaire était Mrs Taylor qui s'asseyait toujours trois bancs devant nous à l'église, ses cheveux bruns soigneusement mis en plis. Angel et ses amies avaient conçu leurs propres tee-shirts avec leur nom imprimé dans le dos et c'est ce que papa avait décidé de m'offrir. J'étais impressionnée qu'il en ait eu l'idée tout seul.

Les tee-shirts se déclinaient en cinq couleurs mais l'orange était le seul qui fût à ma taille. Ensuite, la décalcomanie. Des images de lapins, d'oiseaux ou de groupes de rock. Avant, papa, toujours soucieux d'être absent de son travail, aurait consulté vingt fois sa montre, mais cette fois il les examina tous avec moi.

— Ta maman aurait choisi l'aigle, murmura-t-il d'une voix si faible que je l'entendis à peine.

C'est celui que je choisis. Mrs Taylor apporta les lettres en velours côtelé – grandes, moyennes, petites, en rouge, noir ou bleu. Comme lui, je les palpai toutes.

— C'est ta maman qui se chargeait des cadeaux. Je ne m'étais jamais rendu compte de tout ce qu'elle parvenait à faire…

— Merci, papa, dis-je en le serrant fort dans mes bras, de la façon dont j'aurais aimé serrer maman contre moi avant son dernier souffle.

Je portai le tee-shirt tout le trajet du retour à la maison.

Odile apporta un gâteau – au *chocolat !* –, et Mary Louise et quelques autres filles du collège me regardèrent souffler mes bougies. La fumée ne s'était pas encore dissipée qu'Eleanor fit irruption chez nous sans même frapper à la porte.

— Qu'est-ce qu'elle vient faire ici, celle-là ? maugréa Mary Louise, la mine renfrognée.

— Quelle agréable surprise ! s'exclama papa en faisant la bise à Eleanor Carlson.

— Joyeux anniversaire ! gazouilla-t-elle.

— C'est un plaisir de vous voir, répondit Odile en me donnant un coup de coude.

— Un vrai plaisir, marmonnai-je.

Mary Louise croisa les bras et refusa d'ouvrir la bouche.

À distance respectueuse l'un de l'autre, papa et Eleanor Carlson veillaient à ne pas se toucher, mais elle avait droit à plus de sourires de sa part que moi alors que c'était *ma* fête, et je n'avais qu'une seule envie, que cette journée se termine au plus vite. Aussi je me goinfrai de gâteau et arrachai sans délicatesse le papier qui couvrait mes cadeaux.

La soirée terminée, je balançai les assiettes en carton à la poubelle avec l'aide de Mary Louise tandis que papa préparait un pot de café frais. Sa petite amie ouvrit le bon placard pour en sortir les tasses et, entre toutes, c'est la préférée de ma mère qu'elle se choisit, celle aux fines fleurs bleues. Comme il se devait. Papa ne parut pas surpris.

Mary Louise ne rata rien et s'imprégna de ma douleur, désormais inscrite sur son propre visage constellé de taches de rousseur. Elle savait que je n'avais jamais utilisé cette tasse. À voix basse et d'un ton impitoyable, elle exprima ma colère, ma peine, et tout ce que j'avais sur le cœur :

— Cette garce s'imagine qu'elle a le droit d'entrer ici comme ça ? De se mettre à fouiner et de prendre tout ce qui lui plaît ?

Eleanor posa la tasse et la soucoupe sur le plan de travail puis tendit le bras vers la cafetière. D'un geste, Mary Louise balaya l'ensemble en porcelaine qui se fracassa au sol avec un bruit à la fois triste et satisfaisant. Des petits flocons neigeux blancs et bleus s'éparpillèrent sur le linoléum. Personne ne bougea. Nous regardions tous glisser le dernier fragment jusqu'à ce qu'il s'arrête sous le frigo.

— Tu l'as fait exprès ! tonna papa contre Mary Louise. Pourquoi avoir fait une chose aussi détestable ?

Il poursuivit sa diatribe mais elle avait l'habitude de s'entendre brailler dessus et, les yeux mi-clos pour se protéger de ses postillons, encaissa stoïquement l'engueulade.

La petite amie de papa contemplait la scène en spectatrice, se demandant sans doute pourquoi il était si remonté.

— Pour l'amour du ciel, il ne s'agit que d'une tasse ! finit-elle par dire.

Elle saisit le ramasse-poussière derrière la porte et balaya les restes de ma mère.

13

Odile

Paris, août 1939

Rémy se prépara à rejoindre l'armée de la même façon qu'il se préparait pour l'école : il s'aspergea le visage d'eau froide et balança en vrac quelques livres dans une sacoche. Perchée sur son lit, j'étais au trente-sixième dessous, et l'air qui nous séparait était lourd de rancune contenue : j'avais le sentiment qu'il m'abandonnait en plongeant tête la première au cœur du danger, et lui était déçu par mon manque d'enthousiasme pour son projet. Je savais qu'il n'en pouvait plus d'attendre mais, à mes yeux, il ne devait pas partir, c'était une erreur.

— Emporte un chandail, lui conseillai-je. Inutile d'attraper un rhume.

— On me fournira tout ce dont j'ai besoin.

Un peu plus tôt, j'étais passée à la banque pour en retirer mes réserves de sécurité.

— Tiens ! fis-je en sortant de ma poche les francs que je pressai au creux de sa main.

— Je n'ai pas besoin de tes sous.

— Mais tu vas les prendre quand même.

— Je vais être en retard.

Il posa les billets sur le lit. Je le suivis jusqu'à l'entrée où nos parents attendaient. Maman, toujours attentive aux détails, rectifia le col de Rémy et lui demanda :

— As-tu un mouchoir propre au moins ?

Papa offrit à son fils une boussole en laiton.

— Souvenir de mon temps dans l'armée, grommela-t-il d'une voix rauque.

— Merci, papa, répondit Rémy en lançant la boussole en l'air avant de la glisser dans sa poche. Je vais leur montrer, à ces Boches.

— Promets-moi de m'écrire, le suppliai-je.

— Promis, dit-il en m'embrassant sur les deux joues.

Sa sacoche dans le dos, il descendit l'escalier par petits bonds comme s'il partait acheter une baguette.

*

La Ville Lumière restait d'un noir d'encre la nuit – pas de lampadaires, pas de néons aux frontons des cabarets, ni de lampes allumées dans la salle de lecture. On conseillait aux Parisiens de s'équiper de masques à gaz. Nombreux étaient ceux qui, comme mes cousines, avaient décidé de partir avec leurs affaires entassées dans leur voiture. Miss Reeder aidait ses compatriotes désemparés à réserver leurs places pour rentrer en Amérique. Écourtant leurs vacances d'été, les enseignants aidaient à l'évacuation de leurs élèves à la campagne. Le calme inquiétant de la salle des enfants faisait froid dans le dos.

La maison demeurait elle aussi silencieuse. Pour la toute première fois, Rémy et moi étions séparés depuis plus de quatre jours. Pareil au lever du soleil ou au pain sur notre table, il avait toujours été là, à boire bruyamment son café au lait, à se gargariser après s'être brossé les dents ou à fredonner pendant que nous lisions ensemble. Rémy était la musique de mes journées. Sans lui, la vie n'était que silence.

Quand il avait décidé de s'engager dans l'armée, sa sérénité était réelle, et elle aurait dû m'apporter quelque réconfort. Au lieu de quoi, c'est de papa et maman que me vint l'apaisement. Avant, la vie avait été à l'image de la table du dîner – Rémy et moi d'un côté, nos parents à l'opposé. Désormais nous étions tous les trois unis par notre inquiétude, de la même façon que nos regards angoissés convergeaient vers sa chaise vide. Rémy n'avait pas écrit.

— Quand est-ce que Paul revient de Bretagne ? s'enquit maman en s'efforçant de meubler les blancs dérangeants de la conversation.

Je glissai la main à ma poche pour toucher sa dernière lettre. Il m'écrivait tous les jours en me disant combien je lui manquais et combien d'hectares il lui restait à moissonner.

Ce ne sera jamais assez tôt, soupirai-je.

*

Dans le vestiaire, les masques à gaz en cuir brun, sur lesquels était imprimé « The American Library in Paris », gisaient avachis contre le mur. Je balançais le mien par terre quand Bitsi apparut en susurrant un bonjour amical auquel je ne répondis pas.

— Qu'est-ce que tu lis en ce moment ? demanda-t-elle. Je viens de terminer *Emma*[1].

— Maintenant que Rémy n'est plus là, je suis trop distraite pour lire.

— Il ne s'agit pas d'une compétition pour déterminer à laquelle de nous deux il manque le plus, répliqua-t-elle en sortant de la pièce.

Je ne sus que répondre. Ou plutôt, j'en avais trop à dire. Comment as-tu osé encourager Rémy à partir ? Et s'il se trouvait en danger ?

Margaret entra et suspendit son chapeau de paille à une patère.

— Qu'est-ce qui ne va pas ?

— Ce qui ne va pas, c'est Bitsi.

Margaret m'annonça qu'elle allait préparer du thé et qu'elle me retrouverait à mon comptoir.

— Alors, de quoi s'agit-il, dis-moi ? me demanda-t-elle en servant le Darjeeling.

— Rémy a toujours été fragile – le premier à attraper un rhume, le dernier choisi en classe de gym. Et pourtant Bitsi l'a encouragé à partir affronter le danger. Et il ne m'a même pas prévenue qu'il souhaitait s'engager.

— Y a-t-il une raison pour qu'il ne se soit pas confié à toi ?

Les yeux de Margaret étaient si sincères que je me surpris à lui révéler une vérité que je venais tout juste de comprendre.

---

1. Roman de Jane Austen publié en 1815.

— Il a bien essayé de m'en parler, murmurai-je, ma tasse de thé tremblant dans ma main. Et je regrette de ne pas l'avoir mieux écouté. Il a toujours été là pour moi et pour une fois qu'il avait besoin de moi…

— Ne sois pas aussi dure avec toi-même.

— J'aurais pu le dissuader de s'engager.

— C'était peut-être une chose qu'il se sentait obligé de faire.

— Peut-être…

Margaret embrassa d'un geste la scène qui se déroulait devant nous. Peter-le-rangeur orientait Helen, cheveux frisés coupés au carré et yeux rêveurs, le tout nouveau membre de notre personnel, originaire de Rhode Island. Glissant entre les rayons, tous deux échangeaient leurs souvenirs de Nouvelle-Angleterre, 917.4, l'endroit le plus magique de la terre. J'avais lu suffisamment d'histoires d'amour pour en reconnaître les prémices quand je les avais devant les yeux.

Boris s'approcha avec un long rouleau de papier et nous expliqua que nous devions en couvrir les vitres pour nous protéger des bris de verre en cas de bombardement.

— Comment va votre frère ? s'enquit-il en déposant le rouleau sur la table.

J'en découpai un grand morceau.

— Il n'a toujours pas écrit.

— Et ça fait combien de temps ?

— Deux semaines.

— Quand j'ai rejoint les rangs de l'armée, dit Boris en étalant la colle à l'aide d'un vieux pinceau, l'entraînement des cadets était si dur que le soir nous nous écroulions sur nos couchettes complètement épuisés. Nous n'avions pas le temps d'écrire. C'est le sergent qui le voulait ainsi, il tenait à ce que nous laissions nos vies derrière nous.

— Vous avez probablement raison…

— Mais c'est toujours difficile d'être celle qui reste derrière.

Boris comprenait. Tout en enveloppant la Bibliothèque dans l'obscurité, nous parlions peu mais nos mots comptaient. Vu le nombre de fenêtres, il nous fallut deux jours pour mener notre tâche à bien.

*

Le 1er septembre, l'armée commença à rappeler les hommes entre dix-huit et trente-cinq ans. Boris, les garçons du voisinage au milieu desquels j'avais grandi, les étudiants en thèse de doctorat à la mine de papier mâché qui avaient quasiment élu domicile dans la salle de référence, le boulanger qui brûlait ses baguettes – tous furent mobilisés. Papa demanda à garder ses officiers de police à Paris ; Paul obtint une dispense pour continuer à travailler dans la ferme de sa tante – pour l'instant.

Les signes concrets de la guerre étaient omniprésents : dans l'armée, dont les rangs avaient gonflé de manière substantielle ; dans le *Herald* avec ses gros titres chargés de menaces ; et aussi sur le tableau d'affichage de la Bibliothèque où, tout à côté de la liste des best-sellers, un avis récent cacheté à la cire de l'ambassade des États-Unis déclarait : « Au vu de la situation actuelle en Europe, il est conseillé aux citoyens américains de retourner aux États-Unis. »

Miss Reeder suivrait-elle la directive de l'ambassade ? Et si l'ambassadeur de Grande-Bretagne publiait la même recommandation, allais-je perdre Margaret ?

Traversant la salle du catalogue où tante Caro m'avait fait connaître Dewey et toute une constellation, puis longeant les rayonnages où Paul et moi avions échangé notre premier baiser, jusqu'à l'arrière-salle où Margaret et moi étions devenues amies, je me précipitai vers le bureau de Miss Reeder.

La directrice pivota légèrement dans son fauteuil, son stylo à la main, toute son attention tournée vers les documents étalés sur son bureau. L'odeur de son café emplissait l'air. Je ne vis pas de boîtes, aucun signe d'un départ éventuel. Elle était à son poste. Et tant qu'elle serait là, tout se passerait bien. Ma panique perdit de son intensité et j'inspirai longuement.

— Vous ne rentrez pas chez vous ? demandai-je.

— Chez moi ?

— Vous ne partez pas ?

Miss Reeder fronça les sourcils et me contempla avec perplexité, comme si cette pensée ne lui avait jamais traversé l'esprit.

— C'est ici, chez moi.

*

1er septembre 1939

Mon très cher Paul,

Tu me manques tellement, j'ai envie de sentir tes bras autour de ma taille et tes murmures de réconfort tout contre ma tempe. Depuis que Rémy s'est engagé, ma poitrine me fait mal. Je déteste avoir laissé une telle situation entre nous. Quand tu reviendras, tout ira mieux.

Depuis que la plupart des hommes ont été mobilisés, ta tante doit certainement avoir plus que jamais besoin de toi. Mais moi aussi j'ai besoin de toi, et je compte les jours jusqu'à ton retour.

Avec tout mon amour, ton irascible bibliothécaire.

*

Si je ne pouvais me dérober au fait que Rémy avait désormais une nouvelle confidente, *elle*, je pouvais toujours l'éviter en restant autant que possible dans la salle des périodiques. Comme toujours, je me sentis rassérénée en y voyant mes habitués. Enveloppée dans son châle mauve, la professeure Cohen soupirait devant un beau passage de *Voyage dans les ténèbres*[1]. À côté d'elle, entre deux claquements de dentier, Mme Simon se pâmait d'admiration devant les pages mode de *Harper's Bazaar*. En face de ces dames, M. de Nerciat et Mr Pryce-Jones se chamaillaient.

— Le meilleur whisky est fabriqué en Écosse, décréta l'Anglais. Je suis d'ailleurs moi-même à moitié écossais.

1. *Voyage in the Dark*, roman de Jean Rhys publié en 1934.

— Oui, je sais, murmura le Français. Et l'autre moitié, c'est du soda.

— C'est Glendronach le meilleur !

Incapable d'admettre que la Grande-Bretagne ait pu produire quoi que ce soit de valeur, le Français contredit son affirmation :

— George Dickel du Tennessee est le plus subtil.

— Une dégustation est le seul moyen de savoir qui a raison, intervins-je.

— Odile, que vous êtes ingénieuse !

Bitsi se faufila jusqu'à moi.

— Mon frère a été rappelé, m'annonça-t-elle. Il est parti hier.

— Le mien est parti depuis des semaines, répliquai-je sèchement. Ce qui veut dire que tu étais parfaitement au courant, non ?

— Rémy aurait été appelé dans tous les cas.

— Et c'est censé me rassurer pour que je me sente mieux, c'est ça ? aboyai-je.

Mon éclat surprit les abonnés qui ouvrirent de grands yeux.

— Nous sommes tous inquiets, fit remarquer la professeure Cohen d'une voix conciliante.

Tournant le dos à Bitsi, j'ouvris le *Herald* et lus l'éditorial : « Malgré l'angoisse omniprésente dans les esprits, il est bien possible qu'une grande guerre ne se produise jamais. Une chose est sûre, avec l'éventualité de Herr Hitler aux commandes, nul ne peut affirmer qu'elle aura lieu. » Sans même en avoir conscience, j'avais lu ces mots à haute voix, mais la grimace de Mme Simon m'aida à le comprendre.

— Quelle guerre ? gloussa-t-elle sottement. L'Europe est fatiguée, personne ne veut se battre.

— Vous délirez complètement, déclara la professeure Cohen. Les enfants se battent pour des jouets, les hommes pour des territoires.

— Ne pensons pas à cela pour l'instant, dit M. de Nerciat en me regardant d'un œil inquiet.

Il attrapa le *Herald* qu'il ouvrit aux pages des rubriques mondaines où, comme à l'accoutumée, deux colonnes entières informaient ses lecteurs sur la colonie américaine de Paris.

— Mr Eli Grombecker, de New York, est parti en Europe à bord de l'hydravion *The Clipper*. Parmi ceux qui ont visité Berlin récemment, Mr et Mrs E. Bromund, de Chicago, séjournent à l'hôtel Bristol. Mrs Minnie K. Oppenheimer et Miss Ruth Oppenheimer, de Miami, sont au Continental.

— La guerre n'empêchera jamais ces dames de la haute de faire du shopping, ironisa Mr Pryce-Jones.

— Et en ce qui concerne la colonie britannique, poursuivit M. de Nerciat, le maharajah de Tripuria et la Yuvaranee de Baria sont au George-V. La comtesse d'Abington a rejoint le comte au Prince-de-Galles.

J'éclatai de rire tout comme mes habitués. Ces mondains se prenaient un peu trop au sérieux mais ils nous permettaient, pour un temps, d'oublier les tensions de la conjoncture politique.

Ma journée de travail terminée, je rentrai à la maison en espérant y trouver une lettre de Rémy mais la table dans l'entrée était vide. Entendant des bruits de voix, je jetai un œil dans le salon – Paul ! Il se leva d'un bond en me voyant. Consciente de la présence de mes parents, je posai brièvement la main sur son biceps quand il me fit la bise.

Sur le divan, séparée de lui par vingt centimètres, je lui murmurai :

— Tu m'as manqué.

— Et toi encore plus. Au moins, tes habitués étaient là pour te tenir compagnie. Moi, hormis ma tante, j'ai dû me contenter de vaches, de poulets et de chèvres.

— Mr Pryce-Jones pourrait aisément passer pour un vieux bouc obstiné.

— En effet, mais il ne t'a jamais mordue !

Papa nous regardait avec une bienveillance arrogante.

— Je savais que Paul était celui qu'il te fallait, conclut-il.

— Oui, papa. Au quatorzième prétendant, je suis finalement tombée sous le charme.

— Vous pourrez bientôt passer plus de temps ensemble, reprit-il. Avec la guerre qui menace, tes collègues regagneront l'Amérique et la Bibliothèque fermera.

— Miss Reeder prétend que nous resterons ouverts. Personne ne va nulle part.

— Tu vas pouvoir te reposer, conclut-il avec un clin d'œil moqueur avant d'ajouter : Peut-être même réussiras-tu à être à l'heure pour le dîner.

Lorsque papa évoquait son travail, il ne parlait que de devoir ; il était incapable de comprendre que j'adorais cette Bibliothèque. Je consacrais mes heures supplémentaires, en compagnie d'Helen-la-documentaliste, à apprendre comment répondre aux questions des abonnés ; cela n'avait rien d'une corvée, il s'agissait plutôt d'une course au trésor.

— Il est important de se souvenir qu'il est toujours difficile de demander de l'aide à un parfait inconnu, m'avait-elle rappelé. Ne vous montrez jamais impatiente, toutes les questions ont un intérêt.

Elle et moi fouillions les biographies et les encyclopédies spécialisées pour dénicher tout et plus encore, depuis la population de Cuba jusqu'à la valeur estimée d'un vase chinois. Chaque jour, nous avions droit à des questions qui exigeaient des réponses. Après avoir rédigé des dizaines d'articles universitaires, la professeure Cohen avait décidé de s'essayer au roman et faisait des recherches sur l'Italie du XVIe siècle. « Comment s'habillaient les Vénitiens ? Que buvaient-ils ? Que mettaient-ils dans leurs poches ? » voulait-elle savoir.

— Êtes-vous sûre qu'ils avaient des poches ? avait demandé Helen.

— Absolument pas.

Et nous avions toutes les trois mis les voiles pour Venise, naviguant entre les rayonnages.

On avait besoin de moi à la Bibliothèque. J'y étais heureuse.

— Je ne peux pas me reposer, rétorquai-je à mon père. Miss Reeder dit que les livres encouragent les gens à mieux se comprendre. Et aujourd'hui, c'est plus important que jamais.

Lorsqu'il ouvrit la bouche pour contester mon affirmation, maman le fit sortir de la pièce en refermant la porte derrière eux.

Je me rapprochai de Paul.

— Il est impossible !

— Il s'inquiète pour toi.

— Je suppose…

Paul m'embrassa les mains, les joues, les lèvres. Mais je voulais davantage. Sa peau sur la mienne, nos corps emmêlés. Le baiser était le prologue d'un livre merveilleux, un livre que je voulais lire jusqu'à la fin.

Le bouton de la porte cliqueta et, d'un bond, je m'écartai de lui. Il fit de même. Maman se précipita vers ses pots de fleurs et commença à retirer les feuilles mortes de ses fougères.

Petite, j'adorais lire au lit. Chaque soir, après que maman eut dit, « maintenant on éteint », je la suppliais de finir le chapitre, mais c'était toujours en pure perte. Aujourd'hui comme naguère, maman continuait de décider qu'il était l'heure d'arrêter.

*

Tandis que je disposais les éditions des journaux du soir sur les présentoirs, je vis Miss Reeder, pâle comme la mort, entrer en titubant dans la salle de lecture. Visiblement, quelque chose n'allait pas. Mr Pryce-Jones et M. de Nerciat cessèrent de se disputer. La professeure Cohen leva les yeux de son livre. Debout devant les fenêtres occultées, la directrice déclara d'une voix tremblante :

— L'ambassade a appelé. L'Angleterre et la France ont déclaré la guerre à l'Allemagne.

Lorsque papa nous racontait ses années dans les tranchées, je m'imaginais les combats sous la forme de clichés pris de loin, affadis par les ans. À présent, les images de tanks et de soldats blessés seraient en Technicolor. Est-ce que Rémy irait au front ? Est-ce qu'il serait blessé ?

— Ont-ils précisé où vont passer les combats ? s'enquit Bitsi avant que j'aie pu le faire.

— Je regrette mais je n'en sais pas plus, répondit Miss Reeder. L'ambassadeur Bullitt nous tiendra informés.

Après avoir rassuré les abonnés, elle réunit le personnel dans son bureau.

— Vous devriez partir – rentrer chez vous ou vous réfugier à la campagne, vous y serez plus en sûreté, nous ordonna-t-elle, d'un ton si autoritaire que je m'imaginai aussitôt fourrer ma robe jaune et mon foulard bleu dans une valise.

— Qu'allez-vous faire ? voulut savoir Boris.

— Je vais rester, indiqua Miss Reeder sans la moindre hésitation.

— Je m'occuperai du comptoir des prêts, renchérit-il.

— Je veux rester, ajouta Miss Wedd, notre comptable.

— Moi aussi, dis-je.

Je replaçai mentalement mes vêtements dans mon armoire. C'est ici qu'était ma place et j'avais besoin de faire en sorte que notre Bibliothèque reste ouverte.

— Je ne peux pas rentrer à Rhode Island aussi rapidement, fit remarquer Helen-la-documentaliste.

Peter-le-rangeur se tourna vers elle.

— Je ne veux pas partir, dit-il.

Miss Reeder nous regarda avec gratitude.

— Néanmoins, nous devons nous efforcer d'assurer la sécurité de nos abonnés.

Peter-le-rangeur charria des sacs de sable au dernier étage en prévision des raids aériens. Miss Wedd afficha sur le mur l'itinéraire à suivre jusqu'à la station de métro – l'abri antiaérien le plus proche. Pendant l'exercice d'évacuation, Miss Reeder libéra la salle de lecture, rassurant d'un bras protecteur les étudiants effrayés. Je rassemblai mes habitués et les fis sortir de la salle des périodiques. Récupérant *Bonjour minuit*[1] sur l'étagère comme si elle sauvait sa meilleure amie d'un bâtiment en flammes, la professeure Cohen proclama :

— Je n'abandonnerai pas Jean Rhys.

Helen-la-documentaliste transporta des bouteilles d'eau, le concierge coupa l'électricité. À la porte, Bitsi agitait une lanterne. Et une procession d'amoureux des livres totalement désorientés se traîna sur deux pâtés de maisons jusqu'à la station de métro. Dans la pénombre du tunnel, nous nous demandions tous ce qui allait arriver, et quand cela arriverait.

---

1. *Good Morning, Midnight*, roman de Jean Rhys, publié en 1939.

14

Odile

Boris entra d'un pas nonchalant dans la salle de lecture comme s'il s'était offert un long déjeuner et non six jours dans l'armée. Les abonnés s'agglutinaient autour de lui, se battant presque pour lui souhaiter la bienvenue. M. de Nerciat et Mr Pryce-Jones furent les premiers à lui serrer la main en la secouant vigoureusement. La professeure Cohen fut la suivante.

— Nous sommes heureux que vous soyez rentré sain et sauf. Votre épouse et votre fille doivent être soulagées, lui dit-elle.

J'essayai moi aussi de l'atteindre mais une nuée d'abonnés l'entourait de toutes parts. Je revins auprès de mon chariot et attrapai un livre à ranger. Le numéro d'ordre était 223. Était-ce la religion ou la philosophie ? Les choses que je connaissais avec certitude s'embrouillaient de plus en plus. Depuis que Rémy était parti, je m'étais souvent retrouvée au beau milieu d'une pièce, incapable de savoir où se trouvait ma vraie place.

Boris me retrouva dans les profondeurs du 200.

— Comment allez-vous ?

— J'ai peur pour Rémy.

Il replaça mon livre sur l'étagère.

— Je connais ce sentiment. Mon frère Oleg s'est engagé dans la Légion étrangère.

— J'espère qu'il ne lui arrivera rien. Au moins vous, vous avez pu revenir.

— C'est grâce à Miss Reeder, qui a écrit à l'armée. Apparemment, je suis indispensable.

— Indispensable. Ça sonne plutôt bien.

Elle avait également réussi à garder le concierge. Par chance, papa avait eu la permission de conserver ses officiers de police à Paris. Il voulait protéger ses hommes, même s'il n'avait pas été capable de protéger son propre fils. J'étais tellement inquiète pour Rémy, mais dans le même temps j'étais infiniment reconnaissante de ne pas perdre Paul.

Boris remit un autre livre en place.

— J'aurais fait mon devoir dans l'armée française. Après tout, j'avais déjà combattu dans une guerre.

— Quand ça ?

— J'étais cadet en formation militaire quand la révolution russe a éclaté. Certains parmi nous avaient à peine quinze ans mais nous nous sommes fait la belle pour rejoindre les rangs de l'armée.

— Quinze…

Il m'expliqua que ses camarades et lui étaient convaincus que réduire d'un coup de fusil une fraise en purée à dix pas faisait d'eux des hommes, et lorsque lui et son meilleur ami avaient envisagé de s'enfuir, leur seule préoccupation était de savoir quel uniforme leur donnerait le plus de panache.

— On se demandait l'un et l'autre si on devait partir à pied ou prendre un cheval. Souffrir de la faim ou faire une descente dans le garde-manger en risquant de réveiller le cuisinier revêche. S'engager a été facile, conclut-il. Comme la plupart des enfants, nous étions incapables de voir l'avenir au-delà d'une semaine.

C'est aussi de cette façon que Rémy avait quitté la maison, impatient de connaître l'aventure et de prouver à papa qu'il était un homme.

— Mon capitaine n'était guère plus âgé que moi. Il nous a ordonné de tirer pour tuer mais il est très difficile de tuer ses propres compatriotes, déclara Boris, la gorge nouée. C'est toujours douloureux de tuer un homme.

Les étagères étaient hautes, aussi sacrées qu'un confessionnal, et Boris fixait des yeux les rangées de livres alignés comme des soldats au garde-à-vous.

— En face de nous, sur l'autre berge de la rivière, se trouvait une sentinelle, c'était un des leurs, poursuivit-il. Un Russe comme moi, mais c'était l'ennemi. J'ai appuyé sur la détente et je lui ai effleuré le lobe de l'oreille.

— Le lobe de l'oreille ?

Boris haussa les épaules.

— Un joli coup de fusil. Ce gars-là, je ne voulais pas le tuer. Juste l'effrayer pour qu'il s'en aille.

— Vous avez bien fait.

Il prit un autre livre et, le visage sombre, passa sa main sur la couverture.

— Par la suite, mon régiment s'est retrouvé face au sien et ce soldat a tué mon meilleur ami.

— Je suis désolée.

— J'ai été blessé par balle à deux reprises, m'expliqua Boris en laissant courir un doigt sur la cicatrice qu'il avait à la joue, si fine qu'on aurait cru une ligne d'expression. Mais c'est le typhus qui a failli m'emporter. L'infirmerie était pire que le front. J'avais grandi dans une famille turbulente et je suis passé directement de l'école militaire à l'armée. Je n'avais jamais connu une seconde de solitude, jamais je n'avais dû me confronter à mes propres réflexions. Me retrouver seul à l'hôpital a été le moment le plus déprimant de mon existence et une seule chose m'a donné la force de tenir bon – la pensée de mes sœurs ensemble.

Il montra du geste la salle des enfants que surveillait Bitsi.

— Elle et moi ne sommes *pas* sœurs, précisai-je.

Son regard se chargea d'une tristesse infinie.

— Je retourne au comptoir des prêts, me prévint-il d'un ton résigné en me laissant seule avec mes regrets et mon ressentiment.

15

Odile

Trois jours après la déclaration de guerre, Miss Reeder créa le Service aux soldats. Elle désirait apporter du réconfort aux militaires français et britanniques, leur offrir un moyen d'évasion et leur faire savoir que leurs amis de la Bibliothèque ne les oubliaient pas. En vue de cela, elle nous fit préparer divers assortiments de lectures pour les cantines et les hôpitaux de campagne. Paul et moi étions chargés de livrer les caisses à la Poste. Paris était étrangement calme, semblable à un grand hôtel aux clients trop rares, néanmoins la Bibliothèque grouillait d'abonnés qui prenaient pour argent comptant le fait que nous resterions ouverts. Ils continuaient à écumer les journaux en quête d'informations et à emprunter des livres.

— Les gens lisent, commentait la directrice. Guerre ou pas guerre.

Elle lança un appel aux dons auprès du public et rédigeait des lettres aux mécènes bienveillants comme la comtesse Clara de Chambrun. Elle m'appela dans son bureau et m'expliqua qu'elle avait invité des journalistes à la Bibliothèque et voulait que je les informe du programme. Ils attendaient dans la salle de lecture.

— Moi ? fis-je. Mais les journalistes sont... des gens impossibles.

Lorsque j'avais rédigé pour le *Herald* ma première lettre d'information sur l'ALP, l'un d'eux avait remarqué une coquille – « pubic[1] » relations figurait au lieu de « public relations ». Chaque fois que je passais déposer une nouvelle chronique, il m'interrogeait sur les relations si « spéciales » que j'entretenais.

— Il leur arrive d'être brusques, reconnut Miss Reeder. Ils sont toujours par monts et par vaux dans toute la France pour décrire l'effort de guerre. Mais si l'un d'eux se montre grossier, tapez-lui sur la tête.

Je me rappelai mon entretien d'embauche, le jour où j'avais menacé de faire exactement ce geste, et me sentis rougir.

— Oh non, je...

— Je sais. Vous n'êtes plus cette jeune femme-là. Vous avez grandi et vous faites un travail magnifique. Tout le monde adore votre chronique dans le *Herald* et vos articles sont délicieux, en particulier vos interviews « Quel genre de lecteur êtes-vous ? ». C'est merveilleux d'apprendre à connaître quelqu'un par les livres qu'il ou elle aime passionnément.

En chemin vers la salle de lecture, je m'autorisai à savourer les louanges de Miss Reeder. Devant l'âtre,

1. Relatif au pubis, « pubien » en français.

je frottai un pied sur l'autre pour tenter de trouver le courage de parler à ces journalistes blasés en trench-coats chiffonnés. Mais ils prirent les devants.

— Les Français s'intéressent-ils tant que ça aux livres américains ? s'enquit un journaliste aux cheveux gris clairsemés et au visage fatigué – non, plutôt las et désabusé. Et est-ce que les soldats ont le temps de lire ?

— Un général a fait partir des camions de la ligne Maginot pour collecter livres, journaux et revues, répliquai-je sèchement. Les soldats disposent en effet de temps libre et notre but est de les soutenir. Notre tâche est de remonter le moral des troupes.

— Le moral ? Alors pourquoi des livres ? Pourquoi pas du vin ? intervint un rouquin. Moi, c'est ce que je voudrais.

— L'un n'exclut pas l'autre.

Ils éclatèrent de rire.

— Non mais, plus sérieusement, repris-je. Pourquoi des livres ? Parce que rien d'autre ne possède cette qualité mystique permettant aux lecteurs de voir le monde à travers les yeux d'autrui. La Bibliothèque est un pont de livres entre les cultures.

L'un après l'autre, ils se défirent de leurs impers pour s'installer dans les fauteuils tandis que j'expliquais comment les gens pouvaient nous faire parvenir leurs dons. Certains journalistes prenaient des notes, d'autres semblaient se remémorer les ouvrages qu'ils avaient lus. Le vieux grisonnant à l'air si las contemplait les rayonnages et se rappelait peut-être un roman qui lui avait apporté du réconfort après une journée difficile.

— Nous avons tous un livre qui nous a changés à jamais, poursuivis-je. Un livre qui nous a permis de savoir que nous n'étions pas seuls. Quel est le vôtre ?

— *À l'Ouest, rien de nouveau*, répondit-il.

833

— Aidez-nous à faire passer le message. Aidez-nous à transmettre à nos soldats les livres que vous avez aimés.

*

À mesure que l'information se propageait, les donations arrivèrent à flot continu. Un vrai déluge. Les membres du personnel constituaient des bibliothèques de cent livres et cinquante magazines pour chaque régiment. La directrice rédigeait les étiquettes des adresses, Margaret tapait le détail du contenu de chaque colis et je plaçais les livres dans les caisses.

Soudain, Bitsi entra en trombe dans la salle en agitant une lettre qu'elle tenait à la main.

— Elle était là quand je suis rentrée à la maison.

C'est à elle que Rémy a choisi d'écrire en premier ?

— C'est merveilleux, tu as fini par avoir des nouvelles, commenta Margaret.

— Et n'est-ce pas gentil de la part de Bitsi de venir partager cette bonne nouvelle avec nous ? renchérit Miss Reeder en m'adressant un regard sans équivoque.

Elle avait raison. Il ne s'agissait pas d'une compétition pour savoir laquelle de nous deux recevrait une lettre la première. Et pourtant…

— Il est posté à côté de Lille, expliqua Bitsi. Loin du danger.

— Pour l'instant, dis-je sèchement.

— Il voulait s'engager.

— Tu l'as encouragé.

— Pour qu'il suive ses convictions.

— Et si jamais c'est à cause de celles-ci qu'il est tué ?

Je soulevai un énorme volume des œuvres complètes de Victor Hugo et le balançai dans une caisse où il atterrit avec un bruit outré.

— S'il te plaît.

Ses mains d'albâtre, si délicates, se saisirent des miennes, barbouillées d'encre bleue.

— J'ai besoin d'être avec quelqu'un qui l'aime.

— Je dois prévenir mes parents, annonçai-je en détachant mes doigts des siens. Ils vont être soulagés.

— Odile, ma chère…, commença Miss Reeder avec sympathie, la tête inclinée de côté.

La gentillesse allait finir par me faire pleurer, aussi c'est avec la gorge nouée que je me dépêchai de bredouiller un petit « À demain » et descendis l'escalier quatre à quatre. Lorsque je parlai de la lettre à mes parents, ma voix devait être pleine d'amertume car maman m'expliqua que ce n'était pas la faute de Bitsi si mon frère s'était engagé. Avec tous les tracts politiques qu'il rédigeait, son choix n'aurait pas dû me surprendre. Papa ajouta que je devrais me montrer bienveillante avec elle, ne serait-ce que pour Rémy.

Deux jours plus tard, une lettre arriva.

> Mon régiment est stationné dans une ferme. Un chat de ferme nous suit comme un petit chien, même pendant nos exercices sur le terrain. Nous n'avons pas vu le moindre combat, hormis pour choisir celui d'entre nous qui serait de corvée de vaisselle.

Respirer devint tout de suite plus facile.

*

Des requêtes nous arrivaient de tous les coins de France. Le personnel et les volontaires de la Croix-Rouge, des YMCA[1] ainsi que des Quakers s'entassaient dans notre arrière-salle pour nous aider à envoyer des livres aux soldats. Après avoir soigneusement noté leurs préférences (fiction ou non-fiction, romans policiers ou mémoires) et leur langue, nous faisions en sorte que chacun reçoive un colis deux fois par mois.

Miss Reeder prenait des photos des volontaires qui emballaient les livres, Bitsi rédigeait des petits mots d'encouragement aux soldats et Margaret et moi ouvrions les demandes qui nous étaient adressées. J'en lus une à haute voix, écrite par un professeur d'anglais aujourd'hui caporal français, qui désirait des livres d'exercices pour enseigner à son régiment.

---

1. Young Men's Christian Association.

— Lesquels faut-il envoyer ? me demanda Bitsi.

Je fis semblant de ne pas avoir entendu.

En nous regardant toutes les deux un peu nerveusement, Margaret lut à son tour à haute voix : « Je me trouve dans l'est de la France et il y en a parmi nous qui lisent l'anglais, pourriez-vous nous trouver quelques livres et revues, et aussi des jeunes femmes (pas trop âgées) qui accepteraient de correspondre avec nous ? »

Complètement sous le charme de ces requêtes, j'en lus une autre : « Nous sommes quelques-uns, mes camarades et moi, dans la campagne française, entre la Sarre et la Moselle. Comme vous pouvez l'imaginer, nos plaisirs sont limités. Si c'est possible, accepteriez-vous de nous envoyer d'anciens numéros du *National Geographic* ? Ce magazine fera notre plaisir, parce que nous apprécions cette belle revue. »

— Ça doit être difficile pour les soldats d'être si loin de leur foyer, murmura Margaret. Quel soulagement de pouvoir faire quelque chose pour eux.

— Je vous remercie pour votre dévouement, intervint Miss Reeder, d'une voix aussi réconfortante qu'une tasse de chocolat. Nous avons de la chance de vous avoir.

— Que ferais-je sans vous tous ? s'exclama Margaret, les yeux humides de larmes. Ô seigneur, la théière qui fuit est de retour.

— Ces derniers temps, nous avons tous donné libre cours à nos émotions, indiqua Miss Reeder sans me quitter des yeux.

*

En France même, les fusils s'étaient pratiquement tus mais la situation restait tendue le long de la ligne Maginot, là où nos généraux étaient convaincus que l'ennemi attaquerait. Nous y avions expédié des centaines de livres. Plusieurs soldats nous adressèrent divers témoignages de gratitude : une aquarelle d'une cuisine sur le front, des esquisses d'avions ennemis abattus, un paquet de cigarettes. Je lus avec Margaret la lettre d'un capitaine britannique.

> C'était si gentil de votre part de m'envoyer ce merveilleux paquet de livres. J'apprécie énormément ce que vous faites et je considère qu'il est d'une importance capitale d'offrir aux hommes toutes les distractions possibles.
>
> Nous voulons vous exprimer toute notre reconnaissance pour le superbe travail que vous effectuez parmi nous, les combattants. Pour ce que vous avez fait pendant la dernière guerre et pour ce que vous faites aujourd'hui, nous vous remercions.

Notre opération de service aux soldats avait pris une telle ampleur – des milliers de livres reçus en donation, des dizaines de volontaires – que les hommes d'affaires de l'immeuble voisin nous louèrent un étage entier. Les piles de revues et de livres touchaient le plafond comme autant de tours de Pise littéraires. Miss Wedd continuait à nous fournir en scones et tenait le registre des livres envoyés. Cet automne, vingt mille volumes furent expédiés aux troupes françaises, britanniques et tchécoslovaques aussi bien qu'à la Légion étrangère. Tout comme Miss Reeder, je me sentais particulièrement fière de notre service aux soldats personnalisé. Je me sentais moins fière de n'avoir quasiment pas adressé la parole à Bitsi.

Maman maugréait que je n'étais plus jamais à la maison et Paul plaisantait en disant qu'il allait devoir se porter volontaire s'il voulait passer un peu de temps avec moi, mais j'avais le sentiment que, comme Rémy, j'avais moi aussi « besoin de faire quelque chose ». Pour esseulée que j'étais en son absence, je savais que la situation des soldats était bien pire et glissais des cartes d'encouragement dans leurs livres.

Dubitative quant à l'avenir, il m'arrivait souvent d'aller chercher la dernière page d'un roman avec l'espoir de tomber sur une fin heureuse. Dans Villette, 823. *Ici pause : pause immédiate. Il en a été assez dit. Ne trouble aucun silence, mon tendre cœur ; laisse de l'espoir aux imaginations brillantes de soleil. Qu'il en revienne à elles de concevoir les délices d'une joie renaissant après une grande terreur, le ravissement du sauvetage d'un péril, le merveilleux répit gagné sur l'effroi, l'accomplissement du retour*[1]. Je regrettais de ne pouvoir accélérer le temps pour me rassurer, en faisant un bond dans ma propre existence. La guerre allait se terminer. Rémy allait rentrer à la maison. J'allais me marier avec Paul.

---

1. Extrait de la dernière page de *Villette*, roman de Charlotte Brontë.

Ce soir-là, à nouveau épuisée, je m'effondrai dans mon lit avec un livre.

Il traversa la pièce et me saisit le bras en m'agrippant la taille. Il donnait l'impression de me dévorer de ses regards enflammés... « Jamais, dit-il en serrant les mâchoires, jamais rien ne m'a paru tout à la fois aussi frêle et aussi indomptable. Ma main ne lui fait que l'effet d'un simple roseau ! (Et il me secoua de toute la force de sa poigne.) Je serais capable de la faire ployer... cette belle créature sauvage !

« De vous-même, si vous le vouliez, vous pourriez venir me rejoindre sans bruit pour vous nicher contre mon cœur : saisie contre votre volonté, vous échapperez à ma prise comme une essence volatile – et vous disparaîtrez avant que j'inhale votre senteur. Oh ! Venez, Odile, Odile, venez ![1] »

— Odile, dit maman en cognant à la porte. Il est plus de minuit.

Prenant un stylo et une feuille de papier, je me mis à écrire :

> Cher Rémy,
>
> Je pourrais lire toute la nuit mais maman va me tarabuster jusqu'à ce que j'éteigne la lumière. Aujourd'hui encore, la journée a été frénétique. La Bibliothèque est aussi bondée qu'à l'accoutumée – les abonnés partis fin août sont de retour et nous faisons de notre mieux pour vous faire parvenir à tous des livres. Paul vient chercher les caisses qu'il transporte ensuite jusqu'à la gare.

---

1. Extrait de *Jane Eyre* de Charlotte Brontë.

Margaret prétend qu'il vient pour moi, mais je n'en suis pas aussi sûre. Je ne connais pas ses sentiments à mon égard. Jamais nous ne nous sommes dit « Je t'aime ». Nous ne sommes jamais seuls. Peut-être est-ce moi qui le tiens à distance. C'est douloureux d'espérer. Je m'inquiète à la pensée que ses sentiments pour moi finissent par disparaître.

Je me rappelai trop bien comment papa et oncle Lionel s'étaient trouvé une autre femme.

Je veux dire par là, les étincelles ne meurent-elles pas elles aussi ?

— Maintenant, tu éteins, Odile !

*

1er décembre 1939
Chère sœurette,
Merci pour le livre ! *Jane Eyre* est aussi fougueuse que toi. C'est une idée brillante que d'écrire tes commentaires dans les marges ! Chaque fois que je tourne les pages, j'ai l'impression que nous lisons le livre ensemble. Pourquoi diable sympathises-tu à ce point avec Mr Rochester ? C'est un goujat ! Je commence à douter de ton bon goût dès qu'il s'agit d'hommes.

Margaret a raison – Paul se porte volontaire pour rester auprès de toi. Espérer ne devrait pas être douloureux. Au contraire, cela devrait t'exciter comme une assiettée d'étoiles disposée devant toi et miroitant de tous les possibles.

Je n'ai pas demandé de permission pour Noël. Beaucoup de soldats de mon escadron ont des enfants et je veux qu'ils puissent passer les fêtes en famille. J'essaierai de rentrer à Paris au printemps.

Tu ne parles pas de Bitsi. Il y a quelque chose de sinistre dans ses lettres. J'ai l'impression qu'elle n'a aucun ami et qu'elle ne rit jamais. Elle part travailler et rentre chez elle. Maintenant que son frère est mobilisé, elle est deux fois plus désespérée. Et ça me tue de savoir qu'elle n'est pas heureuse. Je ne veux pas qu'elle soit seule. S'il te plaît, fais-le pour moi, veille sur elle.

Tendresses,

Rémy

16

Odile

Pour la première fois, ma famille fêta la nouvelle année sans mon jumeau. Par les temps qui couraient, mon métronome intérieur basculait d'avant en arrière – j'étais en larmes, j'étais sereine. À la Bibliothèque, nous continuions à envoyer des colis à nos soldats. Rester occupée et aider nos abonnés contenait mes peurs.

Paul m'aidait à porter les caisses à la gare où elles devaient être expédiées par train. Aujourd'hui, lorsqu'il me vit, son visage s'illumina et je sentis mon souffle se bloquer dans ma poitrine. Consciente que Mme Simon la cancanière nous surveillait (ce qu'elle faisait tout le temps), Paul et moi nous dîmes bonjour comme lors de notre première rencontre, un baiser rapide sur chaque joue.

Depuis le seuil de la salle des enfants, Bitsi nous observait en train de manœuvrer un chariot vers la porte mais je fis semblant de ne pas la voir. J'avais reçu la dernière lettre de Rémy deux semaines auparavant et je ne lui avais toujours pas obéi.

À l'entrée de la Bibliothèque, Miss Reeder ne perdit rien de la scène.

— Vous n'avez pas salué Bitsi, me fit-elle remarquer.

— Je lui ai dit bonjour ce matin.

— Vous étiez amies toutes les deux.

— Le train va bientôt partir, intervint Paul. Il est temps d'emporter les livres à la gare.

— Nous aurons un petit entretien à votre retour, me prévint Miss Reeder d'un ton plein de sous-entendus.

Cela ne me tracassait pas. Dès l'instant où elle entrerait dans son bureau, elle serait emportée par un tourbillon de demandes de la part des abonnés et des curateurs et elle m'oublierait vite.

Paul poussait le chariot sur la chaussée.

— As-tu remarqué que Boris utilise son masque à gaz comme gamelle à déjeuner ? C'est peut-être un signe qu'en dépit de la guerre la vie a repris son cours normal.

— Le véritable signe, c'est qu'il s'est remis à écrire *La Passion de Boris*.

— C'est quoi, ça ?

— L'histoire de la Bibliothèque. Des anecdotes amusantes et des statistiques. Il serait capable de consacrer un chapitre entier aux titres farfelus donnés par les gens quand ils viennent demander *Les Raisins de la colère*. Les Raisins des Rats de Steinbaum, Les Raisins de la Gravité, La Colère de la Vigne, Les Vignes de Raisins, La Colère de Gabe, sans même mentionner Les Viols de la Colère[1].

---

1. Successivement, *The Grapes of Wrath* de John Steinbeck publié en 1939, The Grapes of Rats by Steinbaum, Grapes of

Paul gloussa.

— Je ne sais pas comment il fait pour garder son sérieux.

Devant la gare, alors que je trébuchais contre le rebord du trottoir, Paul posa les mains sur mes hanches pour me stabiliser et j'en oubliai les livres. Je ne voyais que lui. Je ne voulais que lui. Je désirais tant lui dire « Je t'aime », mais j'avais peur. Peur qu'il n'éprouve pas le même sentiment pour moi.

Il me caressa le dos.

— Ça va ? me demanda-t-il.

— Oui.

— Je t'aime, murmura-t-il.

— Moi aussi, je t'aime.

Je m'attendais à un grondement de tonnerre ou une éclipse solaire, une ponctuation magique qui marquerait cet instant. Au lieu de quoi un vieil homme nous bouscula en criant :

— Vous ne pouvez pas faire attention ?

J'éclatai de rire en même temps que Paul – l'absurdité de la situation, le soulagement de pouvoir enfin exprimer ce que nous ressentions.

— Eh bien, dis-je.

— Eh bien, dit-il.

Nous entrâmes dans la gare.

Après avoir déposé les livres, le retour à la Bibliothèque ressembla à une flânerie sans but et l'air alentour, pareil à l'odeur du pain en train de cuire,

---

Gravity, Grapevine Wrath, Vines of Grapes, Gabe's Wrath et Rapes of Wrath.

exhalait l'amour. Je remarquai les cœurs en ferronnerie aux balustrades des balcons. Une ballade qui passait sur une radio au loin. Les cafés avec leurs tables pour deux. Paul – mon amour – m'embrassa à l'entrée dans la cour de la Bibliothèque. Et je remontai l'allée de galets, la tête dans les nuages.

Assise au comptoir des prêts, les lèvres pincées, Miss Reeder était seule et triste.

— Tout va bien ? demandai-je. Où est Boris ?

— Je l'ai prévenu que je voulais vous dire un mot.

— À moi ?

— Les petites querelles mesquines ne sont pas bonnes pour le moral du personnel et les abonnés méritent mieux.

J'avais des ennuis à cause de Bitsi ?

— C'est elle qui a commencé !

— L'Hôpital américain a besoin de volontaires, poursuivit-elle. Je veux que vous y alliez.

Je veux que vous y alliez.

— Mais nous avons tant de travail ici.

— C'est vrai.

— Je n'ai rien dit à Bitsi.

— C'est bien là le problème. Vous ne lui avez pas dit un mot.

Ses yeux ne quittaient pas les miens, à croire qu'elle y cherchait une sagesse qui ne s'y trouvait pas encore.

— Vous avez besoin de grandir, de gagner en maturité. Une semaine de travail à l'hôpital vous redonnera une juste perspective des choses.

— Quand désirez-vous que je parte ?

— Immédiatement, s'il vous plaît. Vous recevrez votre paie comme d'habitude. À l'hôpital, présentez-vous à l'infirmière Letson. Elle vous attend.

Je me sentis toute petite, tel un grain de poussière sur une étagère que Miss Reeder venait de balayer.

Sous le choc, incapable d'articuler un mot, je la saluai de la tête, passai sous les drapeaux français et américain qui pendaient tristement, m'engageai dans la cour, longeai les pensées rabougries et gagnai la rue. Au métro Monceau, je descendis d'un pas lourd les marches inégales et tombai sur Margaret. Lorsque je lui appris que j'avais été bannie, elle inclina la tête avec sympathie.

— Tu as tellement de respect pour Miss Reeder, dit-elle. Mais elle n'a peut-être pas tout à fait tort, tu ne crois pas ?

— Pourquoi tout le monde pense qu'elle possède toutes les réponses ?

— Si tu pouvais parler à Bitsi…, poursuivit-elle. N'est-ce pas ce que Rémy souhaite ?

Et ce que moi je souhaitais ? Pourquoi Miss Reeder ne voyait-elle pas qu'elle était injuste ? Je ne méritais pas d'être bannie comme Jean Moreau qui se mouchait dans les livres qu'il n'approuvait pas. Je n'avais rien fait de mal. Pourquoi personne ne me comprenait ?

— Je dois y aller.

Dans les faubourgs chics de Neuilly, sous les châtaigniers dénudés du boulevard Victor-Hugo, j'ouvris la grille en fer et remontai vivement l'allée. Une infirmière en coiffe et tablier blancs fit un petit exposé aux volontaires sur les soins de première urgence avant de nous emmener visiter l'établissement.

— Si nous étions comme les Français, indiqua-t-elle, nous aurions des plaques commémoratives un peu partout. « Joséphine Baker a chanté précisément à cet endroit. » « Voici le lit où Hemingway a commencé à écrire *Le soleil se lève aussi* après qu'on lui a enlevé son appendice. »

Elle me présenta le Dr Jackson qui déclara :

— Pour le moment, c'est calme dans les zones de combats, mais nous devons nous tenir prêts.

Les fenêtres avaient été obscurcies par du papier mais il décida que ce n'était pas suffisant pour cacher la lumière. Je reçus la charge du troisième étage où je couvris les vitres de peinture bleue en en mettant davantage sur ma robe que sur le verre. Mes habitués me manquaient ainsi que les livres de ma Bibliothèque, mais je me jetai à corps perdu dans la tâche qu'on m'avait assignée pour tenter d'oublier le trou que j'avais dans le cœur, celui que j'y avais creusé toute seule.

La salle d'hôpital, soit cent cinquante lits au total, abritait une douzaine de soldats blessés par des obus sur la ligne Maginot. Ils souffraient. L'intimité n'existait pas. Pas de famille ou d'amis pour venir leur rendre visite. Un moral à zéro. Je m'assurai que les soldats disposent de livres et de revues sur leur table de nuit. La lecture permettait de s'évader et de penser à autre chose, c'était une intimité de l'esprit.

Un Breton aux cheveux bouclés devint mon préféré parce qu'il était aussi effronté que Rémy. Tandis que j'emportais les plateaux-repas, il me demanda :

— Accepteriez-vous de me faire la lecture, mademoiselle ?

— Vous avez un auteur favori ?

— Zane Grey. J'aime les récits de cow-boys.

J'attrapai un exemplaire de *Nevada* aux pages cornées sur une étagère, m'assis à côté de lui et commençai à lire.

— Qu'en pensez-vous ? lui demandai-je, à la fin du premier chapitre.

Il m'offrit un large sourire.

— Je crois que j'aurais pu le lire tout seul – c'est ma jambe qui est cassée, pas mon cerveau. Mais vous avez une si jolie voix, et vous êtes si jolie…

— Espèce de filou !

Je tendis le bras, prête à lui ébouriffer les cheveux comme s'il s'agissait de mon frère. Je me figeai soudain, la main en l'air. Et s'il arrivait quoi que ce soit à Rémy et qu'il se retrouve à l'hôpital, blessé ou pis encore ? Il ne m'avait demandé qu'une seule chose – que je me réconcilie avec Bitsi.

Je regrettais de ne pouvoir justifier ma grossièreté à son égard par la guerre, mais la vérité était que je *manquais* effectivement de maturité. Si je voulais établir une meilleure relation avec Bitsi et avec mon frère, il fallait que je change. C'est ce que je voulais. Mais en serais-je capable ?

— Vous allez bien, mademoiselle ?

— Mieux que vous, le taquinai-je. Ma jambe est intacte.

Après mon service, je me précipitai vers la Bibliothèque, où j'aspirai avec délice le parfum divin des livres. Mon cœur tambourinait de bonheur dans ma poitrine, j'étais soulagée d'être revenue chez moi.

Je trouvai Bitsi qui rangeait des histoires pour enfants sur les étagères.

— Viens, on va prendre un thé.

Le regard violet de Bitsi s'emplit d'espoir.

— Et le travail alors ?

— Miss Reeder ne nous en voudra pas.

— Il me manque…, murmura-t-elle.

Je glissai mon pied sur le sien, comme je l'aurais fait avec Rémy.

17

Odile

Paris, mai 1940

Dans la cour, les roses étaient en fleur et leur senteur sucrée se répandait dans la Bibliothèque. En dépit de la douceur de la température, tout le monde était sur les nerfs – à s'inquiéter pour ceux qui leur étaient chers et se trouvaient si loin de la maison, des communiqués de guerre qui faisaient état de batailles tragiques en Finlande, de la probabilité que la France soit la prochaine sur la liste. Mr Pryce-Jones dit à M. de Nerciat « d'aller se faire voir ». Boris complimenta la professeure Cohen sur sa nouvelle mallette mais Mme Simon marmonna :

— Quand je vois tout ce que vous avez, *vous autres*, pendant que *de bons Français* comme mon fils travaillent pour une bouchée de pain…

Au moins, Bitsi et moi nous entendions bien.

Plongée dans mes pensées, je n'entendis pas le frottement de ses ballerines avant qu'elle n'arrive à côté de moi.

— Miss Reeder veut nous parler. Réunion du personnel.

Bitsi et le concierge furent les derniers à arriver et elle vint se placer à côté de moi.

Assise à son bureau, Miss Reeder s'éclaircit la gorge.

— J'ai des nouvelles. Les troupes allemandes sont entrées en Belgique, au Luxembourg et aux Pays-Bas. Elles ont bombardé le nord et l'est de la France.

Le Nord. Rémy était dans le Nord. *Je vous en prie, faites qu'il ne lui soit rien arrivé.* Je cherchai aussitôt la main de Bitsi et la tins dans la mienne.

Miss Reeder déclara que nous devions nous préparer à des bombardements, voire à une guerre ouverte. Il n'y avait aucun moyen de le savoir. Le personnel parisien devrait quitter la ville, le personnel étranger le pays.

— Rentrer au pays ? demanda Helen-la-documentaliste.

— Je le crains, répondit Miss Reeder.

— Est-ce que vous partez ? s'enquit Boris.

— S'il vous plaît, ne vous en allez pas, marmonna Bitsi comme pour elle-même.

— Non, dit la directrice. La Bibliothèque restera ouverte.

Dieu soit loué ! Bitsi me pressa la main. Nous avions peur mais au moins il nous restait la Bibliothèque.

— Ce sera tout.

Cette expression, qui marquait habituellement la fin des réunions, nous éparpilla comme des boules de billard sur un tapis vert – pour partager la nouvelle ou aller verser quelques larmes au vestiaire. Encore sous le choc, je chancelai jusqu'à la salle des périodiques où Paul faisait les cent pas devant les rayons des magazines.

— Je viens juste de l'apprendre. Tu dois être très inquiète pour Rémy.

Il m'ouvrit les bras et je m'y abandonnai.

*

Une semaine plus tard, Miss Reeder s'approcha, le front plissé d'inquiétude.

— L'Hôpital américain est submergé, dit-elle. Pourquoi ne pas aller leur donner un coup de main pour quelques jours ? C'est peut-être un coup d'épée dans l'eau mais vous pourriez y rencontrer quelqu'un qui connaît votre frère ou son régiment.

— Et la Bibliothèque ?

— Les livres nous survivront toujours. Allez chercher ce que vous pourrez.

Toujours dans l'urgence, leurs calottes amidonnées de guingois et leurs tabliers maculés, les infirmières passaient d'une salle d'opération à l'autre. Des soldats aux pansements tachés s'affalaient sur les sièges des couloirs et des volontaires leur lavaient le visage et les pieds. Je remplis une bassine d'eau tiède et m'agenouillai devant l'un d'eux, puis devant un autre et encore un autre. Chaque fois que je nettoyais le sang sur le visage d'un homme aux cheveux sombres, j'espérais y découvrir les yeux intelligents de Rémy.

D'innombrables visages plus tard, je me relevai pour m'étirer et voir si je pouvais apporter une aide quelconque aux victimes étendues sur leurs lits étroits. Je ne savais plus si je devais être soulagée que Rémy ne se trouve pas parmi les blessés ou si je devais avoir peur qu'il soit en train de se battre contre l'ennemi.

Au lever du jour, harassée de fatigue, je m'écroulai sur un lit pliant dans la salle de garde et me réveillai deux heures plus tard pour servir les petits déjeuners. Soldats français et anglais étaient tous en pyjama, sans plus d'uniforme, de grade ni de nationalité. L'ordre social avait disparu, seule importait la gravité de leur état. Que je m'efforçais de mesurer de la façon suivante : si un homme flirtait, c'est qu'il se sentait mieux ; s'il restait silencieux, il souffrait.

Tout juste sorti de la salle d'opération, l'un d'eux gémissait sur son chariot. Je m'approchai, essuyai délicatement son front plissé à l'aide de mon mouchoir que maman avait trempé dans l'eau de lavande.

— Vous, dit-il.

— Moi, répondis-je.

— Vous m'avez lavé le visage. Avec beaucoup de tendresse…

Il s'assoupit puis se réveilla en sursaut.

— Je vous aime.

— Avec tout ce qu'on vous a injecté, vous tomberiez amoureux d'une chèvre.

Le lendemain soir, je l'aidai à écrire une lettre à sa famille en Amérique. Il était passé au Canada et s'était engagé dans la Royal Air Force.

— Je n'ai jamais été du genre à rester sur le banc de touche. Et vous non plus, ajouta-t-il en montrant du doigt mes mains à vif à force de laver les blessés.

— J'ai l'habitude de réparer des livres, pas les gens.

— Les livres ?

— Je suis bibliothécaire.

— Faites-vous taire les gens ?

— Uniquement les soldats impertinents, répliquai-je avec une petite tape sur son bras.

— En cet instant, j'aimerais bien me trouver dans une bibliothèque.

— Quel genre de lecteur êtes-vous ? voulus-je savoir – je n'avais pas posé cette question depuis des semaines.

— Je lis la Bible. Là d'où je viens, la Bible est très importante.

— Voulez-vous que je vous en apporte une ?

— Seigneur, non ! Je veux dire, non, merci, je l'ai déjà lue.

— Et si je vous apportais un bon livre demain ?

— Ce serait bien.

Il bâilla, et quelques secondes plus tard il dormait. Il était presque 21 heures et il fallait que je rentre à la maison avant que maman n'ait effeuillé complètement sa fougère à force de se ronger les sangs. Je me dirigeais vers la porte quand un seconde classe prénommé Thomas tendit le bras, ses doigts frôlant ma robe maculée de sang. Il avait dix-neuf ans et était coiffeur avant la guerre. Hier, lorsque je lui avais apporté un exemplaire de *Life*, il avait fixé Lana Turner en couverture et refusé d'ouvrir le magazine.

— Nul besoin d'aller voir plus loin. Ne partez pas, mademoiselle reine des Livres, dit-il en s'accrochant à mon ourlet.

J'écartai une mèche de cheveux – brune comme ceux de Rémy – tombée sur son front.

— Ne partez pas, murmura-t-il à nouveau.

Maman allait devoir attendre. Je remontai les couvertures sous son menton et m'assis à son côté.

— Parlez-moi, me supplia-t-il.

— De quoi ?

— N'importe quoi.

— Alors je vais vous présenter mes habitués à la Bibliothèque. Il y a un Anglais – imaginez une grue arborant un nœud papillon à motifs cachemire. Et son ami français – un phoque avec une moustache en broussaille. Tous les jours, ils allument un cigarillo puant et discutent. Le sujet d'aujourd'hui : la madeleine de Proust. Aurait-elle dû être un croissant ? Celui d'hier : qui est le plus grand athlète dont le nom comporte un J ? Johnny Weissmuller ou Jesse Owens ?

Je fus récompensée par un petit sourire.

— Ils se trompent tous les deux – c'est le rameur Jack Beresford. Je veux en entendre plus.

— Ensuite, il y a Mme Simon, avec son vieux dentier mal adapté à sa grande bouche. Oh là là, qu'est-ce qu'elle adore les ragots…

— Comme les femmes de mon église. Encore…

— Les tout derniers cancans ont trait à mon abonnée préférée, une professeure au passé mystérieux. « Elle a épousé un homme qui avait la moitié de son âge », avait commencé Mme Simon avant que notre responsable des catalogues, la sévère Mrs Turnbull à la frange gris bleuté toute tordue, l'ait interrompue : « Non, c'est lui qui avait deux fois son âge. » En fait, elles avaient raison toutes les deux : le premier mari de la professeure avait deux fois son âge, et le second la moitié. Ensuite, elles ont commencé à s'interroger sur le troisième.

— Le troisième ? Quelle vie.

Je jetai un œil à l'horloge. Presque 23 heures.

— Ne partez pas, m'implora-t-il.

Sa voix avait pris des accents rauques et je lui soulevai la tête pour lui faire boire un peu d'eau.

— Vous ne serez jamais seul, lui promis-je. Vous voulez en savoir plus ? Vous reconnaîtriez la professeure de loin, elle ne s'habille qu'en mauve. La façon dont elle parle des livres donne l'impression que ce sont ses meilleurs amis.

— J'aimerais la rencontrer.

Toute la nuit durant, je restai là, à lui raconter des histoires, à calmer ses rêves enfiévrés, et je lui tins la main jusqu'à sa mort.

18

Odile

Paris, 3 juin 1940

J'étais partie chercher des livres pour mes soldats, à plusieurs pâtés d'immeubles de la Bibliothèque, quand la ville se tut soudain. Plus la moindre roucoulade de pigeon, plus de Parisiens en train de bavarder. Rien qu'un vrombissement tonitruant. Je levai les yeux et vis des dizaines et des dizaines d'avions dans le ciel. Mon cœur se mit à cogner au creux de ma clavicule. Au loin, j'entendais des fracas de verre brisé à mesure qu'explosaient les bombes et une alarme assourdissante envahit les rues. Autour de moi, les gens couraient et me bousculaient. Je sentais les émanations de fumée, je savais que je devais courir me mettre à l'abri. Mais je restai plantée sur le trottoir, bouche bée, à suivre des yeux les avions qui traversaient le ciel clair et bleu. Une seule pensée m'obsédait : Rémy. Où était-il ? Étaient-ce là les odeurs et les bruits auxquels il était confronté ?

Une fois le bombardement terminé – avait-il duré une heure ? Ou deux ? Ou juste vingt minutes ? –, je rasai les façades jusqu'à la Bibliothèque. À l'accueil, tout le monde s'approcha de moi. Je regardai Bitsi qui s'exclama : « Oh, juste ciel ! » à l'adresse de la directrice qui fronçait doucement les sourcils, de Margaret qui se cramponnait à son collier de perles et de Boris qui les prévint : « Elle va tomber dans les pommes ! »

Miss Reeder me fit asseoir et Boris me servit une tasse de bourbon pour calmer mes nerfs.

— Vous êtes en sécurité maintenant, me rassura-t-il.

— Les troupes allemandes ne franchiront jamais la ligne Maginot, affirma Margaret.

— Nous avons suffisamment pris nos désirs pour la réalité, répondit Miss Reeder. À présent, nous devons nous préparer à ce qui nous attend.

— Cela signifie qu'il faut qu'on parte ? demanda Bitsi. Je ne sais pas où nous pourrions aller, ma mère et moi.

La sirène continuait de retentir dans mes oreilles et j'avais du mal à enregistrer ce qui se disait. Je savais juste que j'étais obligée de repartir pour l'hôpital : mes soldats avaient besoin de moi. Je me levai de ma chaise.

— Tu ne devrais pas bouger d'ici, me conseilla Bitsi.

Non, il fallait que je retourne auprès des blessés.

L'hôpital n'avait pas subi de dommages, mais à l'intérieur tout le monde était secoué. Tenant mes livres d'une main tremblante, je traversai la salle et me faufilai entre les lits et les visages inquiets. À l'heure du dîner, comme personne n'avait vraiment d'appétit, j'aidai les infirmières à servir des bols de soupe, tâchant de convaincre les blessés de manger.

À la maison, maman s'agitait, comme toujours.

— Chaque soir tu rentres un peu plus tard, me tança-t-elle. Paul est là, et voilà une heure que le rôti est prêt.

— Est-ce que Rémy a écrit ?

— Pas encore, répondit papa.

— Quelle journée infernale, commenta Paul en nous voyant picorer dans nos assiettes.

Ayant besoin d'être rassurée par son contact, je déplaçai ma jambe et la glissai entre les siennes.

— Bonnes nouvelles de Dunkerque, déclara papa en lisant le communiqué de guerre. Magnifique résistance des troupes alliées.

— Je prie le ciel pour que la guerre s'arrête et que Rémy revienne vite à la maison, gémit maman, une main posée sur sa tempe douloureuse, l'autre sur le dossier de la chaise de mon frère.

*

Le lendemain matin, à mon arrivée à la Bibliothèque, seule à la table de la salle de lecture, Miss Reeder était penchée sur le journal. Impeccable dans sa robe en jersey bleu, les cils ombrés de mascara, un soupçon de rouge sur les lèvres, il était exclu pour elle de laisser sa peur l'empêcher de travailler.

Elle dut sentir mon regard sur elle car elle releva les yeux. Je lus tant de choses sur son visage – souci, curiosité, courage, affection.

— Des membres de votre famille ont-ils été blessés lors des bombardements ? demanda-t-elle.

— Non.

— Tant mieux, dit-elle en me montrant des télégrammes. Je crains que les miens ne me supplient de rentrer au bercail.

Je ne pouvais pas le leur reprocher. Par moments, moi aussi j'avais envie de partir.

— Comment pouvez-vous décider de rester ?

Elle prit tendrement ma joue dans sa main en coupe.

— Parce que je crois au pouvoir des livres – nous accomplissons un travail important en nous assurant que le savoir soit accessible et en créant une communauté. Et parce que j'ai la foi.

— En Dieu ?

— En des jeunes femmes comme vous, Bitsi et Margaret – je sais que vous remettrez le monde dans le droit chemin.

Les habitués se rassemblèrent pour lire les nouvelles du jour. *Le Figaro* complimentait les Parisiens pour leur sang-froid. Il précisait que mille quatre-vingt-quatre bombes avaient été larguées, tuant quarante-cinq civils et en blessant cent cinquante-cinq. Une photo montrait un bâtiment bombardé, ses pièces béantes ouvertes sur la rue comme celles d'une maison de poupée.

— Chaque bataille est soit « un affrontement magnifique », soit « un vaillant combat », déclara M. de Nerciat.

— Chaque jour qui passe, de plus en plus d'articles sont interdits de publication, fit remarquer la professeure Cohen. Qu'est-ce que nos censeurs nous cachent ?

L'inquiétude voilait ses yeux bleus. Mr Pryce-Jones me demanda s'il pouvait me parler en privé.

— Si j'avais un frère, je voudrais savoir…

Dans le vestiaire, parmi les parapluies cassés et les chaises branlantes, le diplomate à la retraite me confia que les communiqués ne disaient pas toute la vérité.

— Mais… les journaux répètent que nous gagnons.

— Non, répondit-il.

Selon sa source à l'ambassade, plusieurs milliers de soldats français et britanniques avaient été faits prisonniers. À Dunkerque, les Allemands avaient encerclé les troupes alliées qui s'étaient retrouvées acculées le long de la Manche. Bravant les attaques ennemies, des navires et des bateaux britanniques avaient fait la traversée pour récupérer leurs soldats. Très bientôt, il n'y aurait plus de présence militaire britannique sur le continent.

Je m'effondrai sur une chaise, incapable de concilier ce que nous avions lu avec ce que Mr Pryce-Jones me disait. Les Britanniques se retiraient déjà, quelques petites semaines après le début des premiers combats. Qu'allait-il arriver aux troupes françaises ? Et à Rémy ?

— Je suis désolé, *ma grande*.

— Vous avez eu raison de me mettre au courant. Pourquoi nos soldats n'ont-ils pu être sauvés par les Anglais ?

— Selon mes sources, ils se sont efforcés d'aider le plus grand nombre possible. Rappelez-vous, nous parlons là de bateaux de pêche et de dinghies aussi bien que de vaisseaux de la marine essayant d'évacuer au total trois cent mille hommes.

La ligne Maginot allait nous garder sains et saufs ; la France avait la meilleure armée – il ne s'agissait là que de mensonges. *Oh, Rémy, où es-tu ?* S'il lui était arrivé quelque chose, je présumais que je le *saurais*, mais je ne ressentais rien.

*

Quelques jours plus tard, en rentrant chez moi, je m'engageai sur le boulevard bordé d'arbres où je m'attendais à devoir contourner ces demoiselles qui faisaient leurs délices des étalages de gants Kislav (soie ou coton, cuir ou dentelle) et des ensembles Nina Ricci (avec ourlets asymétriques, *bien sûr*). Au lieu de quoi je tombai sur des trottoirs et chaussées envahis de milliers de gens, si nombreux que je ne distinguais plus l'autre côté de la rue. Tous paraissaient hagards, désespérés. Je ne pouvais m'imaginer ce qu'ils avaient traversé ni les horreurs que la guerre leur faisait fuir.

Certaines familles étaient sur des chariots tirés par des chevaux, leurs matelas empilés à l'arrière. D'autres marchaient d'un pas lourd, charriant leurs ballots ou poussant des landaus chargés de vaisselle.

Des gens de la campagne en brodequins de travail, des citadins en chaussures de ville ou en sandales à brides. Une grand-mère à la robe tachée de sueur serrait sous son bras une poêle en fonte et son mari portait un sac en jute à l'épaule. Même les enfants faisaient leur part – l'un tenait une bible, un autre un sac débordant de vêtements, un autre encore une cage à oiseau. Beaucoup marchaient en petits groupes, d'autres avançaient seuls. Un soldat avec un pansement sale autour du bras faillit me bousculer. Une fille de mon âge à la démarche lasse portait devant elle un nourrisson comme si elle ignorait la bonne façon de le tenir. Son mari avait peut-être été mobilisé, la laissant seule avec le bébé. Elle le secouait gentiment comme si elle voulait le réveiller. Le petit avait le teint blême et des joues verdâtres, ses membres raidis. Incapable de faire face à la vérité, je me détournai.

À côté de moi, un homme suppliait son cheval d'avancer. Une mère murmurait à son bambin. Mais la plupart des gens restaient silencieux, à croire qu'ils n'avaient plus les mots pour exprimer ce qu'ils avaient vu. Face à tous ces visages hantés, je compris clairement que la vie ne serait plus jamais comme avant. Je me plantai dans la rue, restant avec eux par respect, comme si je suivais un cortège funèbre, avant de regagner la maison d'un pas mal assuré.

Au cours du dîner, papa nous raconta que ses subordonnés et lui-même avaient apporté des plateaux de café aux réfugiés. La plupart venaient du nord-est de la France et, jusque-là, beaucoup n'avaient jamais quitté leur village.

— Ils ont fui les soldats allemands. Les hommes auxquels j'ai parlé – de simples fermiers et commerçants – n'ont jamais reçu d'aide ni de consignes. Leur maire a été le premier à partir.

— Que va-t-il advenir de ce monde ? gémit maman. Tous ces pauvres gens. Où vont-ils finir ?

Papa lui saisit la main et la lui pressa avant de répondre :

— Dans le Sud. C'est là que vous irez, Odile et toi. Je dois faire mon devoir ici, et je veux vous savoir en sécurité.

Ce qu'il disait était logique. Je m'attendais à voir maman acquiescer, mais elle se recula en chancelant, comme s'il venait de lui donner une gifle en demandant le divorce.

— *Non !*

— Allons, Hortense…

Elle arracha sa main à la sienne.

— C'est ici que Rémy reviendra. Je ne partirai pas. *Point final.*

*

Nous autres, Parisiens, étions blasés de nature. Nous marchions vite mais sans jamais nous précipiter. La vision d'un couple d'amoureux dans le parc ne méritait même pas un haussement de sourcils de notre part. Nous étions élégants en sortant les poubelles et éloquents jusque dans l'insulte. Mais au début du mois de juin, à l'annonce de l'arrivée des chars allemands qui n'étaient plus qu'à quelques jours de la ville, tous nos beaux principes s'envolèrent. Il y avait tant à dire et à faire – finir nos paquets, verrouiller la porte, nous dépêcher – que nous en étions arrivés à bafouiller. Certains couraient à la gare pour s'assurer que leurs proches prenaient le train en toute sécurité. D'autres se joignirent à la triste procession de chariots et de brouettes, de voitures et de bicyclettes tandis que cordonniers, bouchers, boulangers et gantiers barricadaient leurs vitrines avec des planches avant de vider les lieux. Chaque appartement fermait ses volets, chaque porte close était la preuve qu'une chose terrible allait se produire.

Lorsque l'ambassade britannique conseilla à son personnel de quitter Paris, Lawrence et Margaret décidèrent de rejoindre la Bretagne en voiture avec leur fille.

— Le temps que ça se calme, précisa-t-elle.

Elle insista sur le fait qu'ils ne resteraient que quelques semaines mais, au souvenir des visages effrayés des Français devenus réfugiés du jour au lendemain dans leur propre pays, je n'en étais pas aussi sûre.

Paris avait beau s'être transformé en ville fantôme, mes habitués continuaient de hanter la section des périodiques. Blottis autour de la table, par petits groupes, nous passions les journaux au crible. Est-ce que la capitale serait à nouveau bombardée ? Est-ce que les Allemands pourraient arriver jusque-là ? Même les généraux ne connaissaient pas les réponses. C'était peut-être le plus effrayant – nul ne savait ce qui risquait d'arriver.

— Allez-vous retourner en Angleterre ? demanda la professeure Cohen à Mr Pryce-Jones.

— Certainement pas ! s'écria-t-il en jetant la tête en arrière. Sans Paris, je ne sais pas où je serais.

M. de Nerciat s'enquit de Rémy mais je me contentai de secouer la tête, craignant d'éclater en larmes si j'ouvrais la bouche.

— Les hommes politiques se sont envolés, fit observer Mr Pryce-Jones en changeant de sujet.

— Tout comme les diplomates.

Voyant l'Anglais s'indigner, il ajouta aussitôt :

— Excepté vous.

— Paris sans hommes politiques, c'est comme un bordel sans *filles de joie*.

— Compareriez-vous Paris à une maison de mauvaise vie ? intervins-je.

— Pis que ça ! répliqua M. de Nerciat. Il compare les hommes politiques aux prostituées.

— Il n'y a que la vérité qui blesse, lançai-je tandis que les deux hommes éclataient de rire.

— Bill Bullitt est toujours ici, reprit Mr Pryce-Jones en montrant sa photo dans *Le Figaro*. Selon lui, aucun ambassadeur américain n'a jamais pris la fuite – pas même pendant la Révolution française, ni lors des offensives *Boches* en 1914 –, et qu'il soit damné pour l'éternité, s'il était le premier à fuir.

— Une affiche prétend que Paris deviendrait ville ouverte, dis-je. Qu'est-ce que ça signifie ?

— Paris ne se défendra pas tout seul et l'ennemi n'attaquera pas. C'est une manière d'assurer la sécurité des habitants.

— Et donc plus de bombes ? m'enquis-je prudemment.

Il ne fallait pas croire systématiquement les communiqués de guerre mais j'avais toute confiance en Mr Pryce-Jones.

— Les bombes, non. Mais les Allemands, si.

Soudain, Margaret entra en courant. Aussi pâle que ses perles, elle balaya la salle du regard et se précipita vers moi.

— Il fallait que je te le demande une dernière fois, dit-elle. Es-tu sûre de ne pas vouloir nous accompagner ?

— Si Rémy revient…

— Je comprends, dit-elle en me prenant les mains. Et si l'on ne se revoit plus jamais ?

C'était une question sans réponse, et je ne pus que lui dire :

— Tu es mon amie la plus chère.

— Je ne sais pas ce que je vais faire sans toi. J'adore la Bibliothèque mais je t'adore encore plus.

Un avertisseur de voiture retentit.

— C'est Lawrence. Christina doit faire des siennes, murmura-t-elle d'une voix tremblante. Il vaut mieux que j'y aille. *Bon courage.*

J'adore la Bibliothèque, mais je t'adore encore plus. C'était exactement ce que j'éprouvais. Nous étions comme Janie et Phoeby dans mon livre préféré. Nous pouvions absolument tout nous dire.

Le simple fait de voir partir ma meilleure amie me transforma à mon tour en théière qui fuyait. Ne voulant pas que mes habitués me voient perdre mes moyens, je clignai plusieurs fois des paupières et me dirigeai précipitamment vers le catalogue de fiches. Je les fis défiler et laissai mes larmes imprégner le bristol, dissimulant toute mon angoisse et ma confusion dans le tiroir des O.

— Margaret a pris une décision intelligente, déclara la professeure Cohen en se drapant de son châle.

— Vous allez partir aussi ?

— *Ma grande*, dit-elle avec un sourire ironique, personne ne m'a jamais accusée d'agir intelligemment.

*

Une bibliothèque est un sanctuaire de faits, mais à présent les rumeurs de la rue envahissaient la salle des périodiques où la professeure Cohen et Mme Simon bavardaient.

— J'ai entendu dire que désormais dans les écoles, on n'enseignera plus que l'allemand, m'annonça Mme Simon pendant que je remettais en ordre une pile de journaux. Les trottoirs nous seront interdits, seuls les Allemands y auront droit. Vous m'écoutez, jeune fille ? ajouta-t-elle en me poignardant la poitrine du doigt. Ils violeront tout ce qui bouge sur deux jambes. En particulier les filles aussi jolies que vous.

La peur me retournait l'estomac mais je m'efforçais de l'ignorer.

— Couvrez-vous de moutarde, cela vous évitera qu'ils s'en prennent à vous.

— Suffit ! intervint la professeure Cohen.

*

La directrice avait demandé des véhicules pour emmener à Angoulême des collègues qui assisteraient le personnel de l'Hôpital américain. Je désirais leur faire mes adieux mais papa m'ordonna de rester à la maison.

— J'ai besoin de leur dire au revoir !

— Absolument pas.

— Si je n'y vais pas, Miss Reeder sera seule.

Je me souvenais d'une abonnée qui s'était effondrée en larmes dans ses bras. La directrice était encore là, alors que son pays n'était même pas en guerre.

— Je ne me fais pas de souci pour elle. C'est pour toi que je m'inquiète.

— Miss Reeder dit…

— Miss Reeder ! Et ce que je dis moi ?

— Et la Bibliothèque alors ?

— Quoi, la Bibliothèque ? répéta-t-il, exaspéré. Tu ne comprends donc pas le danger ?

Le lendemain matin, nous fûmes réveillés par le vacarme des annonces par haut-parleurs : « Les actes de protestation et d'hostilité contre les troupes allemandes seront punis de mort. »

19

Miss Reeder

Paris, 16 juin 1940

Était-ce vraiment Paris ? Miss Reeder estimait que non. Les avenues étaient désertes, les étals des marchés vides. Même les moineaux avaient fui. Elle se dirigea d'un pas vif vers l'arrêt de bus, longea le magasin du fleuriste où elle aperçut les squelettes en araignée des hortensias puis une boulangerie à la vitrine barrée de planches. Elle aspirait à l'odeur banale et magique des croissants. D'habitude, elle prenait le numéro 28 jusqu'à la Bibliothèque, mais les transports publics étaient arrêtés. Elle continua à pied, traînant sa mallette et son masque à gaz et fit la grimace en apercevant une patrouille de trois soldats allemands. Inquiète d'en rencontrer d'autres en chemin, elle accéléra le pas avec une seule chose en tête : la Bibliothèque.

Elle traversa la Seine. Elle ne vit pas âme qui vive sur la vaste place de la Concorde ni de voiture descendant les Champs-Élysées, la plus dangereuse de Paris pour les accidents de circulation. Dans la cité autrefois la plus vivante du monde, elle aurait pu entendre voler une mouche. Le silence était étrange et jamais elle ne s'était sentie aussi seule. Néanmoins, un peu rassurée en apercevant l'ambassade, elle fut soudain tentée de s'y arrêter pour informer l'ambassadeur Bullitt que la Bibliothèque restait ouverte – après tout, il en était le président honoraire. Mais elle savait qu'avant le départ du gouvernement français de Paris, le Premier ministre avait demandé à l'ambassadeur américain de recevoir les généraux allemands à leur arrivée, de traiter avec eux et de maintenir l'ordre. La croix gammée qui flottait au-dessus de l'opulent Hôtel Crillon, juste en face de l'ambassade, était la preuve flagrante que l'ambassadeur avait du pain sur la planche.

La directrice entra dans la cour de la Bibliothèque alors que le concierge ouvrait les volets. Elle était juste à l'heure pour voir s'éveiller son monde.

— Je serai dans mon bureau. Pas de visiteurs avant 9 heures, s'il vous plaît, dit-elle au concierge avant d'aller se préparer un pot de café comme d'habitude.

À son bureau, elle relut quelques télégrammes avec l'espoir qu'eux aussi auraient changé de teneur au cours de la nuit, comme tout le reste. « Les demandes de fonds ont été suspendues », lui écrivait le troisième vice-président du conseil d'administration depuis New York. « Il est possible que nos amis s'interrogent sur le bien-fondé de garder la Bibliothèque en activité. » Un autre écrivait : « Nous partons du principe que la Bibliothèque a fermé. Je doute fort qu'elle puisse encore subsister dans un avenir immédiat. »

Moi, je n'ai pas quitté mon poste ! eut-elle envie de crier. Nous sommes toujours là.

Il fallait qu'elle les convainque de garder l'ALP ouverte. « Les bibliothèques sont des poumons », gribouilla-t-elle, son stylo tout juste capable de suivre le fil de ses idées. « Les livres sont l'air qu'on respire pour que le cœur continue à battre, le cerveau à imaginer et pour entretenir l'espoir. Les abonnés dépendent de nous pour obtenir des informations et se sentir en communauté. Les soldats ont besoin de livres, et de savoir que leurs amis de la Bibliothèque ne les abandonnent pas. Notre travail est trop important pour l'arrêter maintenant. »

Elle relut ses quelques lignes : trop vrai, trop de sentiment. Elle se calma, rédigea d'autres lettres, dont l'une était destinée à Mr Milam de l'Association des Bibliothèques américaines, et une autre au conseil d'administration de New York. « Nous donnons aux étudiants ce qui leur est nécessaire, au public les livres qu'il désire et aux soldats ce que nous pouvons. Et ce n'est pas rien de continuer à tenir bon et d'espérer apporter sa contribution à l'humanité. »

Elle se servit une tasse de café.

— Il en reste ? s'enquit Bill Bullitt en passant sa tête chauve dans l'embrasure de la porte.

— Monsieur l'ambassadeur.

— Madame la directrice. Vous savez ce qui m'amène ici.

— Me conseiller de retourner en Amérique, répondit-elle, impassible.

— Le président Roosevelt m'a ordonné de quitter Paris, et pourtant je suis toujours là. Jamais je ne vous conseillerai de faire une chose que je me suis refusé à faire moi-même.

— Où est passé notre bon sens ? ironisa-t-elle avec un petit sourire.

— Nous avons dû le laisser au pays.

Elle le regarda se servir une tasse de café.

— Allez vous réfugier au Bristol, où résident les autres Américains, suggéra-t-il en s'asseyant.

— Je n'en ai pas les moyens.

Il avala une gorgée.

— Laissez-moi m'occuper de ça

— Je serai très bien chez moi.

— Est-ce que votre bâtiment dispose d'un abri en sous-sol pour vous protéger des gaz ?

Elle montra son masque à gaz traînant au sol devant une étagère.

— Les transports vont rester perturbés un certain temps, précisa-t-il. Et le Bristol n'est qu'à quatre rues d'ici.

Ce serait effectivement commode d'être plus près.

Ils gardèrent le silence, chacun restant sur ses positions.

— Pouvez-vous m'en dire plus ? finit-elle par lui demander.

La confiance qu'il avait affichée disparut.

— Nous avons eu un mal de chien à traiter avec les Allemands. Promettez-moi que vous serez prudente. Et aussi que vous déménagerez à l'hôtel.

— J'irai dès ce soir.

Elle lui tendit la correspondance à expédier par la valise diplomatique.

— Je ne vous dérangerai pas plus longtemps, lança-t-il en se dirigeant de lui-même vers la porte.

Une petite part d'elle regrettait de ne pas avoir écouté ses parents quand ils l'avaient suppliée de prendre un bateau. Elle avait une photo d'eux dans son porte-monnaie. Chaque fois qu'elle achetait une baguette ou fouillait dans son sac à la recherche de son mouchoir, les yeux de son père et de sa mère l'imploraient de rentrer à la maison. Elle regrettait de ne pas pouvoir leur expliquer que Paris, c'était dorénavant chez elle. C'est ici qu'était l'œuvre de sa vie, ici qu'elle avait fait sa vie.

Rester avait été le bon choix. Si ses parents lui avaient enseigné une chose, c'était bien de ne pas céder et de camper sur ses positions, que ce soit face à un camarade de classe méchant ou la catalogueuse dominatrice de la bibliothèque du Congrès. On n'est rien sans principes. On n'arrive nulle part sans idéaux. On n'est personne sans courage. Même quand ils la suppliaient de rentrer, ils étaient fiers de sa décision. *Chers maman et papa*, écrivit-elle, *Il y a beaucoup de choses que j'aimerais vous dire, beaucoup de pensées que j'aimerais vous envoyer mais, hélas, il va falloir compter sur votre amour et votre compréhension pour appréhender tout ce que j'ai en moi.*

Le Bristol. Ses parents seraient rassurés de la savoir en compagnie de compatriotes. L'hôtel pouvait s'enorgueillir d'une longue liste de clients estimés : stars de cinéma, héritières, lords, grandes dames, et maintenant une bibliothécaire. Son travail terminé, elle alla chez elle, au 1, rue de la Chaise, pour y prendre ses affaires. Elle déverrouillait la porte quand Mme Palewski se précipita vers elle. La peau olivâtre de la concierge avait viré au gris.

— Qu'est-ce qui se passe ? demanda Miss Reeder.

— Mon mari se trouvait à la Bibliothèque polonaise. Ils sont venus, dit-elle en se mettant à pleurer. Ils ont débarqué en force. Exigé les clés. Envahi tout le bâtiment. Les archives, les manuscrits rares. Le directeur a essayé de les arrêter. Mais les soldats ont menacé de l'emmener.

— Votre mari va bien ?

— Oui, mais ils ont tout volé…

Les nazis étaient à Paris depuis trois jours et ça commençait. Miss Reeder avait espéré que personne ne viendrait troubler les églises et les bibliothèques – ces lieux paisibles et de recueillement.

Elle comprit qu'elle allait bientôt devoir affronter l'ennemi.

20

Odile

2 juillet 1940

Cher Rémy,

Où es-tu ? Il nous tarde tant de te voir, de recevoir de tes nouvelles. Nous allons tous bien. Après m'avoir gardée à la maison pendant dix longues journées, papa a fini par m'autoriser à aller travailler. Je me rongeais les sangs pour la directrice, restée seule à la Bibliothèque, mais elle ne cesse de répéter qu'elle adore en être la seule gardienne. Je me sentais terriblement esseulée sans les autres qui étaient tout juste revenus. Lorsque j'ai vu Bitsi, j'ai poussé un hurlement de joie et M. de Nerciat a pris grand plaisir à faire taire une bibliothécaire. Mais aux bonnes nouvelles ont suivi les mauvaises – Boris nous a expliqué que les nazis étaient maintenant arrivés à Angoulême. La sévère Mrs Turnbull est retournée directement à Winnipeg. Canadienne et donc sujet britannique, elle est considérée comme une ennemie étrangère.

Ici, les nazis achètent tout, depuis le savon jusqu'aux aiguilles à coudre. Nous les appelons les « touristes » parce qu'ils prennent des photos des monuments comme s'ils étaient en vacances. Quand ils demandent leur chemin – Où se trouve l'Arc de triomphe ? Où est le Moulin-Rouge ? –, nous leur répondons que nous ne savons pas. Avec le couvre-feu, la ville est silencieuse le soir. Nous avons été obligés d'avancer nos montres d'une heure pour nous accorder à leur fuseau horaire, et chaque fois que je consulte la mienne, elle me rappelle que nous vivons à leur heure et selon leurs conditions.

Personne n'arrive à croire que la France ait perdu, et si rapidement. Du haut de sa chaire, le prêtre nous a menacés de sa Bible en clamant haut et fort que la défaite était la punition de Dieu pour notre manque de valeurs morales.

Papa nous a raconté que plusieurs personnes ont été arrêtées pour avoir écrit des graffitis ou jeté des pierres aux soldats allemands, mais sinon le calme règne. Paul a toujours l'air si furieux qu'il pourrait tuer. À présent, son travail consiste à régler la circulation pour les nazis, et comme ils lui ont ordonné de mettre des gants blancs, il se sent « comme un foutu valet » planté dans la rue. Il va partir bientôt aider sa tante pour l'été. Le changement lui fera du bien.

Tu dois trouver affreux de ne pouvoir serrer Bitsi dans tes bras. Tu lui manques horriblement. Je te promets d'être aux petits soins pour elle pendant ton absence.

Nous n'avons reçu aucune nouvelle de Margaret, et j'espère qu'elle va bien. Les quelques abonnés qui restent empruntent plus de romans que par le passé, c'est peut-être pour eux un moyen d'échapper à cette métamorphose dérangeante – que Boris appelle « France Kafka ».

Tendresse, Odile

*

« La flotte anglaise a sabordé deux cuirassés français – plus de mille marins français tués », annonçait le gros titre. Selon le *Herald*, de l'autre côté de la Méditerranée, à Oran, craignant que la marine française ne laisse les nazis confisquer leurs navires, l'amiral anglais avait lancé un ultimatum aux Français – abandonnez vos vaisseaux sinon nous les coulons – en leur donnant six heures pour les leur livrer. Après le refus des Français, les Anglais ont attaqué. Je relus l'article deux fois, sans toujours comprendre. Des Alliés qui se battaient entre eux ?

— Traître ! s'exclama M. de Nerciat à l'adresse de Mr Pryce-Jones.

Je n'avais nul besoin du journal pour savoir que la France avait coupé toute relation diplomatique avec l'Angleterre. Des jours durant, j'ai pu voir M. de Nerciat arpenter à grands pas la Bibliothèque en marmonnant qu'il cherchait un siège qui n'aurait pas été sali par la trahison.

Je sentis Boris à mon côté.

— Téléphone, me prévint-il, ses yeux verts remplis de chagrin. Votre père.

Je courus au comptoir des prêts et attrapai le combiné.

— Papa ? C'est Rémy ?

— Rentre à la maison, chérie.

Je passai prendre Bitsi qui faisait la lecture aux enfants. Un regard lui suffit pour comprendre, et elle lâcha aussitôt son livre pour me suivre. Nous sortîmes précipitamment de la Bibliothèque, et je lui pris la main pour l'entraîner vers… Je m'arrêtai.

— Qu'y a-t-il ? me demanda-t-elle.

Je secouai la tête. Soudain je voulais prendre tout mon temps, craignant que Rémy ne soit… Je fus incapable de prononcer le mot, je ne pouvais même pas le penser. Là, en cette seconde, il était vivant. Peut-être ne le serait-il plus à notre arrivée à la maison.

Toute notre vie ensemble défila devant mes yeux. Notre cinquième anniversaire, le jour où maman avait fait brûler les bords de notre gâteau au chocolat. Le jour où papa nous avait emmenés au Bois faire du poney. La fois où Rémy et moi avions rempli le sucrier de sel, après quoi maman et ses amies s'étaient étranglées avec leur thé. Lorsqu'elle s'en était plainte à papa, s'attendant à ce qu'il nous gronde, il s'était tordu de rire, un rire que je ne suis pas sûre d'avoir entendu depuis. Après cela, maman, qui n'était pas sotte, n'utilisait plus que du sucre en morceaux. Et tous ces déjeuners interminables du dimanche au cours desquels seul un clin d'œil de Rémy m'aidait à prendre mon mal en patience. Le repas le plus important de ma vie, lorsque j'avais rencontré Paul. Chacun de mes souvenirs incluait Rémy.

Avant qu'il ne s'engage dans l'armée, Rémy était la première personne à laquelle je parlais le matin et, le soir, la dernière. Mon meilleur ami, ma moitié. Pourtant je ne le lui avais jamais dit. Et si nous avions déjà eu notre toute dernière conversation ? Je me souvenais du jour où il avait quitté la maison. Que lui avais-je dit ? Prends ton chandail, tu vas attraper froid ? Dépêche-toi, tu vas rater ton train ?

— Arrête, me dit Bitsi.

— Quoi ?

— Quoi que tu sois en train de faire.

À la maison, papa nous installa, Bitsi et moi, tout à côté de maman, pâle comme un cachet d'aspirine. Il s'appuya contre la cheminée.

— Nous avons reçu des nouvelles de Rémy, déclara-t-il.

21

Lily

Froid, Montana, avril 1985

J'arrivai à l'église avec papa à 15 h 30. Plongeant les doigts dans l'eau bénite rancie, je remarquai les brassées de roses roses qui décoraient les bancs. Il y avait presque autant de fleurs pour le mariage que pour l'enterrement de maman, un peu plus d'un an auparavant. J'avais une migraine et regrettais de ne pouvoir me faufiler dans le lit pour m'y couvrir des souvenirs de maman comme d'une couette.

La mère d'Eleanor se précipita vers nous.

— Alors ? Prêt pour le grand jour ? demanda-t-elle à papa.

Puis elle me serra contre elle en susurrant :

— Appelle-moi Mamy Pearl.

Mon nez atterrit dans son petit bouquet d'œillets et j'éternuai. Elle me conduisit dans l'arrière-salle et me présenta trois demoiselles d'honneur qui gloussaient bêtement. Tout comme Mamy Pearl, elles étaient venues de Lewistown et ma robe était du même rose

Pepto Bismol[1] que les leurs. Eleanor paradait devant le miroir en pied, un voile en dentelle dissimulant son visage et son chignon.

— Vous êtes aussi jolie que Lady Di, dis-je, et c'était la vérité vraie – toutes deux avaient les mêmes yeux de biche.

Je voulais l'aimer et je voulais qu'elle m'aime. Mais quand elle me serra fort contre sa poitrine tout en paillettes, j'écartai les bras de côté car je n'étais pas prête à lui rendre son embrassade.

— Ma chérie, me murmura-t-elle, je te promets de veiller sur toi comme si tu étais mon enfant.

Pour une promesse, c'était gentil, mais je savais comment répondre. Après ma leçon sur *les adjectifs*, Odile m'avait annoncé : « Je vais vous apprendre des mots en anglais. Des mots dont on attendra de vous que vous les disiez. »

— J'espère que vous et papa serez heureux, déclarai-je à Eleanor.

Je m'étais pourtant entraînée à la répéter, cette phrase, mais elle manquait de naturel quand je la prononçai.

En français, il existe deux formes pour « you », une formelle, l'autre informelle. *Tu* pour les amis et les êtres chers à nos cœurs, *vous* pour les connaissances et les gens que l'on tient à garder à distance. Mentalement, j'utilisais *tu* avec papa mais *vous* avec Eleanor.

L'orgue explosa de tous ses tuyaux en attaquant Pachelbel et les fidèles se dépêchèrent de rejoindre

---

1. Pansement gastrique.

le fond de l'église. Mrs Olson – la seule organiste de la ville – n'attendait jamais la mariée, c'était aux mariages de suivre son programme. J'avançai à pas feutrés dans l'allée et repérai Robby au quatrième rang à partir du fond. Il ne regardait que moi. Je frottai mes paumes moites sur ma robe et me glissai entre Odile et Mary Louise sur le premier banc. En couples, demoiselles et garçons d'honneur suivirent et les accords arrogants de la *Marche nuptiale* emplirent l'église. Papa se tenait précisément à l'endroit où se trouvait le cercueil couleur ivoire de maman avant qu'il ne soit porté le long de l'allée centrale puis à l'extérieur de l'église, cette même allée que remontaient à présent Eleanor et mon père.

— Mes chers fidèles…, attaqua Maloney Col-defer, et je sentis mes yeux s'emplir de larmes.

Craignant que papa ne soit perturbé en me voyant en pleurs, je baissai la tête et fixai l'agenouilloir. Odile posa son pied sur le mien et cette simple pression me donna quelque chose sur quoi me concentrer.

— Remarié à peine Brenda enterrée, dit Sue Bob.

— Et James qui se met avec quelqu'un d'aussi jeune, renchérit Mrs Ivers, alors même qu'elle avait joué à la marieuse.

— Il fait ça pour Lily, ajouta la vieille Mrs Murdoch. Cette fille a besoin d'une mère.

Murmures, chuchotis, murmures. Je tâchais de ne pas écouter.

« Vous pouvez maintenant embrasser la mariée » est habituellement la meilleure part de cette cérémonie parce que c'est romanesque à souhait et proche de la fin du service, mais voir papa embrasser une autre femme me fit un effet des plus bizarres. Mary Louise me donna un coup de coude comme si elle non plus n'en croyait pas ses yeux.

Dans la salle paroissiale, des guirlandes pastel flottaient entre les lumières fluorescentes.

— Tout ce rose me donne envie de gerber, commenta Mary Louise.

Affalées sur les chaises métalliques pliantes, nous regardions la mariée et son époux s'avancer sur un nuage et saluer les invités. Ce n'était plus qu'une question de temps avant qu'ils aient un enfant et me remplacent comme ils avaient remplacé maman.

La pièce montée, presque aussi grande qu'Eleanor, rappelait la forme mousseuse de sa robe meringuée. Elle découpa le gâteau en compagnie de papa dont la main recouvrait la sienne et le couteau en argent qu'elle tenait. Ils se glissèrent mutuellement les miettes du gâteau dans la bouche et les flashs des appareils photo crépitèrent. Papa me fit signe de venir chercher une part mais, comme de bien entendu, Tiffany Ivers fut la première à se présenter et à être servie.

— Au moins le gâteau est bon, lança-t-elle en guise de commentaire sur la journée.

— La ferme.

J'attrapai deux assiettes, une pour Mary Louise, une pour moi.

— J'essaie juste d'être gentille, répliqua-t-elle avant de se tourner vers papa. Mes félicitations, Mr et Mrs Jacobsen.

Papa avait surpris l'échange et devait se demander pourquoi sa fille se montrait incapable d'être aussi adorable que Tiffany Ivers. Les assiettes se mirent à trembler dans mes mains, mais je ne lui laissai pas le temps de me gronder, je partis en trombe au milieu des invités de la noce.

Soudain, Robby apparut devant moi.

— Ça craint, non ? dit-il.

J'entendis tellement de choses dans ces trois mots : *Je suis désolé que ta maman soit morte. Ça doit être difficile pour toi aujourd'hui.*

— Ouais.

Il porta mes assiettes jusqu'à Mary Louise et s'attarda une minute avant d'aller rejoindre ses parents. Elle mangea ma part et la sienne. Lorsque le DJ mit une chanson lente, je me concentrai sur la lampe clignotante au-dessus de la porte, qui indiquait la sortie, car je n'avais aucune envie de voir Mr et Mrs Jacobsen se bécoter. Papa me tapota le bras.

— Une danse père fille, Lil.

Il me conduisit sur la piste où Mr Carlson faisait délicatement tourner Eleanor. Nous étions censés danser, mais nous restions plantés là, face à face.

— Dans l'église, je t'ai vue, tu baissais la tête.

Je me raidis.

— Moi aussi, je suis un peu triste, reconnut-il.

Il me prit la main et nous nous balançâmes ensemble, lentement. Et jusqu'à la fin de la réception, son aveu continua à résonner à mes oreilles.

Papa et Eleanor partirent dans notre break décoré d'une pancarte *Just Married.* Soulagée que le calvaire soit enfin terminé, je rentrai avec Mary Louise d'un pas lourd. Une fois dans ma chambre, je me changeai et enfilai mon tee-shirt aigle et elle chassa d'un coup de pied la robe rose sous le lit.

*

Chez Odile, je m'éveillai avec l'arôme de croissants au beurre. Je me sentais un peu patraque et ne mangeai pas grand-chose. Je ne pouvais m'empêcher de m'interroger sur ce que serait la vie une fois que papa et Eleanor seraient rentrés de leur *lune de miel*. Les choses allaient changer et je m'inquiétais à la pensée qu'il n'y aurait plus de place pour moi.

— Vous me semblez bien pensive, fit remarquer Odile en me tendant *Outsiders*[1]. Ce livre a pour sujet la famille, celle qui vous a vu naître, et aussi celle que vous vous créez avec vos âmes sœurs. Il traite de la façon dont nous nous faisons une place en ce bas monde.

— Vos livres ont de la chance, murmurai-je en contemplant ses rayonnages. Ils ont tous leur juste place, ils savent qui sont leurs voisins et je regrette de ne pas avoir moi aussi de nombre décimal Dewey.

— Jadis, je me demandais ce que serait le mien si j'en avais un. Nous pourrions créer le nôtre.

1. *The Outsiders*, roman de S.E. Hilton, publié en 1967 aux États-Unis et en Livre de Poche en France en 1983 sous le titre *Outsiders*.

Cette petite suggestion marqua le début d'une conversation. Faudrait-il nous mettre en littérature ou en non-fiction ? Le numéro d'Odile devrait-il être français ou américain, ou existait-il un numéro franco-américain ? Pourrions-nous partager le même numéro de manière à rester toujours ensemble ? Nous ajoutâmes 813 (américain), 840 (français) et 302.34 (amitié) avant de créer notre étagère de 1955.34 – que des livres dignes de ce nom. Parmi les favoris se trouvaient *Le Petit Prince*, *Les Quatre Filles du docteur March*, *Le Jardin secret*[1], *Candide*, *Un hiver sans fin*[2], *A Tree Grows in Brooklyn*[3], *Mais leurs yeux dardaient sur Dieu.* Une fois la chose faite, je me sentis sereine, comme si je m'étais convaincue que j'aurais toujours une place auprès d'Odile, quoi qu'il puisse advenir.

*

Le lendemain matin, Mary Louise et moi traînions sur le canapé d'Odile en buvant du café au lait qui était surtout du lait pendant qu'elle sarclait son jardin. Une fois la collation terminée, je jetai un œil dans les tiroirs de son buffet.

— Tu continues à penser qu'elle a été espionne ? demanda Mary Louise.

1. *The Secret Garden*, roman pour la jeunesse de Frances Hodgson Burnett publié en 1911.

2. *The Long Winter*, roman de Laura Ingalls Wilder publié en juin 1940.

3. Roman de Betty Smith publié en 1943, littéralement « Un arbre pousse à Brooklyn ».

Je haussai les épaules. Au vu des factures, j'avais appris que ses vêtements provenaient d'une boutique de Chicago. Pas vraiment une grande découverte – je savais déjà qu'elle ne les achetait pas chez Jeans'n Things. Sur une carte de Noël aux couleurs passées, une dénommée Lucienne demandait avec insistance à Odile de contacter ses parents avant qu'il ne soit « trop tard ».

— Elle est là dehors, tout près, m'avertit Mary Louise, dents serrées. Tu vas te faire attraper.

— Il s'est certainement passé quelque chose à Paris. Il y a une raison pour qu'elle soit restée ici.

Lorsque la porte coulissante s'ouvrit, je refermai le tiroir brutalement.

*

Une fois la lune de miel terminée, papa vint me chercher chez Odile alors que nous finissions toutes les deux mon interrogation sur *les verbes*. Elle lui proposa de se joindre à nous mais il déclina l'invitation. Nous nous attardions sur le perron, réchauffés par le soleil de printemps, et je m'inquiétai de ce qu'il allait dire. Papa était à l'aise avec les chiffres, son compte était toujours bon. En revanche, les mots étaient plus délicats à utiliser car il n'avait jamais compris leur portée véritable.

— Merci d'avoir veillé sur Lily.

— Ce fut un plaisir, répondit Odile en m'adressant un sourire radieux.

— Maintenant qu'Ellie est ici, vous pouvez prendre un peu de recul.

— Du recul ? s'étonna-t-elle.

— Lily devrait passer plus de temps à la maison.

Il était exclu que je laisse tomber Odile. Elle était toujours de mon côté, quelles que soient les circonstances, et je pouvais tout lui dire. Papa jouait au petit chef avec moi, Odile jamais. Elle me faisait confiance pour que je fasse les bons choix.

Je laverai sa voiture, tondrai sa pelouse, arroserai ses fougères – n'importe quoi pour garder mes leçons de français avec elle. Avant que je puisse lui en parler, elle déclara :

— Demain, même heure.

— *Oui, merci*, m'exclamai-je en français, pleine de gratitude.

*

Eleanor quitta son travail et la vie de papa reprit son cours normal : après une longue journée à la banque, il rentrait chez lui pour y trouver une épouse, une fille et un dîner chaud. Le samedi matin, Eleanor m'obligeait à passer l'aspirateur et à nettoyer toutes les surfaces à l'aide d'un chiffon imprégné de Pledge parfumé au citron. « Une jeune femme a besoin d'apprendre ces choses. Tu me remercieras plus tard. » Lorsque je protestais, papa disait que j'avais « besoin d'écouter » Eleanor. « Écouter » pour lui signifiait « obéir ».

Même quand les élèves furent libérés pour les vacances d'été, Eleanor continua à se lever tôt et à sculpter ses boucles à la mousse. Avant que papa ne parte au travail, elle rectifiait sa cravate dix fois de suite. Elle repassait mes chemises, chose que maman n'avait jamais faite.

— Personne ne pourra jamais prétendre que je ne me suis pas occupée de toi.

Au dîner, quand je renversais un peu de maïs à la crème sur la nappe, elle fonçait jusqu'à l'évier pour en revenir avec un chiffon et tout essuyer au plus vite.

Je voulais qu'elle me lâche et me laisse profiter de vraies vacances et j'avais hâte d'entrer au lycée. J'espérais que Robby finirait par tomber amoureux de moi, que Tiffany déménagerait (ou mieux encore, qu'elle attraperait un *choléra* virulent et garderait le lit). Le soir, dans ma chambre, je révisais ma *leçon* de français du jour avant de prononcer les mots que ma *timidité* m'empêchait de prononcer en anglais : *je t'aime,* Robby, *je t'adore.*

À mon premier jour de classe, j'enfilai mon tee-shirt aigle. Même si à présent il était trop petit de deux tailles et que le lettrage avait presque entièrement pelé. Le simple fait de le porter me faisait penser à maman.

Papa agita son trousseau de clés dans la cuisine.

— Tu es prête à y aller ?

— Nous t'avons acheté une nouvelle tenue, intervint Eleanor un peu essoufflée. Veux-tu la mettre, s'il te plaît ?

— Non, répondis-je en croisant les bras.

Tout comme elle, je me tournai vers papa, devenu arbitre malgré lui.

— Je les entends d'ici ! « Et cette pauvrette de Lily », poursuivit Eleanor en caricaturant les commères, « elle porte un pantalon trop court et un tee-shirt dépenaillé le jour de la rentrée. Qu'est-ce que penserait sa mère, ma chérie ? »

— Les gens causent, ça n'implique pas qu'on doive écouter, objecta papa en tapotant sa montre. Si nous ne partons pas tout de suite, nous serons en retard.

— Très bien, concéda-t-elle.

Pourtant ce n'était pas vraiment une victoire.

Dans la salle de classe, je m'installai au premier rang, Mary Louise derrière moi. Robby se glissa sur le siège voisin du mien, mais de l'autre côté de l'allée. Lorsque je lui dis *Bonjour* en français, il regarda autour de lui, comme si je m'étais adressée à quelqu'un d'autre.

— Tu ferais peut-être bien de t'en tenir à l'anglais, me conseilla Mary Louise.

— Silence ! claqua la voix de Miss Boyd. Sinon vous aurez tous droit à un devoir supplémentaire !

Bref, le lycée était aussi décevant que le collège, sauf que tout se jouait devant d'autres enseignants dans un bâtiment plus grand, tandis qu'à la maison Eleanor m'accueillait par une nouvelle liste de corvées.

— Ce n'est pas moi qui ai promis d'aimer, de me plier aux ordres et d'obéir, marmonnai-je en passant distraitement la serpillière sur le linoléum.

Parfois, je rêvais de maman. De la façon dont nous observions le vol des oies sauvages. La façon dont nous chantions *Jingle Bells* à pleins poumons. La façon dont nous cuisions les cookies. Lorsque mon réveil sonna, maman disparut. Ma bouffée de chagrin fut si violente que je me roulai en boule.

— Debout, la paresseuse, lança Eleanor en cognant à ma porte. Sinon tu seras en retard pour tes cours.

— Je ne me sens pas très bien, gémis-je.

— Moi, je dirais que tu es en pleine forme.

Néanmoins, pour Thanksgiving, Eleanor pensa à inclure Odile, dont la présence m'aida à faire passer plus facilement la dinde trop sèche. Lorsque notre voisine nous confia qu'elle avait passé toutes ses vacances en solitaire depuis la mort de son mari, papa tapota la main d'Eleanor, visiblement fier d'elle. Tandis que je jouais à déplacer des morceaux de citrouille farineuse autour de mon assiette, Eleanor demanda à Odile de prendre une photo pour une carte de Noël. Ma fourchette s'immobilisa. Papa et Eleanor se levèrent pour la circonstance mais mon cœur se consuma à la pensée qu'ils étaient en train d'effacer maman de la carte familiale.

*

Vacances de Noël. Tous mes devoirs terminés. Tiffany Ivers partie dans l'Est dans sa famille. Pas un nuage dans mon ciel. Avec l'aide de Mary Louise, je sculptai une bonne femme de neige (avec des billes pour les yeux, la bouche et les boucles d'oreilles) car je voulais faire une surprise à Mamy Pearl qui, chaque mois depuis le mariage, m'avait envoyé quelque chose – un abonnement à *Seventeen* ou des moon-boots mauves. Je n'étais pas très sûre pour Eleanor mais j'aimais beaucoup Mamy Pearl.

— Comment la trouvez-vous ? demandai-je à Odile qui venait de sortir pour chercher son courrier.

— Il lui faudrait un peu de couleur.

Mary Louise dénoua le foulard fuchsia qu'elle avait « emprunté » à sa sœur pour en entourer le cou glacé de la femme des neiges. Malheureusement, Angel qui passait en voiture reconnut son écharpe. Elle attrapa une pelle et transforma notre œuvre en un tas de neige dentelée. Après son massacre, il nous fut impossible de retrouver les billes.

Lorsque les parents d'Eleanor arrivèrent, je serrai Mamy Pearl dans mes bras avant même qu'elle ne sorte de voiture. Papa et Mr Carlson prirent les bagages et disparurent dans le salon, tandis que nous autres femmes nous mettions à la préparation de cookies au gingembre. Odile fredonnait *Douce nuit* en aplatissant la pâte au rouleau sur le plan de travail de la cuisine, pendant que je découpais des pères Noël dans la masse gluante de mélasse. Mamy Pearl touillait le cidre chaud. Eleanor sautillait partout comme si elle avait envie de faire pipi.

— Ma fille, mais qu'est-ce qui t'arrive ? lui demanda sa mère.

— Je ne peux plus garder ça pour moi, couina Eleanor. Je suis enceinte !

— Mon bébé va avoir un bébé ! s'exclama Mamy Pearl.

Hein ? Quoi ?

— Et c'est prévu pour quand ? s'enquit Mamy Pearl.

— Le 28 avril.

Papa était-il au courant ? Pourquoi ne m'en avait-il rien dit ?

— Un bébé ! s'exclama Odile en claquant des mains. Mais c'est merveilleux !

— Ta robe de baptême est dans mon coffre à trousseau[1], l'avertit Mamy Pearl. Je te l'enverrai.

— J'ai quelques écheveaux de laine qui seraient parfaits pour une couverture de bébé, ajouta Odile.

Nous n'avions pas de chambre supplémentaire. Où allaient-ils le mettre, leur bébé ? Les moineaux volaient leurs nids aux hirondelles et expulsaient leurs petits. Les étourneaux volaient aux moineaux. Sournoisement. Mais maman avait dit que c'était la façon de faire de la nature.

*

Out, bureau métallique et classeur à tiroirs bien amoché. *Out*, relevés de banque et factures de téléphone. *Out*, programmes de concerts et photos d'oiseaux – tous ces rappels de ma vie avec maman. Pour Eleanor, ce n'était peut-être que de vieux papiers, mais pour moi, c'était autant de souvenirs. Heureusement, je les retrouvai dans la poubelle et les cachai dans ma chambre.

1. En anglais *hope chest*, coffre d'espoir ou d'espérance.

Le bureau de papa était désormais une chambre de bébé. Eleanor tenait en main des échantillons de peinture pastel qui ressemblaient aux œufs de Pâques que nous venions de colorer. Au bout du compte, la peinture choisie pour la chambre fut un jaune ensoleillé. Maman aurait dit que le couffin de rotin ressemblait à un nid mais je n'en parlai pas à Eleanor. Je ne faisais plus jamais référence à maman devant elle, car chaque fois elle pinçait le nez comme si mes mots puaient.

*

Le 1er mai, à mon départ pour le lycée, Eleanor – si énorme – agita sa main au-dessus de son gros ventre en guise d'au revoir. Le soir même, elle était sur son lit d'hôpital, apparemment fatiguée mais heureuse, comme si elle venait de remporter une longue course à pied. Entre cigares et tapes dans le dos, papa eut droit aux félicitations des visiteurs et souriait d'un air béat tel Simplet, le nain de *Blanche-Neige*. Mrs Ivers donna au bébé une obligation d'épargne. Mrs Murdoch, la reine du crochet, lui crocheta des chaussons et la ville entière s'entassa dans la chambre pendant les rares heures de visite. Lorsque Mary Louise passa à son tour, je me joignis à elle quand je la vis lever des yeux au plafond et imiter ce que nous avions entendu.

— Un garçon ! Le ciel soit loué !

— Le nom ne disparaîtra pas !

Plus tard, tenant le petit Joe dans mes bras, je pensai à ma mère et me sentis emportée par une vague de mélancolie. Puis le nourrisson se nicha au creux de mon bras et je me penchai au-dessus de lui pour m'emplir de son odeur, un parfum de cookies au sucre, et je songeai alors que tout se passerait bien.

De retour à la maison, Eleanor ne dormait quasiment plus. Si elle avait pu rester éveillée toute la nuit durant pour veiller sur Joe, elle l'aurait fait. Maman ne s'était pas trompée : les bébés ne savaient pas la chance qu'ils avaient – ils dormaient presque tout le temps dans un bain d'amour. Après trois mois quasiment sans repos, Eleanor bâillait constamment et la perruche guillerette que je connaissais s'était transformée en pigeon dodu se traînant péniblement du berceau jusqu'à son rocking-chair, la peau couverte de plaques et les cheveux agglutinés en touffes.

— Vous n'êtes pas seulement une mère, mais vous êtes aussi une femme, lui fit remarquer Odile. Prenez soin de vous. Vous avez besoin de repos et d'exercice.

Tour à tour, nous prenions Joe dans nos bras de manière à laisser Eleanor danser au rythme des leçons d'aérobic de Jane Fonda, jetant un œil de temps à autre dans le salon où elle levait haut la jambe dans sa combinaison rose.

— Comme le cancan à Paris, murmura Odile.

*

Un soir, j'attendais le retour de papa en compagnie d'Eleanor quand elle me demanda :

— Combien pesait ta mère ?

— Je n'en ai aucune idée.

Le lendemain, elle m'accula contre le plan de travail.

— Quel genre de couches utilisait-elle ? Est-ce qu'elle donnait le sein ?

Ensuite elle me demanderait quel goût avait le lait. Avant son arrivée, il n'y avait pas de balance à la maison. En temps normal, elle se pesait une fois par semaine sauf que, bouffie qu'elle était devenue, elle essayait de perdre la surcharge de sa grossesse et montait sur la balance dix fois par jour.

— Est-ce qu'elle prenait un petit déjeuner ? voulut-elle à nouveau savoir. Utilisait-elle des couches en tissu ?

— Non, elles étaient en soie. Oui, et elle me donnait le sein cinq fois par nuit. Mamy Jo passait nous voir mais elle refusait d'être aidée. Elle prétendait ne pas en avoir besoin.

J'espérais que cela mettrait fin à ses questions mais elle revint à la charge.

— Combien pesait-elle ?

— Demande à papa.

— Combien ?

Ses questions stupides me rendaient folle et il me fallut un moment pour comprendre qu'elle se comparait à maman. Elle pouvait bien faire la cuisine dans les casseroles de maman et manger dans ses assiettes. Elle pouvait bien vivre dans sa maison et me materner autant qu'elle le voulait, elle ne serait jamais ma mère. Pour qu'elle me fiche la paix, je lui donnai une réponse impossible :

— Quarante-cinq kilos.

— Quarante-cinq kilos ? répéta-t-elle, les lèvres tremblantes.

*

Ma journée de lycée terminée, j'aimais bien rentrer à la maison et y trouver Eleanor et Odile assises à table en train de prendre le thé parce que ma belle-mère ne m'asticotait jamais quand elle avait de la compagnie. Aujourd'hui, avec Joe qui bavait dans son couffin à côté d'elles, ces dames se projetaient dans un avenir lointain : un jour, Eleanor retournerait à la fac, un jour, Odile irait rendre visite à son amie de Chicago. Lorsque Odile lui tendit une assiette de raisin, Eleanor se tapota le ventre en précisant :

— J'essaie de maigrir.

Je souris en coin. Comme si un grain de raisin allait la faire grossir.

— Vous ne perdrez pas de poids avant plusieurs mois, l'avertit Odile.

— Pourquoi me dites-vous une chose pareille ?

— Vous êtes enceinte.

Un autre bébé ? Mon sourire s'éteignit aussitôt.

— Mais j'ai eu Joe il y a seulement cinq mois ! protesta Eleanor.

— J'ai vu suffisamment de femmes dans votre état pour être capable de reconnaître les symptômes.

— James m'a pourtant assuré qu'il n'y aurait aucun problème.

— À votre âge, vous croyez encore ce qu'un homme vous raconte ?

Eleanor rit, un peu jaune. Était-ce une plaisanterie ? Je perçus… quelque chose dans la voix d'Odile. Un soupçon d'aigreur qui me poussa à m'interroger sur ce qu'un homme avait pu lui dire jadis.

Stanch confirma le diagnostic d'Odile. Comment avait-elle su ? Après tout, peut-être avait-elle été espionne pendant la guerre et avait l'habitude de chercher des indices.

*

Eleanor devint aussi imposante qu'un *château*, avec un ventre si gros qu'il lui faisait la tête toute petite. Ses habits tombaient mal, sa poitrine et son derrière se rebellaient contre le coton trop collant. Elle arrêta de se teindre les cheveux et leurs racines sombres reprirent l'avantage. Seules les femmes vulgaires se laissaient aller ainsi.

— Ce n'était pas comme ça avec Joe, bredouillait-elle, un peu hagarde.

Pâteuse et enflée, comme si son corps tout entier était enceint et pas seulement son ventre, elle avait des nausées dès qu'elle se mettait debout. Quand elle finit par rester au lit toute la journée comme maman, je commençai à m'inquiéter. Je me rappelai une phrase de *Secret de Terabithia*[1]. « La vie était

1. *The Bridge to Terabithia*, roman de Katherine Paterson paru en 1977 sous le titre français *Le Royaume de la rivière*. Après son adaptation au cinéma en 2007, le titre est devenu *Le Secret de Terabithia*.

aussi délicate qu'un pissenlit. Une bouffée d'air venue de n'importe où et elle volait en menus morceaux. » Gamine, je pensais que seuls les vieux mouraient. Je savais maintenant que c'était faux. Pourquoi n'avais-je pas été plus gentille avec Eleanor ? Je me sentais coupable de la satisfaction maladive que j'avais prise à la blesser. Après tout, elle n'était pas si mal. Elle avait réussi à convaincre papa de me donner de l'argent de poche : « Une fille de banquier devrait savoir gérer un budget. »

Oh, s'il te plaît, ne meurs pas.

Odile passa chez nous. J'aimais qu'elle se contente d'entrer sans jamais frapper, comme un membre de la famille.

— Vous êtes adorable, on dirait une Madone, dit-elle à Eleanor.

— C'est vrai ?

Honnêtement ? Plutôt Jabba le Hutt. Je savais que la vérité n'arrangerait rien et opinai du chef.

— Mais appelons quand même le Dr Stanchfield. Inutile de courir des risques.

Le médecin prit la tension d'Eleanor deux fois et lui apprit qu'elle devait subir un examen, ce qui me fit peur car il avait dit la même chose à maman.

— Est-ce qu'elle va aller bien ? lui demandai-je.

— Votre belle-maman a une tension trop élevée, ce qui n'est pas une bonne chose, ni pour elle ni pour le bébé.

Tension. Le mot parlait de lui-même.

— Voulez-vous que nous allions marcher un peu ? proposa Odile.

Elle était une fervente adepte du plein air. Le cruel vent du nord nous fouetta à l'envi sur la longueur de Main Street puis nous longeâmes l'église et les pins nains pour gagner le cimetière. Comme les autres dames, Odile appréciait les cimetières. Contrairement à moi. Voir la phrase *Brenda Jacobsen, Épouse et Mère bien-aimée*, gravée dans le granit, me fut une souffrance. Maman était décédée depuis plus de deux ans. Des chrysanthèmes étaient posés au pied de la pierre tombale, tout comme sur les tombes du fils et du mari d'Odile. Je savais que j'aurais dû prier, au lieu de quoi je jetai un œil à Odile. Elle avait la tête baissée, le visage défait, et je compris que sa famille lui manquait ; Buck et Marc, mais aussi ses parents et son jumeau. Je me demandai ce qu'il était advenu d'eux.

22

Odile

Paris, août 1940

— Je n'aurais peut-être pas dû t'appeler mais j'ai pensé que tu voudrais savoir au plus vite.

— *Monsieur ?* le pressa Bitsi.

— Rémy est vivant.

Je relâchai brusquement mon souffle.

— Où est-il ? voulut savoir Bitsi. Il va rentrer à la maison ?

— Il a été fait prisonnier.

— Prisonnier ? répéta Bitsi.

— Il se trouve dans ce qu'on appelle un stalag, expliqua papa. Un camp de prisonniers de guerre.

Maman se mit à pleurer et je passai mon bras autour d'elle.

— Il est vivant, lui rappelai-je,

— Nous savons où il est, renchérit papa. Essaie d'y trouver un peu de réconfort.

Il avait raison. Bitsi, elle, n'avait pas reçu de lettre de son frère depuis des mois.

— Je regrette que nous n'ayons pas de nouvelles de Julien, lui murmura gentiment papa.

En la voyant se mordre les lèvres, je compris qu'elle faisait de son mieux pour ne pas fondre en larmes.

Lorsque papa sortit une carte de son blazer, je lui arrachai le papier de la main et lus les caractères passés.

> Je suis prisonnier.

Au-dessous, juste deux lignes :

> 1. Je suis en parfaite santé.
> 2. Je suis blessé.

Le chiffre 2 avait été entouré. Rémy était seul et il souffrait.

Blêmissant devant la carte, Bitsi déclara qu'elle devait prévenir sa mère et je la raccompagnai jusqu'à la porte avec papa. Quand elle l'embrassa sur la joue, je vis un soupçon de sourire étirer les traits de mon père.

Nous retournâmes auprès de maman, et papa s'agenouilla devant elle pour lui essuyer doucement le visage. Je passai un bras autour de sa taille et papa fit de même pour l'aider à regagner son lit. Dans la chambre, il se mit à faire les cent pas et maman continua à pleurer.

— Veux-tu que j'appelle le Dr Thomas ? demandai-je.

— Aucun médicament du monde ne serait capable de l'aider, déclara papa. Je vais rester auprès d'elle. Et toi, tu devrais te reposer.

Pour une fois, je ne protestai pas. Je me sentais à la fois coupable d'abandonner maman à son désespoir et soulagée d'avoir le temps d'affronter le mien. Stalag. Un mot nouveau à ajouter au vocabulaire de la perte. Jusqu'à ce jour, nous avions pu nous rassurer à la pensée que Rémy cherchait à nous rejoindre. Qu'allions-nous pouvoir nous raconter dorénavant ?

À mon bureau, je me mis à écrire au stylo-plume :

> Cher Rémy, c'est horrible de savoir que tu es prisonnier, que tu souffres et que tu es si loin de la maison. Nous sommes terriblement inquiets.

Me libérer des sentiments qui m'assaillaient fut un soulagement mais ma lettre n'apporterait aucun réconfort à Rémy. Je rouvris mon stylo et laissai l'encre dégoutter sur la page. Je recommençai.

> Cher Rémy

Je n'allai pas plus loin.

Au matin, je m'habillai et allai dans la chambre de mes parents. Emmitouflée dans sa couette, les yeux fermés, maman gémissait, comme hantée par un cauchemar dont elle ne parvenait à sortir. Devant la grande armoire, papa boutonnait sa chemise.

— Je vais rester avec elle, déclarai-je.

— Maman n'aimerait pas que tu la voies comme ça, me répondit-il en me raccompagnant à la porte. Je connais quelqu'un qui pourra veiller sur elle.

Dehors, les trottoirs étaient presque déserts et la chaussée vide de voitures. La Bibliothèque aussi était étrangement calme. Margaret me manquait. Paul me manquait. Même la sévère Mrs Turnbull me manquait avec ses façons rugueuses de faire taire les étudiants.

— J'ai appris la nouvelle pour Rémy. Je suis désolée, me dit la professeure Cohen en me tendant *Un hiver sans fin*. J'ai marqué un passage particulièrement mémorable. Pendant une tempête de neige, les membres d'une famille de pionniers se blottissent les uns contre les autres dans leur cabane, incapables de se réchauffer. Pa se met à jouer du violon et propose à ses trois filles de danser. Elles gloussent et se pavanent, évitant ainsi de mourir de froid sur place. Un peu plus tard, Pa doit aller s'occuper du bétail sinon les animaux vont périr. Quand il sort de la maison, il ne voit pas à six centimètres, et pour rejoindre la grange il se raccroche à la corde à linge. Ma retient son souffle, elle attend.

Lorsque je pris le roman, la professeure Cohen couvrit mes mains de la sienne.

— Nous ne pouvons pas voir ce qui va arriver. Tout ce que nous pouvons faire, c'est ne pas lâcher la corde.

*

Avant le dîner, je jetai un œil dans la chambre de mes parents. Maman dormait et une infirmière était assise à côté de son lit. Des cheveux bruns déjà clairsemés encadraient un visage rougeaud qui m'était familier. Une abonnée ? Une volontaire à l'hôpital ?

— Je m'appelle Odile.

— Eugénie.

— Comment va-t-elle ?

— Votre mère n'a pas bougé. Je crains qu'elle ne soit en état de choc.

Les jours passèrent. Après le travail, Bitsi et moi partions traîner aux Tuileries.

— Comment va ta mère ? lui demandai-je.

— Elle attend à la porte comme si mon frère allait rentrer d'une minute à l'autre.

*

Les Parisiens s'étaient habitués à l'occupant. Certains faisaient des affaires avec les Allemands et leur vendaient de la pellicule pour leurs appareils photo ou de la bière pour étancher leur soif. D'autres refusaient d'acter leur présence dans la ville en feignant de ne pas les voir. Certaines femmes acceptaient leurs compliments et des invitations à dîner. D'autres leur répondaient par des moues dégoûtées. Dans le métro, je fusillai du regard un soldat allemand tout maigre jusqu'à ce qu'il baisse les yeux.

*

C'était rassurant de savoir Eugénie à la maison, un œil sur maman, l'autre sur son tricot. Mais je continuais à me demander d'où je la connaissais. Serait-elle venue donner un coup de main pendant le service aux soldats ? La mère d'une camarade de classe ?

Puis, un soir, alors que je lui disais au revoir avec papa, il l'aida à enfiler sa veste et lui proposa de la raccompagner chez elle, une suggestion qu'il n'avait jamais faite à la femme de ménage. Eugénie s'écarta à la manière d'un lapin effrayé et prit la fuite à grands pas dans l'escalier. Et soudain la lumière se fit – cette « infirmière » était la gueuse qui était avec lui à l'hôtel.

— Comment as-tu osé l'amener ici ? grondai-je, dents serrées.

L'espace d'une seconde, il parut pris de court. Puis, d'un œil roublard, il calcula ce que je risquais peut-être de savoir, en retrancha sa propre culpabilité et émit l'hypothèse qu'il pourrait partager son attention entre sa maîtresse et ma mère. Après avoir réfléchi aux composantes de cette équation chaotique, il mena sa défense avec le même talent que Rémy lors d'un débat sur les arcanes du droit.

— Quelle autre solution y a-t-il ? Demander à ta tante Pierrette de revenir de la zone libre ? Faire entrer une inconnue parmi nous ?

— Nous pourrions essayer de retrouver tante Caro. Elle aurait voulu savoir. Elle voudrait nous aider.

— Si jamais nous parlions à Caroline dans son dos, ta mère piquerait une crise.

— Mais, papa…

— À moins que tu ne préfères t'occuper de maman ?

Je redoutais bien trop de me noyer dans les profondeurs insondables de son chagrin.

— Ne peut-on engager une infirmière ?

— Celles qui n'ont pas eu suffisamment de bon sens pour prendre la fuite travaillent dix heures par jour à l'hôpital. Eugénie fait du bon travail.

Je pouffai.

— Je suis sûre que tu as apprécié ses façons de faire à ton chevet.

— Ne parle pas de choses auxquelles tu ne connais rien ! En outre, Eugénie est presque infirmière.

— Travailler dans une bibliothèque ne fait pas de moi *presque* un livre ! Maman a besoin d'une *véritable* infirmière.

Je regagnai ma chambre comme une furie. Faire entrer sa maîtresse dans cette maison. Si seulement Paul était là, il ferait entendre raison à papa. Je m'étreignis le torse des bras en regrettant que ce ne soit pas ceux de Paul. Lorsque mon père me décevait, quand j'avais des moments difficiles avec un abonné grossier ou que Rémy me manquait si fort que j'en avais mal, Paul était le baume qui soignait mon âme meurtrie.

À 20 heures, papa frappa à ma porte.

— C'est l'heure de dîner.

— Je n'ai plus faim !

Je restai éveillée toute la nuit et m'imaginai coinçant la traînée dans un coin. Rouge de honte, elle s'excuserait d'avoir osé respirer le même air que ma mère. Elle promettrait de ne plus jamais se présenter devant notre porte. Et de ne plus jamais adresser la parole à papa.

Avant de partir au travail, je passai voir maman. Tendre comme une amante, Eugénie caressait ses cheveux et lui essuyait le nez. Moi, je n'avais jamais changé la chemise de nuit de ma mère ni même vidé son bassin hygiénique mais, dès son arrivée, cette étrangère avait accompli tout ce qui était au-dessus de mes forces. Petit à petit, mon indignation se dissipa.

J'embrassai maman sur la joue mais elle n'eut aucune réaction.

— Pas d'amélioration ? m'enquis-je, constatant que j'avais toujours du mal à croiser le regard d'Eugénie.

— Huit mouchoirs hier. C'est mieux que la veille, elle en avait utilisé une douzaine.

— Oh, maman…

— Je sais ce qu'elle éprouve.

— Votre fils, aussi ?

— Au cours de la Grande Guerre. C'était encore un gamin quand ils ont bombardé notre village. J'espère que votre mère ne connaîtra jamais ce que j'ai connu, ajouta-t-elle en caressant le bras de maman. Elle est dure, tellement dure, cette vie, Hortense. Mais vos enfants ont besoin de vous. Nous pourrions écrire à votre fils. Votre fille est ici, vous n'aimeriez pas la voir ?

Maman releva la tête et me fixa d'un œil désemparé.

25 août 1940

Cher Rémy,

Tu nous manques et nous espérons que tu pourras rentrer à la maison. Si tu as écrit, je crains fort que tes lettres ne soient pas encore arrivées. Maman et papa vont bien. Paul n'est pas là, il aide aux moissons. Il me manque tellement et je ne peux imaginer à quel point à toi aussi Bitsi te manque.

De plus en plus de gens viennent à la Bibliothèque, pour y retrouver une communauté, un moment de répit. Bien que de nombreux abonnés aient pris la fuite (avec nos livres), nous affichons toujours complet car Miss Reeder ne refuse jamais personne.

Je n'ai pas eu de nouvelles de Margaret mais Bitsi a fini par recevoir une carte de son frère, et ça l'a rassurée. Elle va bien même si elle se languit de toi.

Est-ce que cette lettre te parviendra ? Il y a tellement de choses que je voudrais te dire.

Tendrement,

Odile

25 août 1940

Mon très cher Paul,

Remercie s'il te plaît ta tante pour sa gentille invitation. J'aimerais beaucoup la rencontrer et il me tarde de te revoir, mais je dois rester à Paris au cas où nous aurions des nouvelles de Rémy.

Hier, Bitsi a reçu une carte de son frère. Lui aussi est prisonnier de guerre. J'ai failli pleurer quand j'ai appris la nouvelle. J'ai beau aimer la Bibliothèque, parfois le travail devient insupportable.

Me retrouver face à Bitsi est comme me regarder dans un miroir – je lis ma propre inquiétude sur ses traits angoissés, ma souffrance dans son teint pâle. Pour elle, c'est deux fois plus difficile puisque son petit ami et son frère sont tous deux emprisonnés. Dans une tasse à thé sur son bureau, j'ai posé un petit bouquet de fleurs pour qu'elle s'imprègne de leur parfum mais j'aimerais faire plus encore. J'aimerais pouvoir te donner de meilleures nouvelles et moins de pensées larmoyantes. Quand reviendras-tu ?

Avec tout mon amour.

Ton irascible bibliothécaire

25 août 1940

Chère Margaret,

Je t'écris souvent mais je n'ai pas encore reçu de lettre de toi. J'espère que tu vas bien. Ici, il y a eu des moments difficiles. Rémy est dans un stalag, maman souffre d'une dépression nerveuse et papa a fait entrer sa maîtresse chez nous pour qu'elle s'occupe de ma mère. Je suis prête à parier qu'elle n'imaginait pas, alors, que la faveur qu'il exigeait d'elle serait de vider des bassins hygiéniques ! Mais bon, toute fonction a ses désagréments. Maman a un peu récupéré, mais pas beaucoup. Je crois qu'elle aime qu'on soit à ses petits soins. Ou alors elle sait très bien qui est « l'infirmière » et veut la faire souffrir. La connaissant, ça doit être un peu des deux.

Les nazis ont envahi Paris, même la Bibliothèque nationale. À l'ALP, nous recevons des requêtes des prisonniers de guerre mais les autorités allemandes ne nous autorisent pas à envoyer des livres. Ça me fend le cœur.

Regarde-moi, je suis devenue aussi renfrognée que Mme Simon. Je vais t'apprendre une nouvelle plus plaisante. Peter-le-rangeur et Helen-la-documentaliste passent tellement de temps ensemble – ils pique-niquent dans la cour à l'heure du déjeuner ou se tiennent par la main quand ils croient que personne ne les voit – qu'ils sont devenus Helen-et-Peter. Ils sont amoureux et c'est adorable à voir.

Reviens ! Tu me manques. Sans toi, la Bibliothèque n'est plus la même

Tendrement,

Odile

*

Début septembre, Miss Reeder arracha le papier kraft qui masquait les fenêtres. Mais, en regardant au-dehors, ce n'était plus l'allée de galets ni le grand pot de lierre que j'eus devant les yeux, je ne voyais que des lettres perdues et des amis trop éloignés. Et puis, soudain, j'aperçus Margaret. Elle avançait dans l'allée, ses pas crissant sur le sol.

— Rémy ? fut le premier mot à sortir de sa bouche, ce qui me fit l'aimer plus encore. As-tu eu d'autres nouvelles de lui ?

— Pas depuis sa seule et unique carte.

— Ma chère amie, murmura-t-elle en me serrant dans ses bras. Je me suis fait tant de souci pour ton frère, pour toi, pour la Bibliothèque…

— *Raconte !* l'interrompis-je. Dis-moi ! Je veux tout savoir.

Elle me raconta sa fuite de Paris.

— Les routes étaient envahies de véhicules. Comme les avions allemands tiraient sur les civils, chaque fois que l'un d'entre eux passait au-dessus de

nos têtes, les voitures pilaient et les gens se jetaient dans les fossés. Nous avions épuisé nos tickets d'essence et nous avons dû faire les seize derniers kilomètres à pied jusqu'à Quimper. Christina a passé son temps à hurler. Comment expliquer la guerre à une enfant ?

Lawrence avait voulu les envoyer à Londres mais Margaret avait refusé.

— Pour la première fois, je me sens importante, comme si mon travail, mon volontariat, comptait pour quelque chose.

— Tu *es* importante, insistai-je. Nous avons besoin de toi ici.

— *Sincèrement*, je suis aux anges d'être de retour pour réparer des livres !

— Est-ce que Lawrence est heureux de ton retour ?

— Il est en zone libre, précisa-t-elle en jouant avec ses perles.

La France avait été coupée en deux, le Nord était sous commandement allemand et le Sud gouverné par le héros de la Première Guerre, le maréchal Philippe Pétain.

— Dommage que Lawrence soit si loin. Il travaille ?

— Il est avec… une amie.

— Combien de temps restera-t-il là-bas ?

Margaret chercha ses mots de la même manière que moi, à l'issue d'une longue journée passée à jongler entre le français et l'anglais.

— Oh, et puis zut, qui se soucie de lui ! finit-elle par répondre. Laisse-moi te raconter le trajet de retour. Pour être sûre de ne pas manquer d'essence, j'avais rempli de vieilles théières.

— Pas celles qui fuyaient, j'espère !

*

Une semaine plus tard, quand Paul se présenta à ma porte, cheveux couleur de paille brûlée par le soleil et joues rubicondes, je ne me lassai pas de le dévorer des yeux. La nuit, dans mon lit, j'avais si souvent imaginé nos retrouvailles, je me jetais contre sa poitrine, je le couvrais de baisers et ses mains sur ma croupe me faisaient palpiter tout le corps. Et pourtant, quand il me prit dans ses bras, je restai raide comme un piquet. Après de si longs mois de tension, j'étais incapable de me détendre.

— Je t'aime, dit-il.

Sentant ses lèvres contre ma tempe, mon corps se relâcha et je fondis en larmes. Je me réfugiai au creux de ses bras, et il m'entraîna sur le palier, sachant que je ne souhaitais pas inquiéter mes parents. Pour eux, j'avais fait bonne figure, tout comme pour Bitsi et les abonnés, mais avec Paul, je n'avais plus besoin de faire semblant.

— Nous passerons ce cap ensemble, m'assura-t-il.

Mes sanglots finirent par se calmer et je me nichai encore plus contre lui. J'aurais voulu rester dans ses bras à tout jamais. Enfin… jusqu'à ce que maman vienne nous rejoindre. Remarquant la corbeille

garnie, fruits, légumes, beurre et jambon de pays, elle déclara :

— Le chemin qui mène au cœur d'Odile passe par son estomac.

— Celui-là saura subvenir aux besoins d'une famille, ajouta papa.

À table, puis dans le salon, mes parents étaient omniprésents. Quelques plis d'inquiétude avaient disparu du visage de maman et j'entendis papa rire pour la première fois depuis un mois.

— Tu m'as manqué, me chuchota Paul. J'aimerais bien qu'on ait cinq minutes de tête-à-tête.

— Retrouvons-nous chez toi demain.

— Quatre collègues ont leur chambre au même étage. S'ils t'aperçoivent, ta réputation va être détruite.

KRIEGSGEFANGENENPOST

15 août 1940

Chers maman et papa,

Tout va bien. Ma santé s'améliore. Dans nos quartiers, un docteur de Bordeaux a sa couchette à côté de la mienne. Il ronfle mais sa présence est rassurante. Merci pour vos cartes. Pourriez-vous m'envoyer quelques affaires ? Une chemise chaude, des sous-vêtements, des mouchoirs et une serviette. Du fil à coudre. Du savon à barbe et un rasoir. Et, si ce n'est pas trop demander, de la nourriture qui se conserve ; peut-être un peu de pâté.

Je vous en prie, ne vous inquiétez pas. Nous sommes bien traités et, au vu des circonstances, nous n'avons pas à nous plaindre.

Votre fils qui vous aime, Rémy.

KRIEGSGEFANGENENPOST

15 août 1940

Chère Odile,

Comment vas-tu ? Ainsi que Bitsi, maman, papa et Paul ? Mon épaule guérit. Près de Dunkerque, j'ai été pris sous le feu ennemi. Ça m'a fait un mal de chien ! C'est vrai que je me plaignais aussi que ça faisait un mal de chien quand tu me donnais des coups de pied sous la table. Plusieurs hommes de mon unité ont été capturés. Notre sort peu enviable nous rendait amers jusqu'au jour où nous avons appris le nombre de morts.

On nous a fait traverser en colonnes ce qui nous a semblé être la majeure part de l'Allemagne – nous les soldats français et aussi quelques soldats anglais –, avec presque pas de nourriture ou de repos. Tu me connais, je n'ai jamais été très sportif. Après des semaines de marche, nombre d'entre nous ont été soulagés d'arriver ici et de dormir sur un lit – même s'il ne s'agit que de quelques planches en bois – au lieu du sol froid et détrempé.

Merci pour tes lettres. Je suis désolé de n'avoir pas pu t'écrire avant.

Tendresses,

Rémy

30 septembre 1940

Cher Rémy,

Encore heureux que tu nous aies dit ce dont tu avais besoin – maman voulait t'envoyer des rosaires afin que toi et les autres puissiez « prier comme il se doit ».

Aujourd'hui, pour la première fois, elle est allée à la messe. Elle n'a pas été bien et papa a trouvé une infirmière.

Au début, je n'étais pas très chaude à l'idée qu'une inconnue s'occupe d'elle mais j'ai vu ensuite à quel point elles s'entendaient bien toutes les deux. Eugénie est une femme ordinaire aux épaules voûtées et au regard mélancolique. De temps à autre, un sourire morose effleure ses lèvres. Un peu comme maman. En fin d'après-midi, nous prenons le thé toutes les trois avant le retour de papa.

Il rentre de plus en plus tard. Comme sa voiture a été réquisitionnée, il doit prendre le bus, mais rares sont ceux qui circulent encore, car il n'y a quasiment plus de carburant disponible.

Comme tu n'es plus là, papa s'en prend à moi deux fois plus souvent. Il n'aime pas me voir sortir, pas même pour aller voir un film en matinée. Les nazis ont leurs propres cinémas et leurs propres bordels, et donc, Bitsi, Margaret et moi ne courons pas vraiment de danger. Dès que les lumières s'éteignent, nous pouvons exprimer nos véritables sentiments – et quand aux actualités apparaît Hitler, il est hué par toute la salle.

Avec les *Soldaten* qui nous disent ce qui est *verboten*, l'allemand s'insinue peu à peu dans nos esprits. Et leurs soldats apprennent le français. Un *Kommandant* bigleux a tenté d'engager la conversation avec notre comptable Miss Wedd – tu te souviens d'elle ? L'intrépide pâtissière qui cuit des scones et adore les mathématiciens grecs disparus ? « Bonjour, mademoiselle. Vous êtes belle », lui a dit l'officier, ce à quoi elle a répondu : « Allez, ouste ! » Et comme il n'avait pas compris, elle a ajouté : *Auf Wiedersehen !*

Tendrement,

Odile

*

Il était difficile de garder un ton léger dans les lettres, en particulier quand les Allemands étaient partout dans Paris. Lors d'une réunion du personnel, Boris nous informa qu'ils s'étaient emparés de plus de cent mille livres à la bibliothèque russe près de Notre-Dame.

— Plus de cent mille livres, répéta Margaret à voix basse.

Un jour, alors que j'étais enfant, tante Caro et moi étions allées à Notre-Dame, sur l'île de la Seine. Après la messe, nous étions passées sur la Rive gauche pour suivre la rue de la Bûcherie jusqu'à un hôtel particulier. Comme les portes de cette belle demeure étaient ouvertes, nous avions jeté un œil à l'intérieur. « Bienvenue, bienvenue », nous avait saluées la bibliothécaire qui portait autour du cou des lunettes de lecture reliées à une chaînette en argent. Puis elle m'avait tendu un livre d'images. Tante Caro et moi, nous nous étions émerveillées devant des mots imprimés dans un alphabet étranger.

Les murs étaient couverts de rayonnages du sol au plafond – si hauts qu'il fallait une échelle pour accéder aux étagères supérieures. Tante Caro m'avait laissée grimper jusqu'au sommet. Ce jour-là, comme tous ceux passés avec ma tante, avait été paradisiaque.

Je m'imaginais maintenant ces rayonnages vides. La bibliothécaire les larmes aux yeux. Un abonné venant rendre un livre et apprenant que c'était le dernier qui leur restait.

— Pourquoi pillent-ils les bibliothèques ? s'étonna Bitsi.

Boris expliqua que les nazis voulaient éradiquer les cultures de certains pays, en confisquant méthodiquement leurs ouvrages de sciences, de littérature et de philosophie. Il ajouta qu'ils avaient également pillé les collections personnelles de familles juives éminentes.

— Les abonnés juifs, commentai-je, y compris la professeure Cohen.

Hier, dans la salle de lecture, à une table en coin, j'avais réussi à distinguer des cheveux blancs et une plume de paon. On aurait presque dit que la professeure s'était confectionné une barricade de livres de bibliothèque – des œuvres de Chaucer, Milton et Austen, pour n'en citer que quelques-uns.

Elle n'avait pas paru me remarquer quand je m'étais approchée d'elle.

— On revisite ses classiques ?

— Les nazis ont saisi mes livres. Ils ont débarqué comme des enragés et fourré ma collection entière – mes premières éditions, même mon article sur Beowulf dont la dernière page est toujours dans la machine à écrire – dans des caisses.

— Non…, me désolai-je en passant mon bras autour de ses épaules. Je suis tellement navrée…

— Moi aussi…, murmura-t-elle avec un geste vers les piles. Je voulais m'asseoir auprès de mes favoris encore une fois.

Lors de la réunion du personnel, Margaret déclara :

— Quarante années de recherches envolées.

— Nous connaissons ses préférences. Je peux faire le tour des libraires pour en remplacer quelques-uns, proposa Bitsi.

— Et en ce qui concerne nos autres abonnés ? s'enquit Miss Reeder.

— Et la bibliothèque russe ? ajouta Boris.

— Et *notre* Bibliothèque, alors ? dis-je.

— Elle a raison, dit Miss Reeder. Les nazis ne tarderont pas à venir chez nous.

*

En octobre, l'école reprit, preuve que la vie continuait, quoi qu'il advienne. Les mères repassaient les chemises et vérifiaient que leurs enfants aient bien cahiers et stylos. Certaines denrées commençaient à se raréfier et les ménagères faisaient de longues queues devant les boucheries. Les magazines de mode débitaient leurs conseils sur la façon dont les femmes devaient porter leur chapeau (sur l'arrière de la tête). Margaret et moi étions chargées d'emballer des livres à expédier aux camps d'internement dans la campagne française, là où étaient emprisonnés les communistes, les bohémiens et les étrangers ennemis – les civils dont le pays était en guerre contre l'Allemagne.

Les membres de la Propagandastaffel se donnaient du mal pour attiser les rancœurs. Des affiches placardées sur les immeubles, les stations de métro et les entrées des théâtres montraient, dans une mer rouge de sang, un marin français, la main crispée sur les lambeaux d'un drapeau tricolore, qui implorait :

« N'oubliez pas Oran ! » – là où la marine britannique avait sabordé nos navires. Comment pourrais-je l'oublier ? Ils avaient tué plus de mille marins français. M. de Nerciat ne voulait toujours pas adresser la parole à Mr Pryce-Jones.

Refusant de se laisser influencer par la propagande nazie, les Parisiens avaient mutilé les affiches, et recouvert le mot « Oran » de toutes sortes d'autres mots. Ainsi il arrivait que la légende devînt « N'oubliez pas votre maillot de bain ».

Un jour, durant l'heure du déjeuner, j'allai avec Paul au parc Monceau. Mais sur l'allée sableuse, le corps raidi par la colère, il avançait à si grands pas que j'avais du mal à rester à sa hauteur.

— On m'a ordonné de réparer les affiches. C'est encore plus révoltant que de régler la circulation avec ces fichus gants blancs. Quand les passants me voient nettoyer les graffitis, ils ricanent.

— Mais non, dis-je en lui prenant le bras sans qu'il ralentisse son allure pour autant.

— C'est humiliant. Dans un passé récent, les flics avaient des armes, aujourd'hui, je n'ai que des éponges. Avant je veillais à la sécurité des gens et maintenant j'efface des gribouillis.

— Mais au moins tu es là.

— Je préférerais être avec Rémy.

— Ne dis pas ça.

— Lui au moins, il a combattu. Lui au moins, il est toujours un homme.

— Tu fais ta part.

— En gardant leur propagande immaculée ?

D'un coup de pied, il chassa une brindille sur le passage.

— C'est humiliant.

KRIEGSGEFANGENENPOST

20 octobre 1940

Chère Odile,

Merci pour le pâté. Tout le monde l'a apprécié. Même si la plupart de ceux qui reçoivent de la nourriture partagent avec les autres, il y en a qui gardent tout pour eux. Même dans les conditions qui sont les nôtres, le fait que nous soyons incapables de nous serrer les coudes est une grande déception.

Paul m'a envoyé quelques coupures de journaux et un dessin qu'il a fait de l'Heure des contes. Bitsi tient un livre ouvert au-dessus de sa tête comme si c'était un toit et je peux presque l'entendre expliquer aux enfants que les livres sont un sanctuaire. J'ai été heureux de recevoir quelques nouvelles de Paris. N'aie pas peur de me dire ce qui se passe. Je tiens à le savoir, ça m'occupe l'esprit et me libère de ce qui nous arrive ici. Nous n'en pouvons plus de rester cloîtrés sans bouger, à nous demander jusqu'à quand nous allons rester prisonniers. Un des gars m'a appris à jouer au bridge. Tout ce que nous avons, semble-t-il, c'est du temps.

Tendresses,

Rémy

12 novembre 1940

Cher Rémy,

Je suis heureuse que tu aies aimé le dessin. Paul a du talent, tu ne trouves pas ? Maman l'invite souvent à déjeuner avec Bitsi. La semaine dernière, papa lui a montré des photos de toi bébé – avec elle, il ne se montre jamais bourru, et je voudrais que tu puisses voir par toi-même comment elle a gagné son respect. J'aimerais tant que tu rentres à la maison, point final. Hier, près de deux mille étudiants et lycéens ont manifesté contre l'occupant. Ce sont peut-être des vieux comme le maréchal Pétain qui dirigent le pays mais ce sont les jeunes qui ouvriront le chemin.

Affectueusement,

Odile

Je ne dis pas à Rémy que le pâté que nous lui avions envoyé était la ration de viande de la famille pour une semaine. Je ne lui précisai pas non plus que la manifestation n'avait pas duré longtemps, les autorités ayant obligé les participants à se disperser. Ni que les nazis avaient saisi la bibliothèque tchécoslovaque. Ni que la Kommandantur nous avait informés que, dans une semaine, le Bibliotheksschutz viendrait « inspecter » notre bibliothèque.

Miss Reeder, Boris, Bitsi et moi-même étions restés abasourdis par ce diktat.

— C'est quoi, un Bibliotheksschutz ? avait demandé Bitsi.

— Littéralement, ça signifie « protecteur de bibliothèque », avait répondu la directrice.

— Est-ce que c'est une bonne chose ? voulus-je savoir.

Miss Reeder avait tristement secoué la tête.

— Le terme est tout à fait ironique. J'imagine qu'ils vont nous piquer nos livres.

— C'est la Gestapo du livre, avait conclu Boris.

*

Le jour de l'« inspection », Boris fuma un paquet de Gitanes avant le déjeuner. Miss Reeder se plongea dans ses dossiers pour vérifier qu'il n'existait aucune raison technique susceptible de justifier la fermeture de la Bibliothèque. Je ramassai des livres à remettre en rayon. *Gatsby le magnifique*, *Greenbanks*[1], *Mais leurs yeux dardaient sur Dieu*, autant de romans devenus des amis chers. Un coup d'œil à Margaret me suffit pour savoir que nous pensions toutes les deux la même chose : Comment pourrions-nous continuer sans la Bibliothèque ?

— Allons apporter du thé à Miss Reeder, suggéra-t-elle. Il faut absolument qu'on fasse quelque chose sinon on va devenir folles !

Je me sentais si fébrile et crispée que je confiai le plateau à Margaret. Alors qu'elle le déposait sur une table à côté du bureau, je demandai à la directrice :

— Comment vous sentez-vous ?

— J'ai la nausée et mal au ventre, l'impression d'être anéantie, répondit-elle. J'attends sa majesté le Bibliotheksschutz. Et je prie pour que la Bibliothèque reste ouverte.

Margaret servit le thé à la camomille et la porcelaine brûlante me réchauffa les mains. J'étais sur le point d'en boire une gorgée quand j'entendis des talons pesants frapper le parquet et résonner parmi les rayonnages.

---

1. Troisième roman de Dorothy Whipple publié en 1932.

Dans son fauteuil, la directrice redressa les épaules en voyant trois hommes en uniforme d'apparat nazi faire leur entrée. Personne ne dit mot. Pas de hello, pas de *bonjour* ni de *Guten Tag*, pas de « vous êtes en état d'arrestation » ni de « *Heil* Hitler ». Deux des membres du trio – guère plus âgés que moi – semblaient être des soldats ordinaires. Le troisième était un officier plutôt mince avec des lunettes à monture dorée. Il portait une mallette en cuir.

Les trois hommes jaugèrent du regard tout ce qui se trouvait dans la pièce : les papiers sur les bureaux, les étagères vides où reposaient jadis manuscrits rares et premières éditions jusqu'à leur envoi en exil, simple précaution en prévision de cet instant. Et aussi la directrice, sa peau d'albâtre, son chignon brillant, ses lèvres pincées.

Si Miss Reeder était effrayée, personne ne s'en aperçut. Je ne l'avais encore jamais vue se tenir aussi raide, et je ne lui avais jamais vu un visage aussi dénué de chaleur. D'ordinaire, pour accueillir les visiteurs, elle se levait toujours, ignorant délibérément le protocole des sexes qui l'aurait autorisée à rester assise et à tendre simplement le bras pour une poignée de main. Mais ces intrus ne méritaient aucune de ses attentions coutumières.

Le « protecteur des bibliothèques » devait s'attendre à voir un directeur et non une directrice. Il la fixa droit dans les yeux et donna quelques ordres brefs en allemand. Les deux jeunes soldats sortirent en refermant délicatement la porte derrière eux telles des chambrières. Voyant que la directrice demeurait impassible, il déclara dans un français parfait :

— Quelle superbe bibliothèque. Je suis très impressionné, mademoiselle Reeder. Rien, en Europe, n'est comparable à cela !

En l'entendant prononcer son nom, elle s'intéressa un peu plus à son visage.

— Doktor Fuchs ? Vous ici, à Paris ? Je n'en avais aucune idée.

Elle tapa dans ses mains comme si elle était heureuse de retrouver un vieil ami.

— J'avoue avoir vu l'uniforme avant l'homme.

— On m'a affecté à ce poste il y a deux semaines et je suis en charge de toutes les activités intellectuelles en Hollande, en Belgique et en France occupée, expliqua-t-il avec une fierté indéniable, à l'image d'un jeune garçon impatient d'être félicité pour sa réussite.

Avec ses joues brillantes et ses fins cheveux blond-roux, il ressemblait à un responsable du catéchisme du dimanche.

— Votre bibliothèque doit vous manquer, fit remarquer Miss Reeder, la tête inclinée en signe de sympathie.

— Absolument. Mais la Staatsbibliothek peut se passer de moi sans problème. Que je sois capable de m'en passer est une autre paire de manches.

J'avais présumé que le nazi serait une brute illettrée. Au lieu de quoi cet homme travaillait dans la plus prestigieuse bibliothèque de Berlin. Margaret et moi attendions une directive de Miss Reeder, mais elle et le Bibliotheksschutz étaient si absorbés l'un par l'autre qu'ils ne se préoccupaient plus du reste du monde.

— Aujourd'hui, c'est donc vous, la directrice ? Mes plus sincères félicitations.

— Nous avons la chance de disposer d'un personnel et de volontaires très dévoués, précisa-t-elle en fronçant les sourcils. Bon, mais nous avons dû… La situation a changé. Certains collègues ont été contraints de partir.

— Ce qui doit vous rendre la tâche bien difficile.

Il nota des numéros de téléphone sur un morceau de papier qu'il posa sur le bureau.

— Au cas où vous auriez besoin de me contacter.

— Cela fait une éternité, dit-elle pour gagner du temps.

— Depuis le colloque de l'Institut international de coopération intellectuelle, murmura-t-il. Les choses étaient plus simples alors.

— Si l'on m'avait donné le nom du Bibliotheksschutz, cela m'aurait épargné une semaine d'inquiétude. Depuis que nous avons été mis au courant de cette « inspection », j'ai peaufiné mon petit discours.

— Qu'aviez-vous l'intention de dire ? demanda-t-il, toujours au garde-à-vous.

— Restez pour le thé, répondit-elle en lui indiquant un fauteuil.

Margaret alla chercher une autre tasse. Je savais que j'aurais dû sortir mais j'étais bien trop fascinée par la tournure que prenaient les événements.

— J'avais prévu de dire au Bibliotheksschutz qu'une bibliothèque sans membres est un cimetière de livres. Que les livres sont comme les gens, qu'ils cessent d'exister sans contact.

— Joliment dit.

— J'étais prête à supplier humblement qu'on laisse la Bibliothèque ouverte. Comment aurais-je pu deviner que ce serait vous ?

— Vous devez savoir que jamais je ne permettrais sa fermeture. Néanmoins…

— Oui ?

— Vous serez astreinte aux règles imposées à la Bibliothèque nationale. Certains livres ne seront plus autorisés à circuler, expliqua-t-il en sortant une liste de sa mallette.

— Exige-t-on de nous qu'ils soient détruits ?

Il la regarda, complètement effaré.

— Chère madame, j'ai seulement précisé qu'ils ne devaient plus circuler. Ce n'est pas une question à poser entre bibliothécaires ! Les gens comme nous ne détruisent pas les livres.

Margaret revint avec une tasse d'Earl Grey. L'odeur citronnée de la bergamote infusa de l'espoir dans la pièce. *Les gens comme nous*. Un collègue bibliothécaire, une âme sœur. Oui, cette guerre nous avait divisés mais l'amour de la littérature nous réunirait à nouveau. Nous pourrions prendre le thé ensemble et discuter entre êtres civilisés. Miss Reeder lâcha un faible soupir, sentant peut-être que le pire était passé. Elle et le Bibliotheksschutz se remémoraient une conférence à Chicago et leur conversation était une symphonie d'histoires sur les personnes qu'ils avaient connues. « Oh là là, la soirée de l'Association des bibliothèques d'Amérique a été si passionnante ; ah, oui, elle a pris sa retraite aujourd'hui, lui a été transféré dans une autre branche mais ce n'est plus du tout le même homme… »

Le Dr Fuchs sursauta et, consultant sa montre, annonça qu'il avait pris du retard pour son rendez-vous suivant.

— Ce fut un plaisir de vous revoir, déclara-t-il à la directrice en se levant.

Arrivé à la porte, le visage radieux après cette réunion sans heurts ni difficultés, il se tourna vers nous. Je m'attendais à une question sur la collecte des livres ou un banal au revoir.

— Naturellement, *certaines personnes* ne sont plus autorisées à entrer ici.

23

Odile

Les doigts sur la tempe, Miss Reeder murmura :

— Je dois réfléchir. Il doit y avoir un moyen… Nous pourrions peut-être prêter les livres d'une façon ou d'une autre.

Les membres du personnel défilèrent, l'un après l'autre. Bitsi se mordait la lèvre, Boris plissait le front. Miss Wedd avait douze stylos dans sa chevelure. Je pris *The Dreamers* sur l'étagère de Miss Reeder pour me raccrocher à quelque chose. Il était inutile que je tourne les pages pour savoir ce qu'il y était écrit : *Ce livre est une carte, chaque chapitre un voyage. Parfois le chemin est sombre, parfois il nous conduit vers la lumière. J'ai peur de l'endroit où nous allons.*

— Alors ? demanda Bitsi. Qu'est-ce qu'a dit le « protecteur des bibliothèques » ?

— Nous devons enlever quarante ouvrages de nos étagères, répondit Margaret.

Sur la liste figuraient Ernest Hemingway, qui avait participé à la rédaction de notre lettre d'information, et William Shirer, qui recherchait des articles dans notre salle de lecture.

— Considérant que leur liste de livres proscrits en comporte plusieurs centaines, ce n'est pas cher payé, fit remarquer Boris.

Je n'en étais pas si sûre. Sans ces livres, Paris allait perdre une part de son âme.

— Nous pouvons les sortir pour les abonnés que nous connaissons bien, suggéra Peter-le-rangeur.

Les abonnés que nous connaissons bien… Je pensai à la professeure Cohen, aux étudiants de la Sorbonne, aux gamins qui venaient pour l'Heure des contes. Serrant mon livre contre ma poitrine, je me demandai comment annoncer à la professeure qu'elle n'était plus la bienvenue. Je me demandai aussi si nous allions refuser des livres aux enfants. Naturellement, le diktat allait bien plus loin que les livres. Le Bibliotheksschutz exigeait que nous taillions dans le vif de notre communauté en l'amputant de ses abonnés.

*

Dès son arrivée, la comtesse Clara de Chambrun s'installa dans le fauteuil libéré par le Dr Fuchs. C'était la seule curatrice de la Bibliothèque à être encore en France – les autres étaient partis en bateau retrouver la sécurité des États-Unis. Elle avait vécu en Amérique, en Afrique et en Europe. Spécialiste de Shakespeare, elle était titulaire d'un doctorat de la Sorbonne. Je lisais sa formidable expérience dans son regard perspicace et espérais qu'avec son aide nous trouverions un moyen d'aller de l'avant.

Ses lunettes de lecture perchées sur le bout de son nez, elle prit la parole.

— Voyons… que vouliez-vous me dire ?

Nous nous tournâmes vers la directrice. Habituellement, elle répondait un peu sèchement, consciente que le temps alloué aux réunions était volé aux autres tâches qui nous incombaient.

— Je… C'est-à-d…

— Allez-y, la pressa la comtesse.

— Les Juifs sont désormais interdits d'accès à la Bibliothèque par décret de la police nazie, commença-t-elle d'une voix ténue, comme si elle ne pouvait pas croire elle-même que ces mots étaient sortis de sa bouche.

— Vous ne parlez pas sérieusement ! s'exclama Bitsi, menton en avant, prête à se battre pour les plus démunis à l'image de Rémy.

— Les livres de l'Alliance israélite universelle ont été saisis, avertit Boris, c'est une amputation radicale. Et les nazis ne se sont pas seulement emparés des collections de la bibliothèque ukrainienne, ils ont aussi arrêté le bibliothécaire. Dieu seul sait où il se trouve. Si nous n'obéissons pas aux ordres, ils fermeront la Bibliothèque et nous serons arrêtés. Au mieux.

Tous les regards se reportèrent sur la directrice.

— Certaines personnes n'ont plus le droit d'entrer, insista-t-elle. Plusieurs d'entre elles sont nos abonnés les plus loyaux. Il *doit* exister un moyen de rester en contact avec elles.

— Pensez à l'histoire de Mahomet et de la montagne ! répondit la comtesse. J'ai deux pieds, de même que Boris, Peter et Odile. Je suis prête à apporter des livres aux abonnés avec la certitude que chaque membre de notre personnel sera heureux d'en faire autant.

— Nous veillerons à ce que tous nos lecteurs aient des livres, dit Margaret.

— Ce n'est pas sans danger, objecta Miss Reeder avec gravité en nous regardant tour à tour pour être certaine que le message était clair. Les règles qui ont régi notre conduite ont changé en l'espace d'une nuit. Le port de livres à domicile pourrait être perçu comme un défi aux autorités et nous courons le risque d'être arrêtés.

— Je suis arrivée à Paris à la veille de la guerre afin de permettre aux lecteurs de disposer de livres, déclara Helen. Et il est exclu que j'arrête maintenant.

— Je transporterai tout le contenu de la Bibliothèque chez nos abonnés, ajouta Peter.

— Nous ne laisserons pas les lecteurs confinés dans leur isolement, insista Miss Wedd. Je leur apporterai des livres. Et aussi des scones, si je peux récupérer suffisamment de farine.

— Porter des livres sera notre façon de résister, dit Bitsi.

— Nous devons le faire.

— C'est la chose à faire, renchérit Boris.

— En ce cas, au travail ! ordonna Miss Reeder.

Aidée de la comtesse, elle écrivit aux abonnés juifs. Bitsi appela ceux qui disposaient du téléphone. Assise au bureau de Miss Reeder, le combiné presque aussi gros que sa tête, j'entendis sa voix se briser.

— Jusqu'à ce que la situation redevienne normale… je suis désolée… Quels livres pouvons-nous vous apporter ?

Boris prépara les demandes, nouant chaque paquet d'une ficelle. Il m'indiqua celui destiné à la professeure Cohen et je me mis en route vers un monde très différent.

Décidée à éviter les points de contrôle nazis, je tombai cependant sur l'un d'eux qui venait d'apparaître à deux pâtés d'immeubles de la Bibliothèque. Dans une rue étroite, les *Soldaten* – toujours armés, et toujours par groupes de cinq – refoulaient les Parisiens derrière des barrières métalliques afin de vérifier leurs papiers et fouiller leurs affaires. Je me mis dans la queue et me rendis compte que j'avais griffonné l'adresse de la professeure sur un morceau de papier glissé dans ma sacoche. Pourquoi ne pas l'avoir simplement mémorisée ? Et si je conduisais directement les nazis à son appartement ?

Un soldat exigea que j'ouvre ma sacoche. Je ne bougeai pas et mon souffle devint si faible que j'eus peur de m'évanouir. Il m'arracha mon sac et fouilla parmi les livres et les papiers.

— Rien d'intéressant ici, déclara le soldat en allemand. Juste un mouchoir, les clés de sa maison et quelques livres.

En tout cas, c'est ce que je compris. Les seuls mots que je reconnus se limitèrent à *nichts*, *interessant* et *Buch*. Il examina mes papiers en reluquant la photo de ma carte d'identité avant de plaquer le tout contre ma poitrine en grognant :

— Vous pouvez y aller !

Lorsque je dépassai l'angle de la rue, je fourrageai dans ma sacoche à la recherche du morceau de papier. Je me promis d'être plus prudente à l'avenir et le déchirai en morceaux. Je ne devais pas mettre nos lecteurs en danger. Une fois ma respiration revenue à la normale, je poursuivis mon chemin.

Je m'étais toujours demandé où vivait la professeure et j'imaginais un studio bien aéré donnant sur une roseraie. Elle ne me ferait pas entrer chez elle car il ne s'agissait pas d'une visite de courtoisie et, au vu des circonstances, je n'avais pas la moindre idée de ce que j'allais dire – ce n'est pas juste ; la Bibliothèque vous fait part de ses regrets ; n'est-ce pas bizarre, tout ça…

Ou alors rien du tout ?

Le trajet à pied jusqu'au domicile de la professeure Cohen me prit vingt minutes. À l'intérieur de l'immeuble haussmannien en pierre blonde, l'escalier s'incurvait comme une coquille d'escargot. Je montai au premier étage où j'entendis le tac-tac-tac d'une machine à écrire. Craignant de la déranger, j'envisageai un instant de déposer mon paquet devant sa porte, mais je savais que Boris n'aimerait pas que j'abandonne des livres. Finalement, je frappai. La professeure me fit signe d'entrer dans une envolée de châle et je la suivis dans le salon. Mon regard passa de la plume de paon piquée dans ses cheveux au mur d'étagères squelettiques qui contenaient encore récemment mille volumes. Les nazis avaient plongé une baïonnette dans le corps de ses recherches.

— Ils m'ont même volé mes journaux intimes – les moments heureux avec ceux que j'aimais comme les moments de désespoir.

Ils lui avaient confisqué ses pensées les plus profondes. Ouragans, 551.552 ; livres censurés, 363.31 ; animaux dangereux, 591.65.

Elle me désigna une pile de livres sur un fauteuil.

— Des amis sont passés. Ils connaissent mes goûts et, petit à petit, je rebâtirai ma collection, peut-être même avec un roman que j'aurai écrit moi-même. J'ai parlé à un éditeur de mon travail en cours et il semble acquis à mon idée.

Espoir, 152.4. Je jetai un coup d'œil à sa machine à écrire.

— Quel est le sujet de votre livre ?

— Il traite de nous. De nous, les Parisiens. Comme la plupart, j'aime observer les gens, mais parfois j'ai le sentiment que nous sommes trop conscients les uns des autres. Ce qui crée une jalousie destructrice.

Avant que j'aie pu répondre, elle sortit de la pièce et revint chargée d'un plateau avec du thé et des biscuits. Je regardai discrètement ma montre – 16 heures. D'autres abonnés attendaient ma livraison et je ne voulais pas fâcher Boris. Cependant, je ne pouvais pas partir après tout le mal qu'elle s'était donné.

Pendant que l'Orange Pekoe infusait, je grignotai une cigarette russe. Ma langue parut gonfler tandis que je savourais une substance devenue rare – le beurre. Où diable l'avait-elle déniché ?

faisons beaucoup de souci pour Miss Reeder qui maigrit un peu plus chaque jour…

— Au moins, tu aimes ta patronne.

Il ne semblait pas au mieux de sa forme et je voulus le prendre dans mes bras, oublier la guerre pendant cinq minutes, mais le regard obstiné de Mme Simon m'en empêcha. Parviendrons-nous, un jour, à nous retrouver seuls, Paul et moi ?

*

De l'escalier, j'entendais la professeure Cohen taper sur sa machine. Comme toujours, son palier sentait l'encre à ruban. Malgré ma mélancolie, je lui fis un large sourire quand elle m'ouvrit sa porte – en habit de soirée.

— Qu'est-ce que c'est que ça ?

— J'essaie de me mettre dans la peau de mon personnage, alors j'ai enfilé la queue-de-pie de mon mari.

— Et ça marche ?

— Je n'en suis pas sûre mais, en tout cas, ça m'amuse beaucoup.

Derrière elle, les rayonnages s'étaient à moitié remplis. Bitsi, Miss Reeder, Boris et moi avions apporté des livres de nos collections personnelles, tout comme les amis de la professeure. Le paquet de feuilles près de la machine à écrire avait lui aussi grandi.

— Quoi de neuf ? demanda-t-elle.

— J'ai été promue bibliothécaire de référence, soupirai-je.

— N'est-ce pas une bonne chose ?

faisons beaucoup de souci pour Miss Reeder qui maigrit un peu plus chaque jour…

— Au moins, tu aimes ta patronne.

Il ne semblait pas au mieux de sa forme et je voulus le prendre dans mes bras, oublier la guerre pendant cinq minutes, mais le regard obstiné de Mme Simon m'en empêcha. Parviendrons-nous, un jour, à nous retrouver seuls, Paul et moi ?

*

De l'escalier, j'entendais la professeure Cohen taper sur sa machine. Comme toujours, son palier sentait l'encre à ruban. Malgré ma mélancolie, je lui fis un large sourire quand elle m'ouvrit sa porte – en habit de soirée.

— Qu'est-ce que c'est que ça ?

— J'essaie de me mettre dans la peau de mon personnage, alors j'ai enfilé la queue-de-pie de mon mari.

— Et ça marche ?

— Je n'en suis pas sûre mais, en tout cas, ça m'amuse beaucoup.

Derrière elle, les rayonnages s'étaient à moitié remplis. Bitsi, Miss Reeder, Boris et moi avions apporté des livres de nos collections personnelles, tout comme les amis de la professeure. Le paquet de feuilles près de la machine à écrire avait lui aussi grandi.

— Quoi de neuf ? demanda-t-elle.

— J'ai été promue bibliothécaire de référence, soupirai-je.

— N'est-ce pas une bonne chose ?

On nous a forcés à travailler dans des fermes. Les hommes sont tous sur le front de l'Est et il n'y a pratiquement plus ici que les femmes et les vieux. Nous autres prisonniers sommes envoyés en ville où des propriétaires terriens viennent nous flairer, en quête de travailleurs costauds.

Certains parmi nous sabotent tout ce qu'ils peuvent – après tout, les fermiers sont l'ennemi. Je regrette que tu ne puisses connaître Marcel. Quand une vieille Frau l'a conduit dans sa grange, elle lui a fourré un seau entre les bras en attendant de lui qu'il traie la vache, Marcel a tiré violemment sur la queue de l'animal à la manière de quelqu'un qui pomperait l'eau d'un puits. Il se retrouve maintenant alité dans nos quartiers, mais il répète avec force que l'expression de la vieille Frau valait bien deux côtes cassées.

Tendresses,

Rémy

Selon moi, il faisait bonne figure de la même façon que moi à son égard.

— Qu'est-ce qui ne va pas ? s'enquit Paul.

— Par où commencer ? Un soldat allemand est cantonné dans l'appartement de Bitsi. Il dort dans la chambre de son frère et j'ignore comment elle réussit à le supporter. Hier, après ma journée de travail, je l'ai trouvée en train de pleurer dans la salle des enfants et je ne savais plus si je devais la réconforter ou faire mine de n'avoir rien vu – elle a sa fierté, après tout. Et M. de Nerciat et Mr Pryce-Jones ne s'adressent toujours pas la parole – j'en veux à cette guerre d'avoir détruit leur amitié. Et enfin, nous nous

— Le meilleur ami de mon neveu est propriétaire d'une crémerie.

Je fis une grimace.

— Qui aurait pu imaginer que nous serions un jour obligés de justifier la possession d'ingrédients aussi banals ?

— Et ça va empirer.

J'avais du mal à croire que les choses pouvaient se dégrader davantage.

— Miss Reeder a promis de passer demain, la prévins-je en espérant que cette visite lui remonterait le moral.

— Comment ça va à la Bibliothèque ?

Je perçus ce qu'elle ne disait pas. *Est-ce que mes amis remarqueront mon absence ? Est-ce que je vais leur manquer ?*

Ayant relâché toute vigilance, la professeure affichait à présent un visage malheureux. Comme il était étrange de contempler ce paysage intérieur – l'intérieur d'un appartement, l'intérieur d'une vie. Pénétrer au domicile d'une abonnée et découvrir ce qui était censé rester privé. Je ne savais plus que dire. Elle non plus. Au bout du compte, c'est l'écrivaine qui trouva les mots :

— Merci de m'avoir apporté ces livres. Je dois retourner à mon roman.

*

Les nouvelles du monde extérieur atteignaient rarement la zone occupée. La mère de Miss Reeder lui écrivait chaque semaine depuis 1929 mais, depuis six mois, la directrice n'avait reçu aucune lettre ; j'imaginai son courrier empilé dans un entrepôt new-yorkais.

Même avec le rationnement, la nourriture devint plus difficile à trouver. Au marché, maman faisait la queue pendant une heure pour acheter trois poireaux faméliques. La robe à pois de Miss Reeder, jadis moulante, pendouillait désormais sur sa frêle silhouette. Helen-la-documentaliste avait toujours ses cheveux frisés et ses yeux rêveurs mais elle avait perdu six kilos. Comme elles, j'étais devenue trop maigre. Lorsque j'expliquai au Dr Thomas que je n'avais pas eu de règles depuis des mois, il me répondit que nous étions nombreuses dans ce cas.

Affamée, je me déplaçais deux fois moins vite, livrant de quoi lire à travers tout Paris – des appartements chics en bordure du parc Monceau jusqu'aux modestes chambres de Montmartre. Aujourd'hui, au point de contrôle, l'officier en charge examina de plus près le contenu de ma sacoche.

— *L'Appel de la forêt* ? *Le Dernier des Mohicans* ? Qu'est-ce qu'une jeune fille française fabrique avec des romans en anglais ? Montrez-moi vos papiers !

Le *Kapitän* passa son doigt sur la photo de ma carte d'identité, sans doute pour vérifier son authenticité. Il questionna les autres soldats, et ceux-ci se rapprochèrent, jusqu'à m'encercler. Je ne m'étais jamais sentie aussi minuscule. Tout en examinant les livres, ils parlaient très vite et je ne distinguai que quelques mots : *Gross. Roman. Gut*. Que disaient-ils ? Pensaient-ils que je portais des messages ? Allaient-ils m'interpeller ? Quelles excuses pourrais-je leur fournir ? Que j'étais bibliothécaire à l'ALP ? Non, ils risqueraient d'y aller. Que j'avais une amie anglaise ? Non, ils risquaient d'arrêter Margaret.

— Une « jeune Française » peut s'intéresser à d'autres cultures, vous savez. Mon frère et moi apprécions beaucoup Goethe.

L'officier acquiesça d'un air approbateur.

— Nous autres Allemands avons de bons écrivains.

Il me rendit mes affaires et je me dépêchai de filer avant qu'il ne change d'avis.

Il était difficile d'éviter ces points de contrôle parce que les nazis installaient leurs barrières un peu partout, dans des rues choisies au hasard. Lorsque j'eus terminé mes livraisons, je retournai à la Bibliothèque et avertis Margaret du danger d'être arrêtée comme ennemie étrangère.

— Je sais. Hier, en rentrant chez moi, j'en ai repéré un et je me suis réfugiée chez une modiste. Trois heures et quatre chapeaux plus tard, les soldats sont partis.

Elle enroula ses perles autour de son doigt.

— C'est un peu comme si j'avais un nœud coulant autour du cou.

Lorsqu'un jour notre comptable ne vint pas travailler, nos pires craintes resurgirent. Après avoir écumé Paris à sa recherche, son immeuble, les hôpitaux et les postes de police, Boris apprit finalement ce qui lui était arrivé – elle avait été arrêtée et envoyée dans un camp d'internement dans l'est de la France. Emprisonnée parce qu'elle était britannique.

Miss Reeder décida alors que les membres du personnel d'origine étrangère devaient quitter la France.

— Une des choses les plus difficiles que j'aie jamais eue à faire a été de demander à Helen-et-Peter de partir, déclara-t-elle aux abonnés et au personnel lors de la soirée d'adieux. Mais je sais que c'est la bonne décision. Ma tête – et mon cœur – fonctionnera mieux dès que je les saurai en sécurité.

Malgré son teint cendreux, les yeux d'Helen brillaient de mille feux : Peter l'avait demandée en mariage. Sachant que leur histoire d'amour allait se poursuivre, nous nous sentîmes tous un peu moins tristes en leur portant un toast d'adieu.

— Au moins, Miss Reeder reste, confiai-je à Bitsi.

— Pour l'instant.

*

Février, mars, avril. L'hiver refusait de lâcher prise. Des nuages gris s'accrochaient au ciel et une bruine sinistre tombait jour et nuit. Lors de sa ronde quotidienne, Paul m'apporta un bouquet de lilas.

— Tu sembles si sombre, dit-il. As-tu eu des nouvelles de Rémy ?

Je sortis une enveloppe de ma poche et dépliai sa dernière lettre comme s'il s'agissait d'un tissu précieux.

> Chère Odile,
>
> Joyeuses Pâques ! Merci pour *Villette*. Je commence à penser aux Brontë comme à des amies chères.

— Celle qui m'a précédée est retournée en Amérique. Ce n'est pas de cette façon que je voulais faire mon chemin. Je préférerais rester dans la salle des périodiques à tout jamais et garder mes collègues.

— Les gens font des projets et Dieu rigole[1], cita-t-elle. Une tasse de thé ? Et un accoutrement mieux adapté peut-être ?

Nous bavardâmes sur le divan, nos tasses de thé en équilibre sur nos genoux, elle toujours en queue-de-pie, moi avec un nœud papillon noir autour du cou. J'en caressai la soie. Et je me sentis mieux.

Ma visite hebdomadaire à la professeure Cohen était une des grandes joies de mon métier, de ma vie. Elle me laissa même lire son travail en cours, dont une partie se situait à la Bibliothèque. Les chapitres étaient si pleins d'esprit, si pénétrants ; c'était tout elle. La professeure était devenue mon écrivaine favorite, toutes catégories réunies.

1. Proverbe yiddish.

Paris
12 mai 1941

Monsieur l'Inspecteur,

Pourquoi ne cherchez-vous pas les Juifs non déclarés qui se cachent ? Voici l'adresse de la professeure Cohen, 35, rue Blanche. Jadis, elle enseignait prétendument la littérature à la Sorbonne. Aujourd'hui elle invite des étudiants à son domicile et prend du bon temps avec eux et avec des collègues, pour la plupart de sexe masculin – à son âge !

Lorsqu'elle s'aventure dehors, vous la verrez arriver à un kilomètre dans sa cape bruissante de couleur mauve, une plume de paon piquée dans son chignon. Demandez donc à cette Juive son certificat de baptême et son passeport, vous constaterez que sa religion y est indiquée. Pendant que de bons Français et de bonnes Françaises travaillent, madame la professeure se contente de prendre un siège et de lire des livres.

Mes renseignements sont exacts, à vous de jouer maintenant.

Signé : Quelqu'un qui sait

24

Odile

Dans la cour dénudée de notre immeuble, maman faisait la grimace en arrachant ses bien-aimées fougères des jardinières qui ornaient le rebord des fenêtres. À côté d'elle, Eugénie et moi semions des carottes à la place. En aidant maman, j'avais l'impression de me rendre utile et le soleil radieux était paradisiaque.

— Nous aurions pu planter des légumes l'année dernière, remarqua-t-elle en caressant les pauvres fougères étalées sur les pavés. Mais j'aimais bien avoir quelque chose de beau.

— Qui aurait pensé que l'Occupation allait continuer ? intervint Eugénie.

— Et si elle ne finit jamais ?

— C'est ce qui se disait pendant la Grande Guerre. Les bonnes choses ont une fin, mais les mauvaises aussi.

Ma mère nous lut une lettre de ses cousins de la campagne qui promettaient de nous envoyer des provisions. Lorsqu'elle eut terminé, elle déclara :

— Toute ma vie, j'ai eu honte de mes origines rurales. Quand les supérieurs de papa et leurs épouses venaient dîner à la maison, je ne me sentais jamais vraiment… aussi raffinée que les dames parisiennes. Du mouton gras à côté du saumon fumé.

— Oh, Hortense…, murmura Eugénie en prenant la main pleine de terre de maman.

— Mais aujourd'hui, ce sont ces origines qui risquent de nous sauver.

— Sous forme de carottes, plaisantai-je.

— Pourquoi a-t-il fallu que tu parles de mouton ? se lamenta Eugénie. Maintenant je meurs de faim.

Tout en riant sous cape, je l'aidai à porter les pots dans l'escalier avant de les poser sur les rebords de fenêtre. Maman suivait avec une poignée de jeunes pousses de fougère qui s'enroulaient comme des points d'interrogation.

— Je suppose qu'il faudrait penser au dîner, rappela Eugénie. Pourquoi n'inviterais-tu pas Paul ?

— S'il vient, ce sera pour la compagnie, pas pour le repas, dit maman. Encore et toujours des rutabagas.

— Mais au four cette fois, la taquina Eugénie.

Après le repas, je m'assis sur le canapé auprès de Paul tandis que maman faisait semblant de ranger le secrétaire. Comme nous ne pouvions pas parler librement, je lui montrai une page du *Temps de l'innocence* ; nos torses se touchaient presque pendant notre lecture. *Lorsque nous avons été séparés et que je meurs d'impatience de te voir, chaque pensée se consume dans une grande flamme. Mais ensuite tu reviens et tu es tellement plus que dans mon souvenir, et ce que je veux de toi, c'est bien plus qu'une heure ou deux de-ci de-là séparées par des déserts d'attente fiévreuse.*

À son entrée, Eugénie tira maman par le bras.

— Laisse-les donc s'amuser un peu, suggéra-t-elle.

— Une fois mariés, ils pourront « s'amuser » à leur guise et autant qu'ils le veulent.

— Où est ton père ? s'enquit Paul en remettant notre conversation dans le domaine public.

— Encore au travail. Tous les soirs, il rentre avec des piles de dossiers mais il ne nous dit rien. Quand je vois les cernes sombres sous ses yeux…

— Tu t'inquiètes toujours pour les autres, moi, c'est pour toi que je m'inquiète.

Il m'expliqua ensuite qu'il avait économisé toute une année pour une surprise spéciale.

— De quoi s'agit-il ?

— Demain, nous allons au cabaret.

— Un cabaret ! s'écria maman, l'air outré.

— Ils seront entourés par des dizaines de gens, la rassura Eugénie.

Je me jetai au cou de Paul. Musique ! Champagne ! Pas de chaperon ! Nous allions danser toute la nuit puisque les cabarets contournaient le couvre-feu de 23 heures en restant ouverts jusqu'à l'aube.

— Cela ne fera pas disparaître nos inquiétudes, mais pour quelques heures nous aurons l'esprit libre.

Le lendemain soir, maman piqua une feuille de fougère fraîche dans mes cheveux tandis que Paul se tortillait, mal à l'aise dans son costume en velours. Une fois au cabaret, nous sirotâmes du champagne pendant que des danseuses aux poitrines généreuses, en soutien-gorge et culottes bouffantes, se dandinaient sur scène en laissant entrevoir de temps en temps leurs décolletés aux spectateurs. Mais j'étais autrement plus intéressée par le blanc de poulet dans mon assiette. Il y avait si longtemps que je n'avais pas mangé de viande que le couteau et la fourchette tremblaient entre mes doigts. Je me saisis alors du morceau de blanc, mordis dans la chair juteuse et glissai la langue tout le long de l'os, avant de me lécher les doigts car je ne voulais pas perdre une goutte de sauce. Le dîner terminé, Paul et moi restâmes enlacés toute la soirée, entourés par les danseurs sur la piste.

Aux premières lueurs du jour, les fêtards – rassasiés et somnolents – sortirent du cabaret les uns après les autres. Tandis que Paul et moi déambulions le long des rues désertes, nous arrivâmes devant la mairie où des bans étaient affichés. *Mademoiselle Anne Jouslin de Versailles épousera Monsieur Vincent de Saint-Ferjeux de Cholet.*

— C'est étrange de voir que des gens vont se marier, commentai-je en songeant à Rémy, si loin, et à Bitsi qui passait ses soirées toute seule.

— La vie continue, déclara Paul.

Je soupçonnai fort que s'il ne tenait qu'à lui, nous serions déjà mariés. Je l'entraînai dans les rues sinueuses de Montmartre et, au lever du soleil, je m'assis à côté de lui sur les marches du Sacré-Cœur. Nichée au creux de ses bras, je contemplai les nuages orange et roses qui s'épanouissaient comme des fleurs.

— Dès le début, j'ai su que tu étais différent des autres, lui murmurai-je, béate de bonheur.

— Comment ça ?

— Tu nous as défendus, Rémy et moi, quand j'ai annoncé que je voulais travailler.

Il me serra un peu plus contre lui.

— Je suis heureux que tu sois indépendante, c'est un soulagement.

— Un soulagement ?

— Depuis que mon père nous a quittés, je me suis occupé de ma mère.

— Tu étais si jeune !

— Quand j'étais gamin, je ne savais jamais dans quel état j'allais la retrouver – ivre, ou en pleurs, ou à moitié nue avec un homme. Par la suite, j'ai dû quitter l'école pour trouver un travail. Pratiquement tout ce que je gagnais, je le lui envoyais. Honnêtement, je comprends pourquoi mon père est parti.

— Oh, Paul.

Il s'écarta.

— On devrait y aller.

— Bavardons.

— Je ne veux pas que tes parents s'inquiètent.

Durant tout le trajet, il demeura sur la réserve et je m'efforçais de combler la distance qui s'était installée entre nous. Sur le palier obscur, je l'enlaçai. Je sentis son cœur cogner dans sa poitrine et me délectai du contact de ses lèvres sur les miennes, du goût de champagne dans sa bouche. Mes mains s'égarèrent sur son corps tandis qu'il embrassait ma joue, mon cou, mon décolleté. En proie à la magie à la fois tendre et sauvage qui était en train d'opérer entre nous, je le voulais autour de moi, en moi. Le moment était venu d'ouvrir un nouveau chapitre dans notre relation.

Je desserrai sa cravate.

— Viens, soufflai-je.

— Tu es sûre ? demanda-t-il, alors que son ceinturon était déjà défait.

J'adorais le sentir bouger sous mes doigts, j'adorais ses gémissements sourds, sachant que l'effet qu'il me faisait était le même que celui que je produisais sur lui. Je fis remonter mon pied le long de son mollet jusqu'à son genou et il agrippa ma cuisse pour me faire basculer sur lui. Ma langue rencontra la sienne, lui rendant caresse pour caresse, et il noua mes jambes à sa taille. Le sang pulsait avec force dans mes veines.

— Odile, c'est toi ? entendis-je la voix étouffée de maman derrière la porte.

Lentement, Paul me reposa et me ramena sur terre. Vibrante de désir, je chancelai sur mes talons. Il me stabilisa d'une main et, de l'autre, rabaissa l'ourlet de ma robe. Mon corps était douloureux. Je ne voulais pas arrêter. La passion m'avait fait perdre toute prudence et j'aimais ça.

La porte d'entrée s'ouvrit sans prévenir.

— Tu as oublié ta clé ? s'étonna maman.

— Cherche un moyen pour qu'on se retrouve seuls, chuchotai-je à Paul.

Je frottai mes lèvres gonflées. Nous avions pris un de ces risques…

*

À la Bibliothèque, encore un peu ivre, je suspendis ma veste en fredonnant une ballade que l'orchestre avait jouée. Mon ventre était plein et mon corps continuait de chanter. Lorsque Bitsi entra, enveloppée de sa mélancolie, je me calmai immédiatement.

Bitsi perçut mon trouble.

— Qu'est-ce qui se passe ?

— Rien du tout.

Je ne supportais pas son regard sur moi.

— Il y a quelque chose.

— Avec Rémy qui n'est plus là, c'est injuste que je continue à vivre comme je le fais.

— Qui a jamais prétendu que la vie était juste ? me répondit-elle tendrement.

— Comment puis-je m'autoriser à être heureuse quand lui est malheureux, et que toi tu es malheureuse ?

— J'espère que vous ne songez pas à repousser votre mariage, Paul et toi.

— Il a dit quelque chose dans ce sens..., murmurai-je en la regardant.

— Ton bonheur ne dépend pas de Rémy. Toi et Paul êtes faits l'un pour l'autre.

— Tu le penses vraiment ?

— Oui.

Lorsqu'elle fit demi tour, direction la salle des enfants, j'eus l'impression que sa couronne de tresses s'était transformée en halo.

Avant que je puisse la suivre, Boris me présenta un paquet d'ouvrages à livrer. En route vers le domicile de la professeure Cohen, je passai devant une jeune vendeuse de fleurs au coin de la rue. Je repensai à nos conversations et me rappelai ses coups d'œil mélancoliques à son vase en cristal toujours vide. Avec l'espoir de lui mettre un peu de baume au cœur, je lui achetai un bouquet.

Lorsque je lui offris les glaïeuls violacés, son visage s'illumina et elle choisit une carafe posée sur le buffet pour y disposer ses fleurs.

— Pourquoi ne pas utiliser celui-là ? m'étonnai-je en montrant le vase en cristal.

— Je n'ai jamais rien mis dedans.

— Pour quelle raison ?

— La première fois que mon troisième mari m'a invitée chez ses parents, comme le déjeuner n'en finissait plus, j'ai éprouvé le besoin de sortir et j'ai quitté la pièce.

— Je peux tout à fait comprendre !

— À mon retour, sa mère me critiquait : « Elle est froide. Trop intellectuelle. Si âgée qu'elle doit être stérile. » Sans laisser le temps à mon mari de répondre, j'ai déclaré que je partais. Le lendemain, il est passé à mon bureau avec ce vase en me précisant qu'il lui faisait penser à moi. « Froide, dure et vide ? » lui ai-je dit alors.

— Et qu'a-t-il répondu ?

— Que c'était un objet de beauté. Plein de vie et capable de contenir tellement. Parfait en soi.

Je comprenais pourquoi elle l'avait épousé.

— Comment ça se passe à la Bibliothèque ? reprit-elle.

À nouveau, j'entendis les questions qu'elle ne posait pas. *Savent-ils que les Juifs n'ont plus le droit d'enseigner et que j'ai perdu mon emploi ? S'en soucient-ils seulement ?*

— M. de Nerciat et Mr Pryce-Jones passeront cet après-midi, lui annonçai-je.

— Ensemble ? s'étonna-t-elle en reprenant du poil de la bête. Ils se sont rabibochés ?

C'était le cas. La semaine précédente, lassé de cette impasse dans laquelle ils se trouvaient tous les deux, le Français avait prié Miss Reeder de faire la médiatrice.

— La directrice est formidable, m'avait confié Mr Pryce-Jones. Nous ne faisons pas le poids devant elle.

— Quand elle tape du pied, avait ajouté M. de Nerciat, la Bibliothèque entière tremble.

Désormais, la salle de lecture résonnait à nouveau de leurs discussions animées.

— Les États-Unis vont entrer en guerre !

— Les Américains sont isolationnistes. Ils s'en garderont bien.

Combien leurs chamailleries m'avaient manqué !

— Je suis heureuse que vous vous soyez réconciliés, déclarai-je à M. de Nerciat qui s'était arrêté à mon bureau pour me saluer.

— Il a bien fallu que je me mette dans ses chaussures[1], répondit-il, et je souris à cette expression car nous autres Français disions « à sa place ».

1. *To put myself in his shoes*, en anglais.

— Était-ce si difficile de faire le premier pas ? demandai-je.

— Il aurait été beaucoup plus difficile de perdre un ami.

*

Des abonnés faisaient la queue dans la salle de référence et je commençai à répondre à leurs doléances – qui allaient de « Comment fait-on du gruau de maïs ? » à « Voulez-vous demander à cette femme là-bas de cesser de parler si fort ? » – lorsque Paul s'approcha à son tour. Lui aussi avait une question : « Peux-tu te libérer pour le déjeuner ? »

Mon regard se porta vers la salle des enfants. Bitsi m'avait assuré que Paul et moi pouvions rester ensemble, et sa bénédiction avait plus de valeur que celle de tous les prêtres.

Près du parc Monceau, un quartier chic connu pour le nombre de ses ambassades, il me guida dans un immeuble majestueux en pierre calcaire blonde.

— Où m'emmènes-tu ? m'enquis-je en gravissant l'escalier de marbre.

— Tu vas voir, répondit-il avec un grand sourire.

Au premier étage, il déverrouilla la porte d'un appartement encore plus grandiose que celui de Margaret. Des tentures en velours nouées d'embrasses drapaient les hautes fenêtres et, sous la lumière du soleil, les facettes du lustre étincelaient.

— Qui habite ici ? murmurai-je, émerveillée.

— Probablement un homme d'affaires aisé qui s'est enfui en zone libre.

— Comment as-tu obtenu les clés ?

— Un de mes camarades est dans la même situation que nous. C'est ici qu'il retrouve sa petite amie.

Un appartement réservé à des rendez-vous amoureux !

Paul nicha son nez dans mon cou.

— Je t'aime, susurra-t-il. Je ferais n'importe quoi pour toi ; tout ce que tu voudras.

C'était ce que je désirais le plus au monde mais j'étais terrifiée. Je craignais que cela change tout, d'avoir mal, que faire l'amour nous lie à jamais ou, pis, qu'il n'en soit rien.

— C'est ma première fois, souffla-t-il.

Les yeux dans les yeux, il attendait ma réponse.

Je lui caressai le visage.

— Je le veux moi aussi.

Ses doigts tremblaient quand il déboutonna ma robe et ce fut merveilleux de le sentir me dénuder. Merveilleux aussi de ne plus le voir s'inquiéter d'une intrusion éventuelle de maman. Il caressa mes bas en soie bien fatigués.

— *Que tu es belle*, chuchota-t-il en m'entraînant sur le divan.

Je relevai les jambes et il se glissa lentement en moi. Si j'eus mal au début, il me suffit de le regarder pour être heureuse. Quand je le sentis aller et venir en moi, mes hanches allèrent à la rencontre des siennes et, pour une fois, mon esprit cessa de tout analyser jusqu'au moindre détail.

Plus tard, lovée contre lui, je me demandai bien pourquoi les livres escamotaient cette partie. Ce moment avait été parfait, et même plus que ça – juste et bien. Je me sentais comme dans un rêve ; être avec Paul était légitime et important.

Lorsqu'il remua, je levai la tête et contemplai la pièce. Je voulais tout explorer et savoir où menait le vestibule. Complètement nue, je sautillai au-dessus des rais de soleil qui chauffaient le parquet. Paul me suivit. La première porte ouvrait sur un bureau avec une table de travail ouvragée. Rémy aurait certainement apprécié la collection de stylos-plumes joliment décorés que nous trouvâmes dans le premier tiroir.

— Pourquoi n'ont-ils pas emporté tous ces trésors ? m'étonnai-je.

— Dès que la guerre a éclaté, les gens ont été pris de panique et se sont enfuis.

Je ne voulais pas me souvenir de ces jours horribles. Je tirai Paul hors de la pièce et laissai mes questions derrière moi. La porte sur la gauche conduisait à une chambre rose dans laquelle trônait un lit à baldaquin où nous montâmes pour faire de petits bonds sans conviction avant de sauter sur le matelas sans retenue en gloussant comme des gamins. Il s'arrêta le premier, recouvrant soudain tout son sérieux. J'adorais la façon dont il me contemplait, son admiration sans réserve.

Le souffle court, je m'affalai sur le lit et plongeai sous l'édredon, sachant qu'il allait me suivre au creux de ce paradis duveteux. Ses jambes s'enroulèrent autour des miennes et il murmura dans ma chevelure emmêlée :

— Nous sommes chez nous.

En quittant la chaleur du lit, c'est en patinant sur le parquet glissant que nous gagnâmes le salon où traînaient nos vêtements défaits à la hâte. Puis Paul me présenta sa montre de gousset.

— Nous devrions rentrer avant que cette mégère au dentier trop grand ne commence à se plaindre de ton absence.

— Promets-moi que nous reviendrons, lâchai-je en refermant la porte derrière nous.

Il cala une mèche rebelle derrière mon oreille.

— Tous les jours si tu le veux.

Devant la Bibliothèque, nous nous attardâmes un moment ensemble.

— Je ferais bien d'y aller, finis-je par dire.

Jusque-là, mon corps m'avait semblé endormi, mais désormais il était pleinement en éveil. Je pouvais percevoir chaque clignement de paupières, chaque inspiration, chaque battement de mon cœur et me demandai si quelqu'un remarquerait ce qui avait changé en moi.

25

Odile

Il n'y avait personne au comptoir des prêts. Étrange. Ce n'était pas dans les habitudes de Boris d'abandonner son poste. Je continuai jusqu'à la salle de lecture où je trouvai mes habitués immobiles sur leur siège. Personne ne parlait, personne ne lisait. Je demandai à Mme Simon si elle avait vu Boris. Elle secoua la tête, sans même me réprimander pour mon retard de cinq minutes.

Un événement gravissime avait dû se produire et je traversai la Bibliothèque au pas de course. La section de référence était déserte, de même que la salle des enfants. Le bureau de Miss Reeder était fermé à clé. L'Après-Vie était déserte. Je finis par tomber sur Bitsi au vestiaire, blottie dans un coin, les genoux repliés contre sa poitrine.

Je m'agenouillai devant elle.

— Il s'agit de Rémy ?

— Non, répondit-elle, les yeux rivés sur le parquet.

— Ton frère ?

Elle me fixa de ses yeux violets noyés de désespoir.

— Miss Reeder a annoncé qu'elle partait.

Non, ce n'était pas possible !

— Elle et Boris sont partis chercher des laissez-passer pour leur voyage, ajouta Bitsi.

— Pourquoi retourne-t-elle chez elle maintenant ? Après tout ce temps ?

— Les curateurs de New York ont envoyé un câble lui ordonnant de quitter la France immédiatement. Ils estiment que l'entrée en guerre de l'Amérique est imminente. Ils craignent qu'elle ne soit arrêtée comme ressortissante d'un pays ennemi.

Je m'écroulai comme une masse à côté de Bitsi. J'étais incapable d'envisager la vie sans Miss Reeder dans la pièce voisine, où je pouvais passer la tête à la porte et lui demander conseil. Si elle n'avait pas été là, Bitsi et moi ne serions pas amies, et elle m'avait offert une occasion de mûrir et de grandir. Sans jamais me sermonner, elle m'avait juste fait confiance, sachant que j'apprendrais de mes propres erreurs. Sans elle, qu'est-ce que j'allais devenir ?

*

Deux jours plus tard, j'aidai Miss Reeder à emballer ses affaires. J'avais beau savoir que sa sécurité importait plus que tout et que son départ était la meilleure solution, je freinais mon ardeur dans les préparatifs tant je voulais la garder avec nous le plus longtemps possible. Dans le tiroir, je trouvai un carnet d'adresses rouge bourré de cartes de visite – aussi bien au nom de l'ambassadeur de Suède qu'à celui de la duchesse de Windsor. Je le glissai dans sa sacoche.

— Que ferez-vous aux États-Unis ?

— Je serrerai ma famille dans mes bras et j'écouterai les récits de tout ce que j'ai raté. Je n'ai guère réfléchi plus loin. Peut-être rejoindre les rangs de la bibliothèque du Congrès ou poser ma candidature à la Croix-Rouge.

— J'aimerais tant…

— Moi aussi, j'aimerais… Il est toujours douloureux de partir. Je suis tellement fière de la Bibliothèque, fière qu'elle soit restée ouverte. Mais quand on n'a pas de nouvelles du monde extérieur – pas même de sa propre famille…

Les yeux brillants de larmes, elle continua d'emballer sa collection privée – ses livres préférés, ceux qu'elle avait apportés des États-Unis, des premières éditions signées venant d'admirateurs, et plusieurs ouvrages français.

Adieu Rilke, adieu Colette et, une fois les livres mis en caisses, adieu Miss Reeder. Contempler ses étagères vides me faisait terriblement mal et je me tournai vers son bureau. Dans le dernier tiroir se trouvait sa cache à correspondance. Consciente de sa présence non loin de moi, je ne résistai toutefois pas en voyant son écriture ferme et penchée. C'était une lettre adressée à « maman et papa » :

> On ne peut faire de projets plus d'un jour à l'avance, donc je ne connais pas ce que l'avenir me réserve. Néanmoins, j'ai vraiment le sentiment que notre

bibliothèque continuera toujours. Étant donné la masse de handicaps auxquels nous sommes confrontés, nous faisons du bon travail. Ce n'est pas facile quand il faut, dès le matin, faire la queue pour la nourriture avant d'attaquer sa journée de travail ; quand tout devient excessivement difficile à obtenir : vêtements, chaussures, médicaments, etc. ; quand il n'y a plus de chauffage ni d'eau chaude ; et que tout coûte si cher. Le simple fait de voir ces files d'attente partout me brise le cœur. Plus de savon – plus de thé. Plus rien du tout. Le joug de fer fonctionne – on nous l'impose avec politesse, certes, mais avec une fermeté pénible à vivre – oh, tellement pénible…

Cependant, les privations physiques paraissent bien faibles quand on les compare à celles du cœur. À la Bibliothèque, comme tous les autres, nous en avons eu notre part mais, d'une certaine façon, ces épreuves me touchent d'autant plus près quand elles concernent les membres de notre propre personnel. Un jour j'espère avoir l'occasion de tout vous raconter.

Affectueusement,
Dorothy

Cette lettre me rappela celles que j'avais écrites à Rémy. Pleines de la vérité crue de l'Occupation, je les avais cachées parmi les classiques moisis de l'étagère du bas. Je voulais absolument protéger mon frère, de la même façon que Miss Reeder cherchait à protéger ses parents. Il y avait tant de choses que nous taisions.

— Travailler avec vous a été merveilleux, me déclara-t-elle.

— Vous le pensez vraiment ?

— Promettez-moi simplement de réfléchir avant de parler. Vous avez beau avoir mémorisé le système décimal de Dewey, si vous ne savez pas tenir votre langue, toutes ces connaissances seront gaspillées. Sachez que vos paroles ont un grand pouvoir. En particulier maintenant, avec le danger devenu omniprésent.

— Je vous le promets.

Lorsqu'elle eut fini d'emballer ses affaires, ne resta plus que la feuille portant le numéro de téléphone du Dr Fuchs.

— Il a dit qu'on pouvait l'appeler jour et nuit. J'espère que vous n'en aurez jamais besoin.

À la soirée d'adieu, la comtesse demanda à ses domestiques de servir des verres de vin, mais mes habitués n'avaient pas le cœur à faire la fête.

— Qui prendra la place de la directrice ? demanda Mr Pryce-Jones.

— Notre Odile, répondit M. de Nerciat.

— Elle est trop jeune, objecta Mme Simon en faisant cliqueter ses fausses dents. Le conseil des curateurs ne donnera jamais son autorisation.

— Peut-être proposeront-ils le poste à Boris, suggéra Mr Pryce-Jones.

— Un Russe à la barre de la Bibliothèque américaine ? s'exclama Mme Simon. Regardez les faits en face : la Bibliothèque va fermer.

— Portons un toast, intervint la comtesse, pour prévenir la morosité qui gagnait.

Nous levâmes nos verres.

Malgré son visage émacié, Miss Reeder nous offrit un sourire radieux.

— À vous tous, ce fut un honneur. Le plus beau des compliments ne saurait suffire à vous exprimer ma profonde affection et ma plus haute considération.

— Puissiez-vous ne vous rappeler que les plus beaux jours, ajouta Boris.

Il lui présenta notre cadeau, une boule en verre renfermant une tour Eiffel. Quand il la secoua, de fines particules d'or se mirent à tourbillonner.

Debout sur le côté, Margaret, Bitsi et moi regardions les abonnés dire au revoir à la directrice. Margaret tirait sur ses perles. Elle n'avait pas réussi à contacter sa famille à Londres et ignorait si celle-ci avait survécu au Blitz. Bitsi serrait Emily Dickinson contre sa poitrine. Avec le soldat cantonné dans son appartement, il lui était impossible d'échapper à la guerre, même chez elle.

Demain, Miss Reeder quitterait la zone occupée, traverserait la zone libre et gagnerait l'Espagne puis le Portugal, d'où un transatlantique la ramènerait en Amérique. Je songeai à Rémy, à Julien, le frère de Bitsi et aux autres prisonniers de guerre. À Miss Wedd toujours si enjouée, dont le seul crime était d'être née britannique. Notre catalogueuse canadienne, la sévère Mme Turnbull, Helen-et-Peter et maintenant Miss Reeder, désormais à un monde de distance. 823. *Et il n'en resta plus aucun*[1].

---

1. *And Then There Were None*, traduction littérale du titre anglais du roman d'Agatha Christie, devenu en français *Ils étaient dix*.

26
Lily

Froid, Montana, août 1986

Chaque fois que j'examinais en détail les étagères d'Odile, un nouveau livre me parlait. Certains jours, c'était un titre aux lettres brillantes, à d'autres, un volume épais qui réclamait qu'on le lise. Cet après-midi, ce fut Emily Dickinson. Maman avait aimé un de ses poèmes et le vers dont je me souvenais était : *L'espoir est cette chose à plumes perchée dans votre âme*. À l'intérieur du mince livret, le sigle *American Library in Paris Inc., 1920* montrait le soleil se levant au-dessus d'un livre ouvert, un horizon aussi vaste que le monde. Le livre était posé sur un fusil qu'il masquait presque entièrement – le savoir détruisant la violence. J'en feuilletais les pages quand une photo noir et blanc glissée à l'intérieur tomba au sol.

Odile était sortie chercher le courrier et venait de rentrer. Elle la ramassa.

— Ça, ce sont mes parents, Rémy et moi, expliqua-t-elle.

La moustache du père lui mangeait le visage et le faisait paraître austère. Sa mère se cachait pratiquement derrière lui et je me demandai si elle était timide. Odile et sa mère étaient en robe, les hommes en costume.

— Votre père était un homme d'affaires ?

— Non, commissaire de police.

Je souris de toutes mes dents.

— Est-ce qu'il sait que vous avez volé un livre de bibliothèque ?

Elle ne me sourit pas en retour.

— Il sait que je suis une voleuse.

Je mourais d'envie de savoir ce que ces mots signifiaient mais au moment où j'allais lui poser la question, le téléphone sonna. Je savais que c'était Eleanor avant même d'entendre sa voix de crécelle toujours en demande.

— Est-ce que Lily est là ? Il faudrait vraiment qu'elle vienne me donner un coup de main…

— Tant pis pour la leçon de français d'aujourd'hui, dis-je.

En remettant la photo dans le livre, j'en remarquai d'autres et regrettai aussitôt de ne pas pouvoir rester.

— Est-ce que le bébé a encore la colique ?

— *Mais oui.*

Depuis deux mois maintenant, personne n'avait réussi à fermer l'œil. Pis encore, le bébé refusait le sein. L'infirmière avait expliqué à Eleanor que plus elle serait tendue, plus Benjy mettrait de temps à « le prendre ». Avec papa toujours au travail, je m'occupais d'Eleanor et lui tapotais le dos comme à Joe quand je voulais lui faire faire son rot.

À peine séparés d'une année, les deux garçons portaient des couches en tissu sous des culottes en caoutchouc. Eleanor m'avait montré comment changer une couche puis en plonger la partie chargée de caca dans la cuvette des toilettes avant de la mettre au sale. Je ne savais pas pourquoi elle s'obstinait à les choisir en tissu alors que tout le monde utilisait des couches jetables. Peut-être pensait-elle que plus de travail équivalait à plus d'amour.

Dans la cuisine où il faisait au moins trente degrés, je trouvai Eleanor le visage dégoulinant de sueur et Benjy qui braillait dans ses bras.

— Pourquoi n'arrête-t-il pas ? Est-ce que c'est ma faute ? gémit-elle, pleurant presque autant que son bébé.

— Est-ce que tu as mangé aujourd'hui ?

Je reniflai pour vérifier si je devais changer sa couche. Il sentait bon. Contrairement à elle.

— Ou pris une douche ?

Eleanor me regarda d'un air parfaitement godiche comme si je lui parlais en farsi. Je brouillai vite fait trois œufs d'une main tout en tenant Benjy dans l'autre. Pendant qu'elle engloutissait l'omelette, j'essuyai le nez du bambin dans son bavoir.

Au retour de papa après sa journée, il fit la seule chose à sa portée : il brancha le ventilateur et le dirigea vers Eleanor. Puis il écouta ses jérémiades et appela Mamy Pearl, qui vint nous rejoindre le lendemain.

— Mais ça pue comme pas possible ici, dit-elle en posant sur le plan de travail un carton plein de biberons et de tétines en caoutchouc.

— Lui donner le biberon ? protesta Eleanor. Qu'est-ce que vont penser les gens ?

Elle ordonna à sa fille de se reposer tandis que je dissimulais un sourire derrière mon livre. Quand Mamy Pearl exigeait que vous vous reposiez, c'est de vous… qu'elle souhaitait se reposer. Resserrant la ceinture de son peignoir rose élimé, Eleanor se traîna au salon d'un pas lourd. Mamy Pearl prépara le biberon de lait, vissa la tétine, alla la rejoindre et lui colla le biberon sous le nez.

— Et maintenant, tu vas donner à manger à ce petit.

— Mais Brenda, elle, elle donnait le sein.

— Cesse de te comparer à un fantôme !

Je tressaillis.

— Maman ! s'exclama Eleanor avec un geste dans ma direction.

Disparaître signifie ne plus être visible, cesser d'exister. Je m'enveloppai de français comme d'un châle et partis voir Odile, qui s'affairait dans son jardin. En m'apercevant, elle se redressa et s'essuya les mains sur son tablier court.

— *Bonjour, ma belle. Comment ça va ?*

Elle était la seule adulte à me demander comment j'allais, les autres voulaient avoir des nouvelles de mes frères.

— Comment dit-on *ghost* en français ?

— Fantôme.

— Et *sad* ?

Je connaissais ce mot depuis un moment mais j'en avais à nouveau besoin maintenant.

— Triste, dit-elle en me serrant contre elle. Le lycée reprend demain ?

— Ouais. Mary Louise et moi sommes inscrites aux mêmes cours.

— C'est un cadeau de pouvoir passer du temps avec sa meilleure amie. Vous ne pouvez imaginer à quel point la mienne me manque.

Elle déposa dans son panier les poireaux qu'elle venait d'arracher. Son visage paraissait *triste*.

— Avez-vous le temps pour une leçon de français ? demandai-je en même temps qu'elle.

Airport, aéroport. *Plane*, avion. *Plane window*, hublot. *Flight attendant*, hôtesse de l'air. Côte à côte à notre bureau – la table de cuisine d'Odile –, je notai les mots de vocabulaire. D'habitude, nous étudiions des mots comme *sidewalk*, *building*, *chair*[1].

— Pourquoi m'enseignez-vous le vocabulaire de voyage ?

— Parce que, *ma grande*, je veux que vous voliez.

À l'heure du dîner, Eleanor posa le pain de viande sur la table, suivie comme son ombre par Mamy Pearl qui l'asticotait sans cesse, telle une poule picorant son grain.

— Le monde ne va pas s'arrêter si tu fais un petit somme. Cette chemise, c'est la seule que tu aies ?

1. Respectivement trottoir, bâtiment ou immeuble, chaise ou fauteuil.

C'est quand la dernière fois que tu t'es lavé les cheveux ? Où est passée ta fierté ?

Eleanor plaqua violemment le plat de maïs à la crème sur la table.

— Mamaaan !

Dans ces moments-là, je me souvenais qu'elle n'avait que dix ans de plus que moi.

— Et où sont passées toutes tes amies ? poursuivit Mamy Pearl. Pourquoi ne viennent-elles pas t'aider ?

— Lily dit que Brenda faisait tout toute seule.

— Comment pourrait-elle s'en souvenir ?

— Lily n'aurait pas menti ! répliqua Eleanor en se tournant vers sa mère.

Je me sentis rougir.

— En fait…

— Je ne prétends pas qu'elle a menti, se dépêcha de préciser Mamy Pearl. Ce que je dis, c'est qu'une femme avec trois enfants a besoin d'un coup de main.

— Je peux faire ça toute seule, décréta Eleanor d'un ton aussi revêche qu'Angel, la sœur de Mary Louise.

Comme d'habitude, papa rentra du travail dix minutes avant l'heure du dîner. Excepté les cris de Benjy, le dîner se déroula en silence. Eleanor ne prononça même pas les grâces.

Tandis qu'elle et Mamy Pearl donnaient leur bain aux garçons, je fis la vaisselle, ramassai les jouets, pliai le linge et comptai les heures jusqu'à l'ouverture du lycée.

Une semaine durant, Mamy Pearl fit la cuisine et sermonna Eleanor pour la convaincre que la nourriture pour bébé achetée dans le commerce n'avait jamais tué personne. Avant de remonter dans sa Buick, elle lui lança :

— Tu exiges beaucoup de Lily. N'y a-t-il personne d'autre qui pourrait t'aider ? Cette charmante Odile, par exemple ?

— Je suis capable de tout faire par moi-même, répondit Eleanor en croisant les bras. En plus de quoi, Lily fait partie de la famille.

Elle me considérait donc comme une des leurs, un membre de la famille ? D'un coup, lui apporter mon aide ne me sembla plus être un si grand sacrifice. Néanmoins, j'entendais la voix de Mary Louise, comme si elle se tenait debout à côté de moi. « Eleanor continue à te faire marner comme une esclave. Est-ce ainsi qu'on traite une véritable fille de la famille ? »

*

Le cours de géographie traita de la Chine, dont le gouvernement ordonnait aux couples de se limiter à un seul enfant. À voir l'état d'épuisement d'Eleanor, ce n'était peut-être pas une mauvaise politique.

— Les filles ne comptent pas en Chine. Les parents veulent des garçons qui puissent travailler aux champs, continuait à nous débiter Miss White sans songer un instant combien notre communauté agricole avait de points communs avec eux.

— T'as déjà remarqué que la seule chose qu'on nous enseigne sur les pays communistes, c'est combien ça craint ? murmura Mary Louise.

— Ouais, comme si Froid était une ville de rêve.

En Chine, il n'y aurait eu que moi. Si j'avais été un garçon, papa m'aurait laissée prendre des leçons de conduite et j'aurais déjà mon permis. Je serais déjà partie. Comme l'enseignante poursuivait son ronron, je posai une minute la tête sur ma table, la joue contre le bois frais. Ma maison, c'était la Chine. Je m'imaginai prenant un bain, j'imaginai Eleanor et papa agrippant mes épaules pour maintenir mon corps sous l'eau, j'imaginai la vie me quitter peu à peu.

— Lil ? m'appela Mary Louise en me tapotant le dos.

Je me réveillai. Tous les élèves sortaient de la classe.

— Tu n'as pas entendu la sonnerie ?

Je bâillai et me couvris la bouche. Un filet de salive collait à mon menton.

— Encore à chialer sur Robby, commenta Tiffany Ivers en sortant.

S'il vous plaît, mon Dieu, faites qu'il n'ait rien vu.

— Ignore-la, me conseilla Mary Louise. Tu veux venir chez moi ?

— Eleanor a besoin de moi pour garder les petits.

— Vendredi alors ? Et tu pourras passer la nuit comme tu le faisais avant.

J'en mourais d'envie. Vraiment.

— Je ne peux pas.

Je rentrai d'un pas lourd à la maison où m'attendaient des couches à changer et tous les jouets de bébé à ramasser, dispersés sur le linoléum comme des mines explosives. *Bien sûr*, Benjy hurlait. À la table de cuisine, toujours dans la même chemise sale constellée de taches épaisses qu'elle portait depuis le début de la semaine, Eleanor le berçait tandis que Joe geignait à ses pieds. Je lui fis un câlin avant de m'attaquer aux assiettes sales qui moisissaient sur le plan de travail.

— Tu n'es pas obligée de faire ça, protesta-t-elle sans grande conviction.

Lily est de la famille. Je stérilisai ce qui avait besoin d'être stérilisé et berçai Benjy jusqu'à ce qu'il s'endorme. Même dans son sommeil, il reniflait. Je le rendis à Eleanor et courus chez Odile pour une leçon rapide.

Doux Jésus, combien j'appréciai le calme qui régnait chez elle ! Plus de bébés criards. Tout était à sa place. Les journaux repliés dans le panier à côté de son fauteuil. Nos livres qui s'alignaient selon le code décimal Odile-Lily. Les petites photos encadrées de son mari et de son fils.

— Parlez-moi de M. Gustafson.

— Buck ? dit-elle, les yeux plissés soudain, à croire qu'elle n'avait pas pensé à lui depuis longtemps et n'était plus très sûre de savoir de qui je voulais parler. Un homme viril. Beau à sa façon rugueuse, avec un chaume de barbe sur ses joues rougeaudes. Il aimait chasser, c'est ainsi qu'il avait gagné son surnom[1]. Il a tué son premier cerf à l'âge de dix ans, un mâle de six cors, dont la carcasse galeuse a été l'objet de notre première dispute. Buck avait l'intention de placer la tête de ce pauvre animal sur le manteau de la cheminée et moi, je refusais de l'avoir sous les yeux.

---

1. Buck est utilisé pour désigner les mâles de diverses espèces sauvages.

— Qui a gagné ?

— Eh bien, *ma grande*, ç'a été la première leçon que j'ai apprise quand j'étais jeune mariée.

Elle se leva de la table et s'approcha de l'évier.

— Parfois, quand on gagne, on perd. Je me suis débarrassée de cette tête empaillée – l'éboueur l'a emportée alors que mon mari était au travail. Mais Buck n'a pas décoléré pendant un long moment.

— Oh.

— Oh, oui, en effet.

Elle était de dos et rangeait dans le placard les assiettes encore sur l'égouttoir.

— Qu'est-ce que vous aimiez faire ensemble, Buck et vous ?

— Nous avons élevé notre fils.

— Et quand il a été adulte ?

Elle se tourna vers moi.

— Buck et moi n'avions pas grand-chose en commun. Il adorait assister aux matchs de football, moi je préférais lire. Mais nous aimions tous les deux les marches rapides. Il était très galant. Il ne manquait jamais de m'ouvrir la porte ou de me tenir la main. À minuit, il nous arrivait d'aller au parc et de faire de la balançoire, comme deux enfants.

Jamais encore elle ne m'en avait autant dit de sa vie et je gardai le silence, attendant qu'elle poursuive.

— Après sa mort, j'ai donné la plupart de ses possessions à des organismes de charité – ses outils, son pick-up. Mais j'ai gardé son fusil. Je voulais qu'il me reste de lui un objet qui avait compté pour lui.

Le téléphone sonna. Encore Eleanor. Je rentrai chez moi. Après avoir préparé le dîner et fait le ménage, je m'affalai sur mon lit, toujours en jean, trop fatiguée pour étudier. De toute façon, l'arithmétique n'était pas à la hauteur de la dernière leçon d'Odile : aimer, c'est accepter quelqu'un, totalement, sans rien en rejeter, pas même les choses qu'on n'aime pas ou qu'on ne comprend pas.

*

À son retour à la maison après la réunion d'automne parents professeurs, Eleanor claqua violemment la porte de derrière.

— Lily ? cria-t-elle. Où es-tu ?

Au salon, bien sûr, je surveille les petits, où veux-tu que je sois ?

Installé sur mes genoux, Joe me tirait les cheveux et Benjy, allongé sur la couverture que je lui avais tricotée, venait pour la première fois de remarquer qu'il avait des orteils.

Eleanor entra en trombe.

— Miss White a prétendu que tu t'endormais en classe et à l'entendre, c'est moi qui serais fautive. Je ne suis pas une mauvaise mère ! Pourquoi ne préparerais-tu pas le dîner pendant que je donne à manger à Benjy ?

Elle remonta son tee-shirt sur son ventre affaissé au-dessus d'un réseau de vergetures en toile d'araignée. Je m'enfuis dans la cuisine avant qu'elle ne dégrafe son soutien-gorge pour en libérer son téton gercé. Je l'avais déjà vu une fois et ça m'avait suffi. J'aurais voulu qu'Eleanor me fasse moins confiance. Et qu'elle retourne à ses bandes d'aérobic de Jane Fonda et à ses bavardages avec Odile, mais elle consacrait la majeure partie de son temps à cuisiner des plats pour bébé et à sangloter devant l'évier. « Vous êtes une mère mais vous êtes aussi une femme », lui avait dit Odile. J'avais l'impression qu'Eleanor avait renoncé à être la femme qu'elle avait été.

Petit à petit, j'avais cessé de faire mes devoirs et de passer mon temps avec Mary Louise. Même le français était *fini*. Eleanor avait besoin de moi. Parfois, elle se contentait de s'asseoir et contemplait le mur.

— Tu ne veux pas que je porte Benjy ? proposais-je.

Ou alors :

— Regarde, Eleanor, les dents de Joe commencent à percer ?

C'est tout juste si elle hochait la tête.

Lorsque je reçus mon bulletin scolaire, je constatai combien la situation s'était détériorée. Maths : C -. Anglais : B -. Sciences : C. Histoire : C -. « Que s'est-il passé ? » avait écrit M. Moriarty à l'encre rouge. Je traînais des pieds en rentrant à la maison, tant je craignais d'avoir renoncé à être la fille que j'avais été de la même façon qu'Eleanor.

— Lily ? m'appela Odile depuis son perron.

Je poursuivis mon chemin.

— Lily, qu'est-ce qui ne va pas ?

Elle me fit entrer chez elle et s'empara de mon bulletin.

— Oh, là, là.

— Il faut que j'y aille, Eleanor a besoin de moi.

L'air était chargé d'un arôme de chocolat et Odile me tendit un plateau de cookies. Les fesses au bord de son canapé, une pluie de miettes sur mes habits, je m'en empiffrai sans même les goûter.

— Qu'est-ce qui se passe à la maison ? me demanda-t-elle en me regardant manger avec tristesse.

— *Rien*. Rien du tout, répondis-je car je ne voulais pas me plaindre.

— Vous devez faire front et vous défendre.

— *Vous*, vous ne pouvez pas leur parler ? suggérai-je.

— Au bout du compte, cela ne vous aidera en rien. Vous devez apprendre l'art de la négociation.

Je pouffai.

— Comme s'ils allaient m'écouter !

— Parlez-leur.

— Eleanor est débordée.

— Expliquez à votre père ce que vous éprouvez.

— Ça ne l'intéressera pas.

— Faites en sorte qu'il s'y intéresse.

— Comment ?

— Qu'est-ce qu'il veut ? s'enquit Odile.

Je réfléchis à la question.

— Qu'on le laisse en paix.

— Que veut-il pour vous ?

Maman voulait que je m'inscrive à la fac. Elle-même avait failli y aller, au lieu de quoi elle s'était mariée. Si papa avait un jour souhaité quelque chose pour moi, je n'en savais rien. Et il était exclu que je lui pose la question – en tout cas à la maison, où Eleanor et les garçons accaparaient toute son attention.

— Peut-être… peut-être pourrais-je aller le voir à son bureau. Mais il risque de piquer une grosse colère.

— Peut-être pas. Il faut que vous essayiez.

*

Le lendemain matin, je m'habillai avec le même soin que pour aller à la messe. Qu'allais-je pouvoir dire à papa ? La banque était à huit pâtés d'immeubles et je courus pratiquement tout le long du chemin avec l'espoir que personne ne signalerait que j'avais séché mes cours. Quand Mr Ivers me vit faire les cent pas devant le bureau de papa, il s'étonna de me voir prendre rendez-vous avec mon propre père et s'esclaffa.

Lorsque papa sortit, il resta décontenancé.

— Pourquoi n'es-tu pas au lycée ?

Puis sa surprise se mua en inquiétude.

— Il est arrivé quelque chose aux garçons ?

Mais bien sûr. Les garçons.

— Lily est ici pour avoir une discussion en tête-à-tête avec son père, gloussa son patron.

Mais papa ne rit pas. Gêné, il me poussa vers un fauteuil de son bureau.

— Il vaudrait mieux que ce soit important, déclara-t-il en croisant les mains sur son immense table de travail.

— Je… je…

— Quoi ? De quoi s'agit-il ?

Sa colère me facilita les choses.

— Ça me manque, les leçons de français et les livres, et aussi ne plus voir Mary Louise ni faire mes devoirs. J'en ai marre des couches sales.

— Ellie a besoin de ton aide.

— Suis-je donc la seule à voir que tout ce qu'elle fait, c'est pleurer ? Elle a besoin de bien plus que je ne puisse lui donner.

— Tout va s'arranger.

— Elle aurait peut-être besoin de voir un psychologue.

— Les psychologues s'occupent des cinglés.

— Et des dépressifs.

— Il faut que tu l'aides davantage.

— Et toi alors ? Ce sont tes enfants.

— Je travaille ici.

— Et il faut que tu travailles aussi à la maison, répliquai-je en posant mon bulletin sur son bureau. Même quand maman est morte, j'ai eu droit aux félicitations. Ça t'arrange peut-être bien que je fasse la nounou, mais ce n'est pas ce que maman aurait voulu.

À l'énoncé de ma vérité, sa tête partit en arrière comme sous l'effet d'un violent coup de poing.

— J'essaie d'aider. Vraiment. Mais je veux des leçons de français. Et aussi aller à l'université.

Il me désigna la porte de la même façon qu'il aurait expédié un client qui ne serait jamais éligible à un prêt.

— Je vais te conduire au lycée.

Pas un mot entre nous pendant le trajet. Je regardais par la vitre en regrettant que ce ne soit pas un hublot d'avion, avec l'espoir qu'Odile ait raison et qu'un jour je prendrais mon envol.

Papa rentrait toujours à 17 h 50, juste avant le dîner. Pour la première fois, il était en retard. Eleanor me demanda si je désirais manger mais comme elle souhaitait l'attendre, je lui répondis que j'attendrais moi aussi. Le rôti resta au four. À la table du dîner, Joe sautillait sur mes genoux et Eleanor tenait Benjy qui, par magie, s'était arrêté de pleurer. D'habitude, nous baignions les enfants à 19 heures mais ce soir, nous attendions toujours papa. Au cours de ce bref moment de paix, Eleanor me posa la question qu'elle lui posait immanquablement au quotidien.

— Comment s'est passée ta journée, chérie ?

— Je suis allée à la banque.

— La banque ? s'étonna-t-elle, à croire qu'elle avait oublié qu'il en existait une à Froid.

— J'avais besoin de…

De quoi avais-je besoin ? Eleanor me prêta une oreille attentive, comme elle ne l'avait jamais fait jusque-là.

— Il fallait absolument que je lui fasse comprendre. À propos de la fac.

Elle lâcha un petit rire des plus étranges avant de m'avouer :

— De nous deux, il y en a au moins une qui est assez courageuse pour exprimer clairement ses vrais désirs.

— Est-ce que ça ne sent pas la fumée ? lui demandai-je après avoir reniflé.

Elle me fourra Benjy dans les bras et se précipita à la cuisine. Je la suivis, Benjy en équilibre sur ma hanche et Joe collé à ma jambe. Des nuages de fumée s'échappaient du four.

— J'abandonne, gémit Eleanor en sortant le plat brûlé.

Papa entra, sa mallette à la main. Il était 20 heures, l'équivalent de minuit partout ailleurs dans le monde.

— Pas même un coup de téléphone pour prévenir que tu serais en retard ? hurla-t-elle en lui balançant le rôti calciné.

Il leva sa mallette pour se protéger la figure et esquiva le projectile qui s'écrasa sur le mur, tomba au sol et glissa sur le lino pour s'arrêter à ses pieds.

Je me sentis très fière d'Eleanor.

— Tu me laisses tout faire ici ! s'écria-t-elle.

J'emmenai les petits dans leur chambre.

— Tu n'es jamais à la maison, poursuivit-elle. Tu es là-bas dehors avec Brenda, ou ici avec moi ?

Brenda. Plus personne ne prononçait son nom.

— Oh, maman, murmurai-je. Tu me manques tellement.

— Pourquoi t'es triste ? me demanda Joe.

Je lui caressai les cheveux, aussi doux que le duvet d'un poussin.

J'entendis mon père murmurer quelques paroles tendres mais Eleanor ne voulait rien entendre.

— Qu'est-ce que tu veux dire ? Qui trop embrasse mal étreint ? hurla-t-elle. Quand j'ai acheté des couches à jeter, tu m'as dit qu'elle, *elle* les prenait en tissu. Je n'arriverai jamais à la cheville de sainte Brenda !

— À l'époque, on n'avait pas d'autre choix, lui hurla-t-il en retour. Je n'ai jamais demandé que tu les choisisses en tissu. Je me souvenais juste que rien n'était pareil alors. Il est inutile que tu fasses tout toi-même. Des gens t'ont proposé de l'aide. Cesse de les envoyer paître.

Silence.

— C'est ton aide qui m'importe, c'est tout ce que je veux.

Lorsque j'annonçai à Odile que papa avait décidé de prendre ses samedis pour donner un coup de main avec les garçons et qu'Eleanor avait acheté une cargaison de couches Pampers, elle me déclara :

— Vous savez maintenant ce qu'il en est de tenir tête à quelqu'un et de se défendre. Ce n'est pas toujours la solution, mais si vous n'essayez pas, vous ne le saurez jamais.

— Je ne suis pas sûre que ce soit ma petite visite au bureau de papa qui ait servi de déclencheur, lui répondis-je en lui parlant d'Eleanor et du rôti volant.

Odile tapa des mains.

— Il semblerait que vous ayez incité Eleanor à exprimer son opinion. Bravo !

Puisque Odile et moi disposions d'un peu plus de temps, je ressortis le livre avec les photos. Nous nous assîmes toutes les deux sur le canapé pour regarder celle où figurait sa famille.

— Ils me manquent tellement ! murmura-t-elle.

Elle passa à la photo suivante – une belle femme aux cheveux sombres, vêtue d'une robe à pois. Le visage d'Odile s'éclaira soudain, comme si elle venait de rencontrer une amie.

— C'est Miss Reeder. C'était ma directrice à la Bibliothèque, la personne que j'admirais le plus au monde.

Le cliché suivant montrait une dame en turban parlant à un officier aux lunettes à monture métallique qui portait un brassard à croix gammée.

— Inutile de repenser au passé, dit Odile d'une voix glaciale à l'image de son visage fermé avant de replacer les photographies dans le livre.

Pourquoi avait-elle la photo d'un soldat allemand ?

— Vous connaissiez un nazi ?

— Le Dr Fuchs fréquentait la Bibliothèque.

Lorsque je m'imaginais les nazis, ils n'empruntaient pas de livres, ils tuaient plutôt des gens dans les camps de concentration. Je trouvais presque déplacé qu'elle connût le nom de cet homme.

— Paris était occupé, m'expliqua Odile. Il était impossible de les éviter et tout le monde ne les traitait pas en pestiférés. Il était ce que les Allemands appelaient « un protecteur de bibliothèque ».

— Et donc il sauvait des livres ?

— Ce n'est pas aussi simple.

Je repensais à ce que j'avais appris au lycée.

— Ma professeure d'histoire pense que les Européens devaient connaître l'existence des camps. Elle a dit que c'était d'une telle évidence…

— Je n'ai appris leur existence qu'après la guerre. À l'époque, ma famille essayait simplement de survivre. Moi, je me faisais beaucoup de souci pour mes amis et collègues britanniques qui risquaient à tout instant d'être arrêtés comme « ennemis étrangers ». Bien que les Juifs aient été interdits dans les bibliothèques, je n'avais jamais songé qu'eux aussi seraient arrêtés et qu'un si grand nombre serait tué.

Odile resta silencieuse un long moment.

— Vous m'en voulez d'avoir posé cette question ?

— *Mais non*. Pardonnez-moi, j'étais plongée dans mes souvenirs. Pendant la guerre, nous, bibliothécaires, portions des livres aux amis juifs. La Gestapo a même tiré sur un de mes collègues.

Tirer sur un bibliothécaire ? N'était-ce pas la même chose que de tuer un médecin ?

— Ils ont tué Miss Reeder ?

— Elle était partie à ce moment-là. Les nazis ont arrêté plusieurs bibliothécaires, y compris le directeur de la Bibliothèque nationale. Nous craignions tous que Miss Reeder ne soit la suivante. Mon cœur s'est brisé quand elle est partie. Mais dire au revoir fait partie de la vie. La perte est inévitable.

Je regrettai soudain d'avoir exhumé ces photos, qui l'avaient rendue encore plus triste. Mais elle prit mon menton dans sa main et ajouta :

— Sauf que, parfois, de bonnes choses viennent du changement.

Paris 1er décembre 1941

Monsieur l'Inspecteur,

Je vous écris pour vous informer que la Bibliothèque américaine abrite plus d'étrangers ennemis qu'un camp d'internement. Pour commencer, il y a l'Américaine arriviste, Clara de Chambrun. Elle passe plus de temps à la Bibliothèque qu'à la maison, ainsi que le ferait une épouse digne de ce nom. Elle consacre ses journées à solliciter des fonds auprès de ses amies de la haute société afin de soutenir la Bibliothèque. Je doute qu'elle déclare ces revenus.

Elle n'aime pas les Allemands (ou Huns, comme elle les appelle) et bafoue leurs règlements. Qu'elle soit comtesse ne signifie pas qu'elle n'a pas besoin de suivre les règles. J'ai la conviction qu'elle passe en douce des livres aux lecteurs juifs. Qui sait ce qu'elle prépare d'autre ? Elle est très fuyante.

Rendez-lui visite et voyez par vous-même. Vous verrez qu'elle se croit au-dessus de la loi.

Signé : Quelqu'un qui sait

27

Odile

Paris, décembre 1941

Clara de Chambrun, notre nouvelle directrice, avait aidé à fonder l'ALP en 1920. Au côté d'Edith Wharton et d'Anne Morgan, elle avait été l'une des premières curatrices. Elle avait non seulement écrit plusieurs ouvrages sur Shakespeare mais aussi traduit ses pièces en français. Hemingway et elle se partageaient le même éditeur. Plus récemment, ces derniers mois, elle cherchait des donateurs pour couvrir les frais de fonctionnement – du charbon jusqu'aux salaires – et s'efforçait d'empêcher les autorités nazies d'envoyer Boris et le concierge en Allemagne dans le cadre du futur plan de *Relève*. Je redoutais qu'elle ne soit arrêtée car elle était une éminente ressortissante étrangère.

Au comptoir des prêts, je partageais mes craintes avec Margaret et Boris alors qu'il tamponnait le *Harper's Bazaar* de Mme Simon. Il m'expliqua que Clara avait épousé en 1901 le comte Aldebert de Chambrun, un général français. Comme elle avait la double nationalité, elle ne serait pas considérée comme étrangère.

Au même moment, M. de Nerciat fit irruption avec Mr Pryce-Jones sur les talons.

— Les Japonais ont frappé Pearl Harbor ! annonça le Français.

Nous nous approchâmes aussitôt.

— Où se trouve Pearl Harbor ? demanda Margaret.

— C'est une base militaire américaine, traduisit Mr Pryce-Jones.

— Est-ce que ça signifie que les États-Unis vont eux aussi entrer en guerre ?

J'entrevis une lueur d'espoir ; les Allemands allaient bientôt être vaincus.

— C'est ce que nous pensons, dit M. de Nerciat.

— Les Américains vont pulvériser les nazis ! m'écriai-je.

— Ils peuvent difficilement faire pire que l'armée française, fit remarquer Margaret.

Je redressai brusquement la tête. Comment Margaret osait-elle critiquer des soldats comme Rémy alors qu'*elle* avait été parmi les premières à quitter Paris ?

— Il est certain que les forces britanniques ont eu vite fait d'aller se réfugier dans leur petite île.

Nous échangeâmes des regards noirs et j'attendis qu'elle retire ses paroles.

— Nous ne devrions pas parler politique, tu ne crois pas ? finit-elle par répondre.

Elle m'offrait un rameau d'olivier mais pas d'excuses ; je m'efforçai de ravaler ma colère. Elle n'avait pas voulu me blesser. Craignant de dire des paroles que je risquais de regretter, je me précipitai vers l'arrière-salle en espérant que la rédaction de ma lettre d'information me change les idées. Avant l'Occupation, j'en imprimais cinq cents exemplaires à la ronéo mais aujourd'hui, à cause de la pénurie de papier, je n'épinglais plus qu'une feuille solitaire au tableau d'affichage.

Mr Pryce-Jones tira une chaise à côté de la mienne.

— On vous entend taper comme une forcenée depuis la salle de lecture.

— Le ruban est tellement vieux que les lettres se voient de moins en moins.

— Je croyais que vous étiez en train de passer votre colère sur votre machine à écrire. Ce que Margaret a dit de l'armée française n'était pas gentil, ajouta-t-il.

— Je sais que ce n'était pas son intention mais ça m'a fait de la peine.

Je posai mes doigts sur les touches *r*, *é*, *m* et *y*.

— Rémy me manque tellement et je sais qu'il s'est battu courageusement.

— Margaret le sait aussi. Il lui arrive parfois de parler sans réfléchir.

— C'est notre cas à tous.

J'avais besoin d'interviewer quelqu'un pour la lettre d'information du mois.

— Quel genre de lecteur êtes-vous ? Quels sont les livres que vous chérissez ?

— Vous voulez la vérité ?

Je me penchai davantage. Allait-il m'avouer qu'il lisait des romans licencieux ?

— Justement, la semaine dernière, je me suis débarrassé de toute ma collection.

— Quoi ?

Se défaire de ses livres était pour moi l'équivalent de cesser de respirer.

— J'en ai eu ma claque de Sophocle et d'Aristote, de Melville et de Hawthorne ; tous ces textes imposés à l'université ou offerts par mes collègues. J'ai consacré suffisamment de temps au passé. Désormais, c'est aujourd'hui que je veux. F. Scott Fitzgerald, Nancy Mitford, Langston Hughes.

— Qu'avez-vous fait de vos livres ?

— Le jour où j'ai appris qu'on avait pillé la collection de la professeure Cohen, j'ai mis mes livres en caisses et je les lui ai fait porter. Voler des livres, c'est comme profaner des tombes.

Bien que Mr Pryce-Jones fît de son mieux pour me convaincre qu'il était heureux d'avoir cédé une collection bâtie une vie durant, je perçus la vérité qu'il cachait. S'il s'était séparé de ses livres, c'était parce que la professeure avait été contrainte de se séparer des siens. Et je me souvins que des gens avaient de bien plus gros problèmes et connaissaient des douleurs beaucoup plus grandes.

Néanmoins, je demeurais fâchée contre Margaret.

KRIEGSGEFANGENENPOST

12 décembre 1941

Chère Odile,

Sais-tu comment je devine que tu retiens des choses par-devers toi dans tes lettres ? Il y a une éternité que tu ne t'es pas plainte de papa et tu parles rarement de Paul.

Peut-être refuses-tu d'écrire à son sujet parce qu'il m'est impossible de tenir Bitsi dans mes bras. Tu as tort. Je veux entendre les fanfaronnades de papa et les discussions avec maman. Je veux savoir que tu es amoureuse. Dis-moi sincèrement ce que tu éprouves et non ce que tu m'estimes capable de supporter – j'ai besoin de ton honnêteté autant que de ton amour. Comme je ne reçois qu'une petite part de toi, sentir que tu censures chaque phrase me fait mourir à petit feu. Nous ne sommes pas l'un avec l'autre mais nous n'avons aucun besoin de rester distants. Bitsi hésite quand elle écrit. Moi aussi. Je tiens à vous protéger. Je ne veux pas que vous sachiez. Et je veux que vous sachiez.

La situation est difficile ici. Nous avons faim, nous sommes fatigués. Nous gardons la tête baissée, nos vêtements sont si élimés qu'on voit au travers. Nous nous languissons de notre foyer. Nous avons peur que nos fiancées nous oublient. Nous pleurons quand nous pensons que personne ne peut nous entendre. Ce qui nous soucie le plus, c'est le mot « prisonnier » qu'on associe aux criminels. Tout ce que nous avons fait s'est limité à défendre nos convictions et notre pays. Où que nous tournions la tête, les fils de fer barbelé sont omniprésents.

Tendrement,
Rémy

20 décembre 1941

Cher Rémy,

J'essaierai de ne plus rien garder pour moi. Paul et moi avons échappé à l'espionnage de maman. Il nous a déniché un appartement abandonné pour nos rencontres l'après-midi. Nous avons décoré notre boudoir de mes livres et de ses dessins de Bretagne. Il n'y a pas de chauffage et nous avons tous les deux attrapé un rhume mais ça en vaut la peine ! Jamais je n'aurais imaginé trouver une activité plus excitante que la lecture.

Maintenant que l'Allemagne a déclaré la guerre aux États-Unis et que les Américains en France sont devenus des « étrangers ennemis », je crains fort que les nazis ne ferment la Bibliothèque pour de bon. Même si le personnel essaie de faire bonne figure, nous sommes tous fatigués et effrayés, et nous nous déplaçons tels des jouets mécaniques dont le ressort est en bout de course. Parfois je me mets en colère sans raison. Parfois j'ai du mal à penser. Et parfois je ne sais plus que penser.

Mais nous avons au moins les préparatifs de la soirée de Noël pour nous occuper. La comtesse dit que nous pouvons venir avec des membres de notre famille à condition qu'ils soient de « qualité supérieure », et donc j'ai invité maman et « tante » Eugénie. Papa ne peut pas venir, il a des réunions. C'est pour cette raison que je ne me plains pas de lui – il n'est jamais à la maison.

Avec toute mon affection,
Odile.

*

Le parfum de vin chaud aux épices de Boris embaumait la Bibliothèque et les châtaignes grillaient dans l'âtre. Bitsi aidait les enfants à découper de vieux catalogues pour fabriquer des ornements destinés au sapin. Margaret et moi avions sorti de l'arrière-salle les décorations de Noël et la salle de lecture était garnie de rubans rouge vif qui lui donnaient un air de fête.

— Il fait froid dans mon appartement, m'avoua-t-elle. J'utiliserais volontiers quelques-uns de ces livres moisis comme bois de chauffage.

Instinctivement, j'attrapai un roman et le collai contre ma poitrine. Je préférerais encore mourir d'hypothermie plutôt que d'en détruire un seul. Beaucoup d'entre eux avaient été envoyés d'Amérique aux soldats de la Grande Guerre et leur lecture avait apporté chaleur et réconfort dans les tranchées et les hôpitaux de campagne.

— Je plaisantais, reprit Margaret. Tu le sais, non ?

— Bien sûr…

Il n'empêche que ses paroles étaient horribles. Je me retirai dans un coin avec *Le Portrait de Dorian Gray*, 823, tout contre moi. J'inhalai cette légère odeur de moisissure en m'imaginant qu'il s'agissait d'un mélange de poudre à canon et de boue des tranchées. Chaque fois que j'ouvrais un livre usagé, j'aimais à croire que je libérais l'esprit d'un soldat. « Et voilà, vieil ami, lui murmurais-je. Tu es en sécurité maintenant, tu es rentré à la maison. »

— Tu parles toute seule ? me taquina Bitsi, suivie de près par maman et Eugénie.

— Voilà donc où tu travailles, déclara maman. Ce n'est pas aussi sinistre que je le craignais.

— Pourquoi ? Tu croyais qu'elle travaillait dans une mine de charbon ? gloussa Eugénie.

Maman lui donna une gentille tape sur le bras.

Chaque invité avait apporté des denrées devenues quasi introuvables et très chères, soit achetées au marché noir, soit venant de cousins de la campagne. Un camembert crémeux. Un panier d'oranges. Eugénie fit passer l'assiette de foie gras qu'elle et maman avaient préparé avec le foie d'oie que Paul avait rapporté de Bretagne.

Le silence descendit sur la salle lorsque la comtesse, drapée dans son étole d'hermine, fit son entrée au bras de son époux, un monsieur en smoking aux cheveux blancs. Même sans médailles sur la poitrine, son port et son attitude – poitrine bombée et dos raide, il inspectait les invités comme s'il s'agissait de ses troupes – indiquaient clairement qu'il avait été général.

Près de la table des rafraîchissements, Mme Simon accula Clara de Chambrun dans un coin pour lui fournir une explication interminable sur la façon dont elle avait fabriqué son turban dépenaillé à partir d'un peignoir de bain. D'un simple regard, la comtesse lança à son mari un appel au secours et, à l'image d'un petit chien obéissant, il se précipita vers elle pour la sauver de l'importune.

— Il a mené des soldats sur deux continents, précisa M. de Nerciat.

— Mais il n'y a pas à se tromper sur la personne qui tient les rênes aujourd'hui, fit remarquer Mr Pryce-Jones.

— Le général a trouvé son maître.

— Trouvé son maître ? Il l'a épousé.

Paul me conduisit vers mes rayonnages favoris, 823, où nous rejoignîmes Cathy et Heathcliff, Jane et Mr Rochester. Je contemplais ses lèvres, rosies par le vin. Lentement, il s'agenouilla devant moi.

— Tu es la femme de ma vie, déclara-t-il. Le premier visage que je désire voir au matin, celui que je veux embrasser le soir venu. Tout ce que tu dis est passionnant – j'adore t'entendre parler du bruit des feuilles d'automne crissant sous tes pas, de l'abonné que tu as remis à sa place, du livre que tu lis le soir au lit. Je peux te révéler mes pensées les plus profondes, te confier quels sont mes livres préférés. La chose que je désire le plus est de pouvoir poursuivre nos conversations. Veux-tu m'épouser ?

La proposition de Paul ressemblait à un roman parfait dont la fin inévitable tombe pourtant comme une surprise. De la salle de lecture, j'entendais ma mère demander : « Où sont passés Odile et Paul ? » Et Eugénie lui répondre : « Oh, pour une fois, laisse-les tranquilles. »

— Je regrette qu'on ne soit pas à l'appartement, murmurai-je. Dans notre boudoir rose.

— Moi aussi, j'adore être seul avec toi. Seulement…

— Seulement quoi ?

Sa pomme d'Adam s'agita nerveusement.

— Nous ne devrions pas nous échapper de cette façon, ce n'est pas bien. Je ne suis pas sûr de savoir combien de temps encore je peux…

— Papa ne l'apprendra pas.

— Pourquoi ramènes-tu toujours tout à ton père ?

— Ce n'est même pas vrai !

— Ne nous disputons pas, tu veux ?

Je lui caressai le visage et remarquai les changements que la guerre lui avait infligés : ces cernes sombres sous ses yeux, ces rides d'expression comme deux parenthèses d'amertume autour de sa bouche. Tant de choses avaient changé. Mais je voulais que certaines restent les mêmes – mon travail à la Bibliothèque, nos ébats l'après-midi.

— C'est toi qui me permets de tenir bon pendant cette guerre, dit-il, et aussi d'accepter les contraintes de mon métier. Je veux que nous soyons ensemble.

— Oui, mon amour. Quand Rémy sera libéré.

Je me laissai glisser à genoux. Paul commença à dire quelque chose, peut-être *je t'aime*, peut-être *je ne veux pas attendre*, mais je l'embrassai et ses mots se perdirent sous ma langue. Il m'attira contre sa poitrine. Mes mains se glissèrent sous sa veste et son chandail pour trouver la chaleur de sa peau. En arrière-plan, des amis chantaient *Douce nuit* mais Paul et moi restâmes enlacés, les yeux fermés à tout sauf à notre passion.

*

Ma famille continua de compter les jours de la captivité de Rémy lorsque arriva 1942. 12 janvier : *Cher Rémy, tu es le seul à qui je puisse le dire. Paul m'a demandée en mariage ! La noce aura lieu quand tu seras rentré à la maison*. 20 février : *Chère Odile, ne m'attends pas. Sois heureuse maintenant*. 19 mars :

Cher Rémy, Margaret et moi n'avons plus de bas, alors nous nous passons les jambes à la poudre beige. Bitsi nous trouve complètement dingues. 5 avril : *Chère Odile, Bitsi a raison ! Merci pour le colis. Comment savais-tu que je voulais lire Maupassant ?*

Tout le monde était désormais obligé de se faire enregistrer d'une manière ou d'une autre : les ménagères pour les cartes de rationnement, les étrangers et les Juifs auprès de la police. Ainsi Mr Pryce-Jones signait chaque semaine au commissariat, mais Margaret n'y était jamais allée. Je voyais çà et là des V gribouillés sur des murs – pour Victoire sur les nazis – mais j'avais aussi vu : « À bas les Juifs ! » Le maréchal Pétain avait transformé la devise française « Liberté, Égalité, Fraternité » en « Travail, Famille, Patrie », et l'état d'esprit des Parisiens était devenu « Tension, Colère, Ressentiment ».

Paul et moi, nous nous promenions souvent à l'ombre des arbres des Champs-Élysées, le long de cafés pleins d'Allemands accompagnés de leurs petites amies aux tenues criardes. Les *Soldaten* avaient des marks pour acheter des bières et des babioles comme des bracelets ou des fards. Venus du front de l'Est, ils désiraient oublier la guerre – et quel meilleur endroit que la Ville Lumière avec ses adorables Parisiennes solitaires ?

Je ne leur jetais pas la pierre. Qui ne rêvait pas d'aller danser, à dix-huit ans ? À trente ans, les mères avaient besoin d'aide pour régler leurs factures. Leurs maris avaient été tués au combat ou étaient prisonniers dans les stalags. Ces femmes continuaient à vivre du mieux qu'elles le pouvaient. Néanmoins, comparée à elles, je me sentais ringarde et pauvrette. Je pinçai mes joues dans l'espoir de leur donner un peu de couleur avant de me convaincre qu'il était très chic d'être miteuse.

— Moi, je peux seulement rêver de t'offrir un bracelet, grommela Paul en lançant un regard noir aux couples. Ne pas pouvoir te donner les tendres petits riens que tu mérites – c'est fichtrement humiliant !

— Mes sentiments pour toi n'ont rien à voir avec des colifichets.

— Ces traînées ont tout ce qu'elles veulent et nous, nous devons nous en passer. Ce sont des putes, à sucer…

— Inutile de te montrer aussi grossier !

— Elles devraient avoir honte de s'afficher ainsi au bras de ces satanés Chleuhs et de faire de la lèche à l'ennemi. J'aimerais bien leur donner une leçon qu'elles ne seraient pas près d'oublier.

Mâchoires crispées et poings serrés, il fit un pas en direction des Allemands et de leurs compagnes. Je ne le reconnaissais plus, et pour la première fois il me fit peur.

— Ça n'en vaut pas la peine. Ne cherche pas la bagarre, lui conseillai-je en attrapant son bras sans plus le lâcher.

*

Il devenait impossible d'éviter les soldats allemands. Ils traînaient dans nos cafés préférés et installaient de plus en plus de points de contrôle dans nos rues. Il était difficile de prévoir où ils allaient surgir. En chemin vers Montmartre où je devais livrer des ouvrages scientifiques au Dr Sanger, je franchis une barricade métallique qui n'existait pas la veille. Un des soldats m'arracha ma sacoche et en vida le contenu par terre. Je grimaçai lorsque les lourds volumes s'écrasèrent au sol avant de s'ouvrir. Il en ramassa un et le feuilleta. Cherchait-il des codes secrets ou un couteau caché dans la reliure ? Peut-être s'ennuyait-il, tout simplement.

— Mademoiselle s'intéresse aux traités de physique ?

Il s'était écoulé un long moment depuis mes cours de physique au lycée. S'il m'interrogeait, j'étais dans le pétrin. Je pourrais lui expliquer que ces ouvrages étaient destinés à un voisin ou alors je pouvais lui répondre par une question.

— Dois-je comprendre que, pour vous, les femmes se contentent de manuels sur la broderie ?

Il me tendit ma sacoche et m'ordonna de ramasser mes livres.

À mon retour à la Bibliothèque, alors que nous remplissions des caisses destinées aux camps où des étrangers comme Miss Wedd et la libraire Miss Beach[1] étaient emprisonnés, je tentai à nouveau de mettre en garde Margaret qui refusait de reconnaître le danger qu'elle courait.

---

1. Fondatrice de la librairie Shakespeare and Company.

— Est-ce que tu t'es enregistrée auprès de la police ? lui demandai-je pour la dixième fois.

— Je me sens française, ça devrait suffire, répliqua-t-elle en posant délicatement *Christmas Pudding* sur *Pigeon Pie*[1].

— Tu devrais peut-être rejoindre Lawrence en zone libre.

— Sa maîtresse n'apprécierait pas.

Maîtresse ? Non, ce n'était pas possible. Encore sous le choc, je me repassais nos conversations, à la recherche d'indices que j'aurais ratés. Margaret m'avait indiqué qu'il était avec une « amie », et j'avais pris cela au pied de la lettre. Elle n'évoquait jamais les lettres de son mari, et elle ne m'avait jamais dit qu'il lui manquait. Je me sentis brusquement stupide de parler sans cesse de Paul comme je le faisais, alors qu'elle souffrait en silence. Certes, je lisais des livres, mais j'étais incapable de lire dans l'esprit des gens.

Je savais qu'une maîtresse pouvait conduire au divorce et craignais que Margaret ne soit contrainte de repartir pour Londres et ne disparaisse comme tante Caro. Je sentis mon ventre se nouer douloureusement. Je devais sans doute faire grise mine car elle posa sa main sur la mienne.

— Les relations diplomatiques entre la France et l'Angleterre sont rompues, dit-elle. C'est pour elle qu'il est resté. Lawrence et moi menons des vies séparées. Ce n'est pas ce que j'avais voulu – en particulier

1. Deux romans de Nancy Mitford, écrivaine britannique, publiés respectivement en 1932 et 1940.

pour Christina qui ne voit jamais son père – mais j'ai fini par l'accepter.

— Ce n'est qu'un imbécile. Il n'y a pas d'autre mot s'il ne voit pas combien tu es courageuse et merveilleuse.

Un sourire timide flotta sur ses lèvres.

— Personne ne m'a jamais regardée comme toi tu le fais.

Ma main se resserra sur la sienne.

— Tu crois qu'il va demander le divorce ?

— Les gens comme nous ne divorcent pas, ils s'arrangent comme ils peuvent.

— Donc tu vas rester ?

— Jamais je ne quitterai la Bibliothèque.

— C'est une promesse ?

— La plus facile que j'aie jamais faite.

— Je suis ravie que tu restes mais je ne veux pas que tu t'attires des ennuis. Et si on t'arrête comme Miss Wedd ? Tu veux bien, s'il te plaît, penser à aller au commissariat ? C'est la loi.

— Toutes les lois ne sont pas faites pour être respectées.

Elle dégagea ses doigts des miens et ferma résolument la caisse. Le sujet était clos lui aussi.

28

Margaret

Sous la lumière argentée du soir, Margaret remontait l'escalier du métro en se demandant quel livre de la bibliothèque elle lirait à sa fille au moment du coucher. *Bella the Goat* ou *Homer the Cat*. Elle ne remarqua que trop tard un nouveau point de contrôle et battit lentement en retraite.

— Vos papiers ! lui ordonna un soldat dans un français marqué par un fort accent allemand.

Elle les lui tendit. Il les examina puis la foudroya du regard.

— Anglaise ?

L'ennemi.

Lorsqu'il lui attrapa le bras, ses phalanges frottèrent son sein et elle eut un mouvement de recul.

Ce soir-là, Margaret était la première étrangère qu'ils contrôlaient. Ils la poussèrent devant eux et s'engagèrent sur la chaussée. Jamais elle n'avait été aussi effrayée. Elle savait que ces hommes pouvaient à tout moment l'entraîner dans une cour abandonnée pour lui faire subir les derniers outrages, après quoi sa vie serait changée à jamais.

Six rues plus loin, ils entrèrent dans un poste de police réquisitionné. À l'intérieur, des bureaux étaient alignés sur un côté, faisant face à des cellules. Dans l'une d'elles étaient assises trois dames aux cheveux gris. À leur mascara qui avait coulé et à leurs robes chiffonnées, Margaret comprit qu'elles étaient là depuis plusieurs jours.

— Ma fille…, supplia-t-elle quand le soldat la colla en cellule. S'il vous plaît, puis-je téléphoner ?

— Nous ne sommes pas dans un country club, répliqua-t-il. Vous n'êtes pas notre invitée.

Les femmes lui laissèrent un peu de place sur le banc et Margaret se tint avec raideur sur le bord. En temps normal, elle se serait présentée comme étant Mrs Saint James, mais se raccrocher à ce genre de convenance en prison lui parut parfaitement ridicule.

— Je m'appelle Margaret. Mon seul crime est d'être anglaise.

— Le nôtre aussi.

— Ils nous ont arrêtées sur le chemin du retour de notre club de lecture.

— Quelle belle prise ils ont faite là !

— Ces soldats doivent se sentir sacrément fiers d'empêcher de vieilles dames de lire Proust.

Finalement, leur journée terminée, les officiers quittèrent le poste et ne laissèrent qu'un jeune soldat qui lisait à son bureau.

— *Entre nous*, je pense que ce garde a un petit béguin pour notre nouvelle amie.

Margaret avait effectivement remarqué ses yeux qui passaient de son livre aux prisonnières. Mais que pouvait-il regarder d'autre dans ce poste de police froid et humide ?

— Depuis combien de temps êtes-vous ici ? s'enquit Margaret.

— Une semaine. Quand nous serons en nombre suffisant, ils nous enverront dans un camp d'internement. Pas d'eau, pas de nourriture, rien que de la vermine et des soldats morts d'ennui.

À mesure que la soirée avançait, toutes se préparèrent à passer une nouvelle nuit en cellule et commencèrent à déprimer.

Margaret sortit *The Priory* de son sac.

— Détendez-vous. Je vais vous faire un peu de lecture.

Les trois femmes s'installèrent.

Il faisait presque nuit. Les voitures, se faufilant comme des navettes sur la grand-route entre les deux villes séparées de vingt kilomètres, avaient allumé leurs phares qui illuminaient à leur passage les grilles de Saunby Priory.

— C'est une belle et grandiose demeure. Je vous promets que vous vous y sentirez bien.

À la fin du chapitre, une des dames bâilla. Toutes les trois s'installèrent pour la nuit, à même le sol, la tête sur leur sac à main. Margaret se joignit à elles.

— Prends le banc, petite.

— Tu n'es pas aussi enrobée que nous. Reste où tu es.

Margaret fut émue par tant de simplicité et de gentillesse.

— Non, je préfère rester près de vous.

La tête posée sur *The Priory*, Margaret jouait avec ses perles. Le collier avait appartenu à sa mère et c'était de la pacotille, il n'avait rien à voir avec les bijoux que Lawrence souhaitait qu'elle exhibe lors des soirées élégantes. Mais quand elle portait ses perles, elle se savait entourée de l'amour de sa mère, telle une enfant sentant un souffle réconfortant sur son front.

« Travaille dur pour tes études, ainsi tu ne seras pas obligée de travailler en usine comme moi », lui avait répété sa mère, tandis que sa grand-mère lui promettait qu'elle aurait tous les hommes qu'elle voudrait, car son port royal compensait largement ses origines modestes. Elle prétendait d'ailleurs que séduire un homme revenait à ferrer un poisson : aller là où ils étaient nombreux, utiliser son meilleur leurre et ne plus bouger. En compagnie de ses amies, Margaret s'était attardée devant un restaurant élégant, passant et repassant discrètement devant l'entrée. Lorsqu'elle avait aperçu Lawrence, si magnifique dans son costume bleu marine, elle avait laissé tomber son sac à main qu'il avait bien sûr ramassé, gobant tout au passage, hameçon, ligne et plomb.

Le jour de leur mariage, elle portait une robe en soie de Jeanne Lanvin et avait mal à la bouche à force de sourire. Elle n'avait jamais réfléchi plus loin que la cérémonie proprement dite et ignorait tout de la nuit de noces. Le choc qu'elle en éprouva fut si intime et si empreint de maladresses qu'elle ne regretta pas un instant de ne pouvoir partir en lune de miel. Lawrence était un jeune diplomate et ils étaient tous deux invités à un dîner important qui devait conduire, espérait-on, à des pourparlers de paix.

Au Putney, on leur avait servi des cocktails. La main au creux des reins de son épouse, Lawrence l'avait fièrement exhibée. « Voici ma femme ! » disait-il en français pour la présenter aux invités – de l'ambassadeur d'Italie jusqu'au contingent allemand. Elle avait été surprise d'entendre tout le monde parler français – ils étaient pourtant en Angleterre, non ? « C'est la langue de la diplomatie », lui avait expliqué Lawrence. « Tu as dit que tu avais étudié le français. »

Désireuse de ne pas mentir, c'est effectivement ainsi qu'elle avait formulé sa réponse quand il lui avait posé la question. Mais à vrai dire, elle avait échoué à l'issue de ses quatre années de français. Pendant qu'il la courtisait, c'était surtout lui qui avait parlé, remplissant ainsi tous ses blancs. Elle n'avait pas imaginé que ce serait important.

Elle avala son cocktail d'un trait et observa les autres épouses qui faisaient preuve du meilleur esprit pour susciter quelques sourires contraints voire des rires chez les diplomates crispés.

Au dîner, elle avait été incapable de communiquer avec le Russe bourru assis à sa droite comme avec le Tchèque timide à sa gauche. Elle avait espéré quelques petites marques de soutien de la part de Lawrence, mais le regard de son mari avait été aussi éloquent que celui de sa belle-mère – du dédain pur et simple. Par bonheur, les femmes s'étaient retirées au salon pendant que les hommes savouraient leur cigare. Margaret s'attendait à des bavardages sur la mode mais ces dames n'avaient parlé que de la situation politique du moment et elle avait eu beaucoup de mal à suivre – un duce en Italie, un chancelier en Allemagne, un président *et* un président du Conseil en France. Tout se mélangeait dans sa tête.

Lorsque cette déconfiture avait paru toucher à sa fin, le calvaire s'était poursuivi. En face de l'hôtel où elle attendait avec Lawrence qu'on leur amène leur Jaguar, une Française en robe à paillettes avait embrassé son mari presque sur la bouche en lui disant dans un anglais parfait :

— Il va falloir que vous offriez à la petite Margaret un abonnement à un quotidien, ainsi elle pourra nous apporter sa contribution.

Dans la voiture, Margaret avait commenté :

— Ça ne s'est pas si mal passé. Je vais prendre un professeur qui me remettra à niveau en français.

Il n'avait pas répondu. À la lueur des lampes, Margaret avait remarqué qu'il arborait la même expression que sa propre mère à son retour de courses, quand elle se rendait compte que les fraises dodues qu'elle avait achetées étaient pourries à l'intérieur. Un regard de dégoût de soi-même pour s'être laissé escroquer de cette façon.

— Dis-moi ce que je dois faire et je le ferai, l'avait supplié Margaret.

Il ne l'avait même pas regardée. Et ne l'avait plus jamais touchée.

La semaine suivante, elle avait invité des amies pour le thé. Toutes étaient ravies pour elle – un appartement de luxe, un mari riche, une alliance en diamants.

— Tu as obtenu tout ce que tu voulais !

Dans la cellule, une des femmes se rapprocha d'elle et la chaleur qu'elle sentit contre son dos la berça jusqu'au sommeil. En s'endormant, elle comprit que c'était la vérité, elle avait obtenu tout ce qu'elle désirait. Mais elle aurait aimé savoir qu'elle en désirait davantage.

*

Au milieu de la nuit, Margaret fut brusquement tirée de son sommeil par quelqu'un qui lui donnait de petits coups sur l'épaule. Le garde était accroupi au-dessus d'elle. Elle eut un mouvement de recul, mais la place disponible était limitée.

— Je vous libère, murmura-t-il.

La porte de la cellule était ouverte. Elle allait réveiller les autres dames.

— Pas elles. Seulement vous.

— Pourquoi moi ?

— Vous êtes belle. Vous ne devriez pas être ici.

Il était comme Lawrence. Il ne voyait que ce qu'il voulait voir. Elle se rallongea.

— Je vous laisserais bien toutes partir, mais j'aurais du mal à expliquer une cellule vide.

Elle le fusilla du regard, furieuse qu'il lui ait agité sous le nez une promesse de libération comme un hochet avant de la reprendre aussi vite.

— La guerre ne vous a pas appris à mentir ?

— J'aurais des ennuis.

— Qu'est-ce qui peut vous arriver de pire ? Votre commandant va beaucoup crier et vous vous sentirez mal à l'aise ? Qu'est-ce qui peut nous arriver de pire à nous ? Expédiées Dieu seul sait où dans une prison, loin de ceux que nous aimons, sans nourriture, sans chauffage, sans livres.

— Je vais vous laisser sortir toutes les quatre…

— Merci. *Danke*.

— Je vous laisserai toutes partir, à condition que vous me lisiez le roman.

— Quoi ?

— Nous nous retrouverons une fois par jour. Sur les marches du Panthéon ou ailleurs, vous choisirez.

— C'est absurde.

— Un chapitre par jour.

— Pourquoi ?

— Je veux connaître la suite.

Paris
9 mai 1942

Monsieur l'Inspecteur,

Je vous écris pour vous informer qu'à la Bibliothèque américaine la directrice Clara de Chambrun, née Longworth, rédige des mensonges et des excuses pour conserver le bibliothécaire en chef et le concierge à Paris plutôt que de les autoriser à partir travailler dans la Mère Patrie.

Boris Netchaeff rend visite à leur domicile à des lecteurs juifs. Chaque soir, il emporte plusieurs paquets de livres. Je ne serais pas surprise s'il passait en douce des ouvrages obscènes. Il n'a aucune morale et refuse de veiller à la pureté des collections de la bibliothèque. Il dit qu'il s'est fait naturaliser français mais j'ai mes doutes.

Faites votre travail – débarrassez Paris de ces dégénérés étrangers.

Signé : Quelqu'un qui sait.

29

Odile

Le petit déjeuner s'était réduit à quelques cuillerées de flocons d'avoine et un œuf que maman partageait en trois, en veillant à replacer des fragments de jaune sur le blanc. Ses joues, jadis dodues comme des prunes, s'étaient transformées en pruneaux desséchés. Papa avait perdu tant de poids qu'elle avait dû reprendre son pantalon, et sa moustache en brosse ne parvenait plus à masquer l'expression triste de sa bouche aux commissures affaissées.

— Tu devrais être mariée au lieu d'être une vieille fille bibliothécaire, me lança-t-il. Qu'est-ce qui ne tourne pas rond chez toi ?

Je fixai la chaise de Rémy. Son soutien me manquait.

— Paul est un jeune homme merveilleux, poursuivit papa.

— Alors pourquoi ne l'épouses-tu pas, *toi* ?

— Assez ! s'interposa maman.

Pour une fois, papa la boucla et j'entendis presque Rémy s'exclamer : *Comment ? Il n'a fallu que ça ? Un mot, un seul ? Si j'avais su !*

Au travail, je franchissais à peine le seuil que Boris me chargeait les bras de livres. Nous devions tous passer les points de contrôle et je savais que lui et la comtesse accomplissaient autant de livraisons que nous. Sur le chemin qui me conduisait chez la professeure Cohen, je m'efforçai de jouir de cette glorieuse matinée de juin mais la question de papa ne cessait de me tarauder : *Qu'est-ce qui ne tourne pas rond chez toi ?*

Arrivée chez elle, je m'affalai sur son canapé, observant tour à tour la comtoise qui éructait l'heure, le vase toujours vide puis le voile d'inquiétude dans les yeux de la professeure.

— Est-ce que tout va bien ?

Je songeai qu'il n'était pas très professionnel de vider son sac mais c'était elle qui me questionnait.

— Papa pense que je devrais me marier.

— Êtes-vous fiancés, Paul et vous ? demanda-t-elle en se penchant vers moi.

— Oui ! m'exclamai-je, tellement j'étais heureuse de partager mon secret avec elle. Il n'y a que Rémy qui soit au courant. Et maintenant vous.

Le voile disparut.

— Le champagne serait de rigueur en un tel moment. Hélas, il va falloir nous contenter de vin de cerise.

Elle prit une bouteille sur le buffet et versa les quelques gouttes restantes dans deux verres.

— À vous et à votre jeune homme.

Nous sirotâmes la liqueur sucrée.

— Pourquoi ne pas l'avoir dit à vos parents ?

— À la minute où je leur annoncerai, papa décidera de la date du mariage et des noms de ses petits-enfants. Maman a tellement fait de couture que mon trousseau occupe une pièce entière ! On pourrait se noyer sous la masse de ses seuls napperons. Mais surtout, je veux attendre Rémy. C'est ma décision, pas celle de mon père.

— Je compatis, ma chère. Vraiment. Mais ma mère disait toujours : « Accepte les gens tels qu'ils sont, et non pas tels que tu voudrais qu'ils soient. »

— Qu'est-ce que ça signifie ?

— Votre père est âgé, il ne changera pas. Et les chiens ne font pas des chats, donc vous êtes aussi obstinée que lui. La seule chose que vous puissiez changer est votre manière de le voir lui.

— Je ne suis pas sûre que ce soit possible.

— Parlez-lui, dit-elle. Dites-lui ce que vous ressentez pour Paul et que vous aimeriez que Rémy soit là.

— Papa veut juste me voir mariée.

— Votre frère lui manque à lui aussi. Je suis certaine qu'il vous comprendra.

Je fis la moue.

— Vous ne connaissez pas mon père.

— Quand vous serez plus âgée…

Je lui dis au revoir et, irritée, me ruai dans l'escalier. *Quand vous serez plus âgée ! Qu'est-ce qui ne tourne pas rond chez toi ?* Tandis que je fonçais rue Blanche, je remarquai une brunette dans une élégante veste bleue, une étoile jaune cousue sur la poitrine. Je me figeai aussitôt, mon orgueil blessé devenait le moindre de mes soucis.

Désormais, un individu d'origine juive ne pouvait plus enseigner, ni entrer dans les parcs, ni même traverser les Champs-Élysées. Les Juifs n'avaient plus le droit d'utiliser les cabines téléphoniques. Ils devaient s'asseoir dans la dernière voiture du métro. S'avançant dans ma direction, la jeune femme releva le menton mais ses lèvres tremblaient. J'avais entendu parler des étoiles jaunes mais c'était la première fois que j'en voyais une. Je ne savais pas comment réagir. Devais-je lui sourire afin qu'elle sache que tout le monde n'était pas d'accord avec cette marque incongrue ? Devais-je regarder droit devant moi comme à mon habitude, pour lui faire savoir que rien n'avait changé ? Si je ne la regardais pas, je prouverais qu'elle était comme n'importe quelle autre femme. Quand je la croisai, je détournai les yeux.

Les Juifs n'étaient pas seulement bannis, ils étaient devenus des cibles. Et moi qui venais de me plaindre de mes petits problèmes auprès de la professeure Cohen.

*

Je passai toute la matinée en compagnie de Margaret à réparer des volumes usagés. Comme nous ne pouvions plus commander de livres neufs, chacun d'eux était précieux. Fatiguée et affamée, j'étalais mes couches de colle d'avant en arrière sur la reliure, lentement, puis de plus en plus lentement, comme un électrophone en fin de course. Margaret avait arrêté de travailler depuis un moment et le coin droit de sa bouche se relevait en sourire. Je l'appelai en vain.

— Margaret ? fis-je en touchant son genou.

— Désolée, j'étais perdue dans mes pensées.

— Les risques du métier, plaisantai-je.

Elle rit. L'étincelle qui faisait briller son regard ressemblait à l'amour. Se serait-elle réconciliée avec son mari ?

— Lawrence est rentré ?

— Juste ciel ! s'écria-t-elle, horrifiée. Qu'est-ce qui te fait penser ça ?

— Tu as l'air heureuse.

Elle avait toujours été belle, mais ces dernières semaines son visage avait gagné en éclat et en intensité. Telle une brume matinale qui aurait cédé la place au soleil de l'après-midi, mais de façon si progressive que je ne l'avais pas remarqué avant cet instant.

Comme prise au dépourvu, la voix hésitante, elle bredouilla :

— Je suppose que oui.

— Pour une raison spéciale ?

— Je relis *The Priory*, à haute voix cette fois.

— À haute voix ?

— À quelqu'un qui sinon ne le comprendrait pas.

Avant que je puisse en apprendre davantage, notre attention fut distraite par des bruits de bottes. Le Bibliotheksschutz et deux de ses laquais venaient nous rendre visite. Autour de moi, tout le monde se raidit. Les lecteurs s'étaient habitués aux *Soldaten* dans les rues mais pas à l'intérieur de la Bibliothèque. Il s'était écoulé plusieurs mois depuis la dernière visite du Dr Fuchs et bien des choses avaient changé : Miss Reeder était partie et l'Allemagne était désormais en guerre avec l'Amérique. Était-ce la raison de sa présence chez nous ?

Remontant ses lunettes cerclées sur son nez, il demanda à voir la directrice, et j'escortai les trois hommes jusqu'au bureau de Clara de Chambrun. Bitsi nous suivit prudemment.

Ayant pris l'habitude des officiers nazis en tenue d'apparat, la venue du Dr Fuchs ne fit ni chaud ni froid à la comtesse, contrairement au Bibliotheksschutz. À la vue d'une inconnue assise au bureau de Miss Reeder, ses yeux s'agrandirent de stupéfaction. Il contempla le coffre massif et finit par me jeter un regard noir, comme si j'avais enfermé la directrice à l'intérieur.

— Qu'est-ce que ça signifie ? s'exclama-t-il.

— Permettez-moi de vous présenter la comtesse Clara de Chambrun qui dirige la Bibliothèque, répondis-je.

— Où est Miss Reeder ?

— Elle est rentrée chez elle, répondit la comtesse.

— Je lui avais pourtant garanti qu'elle serait sous ma protection. Pourquoi est-elle partie ?

— Elle a sans doute jugé que l'ordre de rentrer au pays était plus impératif que votre garantie.

Je rejoignis Bitsi dans le couloir et lui demandai :

— Pourquoi est-il furieux ?

— La directrice est partie sans lui dire au revoir. Il n'est pas furieux mais blessé.

Ah. Je ne pus qu'apprécier cet homme qui aimait tant Miss Reeder.

Il questionna la comtesse sur ses qualifications, la valeur de ses collections et la police d'assurance qui couvrait la Bibliothèque. Satisfait, il détailla une liste de règles strictes à respecter, qui allaient de l'absence d'augmentation pour le personnel jusqu'à l'interdiction de vendre des livres.

— J'ai donné ma parole que cette bibliothèque resterait ouverte, conclut-il. Si jamais les autorités militaires essaient d'interférer de quelque façon, vous trouverez mes numéros de téléphone, ici et à Berlin, dans le tiroir de Miss Reeder. Appelez-moi si vous avez des problèmes.

KRIEGSGEFANGENENPOST

30 novembre 1942

Chère Odile,

Pardonne-moi de n'avoir pas écrit – impossible d'obtenir du papier. Beaucoup parmi nous sont malades. Ma blessure continue à me gêner. Les gardes n'essaient pas de nous tuer mais ils n'essaient pas non plus de nous garder en vie. L'un d'eux a dit qu'ils n'avaient pas de médicaments pour eux-mêmes.

Marcel, mon voisin de chambrée, a refait des siennes. Après le fiasco de la traite de la vache, il a expédié le tracteur de la vieille Frau dans le fossé mais il est aussi abîmé que l'engin : quand il a basculé, son bras est resté coincé dessous. Le Kommandant a proposé de le remplacer mais la vieille ne veut plus d'aide des prisonniers français.

Un autre gars travaille pour une jeune veuve qui a le corps de Mae West et le visage d'un ange (aryen). Ils sont devenus intimes et quand je l'entends dire qu'il restera ici après la guerre, nous sommes désolés pour lui.

Elle lui a fait discrètement passer une radio pour le remercier d'avoir rentré la moisson. Parmi les Allemands, certains sont aussi virulents qu'Hitler mais d'autres sont antinazis et écoutent la BBC. C'est difficile d'être coupé de toi comme du reste du monde et nous sommes tous ravis d'avoir des informations au quotidien, même si nous n'avons pas de pain tous les jours.

Je vis pour tes lettres et l'espoir de te voir. J'ai la chance d'avoir une famille aimante. Nombreux sont ceux qui n'ont jamais de nouvelles de leur famille. Si tu pouvais envoyer à Marcel Danez un paquet de bonbons, je sais que ça lui ferait plaisir.

Avec toute ma tendresse,

Rémy.

*

Dans la salle des enfants, Bitsi se mordait la lèvre tout en lisant la lettre. Rémy était plein de bonnes intentions mais comment pourrions-nous envoyer de la nourriture à un inconnu quand il n'y en avait pas suffisamment pour la famille ?

— *Bonjour, les filles !* lança Margaret à son entrée. Odile, pourquoi n'es-tu pas au comptoir de référence ? Les abonnés font la queue.

— Nous avons reçu des nouvelles, dis-je avant de lui traduire la lettre.

Elle plissa le front.

— Chaque mois, tu pourras envoyer un colis digne de ce nom, je te le promets.

Le lendemain, elle apporta une cagette avec saucisson sec, cigarettes et chocolat.

— Comment as-tu fait ? m'étonnai-je.

— Ne te préoccupe pas de ça.

Je me souvenais des portraits sous cadres dorés qu'elle avait à ses murs et me l'imaginais qui vendait ses ancêtres un à un afin de pouvoir nourrir Rémy.

*

20 décembre 1942

Cher Rémy,

Nous espérons que le colis que nous avons envoyé t'est parvenu. Le cardigan est-il à la bonne taille ? Reconnais-tu les couleurs ? L'écheveau de laine provient de nos propres chandails d'enfants, que maman avait gardés. Désolé que les manches ne soient pas de même longueur. En ce qui me concerne, la pratique ne conduit pas forcément à la perfection.

Hier soir, Paul et moi sommes allés au théâtre de l'Odéon voir une production de *Hamlet* montée par la comtesse. C'était merveilleux de pouvoir faire une chose aussi banale tout comme avant la guerre. Bitsi et moi allons cueillir du houx dans les bois de manière à décorer les paquets de bouquins que nous allons livrer. Les demandes de livres sont moins nombreuses ces temps derniers, et je trouve ça étrange.

Tu manques terriblement à Bitsi. Tu nous manques à tous. Nous voulons te voir à la maison.

Affectueusement,

Odile

KRIEGSGEFANGENENPOST

1er février 1943

Chère Odile,

Merci pour la nourriture ! Elle est délicieuse. C'était merveilleux de voir le visage de Marcel quand il a reçu son colis. S'il vous plaît, ne vous privez pas pour nous. Je n'aurais jamais dû demander une chose pareille.

Tout va bien ici. Sauf que Marcel a failli se faire tuer. Dans la salle commune, quelques prisonniers écoutaient la BBC, le volume réduit à un soupir, quand les gardes ont débarqué au pas de charge. Tout le monde a filé au plus vite, sauf ce pauvre Marcel tellement absorbé qu'il ne les a pas entendus. Les gardes ont fracassé la radio et nous ont alignés, soit une centaine d'hommes, dans la cour – sans manteau bien sûr – en nous promettant d'être cléments si nous passions aux aveux. Personne n'a ouvert la bouche. Le Kommandant a obligé Marcel à se mettre à genoux et il a pointé son arme sur sa tête. « Dis-moi qui était avec toi, sinon je te tue », lui a-t-il ordonné. Et sais-tu ce que cet abruti a répondu ? « Dans ce cas, je mourrai seul. »

Tendresses,

Rémy

Paris 1er juin 1943,

Herr Kommandant,

J'ai écrit à la police française sans résultats. Je me tourne maintenant vers vous.

La Bibliothèque américaine a des caricatures d'Hitler dans ses collections et n'importe qui peut les voir. Ce n'est pas tout. Ainsi que je l'ai mentionné à la police, des bibliothécaires sortent en cachette des livres pour des abonnés juifs, y compris des livres interdits que personne ne devrait être autorisé à lire

La bibliothécaire Bitsi Joubert dit des abominations sur les soldats allemands. Elle en a un cantonné dans son appartement et Dieu seul sait combien elle peut le maltraiter. La volontaire Margaret Saint James achète de la nourriture au marché noir. En voyant ses joues dodues, personne n'irait imaginer que nombre de gens meurent pratiquement de faim. L'abonné Geoffrey de Nerciat fait des dons en argent à des résistants et il les loge dans son bel appartement.

Dans l'arrière-salle de la Bibliothèque, l'abonné Robert Pryce-Jones écoute la BBC, ce qui est formellement interdit. Mais ce n'est pas le seul bruit agaçant qu'on entend. Des craquements de pas résonnent depuis le grenier – verrouillé jour et nuit – et je me demande bien ce que les bibliothécaires y cachent, animal ou humain.

Rendez-leur visite et voyez par vous-même.

Signé : Quelqu'un qui sait

30

Odile

Le courrier venait d'arriver et je rangeais les revues de mode sur les étagères. *Mode du Jour* rappelait à ses lectrices que « l'intelligence et le goût ne sont pas rationnés » et que si les chaussures s'usaient à la longue, ce n'était jamais le cas pour les chapeaux. *Time* et *Life* manquaient. Je me retournai, prête à exprimer ma sympathie à l'homme qui se tenait à côté de moi – un individu que je n'avais encore jamais croisé ici. Mais à voir sa façon d'étudier les vieux journaux – avec une lueur sournoise dans le regard –, je m'arrêtai. Auparavant, un coup d'œil à ses lèvres pincées et à son costume en tweed vert m'aurait suffi pour le classer parmi les professeurs coincés. Mais là, je pensais qu'il s'agissait plutôt d'une taupe. Je déglutis. Paranoïa. La propagande nazie avait fait son œuvre. Il devait certainement être inoffensif mais je le vis glisser un périodique dans sa poche.

— Les revues restent ici, le prévins-je d'un ton peu amène.

Il remit le magazine à sa place et sortit à grands pas sans demander son reste.

— Bravo ! applaudit Boris. Vous êtes aussi intimidante que Mme Mimoun à la Bibliothèque nationale, un vrai dragon.

— J'essaie, répondis-je en exécutant une révérence.

À son arrivée, Bitsi se contenta de me saluer d'un signe de tête. Ces derniers temps, elle était si silencieuse qu'elle m'effrayait. Comme je voulais garder un œil sur elle, j'insistai pour qu'elle m'aide à porter des livres à la professeure Cohen. Nous gravîmes l'escalier en colimaçon jusqu'au premier étage où la professeure nous soulagea les bras des épaisses biographies que nous avions apportées.

— J'ai terminé mon roman ! annonça-t-elle avec un geste vers la pile de papier sur la table.

— Félicitations, dis-je.

Je fus surprise de constater que l'étincelle enjouée qui brillait dans son regard s'était éteinte pour céder la place à la déception.

— Mais l'éditeur se refuse à le publier.

Je connaissais la raison de son refus et je savais qu'elle aussi. Aucun éditeur français n'était autorisé à publier de livre d'un auteur juif.

— Je suis désolée.

— Moi aussi. En tout cas, je n'aurais jamais pu le terminer sans vous. Non seulement grâce aux ouvrages que vous m'avez apportés pour mes recherches mais aussi grâce au plaisir de votre compagnie et à votre gentillesse. Vous êtes devenue ma fenêtre sur Paris. Les livres comme les idées sont pareils au sang dans nos veines, ils ont besoin de circuler et nous gardent en vie. Vous m'avez rappelé qu'il existait du bon en ce bas monde.

J'aurais dû être aux anges d'entendre un tel compliment, au lieu de quoi une terreur glacée me pénétra jusqu'à la moelle.

— On dirait que vous êtes en train de nous faire vos adieux.

— Je dis simplement que nous ignorons ce qui va arriver.

Elle me présenta son tapuscrit.

— Veillez sur lui, s'il vous plaît.

Honorée par sa confiance, je l'embrassai sur les deux joues.

— Vous ne voulez pas l'envoyer à un collègue, vous êtes sûre ?

— C'est le seul exemplaire. Le roman sera plus en sécurité entre vos mains.

— Quel est son titre ? s'enquit Bitsi.

— *La Bibliothèque américaine.*

— En ce cas, il ne peut s'agir que de théâtre !

— Attendez d'avoir fait connaissance avec les personnages. Une jolie troupe de grands originaux ! dit-elle avec un clin d'œil. Vous en reconnaîtrez certainement quelques-uns.

Lumière, 535 ; manuscrits, 091 ; bibliothèques, 027.

Lorsque la professeure nous raccompagna à la porte, elle avait recouvré sa bonne humeur. Dans la cage d'escalier, j'entendis tout comme Bitsi le tac-tac-tac vif et alerte de sa machine à écrire. J'espérais qu'elle travaillait sur la suite.

— C'est une grosse responsabilité, m'avoua Bitsi sur le chemin du retour.

Je fourrai les pages dans ma sacoche.

— Nous le mettrons dans le coffre-fort.

En nous engageant dans notre rue, nous passâmes à côté de trois filles de joie rigolardes en bas résille avec des chevelures jaunes ébouriffées, mais le trio bien en chair s'éloigna en roulant des hanches dans un nuage de parfum trop fort.

— Traînées ! s'écria Bitsi en essayant de chasser l'odeur. Décidément, il y en a qui ignorent la guerre, poursuivit-elle à haute voix comme nous rentrions à la Bibliothèque. Hier, j'ai croisé une troupe de putains titubant et puant l'alcool. Faire preuve de bon goût n'est pourtant pas bien difficile !

Dans l'arrière-salle, je posai le tapuscrit sur la table et lui proposai de s'asseoir.

— Ce sont les mauvaises personnes qui ont toutes les bonnes choses, maugréa-t-elle. J'ai faim. Je n'arrive pas à réfléchir. Les saisons passent mais les jours de fête ne me manquent pas. Noël, le Jour de l'An, je suis heureuse qu'ils soient passés. C'est bientôt Pâques et la seule chose qui va remonter, ce sont les prix. Rémy me manque. S'il n'existait pas, je risquerais…

— Viens, on va lui écrire.

Effrayée par son désespoir, je me devais de le tenir à distance. Rémy m'aiderait – le simple fait de penser à lui nous remontait le moral. Je sortis un crayon de mon sac à main.

— Tu utilises des minuscules, et moi, des capitales.

cher RÉMY, bonjour DE la BIBLIOTHÈQUE où NOUS sommes TOUS en MANQUE de TOI. C'est ODILE qui a suggéré CETTE idée dingue BRILLANTE.

— Ça ressemble à une demande de rançon, commenta-t-elle. Qui sait s'il la recevra ?

— En tout cas, les censeurs vont s'arracher les cheveux.

Bitsi esquissa un sourire. C'était suffisant.

— Penses-tu que la professeure Cohen y trouverait à redire si nous lisions un passage de son roman ? demanda-t-elle.

Déchirée entre le respect de sa vie privée et le besoin de réconforter Bitsi, je tournai la page de garde et commençai à lire à haute voix :

— L'Après-Vie baigne dans l'odeur paradisiaque des livres moisis, et sur ses murs s'alignent de hauts rayonnages pleins de volumes oubliés. Dans cette douillette mezzanine entre deux mondes, il n'y a pas de fenêtres ni d'horloges mais, de temps à autre, remontent du rez-de-chaussée des rires d'enfants ou le parfum des petits pains au chocolat.

— C'est la section que je préfère dans la Bibliothèque, dit-elle.

— La mienne aussi.

J'étais sur le point de lire la ligne suivante quand nous entendîmes une femme crier.

— J'en ai assez d'attendre. Donnez-moi mes livres, sinon !

— Bon sang. Une nouvelle altercation.

Je me précipitai avec Bitsi vers le comptoir des prêts, où une demi-douzaine d'abonnés attendaient de faire enregistrer leurs livres. Même Clara de Chambrun était sortie de son bureau.

— Que diable se passe-t-il ? voulut-elle savoir.

— Mrs Smythe est fatiguée d'attendre, répondit Boris avant d'ajouter, à l'intention de l'abonnée : S'il vous plaît, soyez patiente et reprenez votre place dans la file.

— Je vais prévenir la police ! lança-t-elle d'une voix rageuse.

— Que nous sommes inefficaces ? répondit-il en haussant un sourcil. Vous pourriez dénoncer le pays tout entier.

Derrière elle, quelques-uns gloussèrent.

— Je vous dénoncerai parce que vous aidez des Juifs.

— Suffit !

La comtesse saisit Mrs Smythe par le bras et la raccompagna jusqu'à la porte.

— Ne revenez plus jamais ici.

L'abonnée se mit à sangloter.

— Je suis incapable de tenir le coup sans les livres que je trouve ici.

*

Au comptoir des prêts, bien avant que la Bibliothèque n'ouvre au public, et pendant que Boris et moi remettions les fiches dans les livres rendus, je laissai mon esprit s'évader vers Paul. À midi, nous allions nous retrouver à l'appartement, le seul endroit où la déception ne franchissait jamais le seuil. Nous allions paresser dans le boudoir rose aux murs décorés de ses dessins. Je les adorais tous, un champ de blé bordé de coquelicots, des tas de foin doré, un vieux cheval souffrant de lordose.

Une succession de petits coups frappés me ramena sur terre. Au départ, je crus que Boris me taquinait parce que je rêvassais. Puis j'aperçus le Dr Fuchs qui nous scrutait par la fenêtre. Pourquoi était-il venu si tôt, et seul ? Nous l'invitâmes à entrer mais il refusa de bouger de sa marche.

— Soyez prudents, murmura-t-il. La Gestapo tend des pièges. Ne laissez pas de livres interdits tomber entre leurs mains. Ils utiliseront n'importe quel prétexte pour vous arrêter, ajouta-t-il en regardant pardessus son épaule. Il ne faut pas qu'on me voie ici.

— Quel genre de piège ? demandai-je.

Mais il était déjà reparti.

— J'ai entendu dire que la Gestapo prenait la direction de la ville de Paris, expliqua Boris en allumant une cigarette. Et ses agents sont encore plus dangereux.

Plus dangereux que les soldats allemands qui avaient battu l'armée française ? Plus dangereux que les nazis qui patrouillaient jour et nuit ?

Nous continuâmes notre travail le restant de la matinée dans un silence lourd d'inquiétude.

Lorsque je sortis de la Bibliothèque à l'heure du déjeuner, je fus surprise de voir Paul dans la cour.

— On ne devait pas se retrouver à l'appartement ? m'étonnai-je.

Par les temps qui couraient, tout s'embrouillait dans ma tête.

— Mon ami et sa fiancée y sont allés hier. Il y avait de nouveaux meubles à côté des anciens mais il a pensé que ce n'était pas bien important. Ils étaient… euh… en train de s'embrasser quand ils ont entendu quelqu'un entrer. Après s'être cachés un moment, ils sont partis à la dérobée par l'escalier de service. Il y est retourné plus tard mais la serrure avait été changée.

Notre petit nid avait disparu et, avec lui, la possibilité de nous serrer dans les bras l'un de l'autre ; l'endroit où nous pouvions dire n'importe quoi, ou rien du tout ; l'endroit où nous pouvions oublier la guerre.

— Et tes dessins ? murmurai-je avec tristesse.

— J'en ferai d'autres, dit-il en me prenant par la taille. Ne t'en fais pas, je nous trouverai un autre lieu.

Dans la rue, nous croisâmes Mme Simon.

— Où croyez-vous aller comme ça ? voulut-elle savoir.

Toujours sous le coup de l'émotion d'avoir perdu l'appartement, un nœud s'était formé dans ma gorge.

— Mlle Souchet a le droit d'aller déjeuner, intervint Paul.

— À condition que vous soyez de retour pour une heure, me prévint-elle.

— Odile n'a aucun compte à vous rendre, lui rétorqua-t-il en passant un bras autour de ma taille pour descendre le trottoir.

— Inutile de te montrer aussi brutal, lui fis-je remarquer. Elle est comme tante March la grincheuse dans *Les Quatre Filles du docteur March*. Bourrue à l'extérieur avec un fond de gentillesse.

— Tout le monde n'a pas un bon fond.

— Et tout le monde n'est pas non plus un criminel, dis-je d'un ton léger.

— Certains individus sont très exactement à l'image de ce qu'ils donnent à voir. C'est ici, annonça-t-il en s'arrêtant devant un immeuble haussmannien.

À notre entrée dans le hall, l'épaisse moquette carmin étouffa le bruit de nos pas. En voyant le lustre doré, j'eus un petit frisson de déjà-vu. Étais-je déjà venue livrer des livres ici ?

Dans l'appartement du premier, les rideaux en brocart étaient tirés. Je me fichai de la vue, je ne m'intéressais qu'à Paul. Je voulais disposer d'une heure avec lui pour tout oublier. Quand il embrassa mes seins, mon ventre, mes fesses, tout mon corps se mit à vibrer.

Après quoi, nus l'un et l'autre, nous visitâmes l'appartement comme s'il s'agissait d'un musée, admirant les vases chinois sur le manteau de cheminée, les toiles de maîtres accrochées aux murs. Mais le plus beau, c'était la cuisine : il y avait du chocolat dans le placard ! En fin de compte, il n'était pas si mal ce nouvel endroit – et son exploration était excitante.

Mais le temps filait trop vite et je lançai à Paul sa belle chemise et son pantalon. Il les enfila sans les attacher et m'aida à fermer le dos de mon chemisier. Debout derrière moi, presque avec dévotion, il embrassa ma nuque en glissant les boutons en nacre dans les œillets. C'était durant ces tendres moments que je l'aimais le plus.

Toute à mes émotions, j'entendis à peine le déclic de la serrure et le grincement des gonds.

— Mais qui êtes-vous, nom d'un chien ? s'écria un homme au poitrail en barrique.

Pieds nus et échevelée, je m'écartai de Paul d'un bond.

— À présent, c'est chez moi ici, grommela l'homme.

Je me rapprochai doucement de la porte et Paul me prit la main.

— On croyait...

— Fichez le camp ! Et n'y revenez plus, nom d'un chien !

Nous regagnâmes la Bibliothèque tête baissée, terriblement gênés d'avoir été surpris. Où allions-nous pouvoir nous retrouver maintenant ? Cependant une autre question s'insinuait dans mon esprit. *Qui était le propriétaire de cet endroit ?*

— Nous n'avons rien fait de mal, m'assura Paul avec un baiser sur la joue avant de regagner le poste de police.

À qui était cet appartement ? J'étais si chamboulée que j'entrai machinalement dans la section des périodiques au lieu de la salle de référence. Sans quotidiens du jour, personne ne s'y installait plus et je fus surprise de voir un homme fouiller dans les revues anciennes.

— Puis-je vous aider ?

— Je constate que certains abonnés sont étrangers, dit-il.

Il me disait quelque chose. Ah, oui, c'était l'homme en tweed qui avait tenté de dérober une revue.

— C'est l'un de nos nombreux motifs de fierté. Tout le monde se sent ici comme chez lui.

— Je souhaiterais les contacter.

— Nous avons détruit nos archives. Nous ne voulions pas qu'elles tombent entre de mauvaises mains, répliquai-je sèchement.

Je me dirigeai vers le comptoir des prêts où Boris et Bitsi étaient en plein conciliabule.

— Il m'a demandé d'où je venais, murmura Boris. Je lui ai dit que j'étais parisien.

— Il vient de plus en plus fréquemment à la Bibliothèque, fit remarquer Bitsi. Quand il est derrière moi, je sens son haleine rance sur mon cou.

Je glissai mon pied sur le sien.

— Que voulait-il ? s'enquit Boris.

— Il a posé des questions sur nos abonnés étrangers.

— En parlant d'étrangers, intervint Bitsi, où est passée Margaret ?

Elle aurait déjà dû être là.

— Téléphonez-lui, suggéra Boris.

Je l'appelai pendant tout l'après-midi mais personne ne répondit. Et si elle avait été arrêtée comme Miss Wedd ? Non, il y avait certainement une raison qui expliquait son absence, une raison parfaitement logique. Je consultai ma montre. Son cadran était comme pétrifié, ses aiguilles refusaient d'avancer. Je portai mon poignet à mon oreille et, tandis que je percevais le faible pouls de sa mécanique, je sentis la panique me gagner.

— Allez-y, me proposa Boris. Nous pouvons tout à fait nous occuper des affaires courantes.

J'appelai une dernière fois Margaret en vain puis me précipitai chez elle.

31
Odile

Le maître d'hôtel ouvrit la porte.

— Est-ce que Margaret est là ? le pressai-je en tentant d'inspecter l'intérieur de l'appartement derrière lui.

Aussi imperturbable qu'à son habitude, il me conduisit à la chambre où je trouvai Margaret étendue sur le lit, entourée de mouchoirs en papier usagés. Je la pris dans mes bras.

— Dieu merci, tu es là. Nous craignions que les nazis ne t'aient arrêtée !

— Je suis malade, gémit-elle. J'ai essayé d'appeler mais je n'ai pas réussi à obtenir de communication. Le téléphone ne marche plus depuis une semaine.

Je grimpai sur le lit et m'assis près d'elle.

— J'ai même demandé à Paul de venir au cas où nous aurions dû remplir un dossier pour personne disparue.

— Il était inutile que tu t'inquiètes, déclara-t-elle avec assurance.

— Mais bien sûr que je m'inquiète ! La ville fourmille de nazis.

— Je te le répète, il est inutile que tu t'inquiètes.

Elle jeta un coup d'œil vers l'entrée pour vérifier qu'aucun domestique ne traînait dans les parages.

— J'ai rencontré quelqu'un, me chuchota-t-elle.

— Ça nous arrive tous les jours.

— Non, j'ai *rencontré* quelqu'un.

Essayait-elle de me faire comprendre qu'elle avait un prétendant ?

— À la Bibliothèque ?

— Non. Je ne voulais pas t'effrayer… mais j'ai été arrêtée.

— Arrêtée ?!

— Chut ! Voilà exactement pourquoi je ne t'ai rien dit.

J'agrippai la soie bleue du couvre-lit, irritée d'apprendre qu'elle avait pu me cacher cela. Pas un instant je ne songeai que moi-même je ne l'avais pas informée de mes fiançailles avec Paul.

— Après ma libération, Felix m'a donné un document qui m'autorise à circuler librement.

Elle l'appelait par son prénom ? Est-ce que ça signifiait que c'était son amoureux ? C'était trop d'un coup. Elle avait gardé le secret. Et visiblement elle pactisait avec l'ennemi. La colère s'empara de moi.

— Ne m'as-tu pas dit que Paul devait venir ? demanda-t-elle en s'installant devant la coiffeuse pour repoudrer son nez rougi.

Maintenant c'était moi qui surveillais l'entrée.

— Tu n'es pas suffisamment en forme pour que je reste, répliquai-je avec raideur. Je vais y aller.

— Ne te comporte pas comme tous les Parisiens. Qui dissimulent leurs sentiments derrière un voile compassé de politesse.

— Je ne vois pas de quoi tu parles.

— Si tu veux partir, je ne te retiens pas. Mais ne te sers pas de mon rhume comme excuse.

Nos regards se croisèrent dans le miroir. Le mien était hésitant, le sien résolu.

— Si Felix ne m'avait pas libérée ainsi que trois autres vieilles dames de cette cellule froide et humide, nous serions toutes en train de moisir dans un camp d'internement. Et que serait devenue ma petite fille alors ? Tu y as pensé ?

Ses paroles firent leur chemin. Margaret aurait pu disparaître sans laisser de traces, comme notre Miss Wedd. Il fallait que je cesse de tirer des conclusions trop hâtives et de juger mon amie comme je le faisais. J'étais aussi mauvaise que Mme Simon.

— Je suis désolée, bredouillai-je. Le plus important, c'est que tu sois saine et sauve. Es-tu sûre de te sentir assez bien pour avoir de la compagnie ?

— J'ai juste des vertiges quand je me lève. Demande à Isa de préparer un plateau de thé. Je viens te rejoindre au plus vite.

Dans le salon, tous les vieillards goutteux dans leurs cadres dorés étaient à leur place. Chaque fois qu'elle m'avait apporté un paquet pour Rémy, je m'étais sentie coupable en m'imaginant ces toiles retirées des murs pour acheter des victuailles. Mais si ces portraits n'avaient pas bougé de là, comment s'était-elle procuré la nourriture ?

Avec l'aide de son nazi, bien sûr.

Margaret et un nazi. Quelle étrange association. Ils appartenaient à deux livres différents sur deux étagères séparées. Cependant, avec cette guerre qui se prolongeait, les gens étaient de plus en plus désorientés. Ce qui était jadis noir et blanc – tels des caractères d'imprimerie sur une page – se brouillait désormais en une grisaille indistincte.

Lorsque Paul arriva, je le serrai dans mes bras.

— Qu'est-ce qui ne va pas ? s'inquiéta-t-il en posant un baiser sur ma tête.

— Rien. Je suis heureuse de te voir, heureuse que tu sois toi.

— J'ai du mal à regarder ces portraits chargés de dorures. On se croirait au Louvre.

— Tout ce qui brille n'est pas synonyme d'intégrité, murmurai-je.

— Hein ?

Margaret fit son entrée avec classe, comme elle adorait le faire. Je m'écartai de Paul.

— Désolée que vous ayez dû quitter votre travail, Paul. C'est gentil à vous d'être venu. Odile a de la chance de vous avoir.

Il piqua un fard et sourit timidement.

— C'est toujours un plaisir de vous voir, répondit-il.

Agacée de le voir ainsi tomber sous son charme, je lui donnai un coup de coude pour lui faire comprendre que nous n'étions pas là pour échanger des politesses. J'attendais de lui qu'il l'avertisse des dangers qu'elle courait – je n'étais pas du tout sûre que le papier de son prétendant suffise à la protéger.

— On raconte que les Chleuhs ont interné plus de deux mille étrangères, reprit-il en anglais.

— Je sais.

— Vous êtes en danger ici. Vous devriez partir, poursuit-il d'une voix ferme.

— Et vous, vous auriez pu vous réfugier dans le Sud en zone libre, rétorqua Margaret. Pourtant vous êtes resté.

— Je dois rester là où Rémy peut me trouver, dis-je.

— Et moi, je veux être au côté d'Odile. Vous, vous devez penser à votre fille.

— Londres n'est pas non plus très sûr, répondit Margaret en toussant dans son mouchoir.

— Soyez prudente, lui recommanda-t-il. Si vous voyez arriver des Allemands, traversez la rue.

Personne ne pouvait éviter les nazis, pas même à la Bibliothèque. Et Margaret n'y tenait pas plus que ça.

*

Une semaine plus tard, Margaret me coinça dans le vestiaire avant de me fourrer dans les bras une boîte nouée d'un ruban argenté. Je l'ouvris et sentis aussitôt le parfum du chocolat – l'or du marché noir. Mon estomac se mit à gargouiller. Je ne voulais pas de ses friandises mal acquises mais ne pus m'empêcher d'en prendre un. Et lorsque je sentis le chocolat au lait fondre sur ma langue, je me demandai ce qu'elle avait reçu d'autre. De la soie ? Des steaks ? Quels étaient leurs nombres Dewey ? Le plus proche que je trouvai était 629 pour les vers à soie et 636.2 pour le bétail. Impossible de trouver les nombres exacts. Je n'arrivais pas non plus à croire qu'elle profitait de tout cela tandis que nous devions nous en passer.

— Pendant la fermeture annuelle de la Bibliothèque, je partirai en vacances avec Felix. Apparemment, Deauville est une ville très agréable. La nounou s'occupera de Christina et, si on me pose des questions, je dirai que je suis restée chez toi…

Toujours sur son nuage de bonheur, elle sembla flotter en gagnant la salle de lecture.

Les chocolats étaient délicieux, et je me promis d'envoyer le reste à Rémy. Oui. Après un petit dernier.

*

Ce soir-là, tandis que Boris et la comtesse étudiaient le budget dans le bureau de cette dernière, je me chargeai du comptoir des prêts. Lorsque le téléphone sonna, je m'attendais à ce qu'on me demande d'aller porter des livres.

— J'exige de voir Clara de Chambrun, dit une voix d'homme en français avec un léger accent allemand. Disons demain à 9 h 30. Dites-lui d'entrer directement et faites-lui part de nos regrets de ne pouvoir nous rendre à la Bibliothèque.

Il ne me laissa pas le temps de répondre et raccrocha. Qu'est-ce que le Dr Fuchs voulait à la comtesse ? Allions-nous perdre une nouvelle amie ?

À l'étage, je jetai un œil dans le bureau de la comtesse et, m'apercevant, Boris haussa les sourcils d'un air inquiet. Son instinct lui indiquait qu'il y avait un problème – par son métier de bibliothécaire, il était aussi psychologue, barman, videur et détective.

— J'ai un message, déclarai-je.

La comtesse me regarda par-dessus ses lunettes de lecture.

— Oui, qu'y a-t-il ?

— J'ai bien peur que le Dr Fuchs ne tienne absolument à vous recevoir à son bureau demain.

— Voyez-vous ça !

— Vous et le général devriez quitter la ville, suggéra Boris.

— Pour les laisser vous arrêter à ma place, c'est ça ? Qu'a-t-il dit exactement ?

Je répétai le message.

— Je vous accompagnerai, proposa Boris.

Je ne voulais pas qu'il y aille – son épouse et sa petite fille avaient besoin de lui – et tâchai de trouver un argument convaincant. Il avait les clés donc il devait être ici demain matin pour ouvrir ? Non, il lui suffisait de me les donner.

— D'après ce que j'ai pu constater, repris-je lentement, le Dr Fuchs a un faible pour les femmes. Il serait préférable que ce soit moi qui accompagne la comtesse.

— Je ne vais pas vous emmener rendre visite à un nazi ! s'exclama-t-elle. Que diraient vos parents ?

— Honnêtement, mon père ne voulait déjà pas que je travaille avec les étrangers capitalistes qui sont ici. Comme papa est *commissaire*, ma famille a déjà eu affaire aux nazis.

Je n'ajoutai cette précision que dans le but de remporter son assentiment. En vérité, je ne pensais jamais à la façon dont mon père passait ses journées, ni avec qui.

— Êtes-vous bien certaine de vouloir m'accompagner ? insista la comtesse.

Certes, je redoutais de me rendre au quartier général allemand, mais en songeant aux livres reliés en cuir sur les étagères de la comtesse, aux ouvrages que je livrais et au manuscrit de la professeure Cohen caché dans le coffre, je décidai que les mots valaient bien qu'on se batte pour eux car ils méritaient le risque encouru.

— Absolument.

Il était inutile de s'appesantir plus longtemps sur ce qui pouvait ou non arriver – nous étions bien trop occupés à gérer la Bibliothèque. Je retournai au comptoir des prêts où Mme Simon exigea de savoir aussitôt.

— Où diable étiez-vous passée ? J'aurais pu sortir libre comme l'air avec tous ces livres sous mon bras !

Lorsque le dernier abonné eut quitté les lieux, je fourrai le colis destiné à la professeure Cohen dans ma sacoche et m'élançai sur le boulevard. Il était un peu plus de 19 heures et je sentais l'ombre menaçante des immeubles. J'avais grandi dans cette ville et d'ordinaire je m'y sentais aussi en sécurité que dans les bras de ma mère. Mais ce soir, chaque fois que je regardais en arrière, l'homme en costume de tweed était là. Je traversai la rue, il fit de même. Il me suivait pas à pas. Lorsque je me retournai, il s'arrêta et se mit à feuilleter une revue à un kiosque à journaux. Je poursuivis néanmoins mon chemin d'un pas vif mais il continuait de me suivre comme s'il faisait sa promenade du soir, le visage toujours aussi sinistre. Dans la pénombre, j'entrevoyais sa mallette dans une main et, dans l'autre… j'aperçus l'éclat métallique d'une arme dont le canon était pointé sur moi.

Je bifurquai brusquement à droite et m'appuyai contre un immeuble crasseux. Mes jambes tremblantes me pressaient de détaler à toute vitesse. Pourtant je me risquai à jeter un œil vers l'homme. À mesure qu'il se rapprochait, je me rendis à l'évidence : ce que j'avais pris pour le canon d'une arme n'était en fait qu'une revue roulée, probablement achetée au kiosque.

Je fis tout mon possible pour le semer ; je trottinai le long du faubourg Saint-Honoré et longeai Hermès puis le palais présidentiel en essayant de trouver un endroit où me cacher. Je n'étais plus très loin du Bristol où Miss Reeder avait résidé au début de l'Occupation. J'y avais apporté des livres aux clients infirmes qui vivaient là. Je partis au pas de course et, avant que le portier n'arrive à ma hauteur, j'ouvris la porte en verre et piquai droit sur la réception où je suppliai le concierge de me laisser sortir par la porte de derrière. Il me fit traverser le somptueux salon ovale puis la cacophonie de la cuisine, d'où je ressortis sur une ruelle latérale obscure.

Tout en reprenant mon souffle, je me demandai si je devais remettre mes livres à leur destinataire ou rentrer directement à la maison. Je décidai que je ne faisais rien de mal, j'avais le droit d'aller voir qui me plaisait.

— Je n'étais plus certaine que vous viendriez, dit la professeure Cohen.

— J'ai fait un long détour.

Elle passa une main sur la couverture avec la même tendresse que maman quand elle caressait mon visage. Elle avait déjà emprunté *Bonjour minuit* au moins une dizaine de fois et lorsque je lui demandai pourquoi elle l'aimait tant, elle répondit :

— Jean Rhys n'a peur de rien. Elle dit la vérité et écrit pour les solitaires et les vulnérables.

J'ouvris une page au hasard, ainsi que je le fais toujours pour avoir une idée d'un livre. *Paris. La ville est très belle ce soir… Tu es très belle ce soir, ma belle, ma chérie, et oh, quelle garce tu peux être !* J'eus un mouvement de recul. Ce n'est pas ainsi que je voyais ma ville. Pas du tout.

Devant ma réaction, la professeure dit :

— Souvenez-vous, Rhys décrit Paris avec les yeux d'une étrangère sans argent et sans personne pour l'aider.

— Pensez-vous que j'aimerais ce roman ?

Elle resserra les pans de son châle devant elle.

— Je n'en suis pas sûre. La fin n'est pas heureuse.

*

À 9 heures le lendemain matin, la comtesse et son mari m'attendaient dans leur voiture devant mon immeuble. Le chapeau melon du général couvrait presque ses cheveux blancs et, comme beaucoup de Parisiens, il avait des poches sous les yeux. Quand il appuya sur l'accélérateur, la Peugeot s'engagea sur les pavés telle une vieille haridelle réticente à se laisser monter. De la banquette arrière, je remarquai qu'il passait plus de temps à regarder son épouse que la route. Nous remontâmes les Champs-Élysées avant de passer devant l'Arc de triomphe pour arriver à l'hôtel Majestic, où se trouvait le bureau du Dr Fuchs.

— Voulez-vous que je vous accompagne ? proposa le général.

— Nous sommes parfaitement capables de répondre à quelques questions.

— En ce cas, je vous attends, répondit-il en agrippant son volant.

Le hall d'entrée était vide. Une blonde fade et mal fagotée – les Parisiens appelaient ces Allemandes « souris grises » à cause de leur uniforme sans éclat – nous conduisit au bureau à peine meublé du Dr Fuchs. Le dos raide derrière son bureau, le Bibliotheksschutz me parut aussi perturbé que nous l'étions. En constatant qu'il ne se levait pas pour nous saluer comme l'exigeaient les convenances, je compris qu'il y avait un problème.

— Vous devez me dire la vérité, nous prévint-il en français.

La comtesse se redressa.

— Il n'y a aucune question sur la Bibliothèque à laquelle nous refuserions de répondre en détail.

— Nous avons reçu une lettre anonyme accusant la Bibliothèque de faire circuler des tracts contre Hitler.

On nous avait dénoncés ?

— Ces caricatures ont été découvertes parmi vos ouvrages, déclara-t-il en tendant un dossier à la comtesse.

Elle le feuilleta.

— Ces dessins datent d'avant-guerre, dit-elle, et les périodiques de ce genre ne quittent jamais la salle de lecture.

Elle reposa le dossier sur son bureau.

— Je vous assure que je ne trahirais jamais l'institution que j'ai promis de sauvegarder.

— Si ces dessins ont circulé, intervins-je d'un ton acerbe, c'est par l'entremise de vos compatriotes qui les ont emportés. J'en ai vu un qui cherchait à voler une revue.

— Chut, m'interrompit la comtesse. Réfléchissez avant de parler.

— Je sais que vous faites également circuler des livres interdits, reprit le Dr Fuchs.

— Vous aviez dit à Miss Reeder que nous n'étions pas obligés de les détruire, rétorquai-je.

À la mention de la directrice, il parut s'adoucir.

— C'est vrai. Mais dorénavant vous devrez les garder sous clé, ajouta-t-il avant de prendre une profonde inspiration. Il semblerait que nous ayons trouvé une solution.

Il passa à l'anglais ; probablement pour que la souris grise dans le couloir ne puisse comprendre ce qui se disait.

— Je suis très heureux pour vous. Je ne vous cacherai pas que, personnellement, je suis très content aussi.

Il se leva, la réunion était terminée. Remarquant que même le Dr Fuchs se méfiait de la souris grise, la comtesse et moi n'échangeâmes pas un mot jusqu'à notre retour à la voiture.

Pendant le trajet du retour, je m'interrogeai sur l'étrange aveu du Dr Fuchs. Si nous étions reconnues coupables d'avoir mal agi, peut-être qu'il en serait de même pour lui, l'administrateur des bibliothèques en zone occupée ?

Lorsque nous arrivâmes à la Bibliothèque, Boris sortit une flasque du tiroir et versa un peu de bourbon dans trois tasses à thé. La comtesse s'installa sur une chaise et but une petite gorgée. Je me dépêchai d'expliquer ce dont on nous accusait.

— Est-ce que le Dr Fuchs est au courant de nos livraisons spéciales ? s'enquit Boris.

— Je ne pense pas. Mais nous l'avons échappé belle. J'ai donc décidé qu'il était inutile d'attendre le mois d'août pour notre fermeture annuelle. La Bibliothèque sera fermée au public dès demain.

Le 14 juillet. Encore un jour de congé sans aucune raison de faire la fête.

32
Boris

Comme chaque mercredi soir, Boris et Anna allaient jouer aux cartes chez leurs voisins, les Ivanov. Guerre ou pas, Occupation ou pas, ils continuaient de boire un verre de vin en dînant – des repas qui ne cessaient de s'alléger au gré des semaines. Pendant qu'Hélène jouait avec Nadia dans la chambre, les deux couples, amis de longue date, se détendaient en se partageant des tranches de *salo* et en écoutant du Bach, volets fermés et portes closes. À table, ils s'échangeaient les confidences, et Vladimir parla du jeune élève que Marina et lui avaient caché dans le grenier de leur école. Ses parents ayant disparu, il s'était tapi chez lui trois jours durant avant de se confier à quelqu'un. Il n'avait que treize ans mais mangeait comme un ogre et il était difficile de lui trouver des rations supplémentaires.

La conversation dévia ensuite sur leurs propres enfants. Boris adorait écouter Anna parler de leur fille, sa voix et ses yeux devenaient plus tendres. Elle était pourtant épuisée par les queues interminables pour le pain, le beurre, pour cette existence si dure, mais elle n'en laissait rien paraître. Ni signes d'inquiétude ni colère. Par moments, les épaules de Boris s'affaissaient, lourdes d'amertume de vivre ainsi – en fin de compte, ils avaient fui la révolution et ils se retrouvaient aujourd'hui confrontés à la guerre. Mais Anna demeurait toujours droite, jusqu'à ce que sa force devienne aussi celle de son mari.

Une fois la table débarrassée, Boris battit les cartes et les distribua. Le visage d'Anna s'éclaira de plaisir en découvrant son jeu et il en fut heureux.

On frappa à la porte. Surpris, ils se regardèrent tous. Était-ce important ? Peut-être pas. La personne risquait de s'en aller. Attendons.

Boum ! Boum ! Boum ! Échanges de regards mais tout le monde garda le silence. Vladimir, Marina et Anna posèrent leurs cartes sur la table, Boris garda les siennes en main. Vladimir s'approcha de la porte et jeta un œil par le judas. Il se raidit, confirmant ce que pressentait déjà Boris. Gestapo.

Ah, ils nous ont pris sur le fait – à jouer aux cartes en écoutant Bach pendant que nos enfants jouent à des jeux imaginaires dans la chambre. Vladimir ouvrit lentement le battant. Quatre hommes le bousculèrent à leur entrée et l'un d'eux le mit en joue avec son pistolet. Deux autres s'attaquèrent aux livres sur les étagères et le dernier arracha les coussins du canapé. Satanés fouineurs, ils n'étaient jamais satisfaits. Peut-être avaient-ils appris l'existence du garçon. Enseignants et non révolutionnaires, Vladimir et Marina s'étaient mis dans une mauvaise posture en cachant un enfant. Sinon, pourquoi la Gestapo seraitelle ici ? Non que les nazis eussent besoin de raison.

Boris n'était plus surpris par ces individus. Les Parisiens avaient vu les nazis sous leur meilleur jour, leurs bottes bien cirées, en train d'acheter des colifichets pour leur mère restée au pays. Et sous le pire également. Ivres d'avoir trop bu et titubants dans les rues. Ou le visage tout rouge après s'être fait sèchement rembarrer par une femme. Et bien entendu, les nazis avaient vu les Parisiens sous leur plus mauvais jour. Le ventre vide, aigris, en train de se houspiller dans les files d'attente devant des boucheries. Ils étaient devenus des ennemis intimes. Les uns sur les autres, côte à côte, et hors d'eux.

L'homme au pistolet aboya quelque chose en allemand. Voir Anna, Marina et Boris toujours assis à la table l'avait mis en furie : pourquoi restaient-ils là aussi calmement ?

— Debout ! leur ordonna-t-il en français.

Anna se leva de sa chaise avec la grâce d'une tsarine de son trône. Elle refusait de leur montrer sa peur – ce serait la preuve qu'ils avaient gagné.

— Toi, près de la porte, dit-il ensuite à Vladimir. Mets toi avec les autres. Mains en l'air !

Ils levèrent les mains et Boris se rendit compte qu'il tenait encore ses cartes.

Le pistolet était pointé sur Boris. Allaient-ils l'arrêter ? La Russie et l'Amérique étaient toutes deux en guerre avec l'Allemagne ; il était franco-russe et travaillait dans une institution américaine. Il reconnaissait à présent l'homme qui brandissait le pistolet, même si ce blaireau portait un costume en tweed le jour où il avait fouiné dans leurs collections. Il était si souvent dans la salle de lecture qu'Odile avait même pesté : « Il est temps que quelqu'un dise à ce salopard de se payer une carte d'abonnement à la Bibliothèque. »

Cette Odile ! Il avait ri. Et là encore, il rit.

Le Luger cracha une balle et la douleur embrasa tout son corps. Son sang commença à se répandre sur sa chemise blanche et il lâcha ses cartes qui voletèrent jusqu'à ses pieds. La douleur était trop forte. Il vacilla. Et durant ce dernier pas de danse, il pensa : *Dis aux enfants que je les aime. Anna, oh, Anna. Tu sais tout ce que je ressens.*

Il ne se souvint pas d'être tombé, ni que sa tête eût cogné le plancher. Mais il perçut la présence d'Anna près de lui et vit le rouge recouvrir les mains pâles de son épouse. Il entendit les nazis crier. C'en était trop. Il n'aspirait qu'à une chose : se glisser à l'étage par l'escalier en spirale, marcher le long des allées désertes les bras pleins de livres et se perdre dans le silence apaisant de l'Après-Vie.

33

Lily

Froid, Montana, août 1987

Angel, la sœur de Mary Louise, trônait en première page du *Froid Promoter*. Reine du bal de fin d'année et diva laveuse de voitures en bikini, elle collectait de l'argent pour les orphelins ou le camp de vacances des pom-pom girls. À lui seul, son regard était capable de transformer le cerveau d'un homme adulte en fumier, et nous passions des heures, Mary Louise et moi, à nous demander ce qu'il fallait faire pour lui ressembler. Afin de dénicher quelques réponses concluantes à nos interrogations, aux aguets du moindre bruit pour nous éviter des ennuis, genre Sue Bob apparaissant dans l'entrée, nous nous faufilâmes dans sa chambre. Un petit relent de danger se mêlait au parfum *Giorgio* d'Angel.

Mary Louise fouilla les tiroirs de la commode. Elle en sortit, pendouillant à son doigt, un soutien-gorge noir dont les bonnets étaient si grands qu'ils auraient pu contenir des balles de softball. Il m'hypnotisa littéralement. Nous caressâmes ses pulls en laine angora plus douce que la peau avant de les coller sur nos poitrines plates. Quel effet cela me ferait de sentir Robby glisser sous le chandail sa main avide de ma peau ? Un délice. Sous le lit, je dénichai une boîte à chaussures pleine de bouquets de bal des années précédentes et un étui en plastique rose. À l'intérieur, des pilules s'enroulaient sur plusieurs tours comme une coquille d'escargot. Au creux de ma main, les contraceptifs me firent le même effet qu'une arme à feu – ils avaient eux aussi le pouvoir d'arrêter un corps humain. Je pressai le papier-alu pour extraire une pilule, mais Mary Louise me demanda de la remettre en place.

Sur la coiffeuse, les ustensiles de maquillage étaient alignés sur un plateau tels des instruments de chirurgien. Le liner bleu, qui transformait les yeux d'Angel en océans infinis, ressemblait sur nous au gribouillage d'un Bic pris de folie. Finalement arriva l'exploration du placard rempli de robes en soie Gunne Sax. Le simple fait de les toucher me donna l'impression de frôler le paradis.

À mon retour à la maison, Odile et Eleanor m'attendaient sur le canapé.

— Sue Bob a appelé, déclara Eleanor en se levant, la mine sombre.

Comment le rapport de l'espionne avait-il pu arriver à la maison avant moi ?

— Tu sais que c'est mal d'aller fouiner, reprit Eleanor, sans colère mais plutôt… soucieuse. Ça te plairait, toi, si j'allais fouiller dans tes affaires ?

— Allez-y, répliquai-je d'un ton amer. Je n'ai pas de secrets.

— *Ma grande*, intervint Odile en se levant, tout le monde a des secrets et des sentiments très personnels. Votre papa, Eleanor, moi. Soyez reconnaissante de ce que les gens peuvent vous dire quand ils sont prêts à le faire. Essayez d'accepter leurs limites et comprenez que ces limites n'ont généralement rien à voir avec vous.

Constatant que je ne savais trop que faire du conseil d'Odile, Eleanor simplifia :

— Ne fouine pas, ou tu vas t'attirer des ennuis.

— Pourquoi suis-je celle à qui on fait la leçon quand c'est Angel qui a des pilules contraceptives ?

Eleanor en eut le souffle coupé et je me sentis satisfaite de moi.

Odile me saisit les bras, ses doigts enfoncés dans ma chair.

— Écoutez-moi bien : il n'y a rien de pire que de divulguer les secrets de quelqu'un. Pourquoi nous révéler, à nous – ou à n'importe qui d'autre –, ce qui ne concerne qu'Angel ? Essayez-vous de lui attirer des ennuis ? De ruiner sa réputation ? De lui faire du mal ?

— Je crois que je n'ai pas vraiment réfléchi…

— Eh bien, la prochaine fois, réfléchissez ! Et fermez bien votre bouche.

— Personne n'aime les mouchardes, ajouta Eleanor.

Elles se rassirent toutes les deux sur le canapé et reprirent leur conversation.

— Donc vous pensez que je devrais partir ? demanda Odile.

Pour une fois, c'est elle qui semblait manquer d'assurance.

— Partir où ?

— À Chicago ! gazouilla Eleanor.

— Chicago, soupirai-je.

Moi, je ne souhaitais qu'une chose : échapper à tous ces gens qui surveillaient mes moindres gestes et me retrouver dans une ville pleine de gratte-ciel et de restaurants élégants.

— Il faut que vous y alliez ! m'écriai-je.

— Voilà quarante ans que je n'ai pas pris le train – depuis mon arrivée ici. Et je n'ai pas non plus revu mon amie Lucienne depuis toutes ces années.

— Pourquoi n'y êtes-vous jamais allée ?

— Elle nous avait invités mais Buck n'a jamais voulu se déplacer jusque-là. Après son décès, j'ai pris l'habitude de répondre non.

— Pensez à tous ces magasins, à tous ces théâtres ! s'exclama Eleanor. Si l'occasion m'en était offerte… Et ce ne serait pas merveilleux de revoir votre amie ?

— Elle veut que je vienne un mois entier.

— Lily et moi pouvons vous conduire au train, proposa Eleanor.

— Je vais y réfléchir, conclut Odile, mais la connaissant, je savais que dans sa bouche c'était un non.

Ce soir-là, j'étais au lit et somnolais en lisant *Homecoming*[1] quand les bruits d'une dispute s'insinuèrent sous la porte.

1. Roman de Cynthia Voigt publié en 1981.

— Sue Bob est incapable de tenir la bride à ses propres filles et elle pense pouvoir me dire comment élever la mienne ? dit papa. Angel est une cause perdue et Mary Louise suit ses traces.

— C'est absurde, répliqua Eleanor. Mary Louise est juste un peu trop fougueuse.

Mon cœur ensommeillé se gonfla de gratitude. La porte couina en s'entrouvrant et les pantoufles Isotoner d'Eleanor chuchotèrent sur la moquette. Elle éteignit ma lampe.

— Merci, murmurai-je.

— De quoi ?

De ne pas t'être mise en colère parce que j'étais allée fouiner chez Angel. D'avoir encouragé Odile. D'avoir vu le meilleur en Mary Louise. D'avoir compris. Je le pensais mais ne dis rien, et je me contentai de m'emmitoufler sous la couette, plus heureuse que je ne l'avais été depuis un long moment.

*

Dix jours plus tard, avec Eleanor, j'accompagnai Odile à la gare de Wolf Point. De la banquette arrière, je contemplai les terres dénudées qui défilaient et regrettai que ce ne soit pas moi qui parte.

Nous attendions le train quand Odile demanda :

— Et si elle avait changé ? Et si nous ne nous entendions plus ? Je serais coincée là-bas.

— Vous pouvez toujours rentrer plus tôt, lui fit remarquer Eleanor. Froid n'aura pas bougé.

— Ce n'est pas Froid qui me manquera, répondit Odile.

Mon pied glissa sur le sien.

— Vous allez me manquer aussi.

L'Empire Builder[1] s'immobilisa et elle monta à bord. Eleanor et moi restâmes sur le quai vide à lui faire signe.

*

Deux semaines plus tard, au dîner, alors que je découpais un morceau de poulet pour Joe, je reposai ma question sur les cours de conduite.

— Mary Louise a déjà son permis.

— Pourquoi te comparer aux autres ? dit mon père. Tu es belle et tu es unique.

J'essuyai le ketchup qui couvrait la figure de Joe.

— En effet, je suis unique, puisque je suis la dernière de ma classe à ne pas avoir de permis provisoire.

Je faillis ajouter qu'il ne pouvait pas me garder indéfiniment sous cloche dans cette maison. Mary Louise m'avait appris à conduire sur le chemin de terre qui menait à la décharge. Ce n'était pas bien difficile.

— Après ce qui est arrivé à la fille des Flynn, je serais mort d'inquiétude, répondit-il. Je ne veux pas que tu coures de risques.

1. Le Bâtisseur d'Empire, nom du train qui relie Chicago à Portland et Seattle.

Jess Flynn se trouvait dans un pick-up avec des garçons qui buvaient en conduisant. Lorsque la Ford avait dérapé et quitté la route, sa mort avait été instantanée et notre ville avait pleuré sa disparition pendant cinq ans.

— Les ados ne boivent pas en conduisant sur le trajet de l'école, ni à l'aller ni au retour, intervint Eleanor. Il n'y a rien de mal à ce qu'une jeune fille dispose d'une certaine indépendance. Et n'est-il pas préférable qu'elle acquière un peu de pratique avant d'aller à la fac ?

Papa l'accusa de prendre mon parti pour gagner mon affection. Elle commença à débarrasser la table, jetant l'argenterie sur les assiettes. Et moi, je me retrouvai coincée au beau milieu d'une dispute que j'avais déclenchée malgré moi.

Après le dîner, Mary Louise vint me rendre visite. Jambes croisées à même le sol, le dos appuyé au lit, nous écoutâmes The Cure.

— Papa et Eleanor se disputent encore, dis-je. J'aimerais tellement m'échapper à Chicago.

— Ça te prendrait une éternité d'économiser l'argent. Tu pourras quand tu auras trente ans.

— Quand je serai trop vieille pour l'apprécier.

— Lily, s'écria Eleanor depuis le couloir. Baisse un peu ta musique, elle fait peur à Benjy ! Et pourquoi n'iriez-vous pas toutes les deux arroser les plantes d'Odile ? Elles doivent être à moitié mortes.

Le salon d'Odile ne paraissait pas avoir changé – un panier d'écheveaux de laine à côté du fauteuil, la table basse avec mes œuvrettes artisanales, un sachet de lavande, un marque-page en cuir – mais pas de musique de Bach ni personne pour demander comment se passait notre journée. La maison ne sentait plus les cookies fraîchement cuits, et son odeur de renfermé rendait l'endroit plus vide encore. Les rideaux fermés, Odile absente, la pièce ressemblait à un corps sans âme.

La maison nous était grande ouverte, nous pouvions y faire tout ce que nous voulions. Et pareille occasion ne se représenterait plus jamais. J'ouvris un tiroir mais n'y trouvai que de vieilles coupures de journaux.

— Qu'est-ce que tu cherches, d'ailleurs ? me demanda Mary Louise en versant l'eau en pluie sur les fougères desséchées.

— Des indices.

Je voulais découvrir les secrets qu'Odile ne révélerait jamais.

Je sortis les livres des étagères dans l'espoir d'y trouver une autre photo, une lettre d'amour, un journal intime. Ce qui est interdit est excitant. Sinon, comment dénicher quelque chose ? *Ne fouine pas. Tu vas t'attirer des ennuis.* Un léger sentiment de culpabilité me traversa mais je continuai à feuilleter les pages.

— Peut-être que tu ne connais pas Odile aussi bien que tu le crois. Et si elle avait été amoureuse d'un nazi ?

Je me souvenais de la photo du « protecteur des bibliothèques ». Il n'était pas si mal de sa personne – pour un nazi, s'entend. Je secouai la tête.

— Impossible ! Elle était dans la Résistance, elle craquait les codes cachés dans les livres. Je te parie qu'elle était amoureuse d'un résistant et… peut-être qu'il a été tué pendant une mission secrète.

— Elle n'a pas ri de toute une année, continua Mary Louise en brodant sur le récit. Mais c'est alors qu'elle a vu Mr Gustafson et c'est lui qui l'a aidée à retrouver le sourire. Et comment se sont-ils rencontrés tous les deux ?

J'improvisai :

— Il a été parachuté en France et blessé par l'ennemi. On l'a conduit à l'hôpital, où elle était bénévole une fois par semaine.

— Et quand elle l'a rencontré, elle y est allée tous les jours.

Nous examinâmes la photo de mariage d'Odile. Lèvres serrées, elle fixait l'objectif. Buck la contemplait de toute sa hauteur, les yeux débordant d'amour.

— Tu te les imagines ? Elle debout à son chevet et lui gisant sur son lit d'hôpital, qui la regarde avec adoration ?

— Il lui plaisait aussi, mais elle ne pouvait pas le dire parce qu'à l'époque les femmes étaient obligées de jouer aux timides.

— Absolument.

Je me représentai Odile en béret, défiant la Gestapo de la même façon qu'elle avait tenu tête à papa. Je parierais qu'elle avait abrité des Juifs dans son appartement.

— Si Odile l'avait cachée, Anne Frank serait vivante aujourd'hui.

— Tout à fait, acquiesça Mary Louise. Voyons un peu ce qu'elle a d'autre !

Laissant les livres en tas, direction la chambre à coucher, où Mary Louise disparut dans le placard.

— Une boîte à bijoux. Je te parie qu'elle est pleine de rubis d'un ancien amant !

Je m'y glissai à mon tour mais c'est tout juste si nous pouvions y tenir côte à côte. Ma joue frôla les manches des chemisiers d'Odile. Sur une patère, une nuisette en dentelle noire – si sensuelle que je rougis autant que Mary Louise en la voyant – miroitait dans la pénombre. Le fusil de Buck était debout dans un coin. Nous n'aurions pas dû nous trouver là, c'était la chambre d'Odile, son placard, ses affaires. Je le savais. Mais je ne pouvais m'empêcher de caresser ses cardigans en cachemire, pliés comme s'ils étaient encore en magasin.

Mary Louise m'indiqua une boîte blanche sur l'avant-dernière étagère. Je l'attrapai et elle ouvrit le fermoir doré.

— Elle n'est même pas fermée à clé ! m'émerveillai-je.

— C'est nul, dit-elle alors en sortant une liasse de papier.

— Peut-être qu'il s'agit de lettres d'amour !

Exactement ce que j'avais espéré, un fragment du passé d'Odile rédigé par un prétendant. Buck ou un autre, un étranger beau et fringant. Le papier était aussi craquant qu'une tranche de bacon et jauni par le temps. Je pris la première page. L'écriture féminine et fluide ressemblait à celle d'Odile. Donc ce n'était pas la lettre d'un amant. Le français n'était pas facile à comprendre, avec des mots que je n'avais vus qu'une fois et relégués depuis bien longtemps au fin fond de ma mémoire.

Paris
12 mai 1941

Monsieur l'Inspecteur,

Pourquoi ne cherchez-vous pas les Juifs non déclarés qui se cachent ? Voici l'adresse de la professeure Cohen, 23, rue Blanche. Elle enseignait prétendument la littérature à la Sorbonne. Aujourd'hui elle invite des étudiants à son domicile et prend du bon temps avec eux et avec des collègues, pour la plupart de sexe masculin – à son âge !

Lorsqu'elle s'aventure dehors, vous la verrez arriver à un kilomètre dans sa cape bruissante de couleur mauve, une plume de paon piquée dans son chignon. Demandez donc à cette Juive son certificat de baptême et son passeport, vous constaterez que sa religion y est indiquée. Pendant que de bons Français et de bonnes Françaises travaillent, madame la professeure se contente de prendre un siège et de lire des livres.

Mes renseignements sont exacts, à vous de jouer maintenant.

Signé : Quelqu'un qui sait

Une haine vieille de quarante-cinq années émanait de la page. Était-ce la raison pour laquelle Odile refusait de parler de son passé, à cause de la laideur des mots ?

J'avais l'impression d'être debout dans une boule à neige qu'on aurait secouée, n'était le fait que les pièces à l'intérieur n'avaient pas été collées et tout tourbillonnait – la maison en briques, le lampadaire, le chat errant, la voiture de police. Nous étions tous emportés avec la neige qui n'en était pas, juste des morceaux de papier jaunis, tous ces confettis en train de pourrir, les restes de la lettre que j'avais déchirée en mille morceaux.

Mary Louise me donna une tape.

— Pourquoi tu as tout déchiré ?

— Quoi ? fis-je dans un état second.

Elle me montra les bouts de papier jauni à nos pieds.

— Elle va le voir, c'est sûr. On va avoir des ennuis.

Plus rien n'avait de sens.

— Je m'en fiche.

La photo du « protecteur des bibliothèques » resurgit soudain devant mes yeux. Odile la conservait avec les photos des êtres chers à son cœur. Peut-être qu'elle avait aimé le nazi et peut-être qu'elle l'avait aidé dans son travail. Après tout, elle n'était jamais retournée en France et sa famille ne lui rendait jamais visite. Peut-être qu'ils l'avaient reniée.

— Qu'est-ce qu'il y avait dans la lettre ?

Je ne voulais pas qu'elle sache combien les gens étaient abominables. Je n'avais pas envie de partager avec elle mes soupçons sur Odile. Mais si ce n'était pas elle qui avait écrit cette lettre, pourquoi l'avait-elle conservée ?

— Qu'est-ce qu'elle disait ? répéta Mary Louise.

— Je n'ai pas compris.

— D'accord, dit-elle en me tapotant le dos. Peut-être que tu ne parles pas français aussi bien que tu le croyais.

Nous avions trouvé l'indice que nous cherchions. Et pourtant… je tremblais de froid. Et j'avais la nausée.

— Si tu ne comprends pas celle-là, lis-en une autre, me suggéra Mary Louise en montrant les autres lettres dans la boîte.

— Il n'y a rien à comprendre. Elles sont juste bonnes pour la poubelle. Des vieilleries.

J'essayai de les déchirer mais Mary Louise m'arracha les lettres et les replia exactement comme nous les avions trouvées.

— Je veux rentrer, dis-je.

— Tu as raison. On devrait peut-être s'en aller.

— Oui, peut-être que vous devriez.

Nous fîmes volte-face.

Odile. Debout derrière nous. Les sourcils haussés, incurvés comme des points d'interrogation. Que faisions-nous dans sa chambre ? Qu'est-ce que c'était que ces confettis à nos pieds ?

Elle était heureuse de me voir, c'était visible à ses lèvres retroussées, à son regard tendre.

Mary Louise et moi avions l'habitude de nous attirer des ennuis, même si personne ne nous avait jamais prises sur le fait. Une part de moi voulait s'excuser auprès d'Odile d'avoir ainsi envahi son intimité mais la plus grande part exigeait que ce soit *elle* qui présente des excuses pour cette lettre révoltante, pour m'avoir enseigné ces horribles mots français, pour m'avoir fait croire qu'elle appartenait à la Résistance alors qu'elle n'était qu'une menteuse.

— C'est vous qui avez sorti les livres des étagères ? demanda-t-elle d'une voix calme.

Laissant tomber les lettres, Mary Louise me bouscula et s'enfuit en courant. Mais s'il y avait une chose qu'Odile m'avait enseignée, c'était de ne jamais battre en retraite. Je la regardai droit dans les yeux. Droit dans ses yeux marron si doux.

— Qui êtes-vous ?

34

Odile

Paris, 19 juillet 1943

Assise à mon bureau dans ma chambre, j'écrivais à Rémy quand Bitsi déboula hors d'haleine en clamant :

— Boris jouait aux cartes !

— Aux cartes ?

— Et les Allemands lui ont tiré dessus ! Il a reçu une balle.

— Une balle ? répétai-je une main sur le cœur. Il… il est vivant ?

— Ils l'ont emmené à l'hôpital de la Pitié pour l'interroger.

Sous le commandement de la Gestapo, l'hôpital de la « Pitié » équivalait pratiquement à une condamnation à mort. Non, pas Boris. Je ne pouvais supporter l'idée de perdre encore un ami.

— Je faisais les cent pas chez moi en proie à des idées noires, alors je suis partie à la Bibliothèque pour m'avancer dans mon travail, expliqua Bitsi. La comtesse venait de rentrer de son entretien avec le Dr Fuchs. Elle m'a appris que l'épouse de Boris l'avait appelée à minuit. Le lendemain matin, elle s'est rendue directement chez le Bibliotheksschutz. « Boris Netchaeff travaille à la Bibliothèque depuis près de vingt ans, lui a-t-elle déclaré. Il ne ferait jamais rien pour la compromettre. Vous aviez promis de nous aider s'il se présentait un problème. » Il lui a demandé de préparer un rapport. Ha ! La comtesse connaît bien les nazis et leurs rapports. Elle lui a présenté un compte rendu détaillé de l'incident, tapé à la machine et contresigné par un témoin. Il a alors téléphoné à quelqu'un, qui l'a informé que Boris serait déporté.

— Déporté !

— Mais le Dr Fuchs a promis d'intervenir.

C'était déjà ça. J'étais certaine qu'il tiendrait parole. Le Bibliotheksschutz n'était pas aussi mauvais que les autres.

— Comment pouvons-nous aider Boris ?

— En aidant Anna.

Nous décidâmes de partir à vélo chez les Netchaeff à Saint-Cloud, près de Paris.

Est-ce qu'Anna est là ? On nous fit entrer dans l'appartement plein d'amis et de membres de la famille qui parlaient à voix basse. Hélène était dans la pièce voisine et elle avait tout entendu. Pauvre petit chou, elle n'avait que six ans. Qu'est-ce que cherchaient les nazis ? J'espérai qu'ils laisseraient Anna voir Boris. La Gestapo avait eu le culot de revenir à 3 heures du matin. Ses agents avaient réclamé les cigarettes qu'ils avaient vues sur la table.

Anna était rentrée chez elle au petit matin, pâle comme la lune. La Gestapo l'avait gardée dans une pièce du sous-sol froide et humide, et on lui avait présenté une série de photos d'hommes qu'elle ne connaissait pas – celles-là mêmes que la Gestapo avait montrées à Boris – avant de lui permettre de voir son mari. Il portait toujours sa chemise pleine de sang coagulé, et aucun docteur ne l'avait encore examiné.

*

En août, grâce à l'intervention du Dr Fuchs, Boris fut transféré à l'Hôpital américain. La balle lui avait perforé le poumon et parce que la blessure n'avait pas été soignée pendant plusieurs jours, une infection qui risquait de le tuer s'était déclarée. Au bout d'un mois, les médecins l'autorisèrent à recevoir d'autres visites que celles de son épouse. Dans le grand hall de l'hôpital, Anna nous confia à Bitsi et à moi :

— Il doit se sentir mieux. Hier, il m'a asticotée pour que je lui apporte un paquet de Gitanes.

Je souris, sans être vraiment certaine qu'il plaisantait.

— Hé, vous deux ! appela Margaret en se précipitant vers nous. Désolée d'être en retard.

Je ne l'avais pas revue depuis des semaines. Hâlée et insouciante, elle débordait de bonheur.

— Pauvre Boris ! Pourquoi ne pas m'avoir prévenue plus tôt ?

— J'ai pourtant téléphoné, répondis-je sèchement. Tu ne m'as jamais rappelée.

— J'étais au bord de la mer avec…, commença-t-elle avant de regarder Bitsi et Anna. J'étais au bord de la mer. J'aurais dû garder le contact.

En chemin pour aller voir Boris, une des infirmières me salua chaleureusement et je trouvai touchant que quelqu'un se souvienne de moi. Je bavardai avec elle dans le couloir le temps qu'Anna s'assure que Boris était bien réveillé.

Aussitôt entrée dans la chambre, je me dirigeai droit sur lui et, à l'image de maman toujours à s'occuper de petits riens, remontai la couverture sur sa poitrine. Ses yeux verts étaient vitreux à cause des analgésiques mais un coin de sa bouche se releva comme lorsqu'il se préparait à dire une bêtise.

— Notre pays est vraiment devenu France Kafka.

— Une *Métamorphose* a effectivement eu lieu, répondis-je d'un ton que je voulais léger.

— Désolé de vous abandonner seule au comptoir des prêts.

— Ça ne me gêne pas – je suis toujours heureuse d'aider des lecteurs. Naturellement, nos habitués ne se sont pas arrêtés à la fermeture annuelle, ils continuent à venir tous les jours ! Et maintenant, promettez-moi de ne pas en faire trop.

— Ou trop tard, non ? me lança-t-il avec malice.

Trop émue pour parler, Bitsi l'embrassa sur la joue puis alla se réfugier dans un coin de la pièce.

— Boris, je suis admirative, vous avez parfaitement choisi votre moment, intervint Margaret. Se faire tirer dessus et récupérer pendant la fermeture annuelle…

— Ce n'est pas la première fois qu'on me tire dessus, marmonna-t-il faiblement, mais j'espère que ce sera la dernière.

— Quoi ? fit-elle.

Les paupières de Boris tremblotèrent avant de se fermer.

— Il se fatigue vite, expliqua Anna en nous raccompagnant jusque dans le hall, mais il prétend qu'il reprendra son travail en moins de temps qu'il ne faut pour le dire.

— Je le crois volontiers, répondit Bitsi. Quand pouvons-nous revenir le voir ? Désirez-vous que nous gardions Hélène ?

Les deux femmes continuaient à bavarder quand Margaret m'attira à l'écart.

— Je ne peux pas présenter Felix à ma fille, elle est trop petite pour garder un secret. Mais j'ai besoin qu'une personne au moins le connaisse, qu'elle voie combien c'est un gentil. J'aimerais que tu fasses sa connaissance.

Croyait-elle sincèrement que j'allais prendre le thé avec son amant ?

— Tu ne devrais plus le revoir.

— Il m'a sauvé la vie, Odile. Il continue de sauver celle de Rémy

Elle avait raison. Mais elle avait tort.

— Je te demande une heure de ton temps, me supplia-t-elle.

Margaret parlait souvent sans réfléchir, mais oser me demander une chose pareille n'était pas seulement de l'inconscience, elle avait vraiment perdu la raison.

— Même cinq minutes, ce serait trop !

— Quand tu as eu besoin de moi, je n'ai pas dit non ! s'exclama-t-elle avant de tourner les talons, déçue.

— Vous vous disputez toutes les deux ? s'enquit Bitsi.

— Ce n'est rien. Tu sais combien je peux me montrer susceptible parfois.

— Seulement parfois ? murmura-t-elle en haussant un sourcil.

KRIEGSGEFANGENENPOST

3 septembre 1943

Très chère Odile,

Il est bien possible que cette lettre soit la dernière que je t'envoie. Je suis malade et les gars autour de moi me disent que je délire. Ma blessure n'a jamais vraiment guéri et, sans médicaments, l'infection ne fait qu'empirer.

Ne laisse pas cette guerre, ou quoi que ce soit d'autre, vous séparer, Paul et toi. Épouse-le, dors dans ses bras toutes les nuits. Aucune raison ne justifie que nous soyons malheureux l'un et l'autre. Si j'étais là-bas, je serais avec Bitsi. Je passerais avec elle chaque minute de mon temps.

Quoi qu'il arrive, s'il te plaît, ne laisse pas le chagrin t'envahir. Je crois en Dieu. Essaie de trouver un peu de foi.

Mille tendresses,

Ton Rémy

*

Je m'imaginai mon frère allongé sur de froides planches en bois, loin de tous ceux qu'il avait pu aimer. Oh, Rémy. Reviens à la maison, s'il te plaît. Je t'en prie, reviens. Mon ventre se noua et je courus aux toilettes m'accroupir devant la cuvette pour me vider l'estomac. S'il te plaît, ne meurs pas. Je t'en prie, ne meurs pas. Quand il ne resta plus rien en moi, j'allai m'appuyer contre le mur du couloir. Tout mon corps me faisait mal, mon ventre ma tête mon cœur. Je me passai les mains sur le visage, dans les cheveux, sur le cou pour essayer de soulager la douleur. Il devait bien y avoir quelque chose que nous puissions faire… D'un geste violent, j'ouvris la porte de l'armoire à pharmacie et attrapai liniments, cataplasmes à la moutarde, un flacon d'aspirine (il restait trois cachets), tout ce qui serait susceptible de sauver Rémy. Les bras pleins, j'allai chercher une boîte dans la cuisine.

— C'est quoi, ce bazar ? s'exclama maman en découvrant le fouillis sur la table. Qu'est-il arrivé à tes cheveux ? Tu ressembles à une folle !

Je lui lus la lettre.

— Oh, doux Jésus…, gémit-elle.

Elle m'aida à préparer le colis, même si nous savions l'une et l'autre que le nombre de colis autorisé pour le mois avait été dépassé.

— Les autorités risquent de ne pas l'accepter, dit-elle, mais nous allons tout de même essayer.

Je fus surprise de la voir garder son calme. Jusqu'à cette lettre, j'avais été convaincue que Rémy rentrerait à la maison. Peut-être que maman, qui avait connu la Grande Guerre, en était moins certaine, ce qui expliquerait pourquoi elle avait eu tant de mal à encaisser la nouvelle de son emprisonnement.

*

Une semaine plus tard, à mon retour du travail, je trouvai l'appartement plongé dans le noir, comme s'il n'y avait plus personne. J'allumai la lumière dans l'entrée et passai la tête dans le salon. Entièrement vêtue de noir, maman était seule.

— On m'a prévenue, dit-elle.

Ses joues et même ses lèvres étaient d'une blancheur de spectre. Toute émotion l'avait quittée comme le sang de son visage exsangue.

Une feuille de papier gisait à ses pieds et je compris que Rémy était mort.

Jadis, alors que nous avions dix ans, Rémy et moi étions en train de chahuter et j'étais tombée si violemment que la chute m'avait coupé la respiration. J'étais sur le dos, incapable de bouger, je n'arrivais plus à redresser la tête, je ne pouvais même pas dire « ce n'était pas ta faute ». J'avais cru que j'étais paralysée. En cet instant, j'éprouvais la même sensation, j'étais incapable du moindre geste, enlever ma veste, cligner des paupières ou aller rejoindre maman. Je restai sur place, tout mon être changé en glace.

— Tout ce temps à attendre, murmura-t-elle. J'espérais qu'il serait libéré, qu'il reviendrait auprès de nous.

— Moi aussi, maman, dis-je d'une voix brisée. Moi aussi.

Espérer avait été une douleur permanente mais je savais maintenant combien il était plus douloureux d'abandonner tout espoir. Je me laissai sombrer à côté d'elle. Lorsqu'elle agrippa ma main, les grains de son chapelet me mordirent la paume.

— Avant même sa dernière lettre, dit-elle, je savais. Je ne sais comment mais je savais.

— Tu étais seule quand tu l'as appris ?

— Eugénie était avec moi, Dieu merci.

J'allumai la lampe.

— Où est-elle ?

— Elle a voulu se mettre en tenue de deuil.

— Nous devrions faire venir papa.

— Il ne mérite pas d'être informé, lâcha-t-elle après avoir éteint la lampe.

— Oh, maman…

— Si Rémy s'est engagé, c'était uniquement pour lui prouver qu'il était un homme.

Même si c'était vrai, les reproches ne risquaient pas de faire revenir mon frère. Si elle faisait une fixation sur mon père, papa serait mort à jamais pour elle, aussi mort que Rémy. Il fallait que je préserve maman de son ressentiment.

— Bitsi doit être prévenue.

— Ça peut bien attendre demain. Laisse-lui une dernière nuit avant de lui briser le cœur.

En silence, maman et moi avions sombré dans le chagrin. Combien de temps, je ne savais pas. *Naturellement qu'il n'est pas mort. Il ne pourrait jamais être mort tant qu'elle continuerait à ressentir et à penser.* 813. *Mais leurs yeux dardaient sur Dieu.* Il me suffisait de penser à lui. Rémy à son bureau, écrivant un de ses articles. Rémy sirotant son café au Rostand avec, sur les genoux, le chat à la fourrure tricolore du café. Rémy riant avec Bitsi. Oh, Rémy. *Mes compagnons me disent que je délire*. Rémy n'était plus. Comment était-ce possible alors j'avais tant de choses à lui dire ?

35

Paul

À son bureau du commissariat, la seule chose qui occupait l'esprit de Paul, c'était Odile. S'il parvenait à se concentrer sur elle, il pouvait tout oublier. Odile lors de leur première rencontre – elle était en colère et il ne savait pas pourquoi. Odile quand il lui avait offert un petit bouquet et que son regard s'était adouci. Sa bouche, sucrée et aigrelette comme une cerise. Le balancement de ses hanches. Odile dans sa robe noire, Odile sans sa robe. Ses seins. Il adorait les caresser, les goûter.

Son chef cogna sur sa table.

— N'avez-vous donc rien à faire ?

— Si, monsieur, répondit Paul en se redressant dans son fauteuil. Mais pourquoi…

— Ce n'est pas à vous de poser des questions. Votre rôle, c'est de la fermer et d'obéir aux ordres. Voici la liste.

Paul ne comprenait pas. Au début de la guerre, la police avait arrêté des communistes, des pacifistes allemands vivant en France, un paquet d'Anglais puis des Juifs. Sur l'affiche derrière son bureau, le règlement disait : « Les Juifs des deux sexes, français et étrangers, doivent être soumis à des contrôles aléatoires. Ils peuvent également être internés. Les agents de la force publique sont chargés de l'exécution du présent ordre. »

Certains collègues avaient adoré expulser des gens de leurs appartements. D'autres avaient prétexté une maladie quelconque pour échapper à ce travail détestable, mais lui n'était pas fait de ce bois-là. Un moment, il avait même songé à fuir en zone libre, mais il refusait de manquer à ses devoirs comme l'avait fait son père. Il aurait aimé aller combattre en Afrique du Nord avec la France libre mais il ne pouvait se résoudre à abandonner sa chérie. Il avait refusé la promotion que lui avait offerte le père d'Odile afin qu'elle comprenne bien qu'*elle* aurait toujours la priorité. Il lui avait dit des choses qu'il n'avait jamais confiées à quiconque. Il avait fait son choix : Odile contre tout et le reste du monde. La décision avait été facile à prendre.

Il mit le cap vers l'adresse la plus éloignée sur sa liste. Il n'avait pas envie de penser à son travail et seule Odile l'aidait à l'oublier. Odile sur le lit. Odile, nue dans la cuisine, en train de préparer un *chocolat chaud* dans la casserole en cuivre d'un inconnu. Au départ, leurs rendez-vous amoureux avaient été excitants. Mais désormais il était las de tout faire en cachette. Il désirait épouser Odile. Et si Rémy ne revenait jamais plus ? Personne n'osait envisager cette éventualité. Que pouvait-il faire ? Se procurer une licence spéciale et, à la seconde où elle dirait oui… Il arriva à l'adresse en question. Il ne voulait toujours pas penser à ce qu'il allait être obligé de faire. Odile qui lui disait *je t'aime*. Odile s'extasiant devant ses dessins. Odile lui lisant Paul Éluard à haute voix. Odile. Odile. Odile.

Il gravit péniblement les quatre volées de marches et sonna à la porte. Une dame aux cheveux blancs apparut.

— Madame Irène Cohen ? Je suis censé vous escorter jusqu'au poste de police.

— Qu'est-ce que j'ai fait ?

— Probablement rien, je veux dire que vous êtes…

Il faillit ajouter « vieille », mais il n'était guère poli de rappeler son âge à une femme.

— Il s'agit d'un contrôle inopiné.

Quand elle se retourna pour prendre un livre sur la table, il remarqua la plume de paon fichée dans son chignon.

— Vous avez raison d'emporter un livre. Tout ce qui est administratif exige chaque jour de plus en plus de temps.

— Je vous reconnais, vous êtes le fiancé d'Odile, répondit-elle en lui mettant le livre sous le nez. Je vous prie de lui donner ça, elle saura quoi en faire.

Surpris, il s'emmêla les doigts et le livre tomba par terre. Il vit l'ex-libris de la Bibliothèque américaine – *Atrum post bellum, ex libris lux*. Odile lui avait appris ce que cela signifiait : « Après les ténèbres de la guerre, la lumière des livres. »

Il ramassa le volume.

— Madame, je suis policier, pas garçon de courses. Vous serez rentrée pour dîner et vous pourrez le lui rendre vous-même.

— Vous êtes naïf, jeune homme.

Paul se redressa, prêt à la rembarrer. Naïf, lui ! Il avait vécu, il avait de l'expérience ! Le fait qu'il ne soit pas soldat n'impliquait pas qu'il ne connaisse rien au monde tel qu'il était. Il avait voyagé à travers toute la France. Sa vie, il la gagnait et, en plus, il soutenait sa mère. Qui était cette folle avec sa plume dans les cheveux pour le juger ? Une plume dans les cheveux. Soudain, il se souvint d'elle, enfin pas d'elle exactement, car les personnes âgées étaient nombreuses à la Bibliothèque et il ne les connaissait pas toutes par leur nom. Il se souvenait d'Odile si impressionnée par son abonnée préférée, la professeure avec une plume dans les cheveux.

La professeure Cohen enfila son manteau. Lorsqu'il aperçut l'étoile jaune sur sa poitrine, il se mit à transpirer et sentit des gouttes de honte dégouliner sur sa peau. Il avait voulu prévenir Odile de cette rafle en ce terrible matin de juillet, quand lui et les autres policiers, y compris son père, avaient arrêté des milliers de Juifs, des familles entières, même les enfants. Mais ce n'était pas seulement son travail, c'était aussi celui du père.

Paul contempla le livre de la Bibliothèque dans ses mains. Devait-il protéger Odile ou se confier à elle ? Devait-il faire son devoir et arrêter la professeure Cohen, ou devait-il quitter cet appartement pour ne plus jamais revenir ?

36

Odile

Depuis l'annonce de la mort de Rémy, maman avait refusé que je me rende où que ce soit. Dix jours durant, elle était restée sur mes talons. L'absence de Rémy m'était insupportable et j'aspirais à un peu de solitude pour pleurer sa disparition, mais maman montait la garde.

Sur le divan, j'ouvris *Le Silence de la mer*, 843, et le tins devant moi comme un bouclier. J'avais juste besoin de calme ou, mieux, de me replonger dans le travail. La Bibliothèque avait besoin de moi et j'étais coincée à la maison.

— Il vaudrait mieux que cette histoire-là ne te bouleverse pas, commenta maman.

Je reposai mon livre.

— J'ai raté le premier jour de Boris. Je suis sûre qu'il n'est pas en état de travailler.

— Toi non plus. Tu as subi un choc terrible.

Les seules visites que maman acceptait étaient celles d'Eugénie. Je les regardai, tout de noir vêtues, en train de dorloter les carottes qui poussaient dans les jardinières.

— Encore un jour ou deux, annonça maman.

— Oui, elles vont encore grossir, confirma Eugénie.

Direction la salle de bains où elles préparèrent la lessive. La femme de ménage avait fui Paris et personne ne le lui reprochait. Mais son départ nous laissait avec la lessive sur les bras. Maman et Eugénie enfilèrent de vieux jupons pour éviter de se salir et versèrent l'eau bouillante sur le linge dans la baignoire. Frottage, rinçage, essorage tout à la main, de quoi piquer une suée qui fit briller leurs visages de satisfaction. Le travail offrait à maman l'occasion de faire quelque chose, et c'était préférable aux larmes.

J'essayai de les aider mais Eugénie me repoussa.

— Tu vas t'abîmer les mains, me dit-elle. Tu auras toute ta vie pour faire ces corvées-là.

Tandis qu'elles essoraient le linge, je me sentais parfaitement inutile.

— Cette guerre, murmura maman.

— Cette guerre, répéta Eugénie.

Cette guerre avait fait d'étranges compagnes de lit.

— Laissez-moi essayer, dis-je.

Je m'attaquai à une serviette humide que je tordis de mon mieux sans parvenir à en extraire plus que quelques gouttes.

— À la campagne, elle n'aurait jamais tenu le coup, gloussa Eugénie.

— Ma fille est une femme de la ville ! déclara fièrement maman. Plus de tête que de muscles. À son âge, je tordais le cou d'un poulet sans même réfléchir.

Au moment où je pensais devenir folle tant Paul me manquait, tant la Bibliothèque me manquait, Bitsi poussa brutalement la porte d'entrée et passa devant maman. Comme nous, elle était en deuil.

— Nous avons besoin de toi, s'exclama-t-elle en plantant son doigt dans ma poitrine en signe de reproche, comme s'il s'agissait de ma propre décision. La comtesse est fragile et Boris n'aurait pas dû sortir de son lit si vite. Nous avons tous souffert.

— Odile a besoin de repos, intervint Eugénie avec un regard à maman.

— Moi aussi, répliqua Bitsi. Et vous aussi.

— J'ai besoin d'Odile ici, murmura maman d'une voix tremblante. S'il lui arrivait quelque chose…

Je la pris dans mes bras, comprenant soudain pourquoi elle m'avait gardée à la maison.

*

Appuyée au montant patiné de la porte, j'observai Boris très occupé au comptoir des prêts. Toujours en costume, il était très amaigri, et ses tempes avaient commencé à grisonner. S'il n'y avait pas eu la comtesse et le Dr Fuchs… Lorsqu'il m'aperçut, il se leva lentement, les jambes flageolantes. J'étais inquiète pour sa blessure et allai lui faire deux légères bises sur les joues. Il me serra contre lui de ses bras osseux. Je sentis l'odeur terreuse de ses Gitanes.

— Anna vous tuera quand elle constatera que vous avez fumé.

— Il me reste un bon poumon, protesta-t-il.

Je ris. Heureuse de pouvoir le toucher à nouveau, j'époussetai sa cravate.

— Je suis désolé pour votre frère.

— Je sais. Moi aussi.

Très vite, on m'entoura de toutes parts. La comtesse, Mr Pryce-Jones, M. de Nerciat et Mme Simon me présentèrent leurs condoléances. Si jeune. Si triste. Quel dommage. Cette guerre… Juste au moment où j'allais fondre en larmes, Mr Pryce-Jones déclara :

— Notre arbitre préférée nous a manqué.

Je souris.

— Ce n'est pas drôle de nous chamailler sans vous, ajouta M. de Nerciat.

Le ton était léger mais l'inquiétude que je lus dans leurs yeux racontait une autre histoire.

Je me sentis bénie des dieux d'avoir de tels amis et d'être de retour là où était ma vraie place. En me rendant dans la salle de référence, j'inspirai le parfum que je préférais le plus en ce bas monde – celui des livres.

Margaret sortit d'entre les rayonnages, aussi hésitante qu'à son premier jour. Je me crispai en songeant à nouveau qu'elle avait espéré me présenter à son *Leutnant*.

— J'ai appris pour Rémy, murmura-t-elle.

À l'énoncé du prénom de mon frère, si rarement prononcé désormais, mes yeux s'embuèrent de larmes.

— Ce qui s'est passé entre nous…, poursuivit-elle. C'était trop te demander, je m'en rends compte aujourd'hui.

— Je suis sûre que Felix est adorable, et ma famille apprécie la nourriture qu'il obtient pour…

Je refusais de citer Rémy et l'amant allemand de Margaret dans la même phrase.

— J'ai tellement prié pour toi et ta famille. Je regrette de ne pas être passée te voir chez toi. Mais je n'étais pas sûre d'y être la bienvenue.

La guerre nous avait volé tant de choses, et maintenant il fallait que je décide si j'acceptais qu'elle nous vole aussi notre amitié.

— Ç'aurait été une perte de temps, répondis-je. Maman n'autorise plus personne à entrer chez nous.

— Pas même Paul ?

— Ni même Bitsi.

— Tu ne plaisantais pas quand tu disais qu'elle était stricte.

— Je suis sûre qu'il y a beaucoup de travail, repris-je en désignant les piles de dossiers sur mon bureau. Est-ce que tu aimerais m'aider à répondre aux questions des abonnés ?

— Plus que tout.

Le rythme du quotidien de la Bibliothèque reprit le dessus et nous passâmes la journée à résoudre diverses énigmes. (Où puis-je trouver des informations sur Camille Claudel ? Quelle est l'histoire de Cleveland ?) Je gardai une main dans ma poche, sur la dernière lettre de mon frère. Je la connaissais par cœur mais à la fin de la journée, après le départ des derniers abonnés, une de ses phrases ne cessait de me tarauder : *Ne laisse pas cette guerre vous séparer, Paul et toi.*

J'appelai le poste de police.

— Je suis disponible ! Viens me rejoindre à la Bibliothèque.

J'arpentais la cour quand la comtesse s'approcha.

— J'ai essayé à deux reprises d'apporter des livres à la professeure Cohen mais elle n'est pas chez elle. Voudriez-vous y aller maintenant ?

— J'ai des projets pour ce soir. Puis-je faire ça demain ?

— Je suppose, répondit-elle avec indulgence. Est-ce que ce projet a *la joue maigre et l'œil bleu* ?

— Oui, dis-je en reconnaissant le vers, avant d'ajouter : mais pas un *tempérament absolu*.

Je la regardai poursuivre son chemin sous les acacias, leurs feuilles bruissantes éclairées par la lueur mate des lampadaires. Je me rappelai deux autres vers de *Comme il vous plaira* : *Ces arbres seront mes livres, et dans leur écorce je graverai mes pensées.*

Quand Paul arriva, je me précipitai dans ses bras.

— Je suis désolé pour ton frère.

Je me lovai contre sa poitrine.

— J'ai essayé de te rendre visite mais ta mère est un vrai dragon.

— La guerre l'a changée.

— Elle a changé tout le monde.

Je ne voulais plus penser à la guerre, aux êtres chers que nous avions perdus, à mon Rémy adoré. Alors que nous nous promenions, je lui demandai :

— Comment se passe ton travail ?

— C'est bizarre.

Cette question naguère banale ressemblait maintenant à une arme chargée. Nous continuâmes de marcher, et je l'interrogeai sur sa tante (je savais qu'il ne fallait pas parler de sa mère) mais il ne répondit pas. Je voulus savoir si son collègue était rentré de son congé de maladie. Toujours pas de réponse.

— Est-ce que tout va bien ?

Il s'immobilisa, je voyais bien qu'il essayait de me dire quelque chose.

— Parle-moi.

— Il y a quelques jours… euh… Ton père prétend que ce que nous faisons…

— Mon père ? Qu'est-ce qu'il vient faire là-dedans ?

Paul haussa les épaules et s'éloigna à grands pas.

Je le rattrapai.

— Qu'est-ce qui cloche ?

Il regarda droit devant lui.

— Pourquoi voudrais-tu que quelque chose cloche ?

*

Le lendemain, pour la première fois, Paul ne s'arrêta pas à la Bibliothèque en faisant sa ronde. Pourvu qu'il ne lui soit rien arrivé ! Avec son travail, il était confronté à toutes sortes d'individus. Il avait mis un terme à plus d'une querelle d'ivrognes, et les trafiquants du marché noir étaient connus pour agresser les policiers qui tentaient de saisir leurs gains illicites. Distraite par mes soucis, j'en oubliai les livres que j'étais censée apporter à la professeure Cohen et rentrai directement à la maison.

Pour le deuxième soir de suite, Paul ne vint pas. À l'heure de la fermeture, je rangeai les romans destinés à la professeure Cohen dans ma sacoche. En gravissant l'escalier en colimaçon, je m'attendais à l'entendre taper sur sa machine à écrire mais je ne perçus qu'un silence inquiétant. Je frappai à sa porte.

— Professeure ?

Rien.

Je collai l'oreille contre le battant. Silence.

Je frappai plus fort.

— Professeure ? C'est Odile.

Où se trouvait-elle à cette heure tardive ? Rendait-elle visite à quelqu'un, ou lui était-il arrivé quelque chose ? J'envisageai un instant qu'elle soit partie à la campagne voir sa nièce. Mais elle n'avait parlé à personne de projets de voyage. Avait-elle eu un malaise ? C'était possible, même si elle se montrait résistante aux privations. Je frappai à nouveau puis attendis vingt minutes avant de rentrer d'un pas lourd à la maison.

Le lendemain matin, j'informai Boris.

— C'est bien la première fois que la professeure ne répond pas à sa porte. Je ne savais plus quoi faire. Aurais-je dû appeler quelqu'un ? Dois-je y retourner aujourd'hui ?

Je m'attendais à ce qu'il me rassure mais il me répondit aussitôt :

— Allons-y tout de suite.

En chemin, il me confia que trois abonnés juifs auxquels il apportait des livres avaient disparu. Ni lui ni moi n'avions d'explications. Avaient-ils fui Paris et la surveillance des nazis, ou leur était-il arrivé quelque chose ?

À notre arrivée, Boris frappa à la porte.

— Professeure, c'est Odile ! appelai-je.

Personne ne répondit.

*

Lorsque Paul ne se montra pas de toute une semaine, je souffris l'enfer. Tante Caroline avait perdu oncle Lionel, Margaret avait perdu Lawrence. Et Paul avait peut-être perdu tout intérêt pour moi. Depuis que nous avions appris la mort de mon frère, je n'avais pas été d'une compagnie très agréable. J'avais toujours les larmes aux yeux et du mal à me concentrer sur ce que disaient les gens. Paul était peut-être avec quelqu'un d'autre. Paris regorgeait de femmes fougueuses et disponibles. Je me souvenais du jour où nous étions passés devant des cafés remplis de soldats en compagnie de filles, et de sa façon de dévisager celles-ci.

Un soir, Paul m'attendait devant la Bibliothèque. Soulagée, je m'avançai pour le serrer contre moi mais il me maintint à bonne distance à bout de bras.

— Que se passe-t-il ? m'étonnai-je.

— Ne te mets pas en colère, dit-il en évitant de croiser mon regard.

Je le savais, il allait me briser le cœur.

— Je suis désolé de n'être pas passé plus souvent, en particulier depuis la disparition de Rémy. C'est juste le travail. C'est une abomination.

Quoi ? Il ne s'agissait donc pas d'une femme mais de son travail ? Je me sentis très mal d'avoir douté de lui.

— Je suis heureuse que tu sois ici.

Je tendis le bras pour lui caresser les cheveux mais il recula.

— J'ai arrêté quelqu'un que tu connais. La professeure Cohen.

C'était absurde.

— Il doit y avoir erreur. Cohen est un nom assez courant.

Il sortit un livre de sa sacoche. *Bonjour minuit*. Le dernier roman que je lui avais apporté. Je le lui arrachai des mains.

— Quand ça ?

— Il y a plusieurs semaines. Je voulais t'avertir…

— Pourquoi n'avoir rien dit ?

Était-ce la raison pour laquelle la professeure n'était pas chez elle ? Non, ce n'était pas possible. Je pris la direction de son appartement et il me suivit.

— Laisse-moi t'accompagner.

— Non.

— Je suis désolé de ne pas t'avoir prévenue, dit-il en m'agrippant le bras.

Je me dégageai et partis au pas de course. Les semelles en bois de mes chaussures résonnaient sur le trottoir. Je passai devant la boucherie barrée de planches, la chocolaterie sans chocolat, la boulangerie où des ménagères attendaient d'acheter du pain, la brasserie où les Boches éclusaient leur *Bier*.

Je gravis à toute vitesse l'escalier en colimaçon et cognai à sa porte. J'entendis quelqu'un bouger de l'autre côté, probablement la professeure qui se préparait un thé. Elle s'était absentée un peu plus tôt, rien de plus, et elle était rentrée. J'entendis le craquement du parquet, le crissement métallique de la clé dans la serrure. Tout allait bien pour elle. Ce n'était qu'un malentendu. Je m'appuyai contre le mur pour essayer de reprendre mon souffle.

La porte s'ouvrit.

— Oui ? fit une blonde dans une élégante robe bleue.

Je me redressai.

— Je viens voir la professeure Cohen.

— Qui ça ?

— Irène Cohen.

Je jetai un œil derrière elle et vis la comtoise, ses aiguilles arrêtées sur 3 h 17. Le vase en cristal était plein de roses blanches. Les étagères contenaient maintenant une collection de chopes à bière.

— Vous vous trompez d'adresse.

— Non, c'est la bonne adresse, insistai-je.

— Elle n'habite plus ici. C'est mon appartement maintenant.

— Savez-vous où elle est partie ?

La femme me claqua la porte au nez.

Qui était-elle ? Pourquoi se trouvait-elle au domicile de la professeure, et dans ses meubles ? Pourquoi avait-elle dit qu'elle était chez elle ? Comme j'avais besoin de réponses, je me rendis directement au foyer où vivait Paul. Je frappai à sa porte.

Il me fit signe d'entrer mais je restai dans le couloir.

— Je voulais te protéger, déclara-t-il.

— Pourquoi as-tu arrêté la professeure Cohen ?

— Son nom était sur la liste des Juifs.

— La liste ? Il y a une liste ?

Il acquiesça.

— Et tu en as arrêté d'autres ?

— Oui.

Je songeai au premier appartement abandonné qui avait abrité notre rendez-vous galant. J'avais bien demandé qui en était le propriétaire mais à vrai dire je m'en fichais un peu. Mais à présent je comprenais pourquoi ses trésors étaient restés en place. Je me couvris la bouche d'horreur en me rappelant la façon dont Paul et moi avions batifolé, nous roulant dans les draps d'inconnus, à leur domicile.

— Pardonne-moi de ne pas t'en avoir informée plus tôt. Je te promets que je ne te cacherai plus jamais rien.

Je le contemplai, sans trop savoir ce que je voyais.

— Comment puis-je la retrouver ?

— Je ne suis qu'un pion dans la hiérarchie. Tu sais à qui tu dois poser la question.

Je le quittai sans un mot. Quelle stupide bibliothécaire de référence j'avais été. Moi, dont le travail consistait à débusquer des faits, je m'étais détournée de la vérité. J'aurais dû poser des questions au lieu d'enfouir ma tête dans les oreillers en duvet d'inconnus.

Arrivée à la maison, je compris que Paul avait raison – je devais m'adresser à mon père. Une fois que je lui aurais tout expliqué, il veillerait à ce que la professeure soit libérée, peut-être même dans l'heure.

La table était déjà mise. Maman servait le potage dans nos bols – des nouilles grises nageant dans l'eau.

— Qu'est-ce que je donnerais pour avoir un poireau ! se lamenta-t-elle.

Papa avala une cuillerée de soupe.

— Tu fais tellement avec si peu.

— *Merci*, répondit-elle, acceptant pour une fois un soupçon de compliment de son mari.

— Papa, une de mes amies a été arrêtée.

Sa cuillère s'immobilisa et son regard inquiet chercha celui de maman.

— De qui s'agit-il, ma chérie ? s'enquit-elle.

— La professeure. Je vous en ai parlé, c'est elle qui m'a aidée à obtenir ce travail à la Bibliothèque. Paul m'a dit qu'il l'avait arrêtée.

Ma mère se tourna en tremblant vers papa.

— Pourquoi arrêterait-il une pauvre femme ? Oh, cette guerre.

— Et voilà, à cause de toi, ta mère est bouleversée, s'écria-t-il.

Je compris qu'il en resterait là et ne s'expliquerait pas davantage.

*

Après le petit déjeuner, je me mis en route pour le commissariat de papa en préparant mes arguments dans ma tête. *Je ne t'ai jamais rien demandé. Ne veux-tu pas au moins essayer de m'aider ?* Je passai devant le garde assoupi et suivis le couloir jusqu'à son bureau. Il était tôt, sa secrétaire n'était pas là pour le protéger. Je poussai sa porte.

Il se leva de sa table de travail.

— Maman va bien ? s'inquiéta-t-il.

— Très bien.

— Qu'est-ce que tu fais ici ?

Ne sachant trop quoi répondre, je jetai un œil alentour. Des dizaines d'enveloppes s'empilaient sur le pourtour de la pièce. Et, sur le sol à côté de sa table de travail, d'autres lettres s'entassaient en vrac comme balayées d'un poing furieux.

J'en ramassai quelques-unes.

> Roger-Charles Meyer est un Juif de pure souche, aussi pur que sa race puisse être, et j'avoue que je serais ravi si on pouvait se débarrasser de lui… C'est la seule chose que mérite cet individu. Je vous serais extrêmement reconnaissant si vous pouviez faciliter sa chute.

Je passai à la suivante.

> N'allez pas me dire que vous approuvez ces sales Juifs. Nous en avons plus qu'assez. Pendant que ceux qui nous sont chers se font tuer ou emprisonner, les Juifs continuent de faire leurs petites affaires. Et nous, pauvres imbéciles de Français, mourons de faim. Et même mourir de faim ne suffit pas. Quand il y a du ravitaillement, c'est pour les Juifs.

Et à la suivante.

Monsieur,

Je vous écris pour vous informer d'un cas dont vous devriez avoir connaissance au 49, rue Du Couëdic, où un certain Maurice Reichmann, un communiste d'origine juive, vit avec une Française. Souvent, nous assistons à des scènes terribles à leur porte. Je pense que vous saurez faire ce qu'il convient de faire et d'avance, les commerçants de la rue vous remercient.

La dernière portait une liste de noms, d'adresses et de professions, avec à la fin une annotation : *74 gros Juifs*.

— Je ne comprends pas ! m'exclamai-je en jetant les lettres à la poubelle.

— Des dénonciations, m'expliqua papa à contrecœur. Ce sont des lettres écrites par ce qu'on appelle des « corbeaux ».

— Des lettres de corbeaux ?

— Envoyées par des personnes malfaisantes qui espionnent leurs voisins, leurs collègues et leurs amis. Et même des membres de leur famille.

— Et elles sont toutes comme ça ? demandai-je.

— Certaines sont signées, mais la plupart sont anonymes, elles nous dénoncent des gens qui font du marché noir, des résistants, des Juifs, ceux qui écoutent la BBC ou critiquent les Allemands.

— Ça dure depuis longtemps ?

— Depuis que le maréchal Pétain a laissé entendre qu'il était criminel de garder de telles informations pour soi. Ces corbeaux se sont convaincus qu'ils font leur devoir de patriotes et c'est mon travail de vérifier l'authenticité de chaque lettre.

— Mais, papa…

— On m'a clairement fait comprendre que si je trouvais ce travail révoltant, des dizaines d'autres policiers attendaient pour prendre ma place.

— Ce n'est pas juste, ce n'est pas bien.

— Ce n'est pas bien non plus de te laisser mourir de faim.

Et moi qui pensais qu'il passait ses journées à aider les gens.

— C'est… pour moi que tu fais ça ?

— Tout ce que nous avons effectué ces deux dernières décennies, c'était pour toi et pour ton frère ! Son répétiteur de latin. Tes leçons d'anglais. Et ce trousseau. Il remplit une pièce entière et maman a failli devenir aveugle à force de broder. Lorsque tu te marieras, nous aurons suffisamment de marchandises pour remplir un grand magasin.

— Mais je n'ai jamais rien demandé !

— Tu n'avais pas besoin de le faire.

Cette vérité me frappa comme un coup de matraque. Toute ma vie, j'avais été fière, je n'avais jamais hésité à me rebeller contre papa et à penser par moi-même. J'avais vu ce qui était arrivé à tante Caro et j'avais travaillé dur pour mon indépendance. Je comprenais maintenant avec une clarté dérangeante que si je n'avais jamais exigé quoi que ce soit, c'est parce que c'était inutile – vêtements, opportunités, et même prétendants, mes parents avaient étalé tout cela devant moi comme un tapis rouge. J'étais abasourdie.

Paul n'était pas celui que je croyais qu'il était. Papa n'était pas celui que je croyais qu'il était. Moi-même je n'étais pas celle que je croyais être.

Mon père récupéra les lettres dans la poubelle.

— Je ferai mon devoir et enquêterai sur chacune.

— Ton devoir ?

— Mon travail est de faire respecter la loi.

— Et si la loi est dans l'erreur ? lui rétorquai-je. Que vont devenir les hommes et les femmes blessés par ces accusations ?

J'entendis ma voix se briser, comme chaque fois que je bataillais contre mon père. Je me rappelai que j'étais ici pour une raison.

— Papa, s'il te plaît, puis-je te parler de la professeure Cohen ?

— Tous les jours, des dizaines de personnes viennent nous supplier de les aider à retrouver des proches. Je ne peux pas les aider. Et je ne peux pas t'aider non plus !

Il m'attrapa le bras et me fit sortir de force.

— Je te le répète, je ne veux pas de toi ici. Ce n'est pas un endroit convenable pour une jeune dame.

Une fois dans la rue glaciale, je m'emmitouflai dans mon châle. *Comment puis-je aider la professeure ?* demandai-je à Rémy.

Informe la comtesse, l'entendis-je me répondre.

Il avait raison. Elle avait des tas de contacts haut placés. Elle pourrait très certainement m'aider. En arrivant à la Bibliothèque, je me précipitai dans son bureau.

Elle était assise à sa table et contemplait tristement sa tasse de thé.

— J'ai prévenu les autres et je dois maintenant vous en informer, murmura-t-elle faiblement. Notre amie la professeure Cohen va être déportée.

Il n'était pas trop tard ! La comtesse et le Dr Fuchs allaient certainement la sauver comme ils l'avaient fait pour Boris.

— Elle était à Drancy.

Un centre de détention au nord de Paris… *Était* ?

— Les conditions là-bas sont déplorables. Quand mon mari me les a décrites, je n'en ai pas cru mes oreilles. Nous avons tenté d'intervenir pour libérer Irène mais malheureusement…

Non ! Pas la professeure Cohen. Je sentis mes jambes se dérober et tendis le bras, ma paume à plat contre le mur. Si je ne m'accrochais pas, tout allait se désintégrer.

— Elle a essayé de me faire passer un message. Mon père… les lettres… C'est ma faute.

— Cessez de vous faire des reproches, répondit la comtesse. Nous avons appris que le fils de Mme Simon et sa belle-fille ont emménagé dans l'appartement de la professeure. Inutile de s'appeler Sherlock Holmes pour comprendre ce qui s'est passé. Apparemment, Mme Simon est en relation avec plusieurs commissariats et même la Gestapo.

Cette langue de vipère aux dents comme des pierres tombales était donc le corbeau ? On la voyait presque chaque jour et c'est seulement maintenant qu'on la découvrait sous son vrai jour ?

— Il vaudrait mieux pour elle qu'elle ne remette jamais les pieds ici !

— Elle ne reviendra pas, croyez-moi. Mais je n'en ai pas terminé. Irène a disparu. Mon mari se demande si elle ne s'est pas évadée du camp.

La professeure avait réussi à supporter l'entraînement épuisant d'une *prima ballerina* et ses préparations de cours quasi impossibles à la Sorbonne. Elle y avait enseigné contre vents et marées et avait survécu à trois maris. Si quelqu'un était capable de s'échapper d'une prison, c'était bien elle. Certes, elle ne pouvait plus retourner à son appartement, mais elle pouvait s'installer à la campagne chez des amis… J'avais besoin de croire qu'elle était saine et sauve, de penser qu'elle aurait une fin heureuse. Je songeai à un passage de *Bonjour minuit*.

Je veux un long livre paisible sur des gens à gros revenus – un livre comme une pâture plate d'herbe verte avec des moutons en train de brouter… Je lis la majeure partie du temps et je suis heureuse.

37

Odile

Assise à mon bureau, le stylo à la main, je repensais à ces corbeaux et à leurs lettres anonymes. Je reconnaissais volontiers que les Parisiens étaient sensibles aux apparences, à la manière dont leurs amis ou des inconnus croisés dans la rue s'habillaient. Nous admirions un foulard porté comme il se devait, l'inclinaison élégante d'un chapeau, mais désormais l'admiration s'était muée en reproches quand elle n'était pas accompagnée de jalousie. Pour qui se prend-elle celle-là à exhiber sa fourrure à tous les regards ? Pourquoi a-t-il de nouvelles chaussures ? Qu'avait donc fait Margaret pour avoir ce bracelet en or ?

Je me demandai qui pouvait bien écrire ces lettres. Je regardai un homme au costume mité. En avez-vous écrit une ? Puis la femme au béret bleu. Ou c'était vous ? Tout le monde paraissait normal. Ou plutôt ce qui était devenu normal – affamé et hagard.

Boris vint me rappeler qu'il devait partir de bonne heure pour son rendez-vous chez le médecin.

— Vous me semblez bien distraite.

— Juste un peu abattue, répondis-je.

Le souvenir de ces lettres ne me quittait pas. Il devait y avoir un moyen d'épargner à d'autres le destin de la professeure Cohen. J'étais avec Margaret au comptoir des prêts en train de tamponner les livres des abonnés, quand je compris soudain une chose : s'il n'y avait pas de lettres, il n'y aurait pas d'arrestations.

Je tirai sur le col de mon chemisier. Comment pouvait-il faire aussi chaud en novembre ?

— Tu es rouge comme une pivoine, me taquina-t-elle. Tu penses à Paul ?

Je ne remarquai pas son ton badin et secouai la tête.

— Où est-il passé, à propos ? Il y a une éternité qu'il n'est pas venu ici.

La réponse se trouvait dans les lettres.

— Je dois sortir, lui dis-je. Tu veux bien t'occuper des affaires courantes ? Pour une heure ?

— Mais je ne suis que volontaire…

— Sois aussi autoritaire que Boris et tout se passera bien.

— Mais pourquoi dois-tu partir ? Tu ne te sens pas bien ?

— Non, répondis-je distraitement. Juste un peu de nausée.

Tout en marchant à grands pas sur le boulevard, j'inventai quelques explications au cas où la secrétaire de papa monterait la garde : « Je me trouvais dans le quartier… » Et au cas où lui travaillerait dans son bureau : « Maman aimerait savoir si tu dîneras à la maison ce soir… » J'espérais que ni elle ni lui ne seraient présents, que je puisse entrer et sortir au plus vite avant que quiconque – sauf Margaret – ne s'aperçoive que j'étais partie.

En face du commissariat, j'hésitai. Je redoutais de me faire prendre la main dans le sac. Quand papa était en colère, ses crises étaient effrayantes. Néanmoins, j'avais plus peur de celle que je deviendrais si je n'agissais pas. Tout en pensant à ces lettres qui arrivaient quotidiennement, j'entrai d'un pas assuré. Évitant les hommes en uniforme qui traînaient là, je rasai les murs.

La secrétaire était partie et la porte de papa n'était pas fermée à clé. Je contemplai un instant les tas de lettres sur le bureau, le meuble de rangement, le rebord de la fenêtre, avant d'en saisir une poignée et de les fourrer dans ma sacoche. J'en refermai le rabat avant de jeter un œil dans le couloir. Des deux côtés, des hommes grouillaient. Cramponnée à ma sacoche, je me glissai en douce vers la sortie.

— Hé, vous là-bas, stop ! cria un agent.

Gardant la tête haute, je continuai d'avancer.

— Halte !

J'étais sur le point de prendre mes jambes à mon cou quand de gros doigts m'empoignèrent la nuque.

— Pourquoi êtes-vous si pressée ? s'enquit le policier, une main sur mon épaule, l'autre sur l'étui de son arme.

Trop obnubilée par papa, je n'avais jamais envisagé que le danger puisse venir de quelqu'un d'autre. J'étais si effrayée que j'étais incapable de parler.

Des hommes sortirent de leurs bureaux, certains l'air sévère, d'autres pleins d'appréhension. Un commandant aux cheveux blancs intervint :

— C'est quoi ce remue-ménage ?

— Je l'ai trouvée qui se faufilait en douce, monsieur.

Le commandant fronça les sourcils.

— Où croyez-vous aller comme ça, mademoiselle ?

Je ne répondis pas. Je ne pouvais pas.

— Donnez-moi une pièce d'identité, ordonna l'homme.

Mes papiers étaient dans ma sacoche et si je devais l'ouvrir pour la récupérer, ils découvriraient les lettres.

Il attrapa mon sac et, instinctivement, comme s'il était un voleur, je le lui arrachai et finis par retrouver ma voix.

— J'espérais voir mon papa mais il n'était pas là, dis-je en indiquant la porte de son bureau.

L'expression du commandant s'adoucit.

— Vous devez être Odile. Votre père a raison, vous êtes la plus belle fille de Paris. Désolé d'avoir été aussi brusque. Nous avons doublé la sécurité à cause des saboteurs.

— Des saboteurs ? répétai-je d'une petite voix.

En étais-je une ? Les saboteurs étaient condamnés à la perpétuité. À la Bibliothèque, nous avions récemment appris que la sœur d'un abonné avait été condamnée aux travaux forcés parce qu'elle avait imprimé des tracts pour la Résistance.

— Inutile de vous inquiéter, dit-il. Votre père sera en sécurité avec nous, nous veillerons sur lui.

J'essayai de dire « merci » mais aucun son ne sortit de ma bouche.

— Vous êtes une petite timide, n'est-ce pas ? Ne vous mettez pas martel en tête, elle est trop jolie. Rentrez vite chez vous.

Serrant ma sacoche contre ma poitrine, je me dépêchai jusqu'à la Bibliothèque.

— Alors ? demanda Margaret qui me suivait vers l'âtre. Qu'est-ce qui était aussi important ?

Je jetai les lettres dans la cheminée et les regardai brûler.

— Il y a eu un imprévu.

— Tu te rends compte du risque que tu as couru ?

Aurait-elle découvert ce que j'avais fait ?

— Qu… qu'est-ce que tu veux dire ?

— Abandonner ainsi la Bibliothèque, sans surveillance, est totalement irresponsable ! La comtesse est épuisée – sais-tu qu'elle tient tellement à protéger cet endroit qu'elle passe la nuit dans son bureau ? Et quand tu n'es pas là, Bitsi est quasiment muette. Et Boris ne devrait pas travailler. Nous comptons tous sur toi.

*

De la cour, Paul me fixait de ses yeux éplorés. Derrière ma fenêtre, je secouai la tête. Il s'en alla. Ce rituel se répétait régulièrement, à quelques jours d'intervalle. Il me suivait dans les rayonnages, dans la rue, sous la pluie grise de l'hiver. Toujours avec moi, même quand il ne l'était pas. J'étais furieuse qu'il ne m'ait pas tout de suite informée du sort de la professeure. Furieuse contre moi-même d'avoir été aussi aveugle. Furieuse parce qu'en dépit de tout il me manquait.

Je remontais l'allée de la Bibliothèque dans la brume du matin et j'étais presque arrivée quand il me rattrapa.

— Peux-tu me pardonner ? me demanda-t-il, une main sur mon bras.

— La professeure a été envoyée à Drancy.

— Je l'ignorais.

— Personne ne sait ce qu'il est advenu d'elle.

La tête basse, il s'éloigna, et je sentis mes épaules s'affaisser. Le fait de le voir me rappela comment j'avais joyeusement fermé les yeux sur tout pour aller m'ébattre avec lui dans les maisons de disparus.

*

Tous les jours à l'heure du déjeuner, je filais au plus vite jusqu'au commissariat de papa, passais devant le garde agressif et gagnais son bureau où je fourrais dans ma sacoche des lettres que je brûlais dès mon retour à la Bibliothèque. À mesure que les semaines passaient, je gagnais en assurance. Au lieu de cinq, j'en attrapais une douzaine. Il en restait des centaines et il en arrivait tous les jours. Même si j'étais impatiente de les détruire toutes, je savais qu'on finirait par le remarquer.

Néanmoins, je craignais toujours de me faire prendre et, en regagnant la Bibliothèque, je surveillais mes arrières. À la maison, je commençai à avoir des tics nerveux. Ce dimanche, avant la messe, j'étais en train de nouer mon foulard dans l'entrée quand papa s'arrêta pour rectifier sa cravate. Nos yeux se croisèrent dans le miroir.

— Ça va ? me demanda-t-il gentiment.

J'acquiesçai.

— Je suis désolé de n'avoir pu…

— Pu quoi ? répliquai-je sèchement.

Il détourna la tête.

Lorsqu'il alla chercher sa veste de costume, maman s'approcha de moi.

— Tu n'es plus vraiment toi-même depuis quelques semaines. Qu'est-ce qui ne va pas ?

— Rien.

— Je ne te reconnais plus, tu es… de plus en plus fuyante. Pourquoi Paul ne vient-il plus chez nous ?

— Si nous ne partons pas tout de suite, nous serons en retard.

Elle posa la main sur mon front.

— Tu as dû attraper quelque chose. Ou alors…, ajouta-t-elle avec un regard horrifié à mon ventre.

— Ce n'est pas ce que tu crois, répondis-je, à cran.

— Reste à la maison, repose-toi.

Après le départ de mes parents, j'écrivis dans mon journal : *Cher Rémy, j'ai été égoïste et aveugle. J'ai lâchement abandonné la professeure mais j'essaie de réparer ma faute.*

On sonna à la porte et j'allai ouvrir, présumant que maman avait oublié son sac à main.

— Je n'aurais pas dû venir, marmonna Paul en me tournant le dos. Mais si j'étais resté chez moi, je courais le risque qu'ils m'y trouvent.

Lorsqu'il tourna la tête vers moi, j'aperçus du sang coagulé autour de ses narines.

— Que s'est-il passé ? dis-je en lui faisant signe d'entrer.

Il ne bougea pas.

— Je ne veux pas que tes parents me voient comme ça.

— Ils sont à l'église. Que s'est-il passé ? répétai-je en l'obligeant à s'asseoir.

— Un de ces salopards de nazis était tellement soûl qu'il ne tenait plus debout. Je l'ai attrapé par-derrière et j'ai commencé à le cogner à coups de poing. Je voulais lui faire regretter d'avoir mis le pied chez nous. Il a riposté mais je suis sûr de lui avoir cassé le nez. Et peut-être aussi quelques côtes. Ensuite, j'ai pris mes jambes à mon cou. Je ne regrette pas ce que j'ai fait mais, par les temps qui courent, on ne peut jamais savoir s'il y a eu des témoins.

— Tu es en sécurité ici.

J'essuyai son visage de mon mouchoir. J'étais en manque de sa peau, de ses mains sur moi. J'étais heureuse qu'il soit venu, même si je regrettais que nous ne puissions pas revenir à ce jour à la gare du Nord, à ce moment où je n'éprouvais pour lui qu'un amour absolu.

— Avant ça, ma plus grosse arrestation s'était limitée à du désordre sur la voie publique. Quand je… jamais je n'aurais imaginé qu'ils garderaient une vieille dame comme elle.

— Tu ne pouvais pas le savoir, répondis-je en me rappelant les livres que j'aurais dû livrer. Nous avons tous des regrets.

— Je t'aime, murmura-t-il. Dis-moi que tu me pardonnes.

38

Odile

Dans le bureau de la comtesse, je contemplai le matelas improvisé sur lequel elle passait toutes ses nuits afin de mieux veiller sur la Bibliothèque. Clara de Chambrun avait soixante-dix ans mais elle était prête à affronter les nazis. Je remarquai quelques livres près de son oreiller et me penchai pour essayer d'en lire les titres, mais Bitsi me tira par la manche pour aller rejoindre les autres rassemblés au comptoir. Les réunions, naguère grouillantes de monde, se réduisaient désormais à la secrétaire, le concierge, Bitsi, Boris, Margaret, Clara de Chambrun et moi.

— Mr Pryce-Jones a été arrêté, commença la comtesse, et envoyé dans un camp d'internement.

Oh non ! Encore un ami de perdu, enfermé pour être un « étranger ennemi ».

— M. de Nerciat se bat pour le faire libérer, poursuivit-elle.

— J'ai entendu qu'ils n'envoyaient plus les gens dans des camps d'internement mais dans les camps de la mort.

— Vulgaire propagande, objecta-t-elle avec dédain. Songez seulement à toutes les rumeurs que nous avons entendues.

— A-t-il été dénoncé ? s'enquit Bitsi.

— C'est probable, dit Boris.

Cette guerre m'enlevait tous ceux qui étaient chers à mon cœur. Absolument tout – mon pays, ma ville, mes amis – avait été pillé et trahi, et j'allais y mettre un terme de la seule façon que je connaissais. Je devais absolument continuer à détruire ces lettres, et à présent je me fichais de m'attirer des ennuis. Une seule certitude, du papier allait brûler dans l'âtre. Je sortis de la Bibliothèque en courant, sans me soucier des cris de Boris et de Bitsi.

— Revenez !

— Tu as reçu un choc !

Au commissariat, je sprintai dans l'entrée jusqu'au bureau de mon père en refermant bien la porte derrière moi. J'attrapai une lettre que je déchirai en deux, puis une autre et encore une autre, et le crissement du papier ne m'avait jamais paru aussi satisfaisant. Bien consciente que papa pouvait entrer d'une seconde à l'autre, je fourrai une poignée de lettres dans ma sacoche et les froissai en affreuses boules.

Le pêne de la serrure cliqueta et la porte s'ouvrit. Je m'écartai du bureau et, de mes doigts tremblants, tentai de refermer le rabat de ma sacoche.

— Ma fille si dévouée, lança sèchement papa. Tu es là pour une petite visite ?

Je ne savais comment réagir.

Offensée ? Ainsi tu soupçonnes ta propre fille ?

Nonchalante ? Je suis ici. Oui, et alors ?

Honnête ? Oui, je suis une voleuse.

— J'ai reçu plusieurs courriers me demandant pourquoi la police n'avait pas donné suite aux renseignements fournis lors d'une « correspondance » précédente. De quoi déconcerter tout le monde ici puisque nous enquêtons sur chaque dénonciation. Je ne comprenais pas ce qui se passait.

Il regarda avec insistance les lettres que j'avais déchirées.

— Maintenant, je sais.

Ma main se crispa sur ma sacoche.

— Tu n'as rien à déclarer pour ta défense ?

Je fis non de la tête.

— On pourrait m'arrêter, me fit-il remarquer. Les traîtres sont condamnés à mort.

— Mais tu ne seras sûrement pas blâmé…

— Seigneur, comment peux-tu encore être aussi naïve ?

Il plaqua ses paumes sur son bureau et baissa la tête, presque comme un vaincu.

— Mais papa…

— J'arrêterais n'importe qui, sauf toi. Rentre à la maison. Et ne reviens plus jamais.

Je sortis avec seulement une poignée de lettres. Dire que c'était la chose la plus importante à ma portée et que j'avais échoué.

39

Lily

Froid, Montana, août 1987

Coincée dans le placard parmi les chandails et les secrets, je fixai des yeux Odile qui tenait sa trousse à maquillage, élégante comme toujours. Les lettres gisaient au sol entre nous deux. *Pourquoi ne recherchez-vous pas les Juifs non déclarés qui se cachent ? Mes renseignements sont exacts, à vous de jouer maintenant.*

— Qui êtes-vous ?

Elle ouvrit la bouche et la referma, ses lèvres pincées n'étaient plus qu'un mince filet. Puis elle leva le menton et, à l'instant où je la considérais d'un œil différent, elle aussi me regarda différemment, sur ses gardes, certes, mais avec un chagrin infini. Comme elle ne disait rien, j'attrapai les lettres et les lui collai sous le nez. Elle ne bougea pas.

— Pourquoi avez-vous ces choses ? exigeai-je de savoir.

— Je ne les ai pas brûlées comme les autres… Mais j'en avais l'intention.

— Je vous prenais pour une héroïne, je pensais que vous aviez protégé des Juifs.

— Non, hélas, soupira-t-elle. Uniquement des lettres.

— De qui les protégiez-vous ?

— De mon père.

— Mais c'est de la folie. N'était-il pas flic ?

Ses yeux paraissaient hantés comme s'ils avaient vu un spectre et le silence emplit le placard, la chambre et notre amitié. Seuls résonnaient le cri solitaire d'une mouette, le camion de ramassage des ordures qui se traînait dans l'allée, et le martèlement de mon cœur pitoyable.

— Au début de la guerre, les policiers arrêtaient les communistes et, pendant l'Occupation, ils raflaient les Juifs. Les gens écrivaient pour dénoncer leurs voisins et certaines de ces lettres étaient envoyées à mon père. Alors je les ai volées pour l'empêcher d'arrêter des innocents.

— Ce n'est pas vous qui les avez écrites ?

À la seconde où je posai ma question, je compris que je m'étais trompée. Ce n'était pas elle.

Odile fixa les lettres qui tremblaient dans ma main.

— Je ne vous en veux pas d'être allée fouiller partout. Vous deviez mourir d'ennui, ou vous vouliez juste satisfaire votre curiosité.

Soudain son regard se vida de toute chaleur et ses yeux se réduisirent à deux fentes qui m'observaient comme si j'étais une moins que rien.

— Mais croire que c'est moi qui ai pu écrire ces mots ! Qu'est-ce que je vous ai fait pour que vous puissiez penser que je serais capable de telles abominations ?

Quand elle se tourna vers la fenêtre, je compris qu'elle n'avait plus la force de me regarder. Je n'avais aucun droit d'aller fourrer mon nez dans son placard et de fouiller son passé. D'en ressortir des choses qu'elle avait enterrées délibérément. Pour une bonne raison. La guerre, le rôle que son père avait joué, peut-être même la raison pour laquelle elle avait quitté la France.

— Et dire que j'étais rentrée plus tôt parce que vous me manquiez.

Elle se laissa tomber sur le lit et s'assit mollement, le dos voûté par le chagrin.

Je voulais lui présenter mes excuses et m'efforçais de trouver les mots lorsqu'elle déclara :

— Partez. Et ne revenez plus.

— Non, je vous en prie.

Je secouais la tête en m'avançant vers elle. Elle avait raison. Comment avais-je pu l'accuser d'une telle infamie ? Je résolus de me racheter à ses yeux ; j'allais biner son jardin, tondre sa pelouse, nettoyer la neige l'hiver. Je lui ferais oublier ma question stupide, mon attitude irréfléchie.

— Je regrette tellement.

Elle se leva, quitta la pièce, et je l'entendis ouvrir la porte de l'entrée. Elle était sortie de la maison.

Dans le salon, je refermai la porte puis rangeai tous ses livres en espérant les remettre à la bonne place. J'attendis son retour sur son canapé, le dos raide comme un bâton, sans même oser remuer. Je patientai une heure, puis deux. Elle ne revint pas.

*

Au ton de sa voix, j'avais compris que sa décision était irrévocable. Et c'est ce que j'expliquai à Eleanor. Je m'attendais à ce qu'elle se mette à hurler mais elle se contenta de dire :

— Bien sûr qu'elle est furieuse. Tu comprends maintenant pourquoi papa et moi ne voulons pas te voir fouiner partout.

Ce que j'avais fait était bien pire que fouiner, mais j'étais trop honteuse pour reconnaître mon véritable crime.

Le lendemain, je frappai à la porte d'Odile mais elle ne répondit pas. Ce soir-là, je lui écrivis une lettre d'excuses que je glissai dans sa boîte mais au matin, à mon départ pour le lycée, je la retrouvai intacte sur notre paillasson. Au cours de la messe, tandis que certains priaient pour que nous réduisions les Soviets à néant avant qu'ils ne nous fassent subir le même sort, je me mis à genoux et suppliai le Ciel qu'Odile me pardonne. Le service terminé, je la vis bavarder avec le père Maloney dans le vestibule. Elle était radieuse en parlant de Chicago mais lorsque je m'approchai, elle s'excusa et rentra directement chez elle au lieu de s'arrêter à la salle paroissiale. La semaine suivante, je m'assis sur son banc ; j'espérais qu'après le Notre Père, lorsque les fidèles se serraient la main en se disant « Que la paix soit avec vous », elle m'adresserait au moins un regard. Mais elle cessa de fréquenter l'église.

Dans la salle, ces dames se rassemblaient derrière le buffet et servaient jus de fruits et beignets. Odile avait déjà manqué quatre messes dominicales.

— Est-ce que quelqu'un aurait vu Mrs Gustafson ? murmura Mrs Ivers.

— J'ai essayé d'aller chez elle, répondit la vieille Mrs Murdoch. Je l'entendais se déplacer dans la maison mais elle n'est pas venue répondre.

— Comme par le passé.

— J'aurais dû me montrer plus gentille à l'époque.

— Moi aussi.

— Il a dû se passer quelque chose de terrible. Même quand son fils est mort, elle n'a jamais manqué la messe.

*

Eleanor décida que ce mur de silence avait suffisamment duré et se rendit chez Odile.

— Lily sait qu'elle a très mal agi, plaida-t-elle en ma faveur. Elle est jeune encore et elle a commis une erreur. Elle vous aime et vous lui manquez.

Odile laissa Eleanor terminer sa phrase puis referma doucement sa porte.

J'avais besoin d'une intervention divine et décidai d'emmener Joe à l'église et d'y allumer tous les cierges que je trouverais.

— On *p'ie* ? gazouilla-t-il, tout chaud dans mes bras.

Je donnai deux jours à Dieu. Constatant qu'il ne répondait pas, je tentai une approche plus directe. Au presbytère, le père m'invita dans la cuisine. Sans sa soutane, il ressemblait à un papy. Il poussa une assiette d'Oreos vers moi mais, pour une fois, je n'avais pas faim. Après m'être convaincue que des demi-vérités étaient préférables à pas de vérité du tout, je lui concoctai une petite histoire en veillant à ne rien dire de mes accusations.

— Et c'est tout ? demanda-t-il, sceptique.

J'avais si longtemps souhaité détenir un secret cher à mon cœur. Une chose que moi seule aurais sue. J'en avais un maintenant, mais celui-ci n'avait rien d'excitant ; il était pathétique.

— Elle m'a surprise en train de fouiller chez elle. C'est grave, mon père.

— Suffisamment pour qu'elle ne vienne plus à la messe ?

— Pourquoi refuse-t-elle d'entendre combien je regrette ?

— Parfois, quand les gens ont connu des moments très difficiles ou qu'ils ont été trahis, la seule manière pour eux de survivre est de couper les ponts avec la personne qui leur a fait du mal.

Elle n'était jamais retournée en France, elle n'avait jamais parlé de ses parents, de ses oncles et tantes ou de ses cousins. Odile avait tiré un trait sur toute sa famille – elle n'aurait aucun mal à faire une croix sur moi.

Ce samedi après-midi, la voiture de Col-de-fer s'arrêta au bord du trottoir. J'ouvris ma fenêtre et m'accroupis pour que personne ne me voie espionner. Lui et Odile bavardaient amicalement sur le perron à propos du concours de gâteaux destiné à lever des fonds. À la seconde où il mentionna mon nom, elle rentra dans sa maison.

*

La vie se poursuivit sans Odile. Je commençai mon année de première sans nos leçons de français. Depuis le décès de ma mère, jamais je n'avais éprouvé un aussi profond sentiment de perte. Cependant maman n'avait pas eu le choix. Là, c'était Odile qui avait décidé de garder ses distances. Je rentrais chez moi en traînant les pieds et passais devant sa maison. Comme les rideaux étaient fermés, je savais que sa porte serait verrouillée.

*

Au moment du déjeuner, tandis que Mary Louise et Keith se faisaient des câlins sous les gradins, je me retrouvai seule à la cafétéria. Ondulant des hanches, Tiffany Ivers s'approcha de moi.

— Je parierais que la femme de ton père n'a qu'une hâte, que tu aies ton diplôme et que tu débarrasses le plancher.

Tiffany se moquait de John Brady parce que son père était agent d'entretien et elle avait réussi à convaincre tout le monde d'appeler Mary Matthews « Pepperoni Pizza » à cause de son acné. J'étais la seule du lycée à avoir une marâtre. Comme la cocaïne, le divorce était le problème des grandes villes et le décès d'une mère à un si jeune âge était heureusement très rare. Je ne souhaitais à personne de connaître ce par quoi j'étais passée.

— Tu sais comment on dit *step-mom* en français ? lui demandai-je.

Elle me fixa de ses yeux ternes à moitié cachés par sa frange outrancière. Pourquoi avais-je passé des années à comparer ma chance à la sienne, mon look au sien ? Je songeai au chandail que maman m'avait tricoté au crochet et me rappelai que j'étais bien plus préoccupée par l'opinion de Tiffany Ivers que par les sentiments de ma propre mère.

— *Belle mère*. Une mère qui est belle.

— Et c'est censé être du français ? Ça ressemble bien plus à un défaut d'élocution.

Quelques années auparavant, j'aurais pleuré toutes les larmes de mon corps. En cet instant, je me promis que plus jamais je ne la laisserais m'atteindre par ses piques. Je sus qu'il me faudrait désormais couper tous les ponts avec les gens qui n'avaient que des choses cruelles à la bouche. Je sortis de la cafétéria et quittai le lycée. Loin de ses commentaires de garce, à distance de son esprit étroit, je me sentis plus forte.

Même dans son silence, Odile m'enseignait des choses.

*

À 7 h 33 le samedi, je m'éveillai aux cris de *Scooby-Doo*.

— Il y a des gens qui veulent dormir, ici ! hurlai-je dans le couloir.

— *Okee-dokey*, me cria Joe en baissant le son d'un cran.

Joe et Benjy, Benjy et Joe, je les adorais ces deux-là mais ils me rendaient dingue. Chaque fois que je m'asseyais, Benjy m'agrippait la taille et se hissait sur mes genoux. Si notre maisonnée avait disposé d'un chœur, ç'aurait été : « Joe, chéri, veux-tu bien ôter ton doigt de ton nez ? Joe, enlève ton doigt de ton nez tout de suite. Enlève ton doigt. Immédiatement ! » Seigneur, combien Odile me manquait. Il ne se passait pas un instant où je n'avais conscience de ce que j'avais perdu, ce que j'avais jeté aux orties par mon comportement inconséquent et égoïste.

Eleanor passa une tête dans ma chambre.

— Pourquoi ne pas aller faire un tour en voiture toutes les deux ? proposa-t-elle. Ce sera l'occasion de mettre ton permis provisoire en pratique.

— Et les garçons ?

Nous n'allions jamais nulle part sans eux. Nous n'allions jamais nulle part tout court.

— Ton père n'en mourra pas de les garder pour une fois. Rien qu'entre filles. Nous irons à Good Hope.

J'adorais la sensation du volant que j'agrippais à deux mains, le ronron de la voiture quand j'accélérais, les longues étendues de pâturages, les vaches qui nous regardaient filer à toute vitesse. J'adorais le fait de disposer de plusieurs stations de radio à l'approche de la ville. J'adorais laisser derrière moi le lycée, les garçons, et tout le mal que j'avais fait à Odile.

Good Hope comptait trente mille habitants. Juste avant d'atteindre les limites de l'agglomération, je m'arrêtai sur le bas-côté pour redonner le volant à Eleanor. Nous passâmes devant un Dairy Queen et un Best Western, deux chaînes qui existaient dans le reste du monde. Froid avait des panneaux de stop que personne ne respectait mais Good Hope disposait d'un feu tricolore. Ses trottoirs étaient deux fois plus larges que les nôtres et le parking était payant. Nous atterrîmes juste devant un des plus grands supermarchés du Montana, The Bon. Le mot français pour *good*. Cinq niveaux de briques blondes miroitant au soleil. Même ses portes étaient grandioses, laiton et verre sans aucune trace de saleté. À l'intérieur, nous fûmes accueillies par le parfum *Wild Song*. Dédiés à la beauté, des îlots de cosmétiques n'attendaient que nous. Eleanor me guida jusqu'au comptoir Clinique, dont la vendeuse portait une longue veste blanche à l'image d'un médecin, comme quelqu'un censé inspirer confiance. Elle traça sur son poignet plusieurs traits de rouge à lèvres différents qui ressemblaient à de la soie. Toutes trois, nous les étudiâmes avec soin, comme si nous devions sélectionner des tentures pour la résidence du gouverneur.

Nous nous décidâmes pour *Perfect Peach* – pêche parfaite – et Eleanor sortit son carnet de chèques.

— Tu ne vas rien prendre pour toi ? lui demandai-je.

— Je ne crois pas.

— Tu mérites quelque chose de joli.

— Nous verrons.

Elle était gênée mais je ne comprenais pas pourquoi. Elle était une dame mariée. Elle pouvait disposer de son propre argent, pas vrai ?

— Dire qu'on a fait tout ce chemin…, insistai-je.

Eleanor finit par se laisser convaincre, choisit un tube de *Pale Poppies* – pavots pâles – et son visage s'illumina.

Au Mezzanine Bistro qui donnait sur le rez-de-chaussée, nous choisîmes une table tout à côté de la rambarde en Plexiglas de manière à pouvoir observer les gens comme depuis un café parisien. La commande passée, je vis une vendeuse élégante remonter ses bas, se pensant à l'abri des regards indiscrets.

Lorsque le serveur déposa son club sandwich devant Eleanor et mon French dip[1] devant moi, elle me demanda :

— Tu passes une bonne journée ?

— *Mais oui*, répondis-je en trempant mon pain dans la sauce.

Après le déjeuner, je l'accompagnai aux toilettes pour nous laver les mains. Puis, devant le miroir, la bouche en cul-de-poule, remaquillage et rouge à lèvres. Jamais je ne m'étais sentie aussi proche d'elle.

Nous remontâmes dans le break et prîmes la sortie de la ville. À la radio, la musique rock disparut et Ellie régla le poste sur notre fréquence locale. Le château d'eau de Froid apparut à *l'horizon*.

En nous engageant dans notre rue, nous aperçûmes un camion de pompiers. Difficile de voir à cinq rues de distance, mais il semblait garé devant notre maison.

— Les garçons ! m'exclamai-je, la gorge serrée.

Ellie accéléra. Pour une fois que nous étions sorties… Et si Joe avait réussi à dénicher les allumettes dans le tiroir ? *Pourvu qu'il ne leur soit rien arrivé*.

---

1. Ou *Beef dip*, sandwich au bœuf servi avec un jus de viande.

Le camion était garé devant chez Odile ; des panaches de fumée s'échappaient de la fenêtre. Un pompier tirait un tuyau raplati depuis la maison. Ellie freina brutalement et nous bondîmes hors de la voiture. Les voisins s'étaient rassemblés sur le trottoir et Odile était assise sur le rebord, effondrée. Mrs Ivers lui enveloppa les épaules d'une couverture mais elle ne parut pas le remarquer.

— Qu'est-il arrivé ? demanda Ellie au chef des pompiers.

— Un feu dans la cuisine. Quelque chose était resté dans le four.

— Les cookies de la professeure Cohen, expliqua Odile. Je pensais à elle. Je pense à elle de plus en plus souvent. Tout est ma faute.

— Ça arrive, ce genre de chose, la rassura Ellie.

Elle s'assit près d'Odile et je m'installai de l'autre côté.

— Ma faute, répétait Odile.

— Vous ne l'avez pas fait exprès, lui murmurai-je.

Elle me regarda et j'en fus si heureuse que je me fichai bien de ses grands yeux qui me fixaient comme si j'étais une inconnue.

— Je suis désolée, bredouilla-t-elle.

Je déglutis.

— Non, c'est moi qui…

Je voulais lui dire tant de choses. Je vous aime. Votre pardon est ce qui m'importe le plus. Je regrette encore et toujours.

— Pourquoi ne pas venir chez nous ? suggéra Eleanor.

J'accompagnai Odile jusqu'à notre maison, puis dans ma chambre où elle s'allongea sur le lit.

— Voulez-vous que je sorte ?

— Asseyez-vous, répondit-elle en tapotant le matelas. Je veux que vous sachiez. Pendant la guerre, il s'est passé des choses dont personne ne souhaite parler encore aujourd'hui. Des choses si révoltantes et honteuses que nous les avons enterrées comme les morts dans un cimetière secret avant d'abandonner les tombes à jamais.

Sa main enveloppant la mienne, elle me présenta la galerie de personnages de son récit. Maman chérie et Eugénie si terre à terre. Papa si tempétueux. Rémy, le jumeau malicieux que je verrais chaque fois que je regarderais sa sœur. Sa petite amie, Bitsi, la vaillante bibliothécaire. Paul si beau que j'en tombai amoureuse moi aussi. Margaret, tout aussi drôle que Mary Louise. Miss Reeder, la comtesse et Boris – le cœur, l'âme et la vie de la Bibliothèque. Autant d'individus que je ne connaîtrais jamais mais que je n'oublierais jamais. Ils avaient vécu dans la mémoire d'Odile et désormais ils vivaient dans la mienne.

Lorsqu'elle eut terminé son récit, j'eus le sentiment que c'était un livre que j'avais lu, une part de moi à jamais. Lorsque les nazis étaient entrés dans la Bibliothèque, je tremblais parmi les rayonnages. J'apportais des livres à la professeure Cohen, je dérapais sur les pavés, craignant que les nazis n'apprennent la nature de ma mission. À mesure que la nourriture se faisait plus rare, mon estomac gargouillait et j'étais à cran. Je lisais ces horribles lettres et ne savais que faire.

— Vous avez été courageuse, dis-je à Odile. Garder la Bibliothèque ouverte et vous assurer que tout le monde puisse sortir des livres.

— J'ai à peine fait le minimum, soupira-t-elle.

— *Le minimum ?* Ce que vous avez fait est extraordinaire. Vous avez donné de l'espoir aux abonnés. Vous avez montré que, même lors des pires moments, les gens pouvaient encore être bons. Vous avez sauvé des livres et des personnes. Vous avez risqué votre vie pour défier ces affreux nazis. C'est énorme.

— Si je pouvais revenir en arrière, j'en ferais davantage.

— Vous avez sauvé des gens en cachant ces lettres.

— Si j'avais brûlé ces lettres anonymes la première fois que je les ai vues, des milliers de vies auraient pu être sauvées. Il m'a fallu trop de temps pour comprendre ce qu'il fallait faire. J'avais trop peur de me faire prendre.

J'aurais aimé continuer à argumenter mais elle battit des paupières et ferma les yeux.

*

Au cours du dîner, tandis qu'Odile somnolait, Ellie et papa décidèrent qu'elle resterait chez nous le temps que sa cuisine soit refaite. Puis ils continuèrent à discuter de sujets divers. Je ne pouvais m'empêcher de penser aux lettres. Même si j'aimais à croire que je n'aurais jamais fait arrêter des innocents, j'avais démontré par mes actes que j'étais tout à fait capable de me convaincre sans la moindre preuve et d'agir sans réfléchir. Voyant papa manger ses haricots, je remarquai que ses cheveux commençaient à grisonner et me demandai quel genre de problèmes le tenaient éveillé la nuit, et ce qu'il accepterait de faire pour protéger sa famille. Je me repassai le récit d'Odile une nouvelle fois, avec le sentiment que quelque chose ne collait pas dans son histoire.

Chaque été, Mamy Jo et moi passions nos après-midi à siroter des limonades derrière les moustiquaires de sa terrasse. Les puzzles étaient sa passion. Après avoir étalé leurs pièces sur la table, nous reconstruisions des ciels bleus au-dessus de châteaux bavarois. Isolée que j'étais au milieu des champs de blé, ces photos fragmentées avaient été mon premier regard sur le monde extérieur. Comme la pratique des puzzles de Mamy – deux par semaine – était coûteuse, maman avait fini par les acheter d'occasion. Le pour : ils n'étaient pas chers. Le contre : les heures passées sur une image pour s'apercevoir au bout du compte qu'il manquait des pièces, égarées bien avant la braderie de bienfaisance de l'église.

Il y avait longtemps que je n'avais pas éprouvé de frustration devant un puzzle incomplet mais je reconnus cette même sensation. Un élément du récit d'Odile manquait. Un bout du cadre ou l'un des coins. Si Odile aimait Paul, pourquoi en avait-elle épousé un autre ?

40

Odile

Paris, août 1944

Les Alliés se rapprochaient. La nouvelle dévalait la rue de Rennes, s'attardait dans les rues adjacentes, se répandait dans les allées du Père-Lachaise et arriva jusqu'au Moulin-Rouge. *Ils se rapprochent.* La nouvelle remonta les marches des stations de métro et rebondit sur les galets blancs de l'allée de la Bibliothèque. Nous avions appris que les Alliés avaient débarqué sur les plages de Normandie plus de deux mois auparavant, et nous nous demandions où ils étaient passés. La presse – un ramassis de propagande – n'aidait en rien. Nous ne comptions que sur le bouche-à-oreille.

— Les Alliés se rapprochent, déclara Boris alors que nous sortions des livres.

— J'ai vu des Allemands qui chargeaient leurs véhicules devant les hôtels occupés.

— On va bientôt revoir les pancartes « Chambres à louer », plaisanta Boris.

Mr Pryce-Jones, encore affaibli par son séjour en camp d'internement, s'appuyait sur sa canne quand il franchit le seuil de la salle. Il avait été libéré trois semaines auparavant. M. de Nerciat le suivait comme son ombre, les bras écartés, craignant que son ami ne tombe.

— Je ne devrais pas être de retour à Paris, marmonna Mr Pryce-Jones. Pas quand d'autres sont toujours prisonniers. Et étiez-vous obligé de prétexter mon âge pour me faire sortir ?

— Non, mon cher camarade. J'aurais aussi pu leur dire que vous étiez un peu arriéré.

Je cachai mon sourire derrière *Le Tour d'écrou*, 813. Certaines choses n'avaient pas changé.

— Où se trouvent les Alliés ? s'enquit M. de Nerciat.

— Ils sont en route, répondit Boris.

J'étais impatiente d'en informer Margaret. Elle revenait après une semaine passée à soigner sa fille qui avait les oreillons. Quand elle arriva après le déjeuner, c'est tout juste si je la reconnus. Le rebord d'un chapeau blanc tout neuf masquait ses yeux et la robe en soie assortie était aussi immaculée qu'une robe de baptême. *C'est chic d'être miteuse*, me rassurai-je en passant la main sur ma ceinture usée.

— Cette chose a plus de trous que de cuir, constata-t-elle en me rejoignant au comptoir. Permets-moi de t'offrir une tenue.

— Non, répliquai-je plus sèchement que je ne l'aurais souhaité.

Tout le monde savait ce que signifiait l'élégance de Margaret. Les femmes qui couchaient avec les

Allemands, Paul les appelait les « matelas capitonnés ». Mais peut-être étais-je simplement injuste. Elle avait toujours eu de beaux vêtements – j'en avais suffisamment profité moi-même. Ce nouvel ensemble n'était pas nécessairement un cadeau de son amant.

— Qu'est-ce que j'ai raté ? demanda-t-elle.

— On raconte que les Alliés seront ici d'un jour à l'autre !

Je m'attendais à la voir aux anges comme nous tous, mais elle se contenta de lâcher un « Oh » surpris.

Bitsi passa nous dire bonjour ; j'aperçus l'opale nacrée de ma grand-mère à son doigt. Lorsque mes parents avaient parlé de lui offrir ce bijou, j'avais insisté. Je voulais qu'elle l'ait, je voulais qu'elle sache qu'elle faisait partie de la famille. Je lui avais montré notre cachette secrète à Rémy et à moi. Parmi les mouchoirs froissés et les moutons, nous nous étions allongées côte à côte, moi serrant un de ses soldats en plomb, elle son livre préféré, *Des souris et des hommes*. J'avais grandi en croyant que l'amour existe tant qu'une maîtresse ne vient pas séparer le couple, mais Bitsi avait prouvé que même la mort ne pouvait détruire un amour véritable. À l'intérieur de cette matrice obscure, nous avions pleuré, et nos larmes nous avaient unies l'une à l'autre, comme deux sœurs, d'un lien bien plus fort que n'importe quel mariage.

Je lui tendis une lettre que j'avais reçue d'un ami de Rémy.

> Chère Odile,
>
> Nous appelions votre frère « le Juge » parce que c'est lui que nous allions voir pour régler nos différends. Je

lui avais même fabriqué un marteau avec une pierre, une branche et un bout de ficelle. Enfermés ici sans sortir, loin de chez nous, nous sommes frustrés et en colère. Morts d'ennui et affamés. Il suffit de peu de chose pour que quelqu'un explose. « Juge », que je lui disais, « est-ce que la cour est en session ? Louis n'arrête pas d'appeler le Seigneur en vain et Jean-Charles, ça le met dans tous ses états. Alors il est tombé sur le râble de Louis. » Nos disputes peuvent vous paraître dérisoires, mais le Juge prenait au sérieux chacun des plaignants et parvenait toujours à apaiser des hommes à bout de tout. Il nous manque.

Sincèrement vôtre,
Marcel Danez

Voyant le visage de Bitsi s'éclairer à mesure qu'elle lisait, j'insistai pour qu'elle garde la lettre. L'hommage de Marcel à mon frère valait pour moi tout l'or du monde mais Bitsi avait encore plus de valeur à mes yeux. Elle serra le morceau de papier contre son cœur et gagna la salle des enfants.

Margaret la regarda s'éloigner et lâcha, dents serrées :

— Sa coiffure ressemble à une couronne d'épines ! La petite Bitsi va finir par se lasser de son rôle de veuve éplorée et se trouver un galant.

Sa remarque – le fait que le chagrin de Bitsi après la perte de Rémy était du cinéma – m'atteignit en plein cœur. J'étais incapable de supporter l'idée que Bitsi oublie mon frère. Ma poitrine devint si douloureuse que je pouvais à peine respirer. Je me précipitai hors de la pièce. Si j'avais ralenti, si je m'étais arrêtée pour prendre le temps de réfléchir, je me serais aussi souvenue du temps où la vertu de Bitsi m'avait fait me sentir sale. Le mépris de Margaret s'adressait moins à Bitsi qu'à elle-même, et concernait davantage sa propre honte.

Lorsque Boris me vit passer, il lança :

— Vous êtes bien sûre de vouloir laisser Margaret seule dans la salle de référence ?

— Croyez-moi, elle pense avoir toutes les réponses.

— Elle est une bonne amie, pour vous comme pour la Bibliothèque.

— Pourquoi prenez-vous son parti ?

Il tressaillit.

— Allez-y, murmura-t-il.

J'avais besoin de parler à quelqu'un qui me comprenne. Au poste de police, Paul me proposa sa chaise.

— Tu n'imagines pas ce que Margaret vient de dire !

Paul passa derrière moi et me massa le cou.

— C'est la guerre. On dit – et fait – tous des choses qu'on regrette ensuite.

Il se référait rarement au passé. Mon refus d'aller porter des livres cette unique fois. Son arrestation de la professeure Cohen. La façon dont nous nous étions roulés entre les draps des disparus. C'était pour nous la seule façon de continuer comme couple.

— Je sais.

— La vie reprendra son cours normal.

— C'est ce qu'on se répète depuis des années. Et si c'était ça notre vie normale ?

— Rien ne dure à jamais, m'assura-t-il en continuant de me masser délicatement le dos.

— La semaine dernière, quand je lui ai raconté que maman faisait la queue chez le boucher dès l'aube, elle m'a répondu : « Pourquoi n'achète-t-elle pas au marché noir ? » Avec quel argent, je me le demande ! En tout cas, toute sa nourriture lui vient de Fel…

Je m'interrompis. *Non, non, non, tu fais ça tout le temps. Pas cette fois. Boucle-la !*

— Qu'allais-tu dire ?

Je relâchai lentement mon souffle.

— Rien.

— Margaret est quelqu'un de gentil. Pour une Anglaise, s'entend.

— Gentille ? Elle a insinué que Bitsi faisait semblant d'avoir du chagrin.

— Les gens parlent sans réfléchir. Je suis sûr qu'elle ne pensait pas à mal.

Il serait moins pressé de la défendre s'il était au courant pour son amant allemand, pensai-je. Margaret avait la vie facile. Elle n'avait qu'à claquer des doigts et elle obtenait des soirées, des robes haute couture, des bijoux et des escapades en bord de mer.

— Et elle a laissé entendre que Bitsi allait prendre un amant, ajoutai-je.

— Bien sûr que Bitsi aimera toujours ton frère, mais peut-être qu'un jour…

— Peut-être qu'un jour ? Elle n'oubliera jamais Rémy. Jamais ! Toutes les femmes ne sont pas des traînées comme Margaret.

Les mains de Paul s'arrêtèrent sur mes épaules.

— Tu n'es pas sérieuse.

Comment pouvait-il envisager le pire chez Bitsi mais le meilleur chez Margaret ?

— Tu n'es pas sérieuse, répéta-t-il.

Je me tournai pour lui faire face et pris un malin plaisir à lui révéler :

— Elle a un amant allemand.

L'espace d'un instant, mes paroles restèrent entre nous, suspendues dans l'air.

Puis ses lèvres se retroussèrent de dégoût.

— Salope !

À l'écho de ce mot, je compris que mon sale caractère avait repris le dessus. Il fallait à tout prix que je fasse attention à mes réactions et mes jugements.

— Je n'aurais pas dû dire ça. Tu as raison, tu as toujours raison. Elle est gentille, elle est si bonne pour ma famille. Grâce à elle, Rémy a toujours eu de quoi manger. À la Bibliothèque, je ne sais pas ce que je ferais sans elle. D'ailleurs elle est là-bas en ce moment, elle me remplace à mon poste.

— Les traînées comme elle auront le sort qu'elles méritent.

— S'il te plaît, tais-toi. Son mari est un mufle, elle mérite mieux. Tu as raison, les gens parlent sans réfléchir, tout comme je viens de le faire. Promets-moi s'il te plaît de ne le répéter à personne.

Paul garda le silence.

— Tu garderas ça pour toi ?

— À qui le dirais-je ?

Il reprit son massage sur mes épaules, et cette fois ses doigts s'enfonçaient plus profond dans ma chair.

41

Odile

À Paris, le gaz avait été coupé et presque plus personne n'avait de courant, même s'il y avait de l'électricité dans l'air. Des affiches collées aux murs des immeubles pressaient les Parisiens « d'attaquer l'ennemi » où qu'il puisse être. La police se mit en grève, tout comme les employés du chemin de fer, les infirmières, les postiers et les ouvriers de la sidérurgie. Paul aida à desceller les pavés pour bâtir des barricades – tout ce qui pourrait prendre l'ennemi au piège et permettrait de l'attaquer par surprise.

Je connaissais les combats par mes lectures, mais ça se passait généralement très loin. Désormais, les tirs étaient bien réels et les voitures et les tanks étaient incendiés. Les rumeurs ricochaient comme des balles de fusil. Les Américains venaient nous libérer ! Non, c'était de Gaulle ! Non, les Parisiens en avaient assez et ripostaient ! Les Allemands battaient en retraite. Non, ils ne se rendraient pas sans se battre !

Sur le trajet de mon travail comme au retour, je longeais les murs et j'avais peur. Peur des tireurs d'élite, peur des bombes, peur que rien ne change et que nous soyons obligés de vivre ainsi à jamais.

Le soir du 24, alors que j'essayais de terminer *Voyage dans les ténèbres* avant que la flamme de ma bougie ne vacille une dernière fois avant de s'éteindre tout à fait, les cloches de Paris se mirent à sonner. Je me levai et retrouvai mes parents dans l'entrée. Maman était en peignoir et levait les yeux au ciel comme pour s'émerveiller de ce miracle divin. Papa écartait les bras comme jadis, lorsque Rémy et moi encore enfants galopions vers lui. Je savais que nous pensions tous la même chose – si seulement Rémy était là ! Sans un mot, nous nous enlaçâmes, conscients que l'Occupation touchait à sa fin.

*

Paris avait été libéré. Mr Pryce-Jones traversa la Bibliothèque en claudiquant et en hurlant : « Les Allemands se sont enfuis ! » Dans son sillage, M. de Nerciat s'exclamait : « Nous sommes libres ! » Après m'avoir embrassée sur les joues, les deux hommes se firent brièvement l'accolade. Eux seuls se montrèrent discrets. Je serrai dans mes bras Bitsi, Boris et la comtesse. Ses domestiques apportèrent tout le champagne qui restait dans sa cave et je bus plus en cette seule journée que je ne l'avais fait jusque-là.

— La guerre n'est pas terminée, nous mit en garde Mr Pryce-Jones.

— Mais c'est le début de la fin, rétorqua la comtesse.

— Alors, je vais boire à ça ! déclara M. de Nerciat.

— Vous boiriez à n'importe quoi, mon vieux !

Sur la pelouse élimée, personnel et abonnés riaient, s'embrassaient, pleuraient. Un orchestre alternait *Stars and Stripes Forever* avec *La Marseillaise*. Paul et moi dansâmes toute la nuit. J'avais l'impression d'avoir retenu mon souffle des mois durant et de pouvoir enfin respirer. J'avais vécu dans le moment présent, redoutant l'avenir. Mais la lutte pour la survie était terminée, Paul et moi allions pouvoir vivre. Je me laissai aller à rêver d'une famille.

*

En dépit des festivités qui se déroulaient à travers toute la ville, Margaret était abattue. Son *Leutnant* avait été arrêté et elle ignorait où il avait été emmené. Pis encore, après une absence de quatre ans, Lawrence était revenu et sa vie avec lui ressemblait désormais à une route de campagne déserte. Pour lui changer les idées, je l'emmenai faire une promenade aux Tuileries. Parmi les arbres, dans la lumière mouchetée, je la regardai égrener ses perles. J'avais envie de la consoler mais ne savais quoi dire.

Nous entendîmes soudain un grand vacarme de l'autre côté de la haie, un bruit de tambour et des cris. Peut-être une parade pour fêter la Libération, ou la victoire ! Dans l'espoir de lui remonter le moral, j'incitai Margaret à franchir la grille.

De chaque côté de la rue de Rivoli, des centaines d'hommes, de femmes et d'enfants applaudissaient au passage d'un homme qui frappait sur une grosse caisse. À côté de lui, un vieillard en haillons brandissait un poulet déplumé. Malgré les coups de tambour, je crus entendre une plainte.

— Ce n'est pas possible ! murmura Margaret en désignant le vieillard.

En nous approchant, je vis qu'il tenait non pas un poulet mais un bébé nu. À la vue du bambin qui gémissait, je me pétrifiai, sous le choc.

— Les Boches ont laissé un souvenir ! s'écria le vieux en balançant le nourrisson tête en bas.

— Bâtard, bâtard ! psalmodiait la foule. Fils de putain !

Derrière lui, deux hommes tiraient une femme par les bras. Elle était nue. Et elle était chauve, ses pieds ensanglantés à force d'être traînés sur les pavés, son corps blême de terreur. Sa toison pubienne contrastait avec la pâleur de sa peau. Elle essaya de se libérer pour saisir son bébé mais ses geôliers l'en empêchèrent.

— Traînée ! hurla un homme dans la foule. Où il est, ton amant maintenant ?

Je n'avais jamais vu de femme nue et je me sentis soudain aussi nue et violentée qu'elle. Alors que je m'avançais pour l'aider, Margaret me retint par le bras.

— Il n'y a rien que nous puissions faire.

Elle avait raison. Ce n'était pas une parade mais une horde en furie. Impossible de l'arrêter. Les hommes étaient des sauvages, j'en avais la preuve depuis des années.

— Bâtard, bâtard ! continuait à hurler la foule. Fils de pute !

Des larmes se mirent à couler sur mes joues. Complètement encerclées, Margaret et moi tentâmes de nous frayer un passage parmi cette marée de coudes osseux et de doigts tendus pleins de haine.

— Les Allemands n'auraient jamais permis une chose pareille, lâcha du bout des lèvres une femme entre deux âges.

— Vous voyez celui qui tient la jeune femme, là-bas, sur la droite ? commenta une autre. La semaine dernière, il servait de la bière et des saucisses aux Fritz.

— Qu'est-ce qu'on en a à fiche de ce type ! rétorqua un homme. Cette traînée a enfreint la loi.

— On ne choisit pas celui qu'on aime, murmura Margaret.

— L'amour ! ricana-t-il. C'est pas d'amour qu'il s'agit. Il n'y a que les putes qui font ce qu'elle a fait.

Margaret tremblait. Était-elle choquée par la condamnation de la foule, ou se reconnaissait-elle dans la jeune mère ? Je la plaquai contre moi et la guidai jusqu'à la maison.

Mais la journée n'était pas terminée. Quatre rues plus loin, sur un échafaudage improvisé au milieu d'une place, un fonctionnaire municipal arborant son écharpe bleu, blanc, rouge se tenait debout derrière une femme dont il agrippait la nuque. Vêtue de ce qui semblait être sa plus belle robe du dimanche, cette dernière fixait le vide pendant qu'un coiffeur lui rasait la tête. Zip, zip, zip, comme si c'était la chose la plus naturelle du monde, comme si ce n'était pas la première fois qu'il rasait une femme. À mesure que la tondeuse glissait sur le crâne de la suppliciée, des mèches de cheveux blond-roux tombaient sur ses épaules. Puis le coiffeur les balança au sol telles des ordures bonnes pour la poubelle. De l'autre côté de la scène, encadrées par des hommes en uniforme, cinq autres femmes contemplaient ce qui les attendait sous les huées de la foule en contrebas. Il n'y avait pas eu de procès, juste ce châtiment indécent. Les voyant pleines de dignité, les yeux secs, j'essuyai mes larmes.

42

Le quatuor du salon de barbier

Tandis qu'ils patrouillaient, Paul et ses collègues, Ronan et Philippe, tombèrent par hasard sur Margaret qui rentrait chez elle après ses courses, un panier de maigres carottes à son bras.

— Quel plaisir de vous rencontrer ! dit-elle à Paul.

Les hommes échangèrent quelques regards. *C'est elle, la traînée du Fritz. Il est passé où, hein ?* Les perles de Margaret rappelèrent à Paul tout ce qu'il n'avait pas pu offrir à Odile. Et la tenue en soie blanche rappela aux deux autres qu'il y avait bien longtemps qu'ils n'avaient pas acheté une robe neuve à leur épouse. Sans réfléchir, Paul saisit le coude de Margaret et le tira. Philippe lui attrapa l'autre bras.

— Bonté divine, Paul ! Où allons-nous ? Arrêtez ! Mes carottes sont tombées !

Margaret éclata de rire, croyant que ces hommes continuaient à se réjouir de la Libération, comme tous ces parfaits inconnus qui s'embrassaient et dansaient dans les rues. Son rire exacerba la colère de Paul comme jamais. Comment osait-elle se moquer d'eux ? Ne voyait-elle pas qu'ils étaient dangereux ? Le fait qu'ils ne soient pas partis combattre au front n'en faisait pas pour autant des lâches. Ils avaient passé la guerre à sillonner la ville et ils en connaissaient chaque recoin, jusqu'au plus malfamé.

Philippe et Ronan traînèrent Margaret dans une impasse abandonnée. Lorsque Ronan lui arracha son panier, elle lui adressa un large sourire, certaine qu'il souhaitait ramasser ses carottes. Quand elle lui dit *merci*, il balança le panier dans la fenêtre crasseuse d'une loge de concierge abandonnée.

Paul poussa Margaret au sol. Elle essaya de se relever, à plusieurs reprises, mais chacun leur tour ils la repoussèrent par terre. Margaret scruta les alentours dans l'espoir d'apercevoir un passant.

— Au secours ! hurla-t-elle à une Parisienne qui accéléra le pas en détournant la tête.

— Garce d'Anglaise ! grogna Paul. Quitter le champ de bataille, faire sombrer nos navires et revenir seulement quand tout est terminé !

— Mais je suis restée ici tout le temps ! s'écria Margaret. Avec vous et Odile.

— On t'a vue fricoter avec un Fritz. C'est ce qu'elle dit.

— On est en train de châtier les putains qui couchaient avec des nazis, déclara Philippe. *Collaboration horizontale.* Je les ai vues, tondues sur la place.

— Elle aussi, c'est tout ce qu'elle mérite, ajouta Paul.

Margaret s'aida d'une main et parvint à se mettre à genoux.

Ils furent satisfaits de la voir dans cette position.

— S'il vous plaît. Non.

Ils n'avaient pas planifié cela. Ils n'avaient jamais fait de mal à une femme, et ils n'avaient jamais envisagé de le faire. Et pourtant, elle gisait là, à leurs pieds, une catin dans la poussière. Étrangère. Souillée. Mangeant du steak quand ils crevaient de faim. Vêtue d'une robe neuve quand leurs épouses devaient s'en passer.

Pour eux, elle n'était pas une femme ; en tout cas, elle ne l'était plus. Ils avaient été battus, humiliés. C'était maintenant leur tour d'abattre, de frapper, de lacérer.

Paul toucha les perles de Margaret.

— Qui t'a donné ça ?

— Ma mère.

— Menteuse ! répliqua-t-il en agrippant le collier qui lui entailla le cou.

— Ces perles appartenaient à ma mère.

— Je parie qu'elles viennent de ton amant.

Il tira plus fort, cette fois le collier céda et les perles s'éparpillèrent sur le sol pour former une triste constellation.

— Elles sont à ma maman, gémit-elle tandis que Philippe les récupérait au sol pour les glisser dans sa poche.

— Ta gueule, sinon tu vas le regretter, gronda Ronan en tendant un couteau à Paul.

— À toi l'honneur ?

Margaret aurait voulu lui dire : « Nous avons dîné ensemble. Vous êtes venu chez moi. Quand Odile avait encore des doutes à votre égard, je vous ai défendu. »

Mais sa voix s'évanouit en même temps que son courage.

Paul se saisit du couteau.

43

Odile

La pièce interdite qui sentait la naphtaline était peut-être le seul endroit de Paris où rien n'avait changé pendant la guerre, et la dernière fois que maman m'avait autorisée à y entrer pour voir mon trousseau j'avais quinze ans. La tête pleine de visions d'avenir, je me délectai devant mon trousseau et les trésors que les femmes de ma famille avaient fabriqués pour mon mariage. Une commode en bois abritait une couverture de bébé, crochetée par ma grand-mère. Bientôt Paul et moi aurions un petit. Je dépliai la chemise de nuit blanche, fluide et gracieuse, que maman avait cousue. « Pour ta lune de miel », m'avait-elle dit timidement. Je n'avais plus rencontré Paul en tête-à-tête depuis qu'il m'avait appris comment avait été arrêtée la professeure Cohen et, bien entendu, nous n'avions pas cherché de nouveau lieu pour nos ébats. Lui et moi restions assis sur le divan avec raideur tandis que maman constatait les ébréchures dans la porcelaine. Un mariage serait un nouveau commencement. Je m'imaginais marchant vers Paul dans la nef de l'église. Complètement absorbée par ma rêverie éveillée, je faillis ne pas entendre qu'on frappait avec insistance à la porte. J'allai ouvrir et trouvai Paul sur le palier, le visage luisant de sueur.

— Que diable fais-tu ici ? gloussai-je bêtement. On dirait un petit garçon, à cogner comme tu le fais. Pourquoi cette impatience ?

Il me saisit les mains.

— Marions-nous, dit-il.

C'était comme s'il avait lu dans mes pensées.

— Enfuyons-nous sans prévenir personne. Aujourd'hui. Une cérémonie civile.

— Ne doit-on pas d'abord publier les bans ? Maman sera fâchée si nous ne nous marions pas à l'église. Et puis j'aimerais que Margaret soit ma demoiselle d'honneur.

— Ce mariage ne concerne que nous deux et personne d'autre. Tes parents comprendront. Oublie les bans, j'ai obtenu une licence spéciale. Il y a longtemps que j'attends et que je la garde dans ma poche.

— Une licence spéciale ?

— Dis oui, s'il te plaît.

Paul savait toujours ce que je désirais.

— *Embrasse-moi*, lui murmurai-je.

Il tremblait dans mes bras.

— Je t'aime… je t'aime tellement. Partons, pour ne jamais revenir.

Mes parents seraient-ils déçus si Paul et moi prenions la fuite pour nous marier civilement, ou seraient-ils secrètement soulagés ? Il n'y avait pas d'argent pour une robe de mariée, et encore moins pour un repas de noces. Une chose était sûre, après la longue nuit de l'Occupation, c'est avec Paul que je voulais être.

— Oui !

— Laisse un petit mot à tes parents. Nous irons chez ma tante pour notre lune de miel. J'ai besoin de m'en aller ! Nous avons tous les deux besoin de partir ailleurs.

— Tu es sûr que tout va bien ? Tu n'as pas l'air dans ton état normal. Nous devrions peut-être attendre.

— Est-ce que nous n'avons pas assez attendu ? Je veux t'épouser. Je désire une lune de miel.

Une lune de miel, pensai-je comme dans un rêve, en emballant mes quelques robes miteuses, la chemise de nuit de mon trousseau (j'étais presque certaine que maman ne m'en voudrait pas) et cette chère Emily Dickinson pour le voyage en train. Paul appela le chef de gare et lui demanda de prévenir sa tante. À peine sortie de la maison, ma valise à la main, je m'exclamai :

— Attends ! Je ne peux pas abandonner mon travail comme ça.

— Écris-leur que tu as besoin d'une semaine pour ta lune de miel. Comment pourraient-ils dire non à un amour sincère ?

Tout en rédigeant un petit mot que je ferais porter par la jeune voisine, je me demandais si la fuite était un acte romanesque ou un geste irréfléchi.

Au comptoir de la mairie, la secrétaire ne releva pas la tête de ses paperasses.

— Revenez la semaine prochaine. L'agenda du maire est plein.

Si jusque-là je n'étais pas très sûre de vouloir m'enfuir pour mon mariage, maintenant qu'on m'opposait un refus…

— S'il vous plaît, insistai-je. Nous nous aimons.

— Paris a beau avoir été libéré, renchérit Paul avec un soupçon d'hystérie dans la voix, il y a toujours une guerre en cours et personne ne sait ce que l'avenir nous réserve. Nous voulons nous marier et il faut que vous nous aidiez.

Devant nos visages tendus, elle se décida à aller voir si le maire accepterait d'officier de façon aussi impromptue. Tandis que Paul faisait les cent pas, je m'assis sur une chaise en bois éraflée. Nous aurions dû faire ça depuis longtemps mais je voulais tellement Rémy à mon côté… J'effleurai le siège vide près de moi.

— Moi aussi, j'aimerais qu'il soit ici, dit Paul.

La secrétaire nous conduisit vers la salle des mariages dont le plafond figurait un ciel bleu pâle couvert de nuages vaporeux. Le maire enfila son écharpe tricolore et commença la cérémonie. Du dos de la main, Paul essuya la sueur qui coulait sur son front. Il était si nerveux qu'au moment de dire « Oui », le maire dut l'encourager.

Une fois dans notre compartiment, Paul prit le journal, lut une ligne et le replia à la hâte avant de le poser sur ses cuisses. Il ne cessait de croiser et décroiser les jambes. À chacun de ses mouvements, son genou venait cogner le mien.

— Qu'est-ce qui ne va pas ? m'enquis-je en me frottant la jambe.

— Rien.

— Pas de regrets ?

— Des regrets ? répéta-t-il avec un regard circonspect.

— D'être marié.

Il posa sa main moite sur la mienne.

— Je t'ai aimée dès l'instant où je t'ai vue.

— Tu as aussi aimé le rôti de porc de maman.

— Qu'est-ce que je donnerais pour en avoir une belle tranche en ce moment.

Nous avions pris tant de choses pour argent comptant…

Pierrette, la tante de Paul, nous attendait à la gare avec sa charrette attelée à un vieux cheval fatigué.

— Voilà donc celle dont on a tellement entendu parler ! Heureuse de faire votre connaissance.

Sa peau rougeaude ressemblait à du cuir, mais elle paraissait en meilleure santé que la plupart des Parisiens.

Dans l'âtre, un faisan rôtissait à la broche, et lorsque la graisse dégouttait dans le feu les flammes bondissaient en dégageant de la fumée. Je n'avais plus senti un arôme si délicieux depuis des années et j'en eus aussitôt l'eau à la bouche. Sur la table trônait un plat fumant de purée de pommes de terre que j'avais hâte de dévorer.

— Ce n'est pas vraiment un repas de noces, se défendit tante Pierrette. Mais j'ai été prévenue un peu tard, et le temps m'a manqué.

Elle pinça le bras de Paul qui lui sourit timidement.

— Pour nous, c'est un véritable festin ! déclarai-je.

J'essayai de manger lentement mais le dîner était trop divin – je l'engloutis aussi voracement que Paul. Sa tante nous laissa seuls pour nous permettre d'apprécier le dessert près du feu. Il me donna des cuillerées de flan dont la crème glissa dans ma gorge comme autant de gouttelettes de bonheur.

Dans notre chambre, il glissa une main sous ma jupe pendant que je fermais les volets.

— Un peu de patience ! Il faut que j'enfile ma chemise de nuit.

— Je ne peux pas attendre.

Il me poussa sur le lit et je l'embrassai tendrement. Il défit la ceinture de son pantalon et remonta ma jupe.

— Va plus doucement, murmurai-je quand il écarta mes dessous. Nous avons toute la vie devant nous.

— Je t'aime, marmonna-t-il en plongeant en moi. Tu es ma raison de vivre, de respirer, d'exister. Promets-moi de ne jamais me quitter. Quoi qu'il advienne.

— Bien sûr que je te le promets.

*

Le lendemain matin, il attela le cheval à la charrette et nous partîmes acheter une bague au village. Dans la vitrine de la bijouterie brillaient des dizaines d'*alliances* fines et larges, sans doute cédées pour quelques francs par des gens désespérés.

— Ça ne porte pas malheur ? demandai-je à Paul quand il en glissa une à mon doigt.

— Un mariage heureux ne dépend pas de la chance mais des intentions, intervint le bijoutier.

L'anneau en or était parfaitement à ma taille et pendant les sept jours qui suivirent, j'affichai un grand sourire quasiment en permanence.

*

Le train pour Paris avait du retard. Me voyant nerveuse à l'idée de ne pas être à l'heure à mon travail, Paul répéta avec insistance que nous pouvions aller directement à la Bibliothèque en sortant de la gare.

— Tu n'es pas obligé de m'accompagner, dis-je.

— Mais c'est ce que je veux, madame Martin. Et il te faut quelqu'un pour porter ta valise.

— Tu seras à l'heure au poste ?

— Je suis du soir cette semaine.

Dans la salle de lecture, sur la table face aux fenêtres, je restai ébahie en découvrant un gâteau de mariage, des chocolats, du champagne et un samovar de thé.

— C'est toi qui as arrangé tout ça ? lui demandai-je.

— C'est eux, répondit-il en désignant mes amis.

La comtesse, fière comme un paon. Boris et Bitsi qui rayonnaient. M. de Nerciat et Mr Pryce-Jones qui se chamaillaient : « Je vous avais dit qu'ils se marieraient. » « Non, c'est *moi* qui vous l'ai dit. » Ainsi qu'Eugénie et mes parents.

— Je comprends pourquoi tu aimes travailler ici, commenta mon père. Je regrette de n'être pas venu plus tôt.

— Oh, papa, je suis si heureuse que tu sois là.

— Félicitations, *ma fille*, me dit maman quand Eugénie et elle me serrèrent dans leurs bras.

Émue aux larmes, je m'extasiais devant le gâteau et son glaçage au sucre (Oh, les rations qu'ils avaient dû économiser ! À mes yeux, cela comptait plus que tout !) et je régalai mes amis du récit de la demande en mariage passionnée de Paul. Puis ce fut son tour de raconter la cérémonie.

— Où est Margaret ? demandai-je soudain à Bitsi.

— Nous ne l'avons pas vue de la semaine. Nous lui avons envoyé une invitation mais elle n'a pas répondu.

Je fronçai les sourcils. Était-elle souffrante, ou était-ce Christina ? Je me dirigeai vers le téléphone mais un bouchon sauta – mon bruit favori en ce bas monde – et la comtesse me proposa un verre de champagne. J'écoutai avec Paul les compliments de la famille et des amis pendant que tout le monde se goinfrait de gâteau. Je remarquai à peine quand Paul m'embrassa sur la joue et partit travailler.

Grisée par ces agapes, je trottinai jusque chez Margaret, franchis le pont Alexandre-III et, en remontant la rue, j'entrevis la tour Eiffel.

— Salut, belle dame en fer ! m'écriai-je.

C'est Isa qui ouvrit la porte. *Bizarre*. Le maître d'hôtel était peut-être malade lui aussi.

— Madame n'est pas là.

— Quand sera-t-elle de retour ?

Isa voulut refermer la porte.

— Elle n'ira nulle part dans son état, murmura-t-elle.

Je poussai le battant.

— Dans son état ? Elle est… enceinte ?

— Je préférerais, gémit Isa, les larmes aux yeux.

— Elle est malade ? Où est son mari ?

— Il a pris la petite demoiselle et il est parti en Angleterre.

— Ça n'a pas de sens.

Le champagne m'étant monté à la tête, j'avais du mal à suivre les paroles d'Isa.

— Attendez. Vous m'avez dit qu'elle n'irait nulle part. Ça signifie qu'elle est à la maison ?

— Madame ne veut voir personne.

— Mais je suis sa meilleure amie.

Isa hésita.

— Elle s'est peut-être endormie.

— Si elle dort, je vous promets de revenir tout de suite.

Dans le couloir, je me retenais de temps à autre au mur pour garder l'équilibre. Quelle histoire… bien sûr que Margaret voudrait me voir. Quel dommage qu'elle ait manqué la fête, elle avait très mal choisi son moment pour tomber malade. Il n'y avait qu'elle pour manquer de chance à ce point.

Sur le seuil de la chambre plongée dans la pénombre, je la regardai dormir en sachant que je devrais la laisser se reposer, mais j'avais du mal à contenir mon excitation et m'approchai sur la pointe des pieds. J'aperçus quelques touffes collées à son oreille mais le reste de sa chevelure se réduisait à quelques millimètres. Je distinguai comme des bleus à son cou. Je clignai des yeux. J'avais trop bu. *Mais non*, même après m'être frotté les yeux, ses cheveux étaient toujours aussi ras et ses hématomes encore présents. Son poignet, bandé de gaze blanche, reposait sur le couvre-lit. Apparemment, elle avait eu une sorte d'accident. Non. Sa tête était tondue, et on l'avait battue comme la jeune mère dans la rue. D'un coup, je recouvrai mes esprits.

Sans ouvrir les yeux, elle demanda :

— Qui était-ce, Isa ?

— Moi.

Margaret se redressa brusquement et s'assit dans le lit.

— Que s'est-il passé ?

— Comme si tu ne le savais pas, répondit-elle d'une voix qui n'était plus qu'un murmure rauque.

Je fixai les hématomes grisâtres qui constellaient son cou.

— Quand ?

— Il y a une semaine.

Je me rappelai la nervosité de Paul, son insistance à vouloir partir à tout prix. Sur le moment, j'avais perçu qu'il n'était pas lui-même. Comment n'avais-je pas compris ?

— C'est le jour où Paul et moi nous sommes enfuis…

— Pourquoi lui as-tu parlé de Felix et moi ?

— Je n'ai pas…

Je n'en avais pas eu l'intention.

— *C'est toi* la seule responsable de ce qui m'est arrivé ! dit-elle en posant une main sur son crâne nu.

Je me mis à trembler et me cramponnai à la tête de lit.

— Non.

— Alors pourquoi a-t-il fait ça ?

— Je l'ignore.

— Menteuse ! s'écria Margaret. Et moi qui pensais que les cercles diplomatiques pouvaient se montrer cruels et féroces ! Dis-moi, *mon amie*, que lui as-tu dit exactement ?

— Rien, vraiment…

— Oui, c'est vrai, Felix m'a fait des cadeaux. Mais j'ai toujours partagé, croyant que tu ferais de même pour moi. Tu savais exactement d'où ces cadeaux provenaient.

— Oui, mais jamais je ne me serais abaissée…

— T'abaisser ? C'était inutile puisque je l'ai fait pour toi. Et pour Rémy.

— Je ne t'ai rien demandé !

— C'était inutile.

— Ce n'est pas ma faute.

— Et c'est la faute de qui, alors ? rétorqua-t-elle.

Son regard fixe et sa tête rasée me bouleversaient, et je me tournai vers la fenêtre, vers sa coiffeuse, vers le portrait de Christina.

— Quel mal y a-t-il à désirer quelqu'un ? reprit-elle. Et être désirée ? C'est toi-même qui m'as expliqué que j'étais dans un pays étranger et que je pouvais faire ce que je voulais.

— Ça signifiait apprendre à faire du vélo, pas se mettre avec un nazi !

Elle leva la main comme pour toucher ses perles, un geste coutumier quand elle était perturbée, mais pour une fois elle ne les portait pas.

Il fallait qu'elle sache que je n'avais jamais souhaité lui faire de mal.

— Je n'ai jamais voulu ça.

— Paul a été l'arme, mais c'est toi qui as appuyé sur la détente.

— Et *toi*, alors ? Ce que tu as dit sur Bitsi, qu'elle feignait d'avoir du chagrin…

— C'était impardonnable. Moi, au moins, je suis capable de reconnaître mes erreurs.

— Mais je n'en ai parlé qu'à une seule personne.

— Comment as-tu pu me trahir ?

— Je t'enviais…

— Jalouse de moi, quand tu as un métier parfait, une famille aimante et un homme fidèle ?

Je n'avais jamais envisagé ce que j'avais, uniquement ce que je voulais.

— Mais ce n'est quand même pas si grave. Tes cheveux vont repousser.

— Parce que tu crois que le pire qu'il ait fait, c'est à mes cheveux ? À cause de toi, j'ai tout perdu, s'exclama-t-elle en levant son poignet cassé. Tu vois ce qu'ils m'ont fait ? Je ne peux plus m'habiller toute seule, je ne peux plus écrire à Christina. Si tu me haïssais tant, tu aurais dû engager un tueur professionnel parce qu'à présent, aux yeux de ma famille, c'est comme si j'étais morte. Le personnel a eu le choix entre rester avec moi ou aller en Angleterre avec Lawrence et Christina. Seule Isa a bien voulu rester dans l'appartement avec une traînée telle que moi.

— Je n'ai jamais eu l'intention de…

Elle rejeta le couvre-lit et resserra les pans de son négligé, révélant ses jambes marquées d'éraflures et de bleus. Je fermai les yeux en regrettant de ne pas pouvoir ravaler mes paroles passées ni réparer les dégâts que j'avais causés.

— Lâche ! Si moi je suis capable de mettre à nu mes cicatrices, toi, tu peux supporter de les regarder.

Elle ne parvenait plus à contenir sa colère. Sa force d'âme avait été meurtrie mais certainement pas défaite.

— Lawrence m'a prise en photo, tu sais. Si jamais j'ose faire un esclandre, il se servira de ces clichés devant la cour pour prouver que je suis une mère indigne. Seules les putains se font tondre, tu es bien d'accord ? Comment vais-je récupérer ma petite fille ?

— Je pourrais téléphoner à Lawrence, lui expliquer.

— Téléphoner à Lawrence, expliquer, pouffa-t-elle. Tu ferais mieux de t'en aller.

— Je pourrais aussi rester et t'aider. Préparer tes repas, écrire à ta famille.

— Je ne veux plus de ton « aide ». Va-t'en, s'il te plaît.

Je me dirigeai vers la porte et tendis la main vers la poignée.

— Attends ! dit-elle.

Je me retournai. J'aurais donné n'importe quoi pour avoir une seconde chance. Elle allait me pardonner, pour sûr. Nous avions traversé tant de choses ensemble.

— Il y a une boîte bleue sur l'étagère dans le dressing. Apporte-la-moi.

Lorsque je voulus lui donner le paquet, elle m'arrêta.

— C'est pour toi. J'avais demandé à Felix de me trouver ça. Quand tu la porteras, j'espère que tu te souviendras de ce que tu as fait et que tu comprendras ce que signifie être une véritable amie.

À l'intérieur, je découvris une ceinture rouge au cuir doux comme le beurre, aussi longue et fine qu'un fouet.

— Comment puis-je me racheter à tes yeux ? Je t'en prie, accorde-moi une chance.

Elle se tourna face au mur.

— Va-t'en. Je ne veux plus jamais te revoir.

44

Lily

Froid, Montana, juin 1988

— Eleanor m'a confisqué *Forever*[1] ! dis-je à Odile en arrivant en trombe dans sa cuisine. Elle prétend que Judy Blume écrit « du porno ». La censure, c'est mal !

— Tout comme de piquer une crise au lieu de s'asseoir poliment avant d'engager la conversation.

Odile finit d'essuyer sa dernière assiette.

— Vous devriez demander à Ellie ce qu'elle craint.

— Hein ?

— La lecture, c'est dangereux.

— Dangereux ?

— Ellie a peur que le livre ne vous mette des idées dans la tête, peur que vous ne souhaitiez faire l'expérience du sexe.

— J'ai lu *Out of Africa*, je ne suis pas allée pour autant établir une plantation de café au Kenya !

1. Roman sur la sexualité adolescente.

Odile sourit, l'air de penser que je venais de dire une bêtise.

— Peu de gens font ça. Le sexe est une part naturelle de la vie. Mais c'est une grande étape et Ellie se tracasse.

— Je n'ai jamais eu de rendez-vous avec un garçon, avouai-je. À ce rythme, je n'en aurai jamais. Ellie essaie juste de ruiner ma vie.

— Vous savez très bien que c'est faux.

— Elle ne se soucie que de papa et des garçons.

— Vous n'êtes pas fatiguée de ce refrain ? Eleanor fait de son mieux. Essayez de vous mettre dans sa peau.

— Beurk !

— À sa *place*. N'avez-vous jamais réfléchi à ce qu'Ellie peut éprouver ? Toutes ces années, elle et votre père n'ont jamais changé de canapé ni de lampe. Elle cuisine dans les casseroles de votre mère, elle mange dans ses assiettes. Elle doit trouver ça bien étrange, non ? Êtes-vous certaine que ce soit *vous* l'intruse ?

Son argument se défendait.

— L'amour n'est pas rationné. Ellie peut se préoccuper de vous tous. Vous devriez lui parler.

— Et si…

— Faites le premier pas.

En regagnant la maison, je regardai les petits courir autour du jardin. Joe agitait un pistolet à eau qui fuyait en direction de Benjy, lequel portait sa couverture de bébé comme une cape. Ils trottinèrent vers moi et chacun d'eux agrippa une de mes jambes.

— À moi, s'écria Benjy en me tirant vers lui.

— Non, répondit Joe, elle est à moi.

— Vous êtes tous les deux à moi, dis-je en les serrant dans mes bras.

Une fois entrée, je passai ma main sur la table de la salle à manger, les rideaux confectionnés par maman, les peintures d'oiseaux au pastel qu'elle avait choisies. Rien ici n'appartenait à Eleanor, devenue curatrice sans salaire du musée Brenda.

Dans la chambre à coucher conjugale, je la trouvai en train de repriser les chaussettes de mon père dans le rocking-chair de ma mère.

— Fini, ta petite crise de colère ? demanda-t-elle.

— Je regrette de m'être enfuie, répondis-je, toute hostilité envolée. Ce n'était pas très adulte de ma part.

— Chérie, je ne veux que ce qu'il y a de mieux pour toi.

— Je sais.

J'allai jusqu'à elle et elle me serra dans ses bras.

*

Pour célébrer mon permis de conduire, Odile nous offrit à Ellie et moi une crème glacée à la Husky House. Dans le box orange, Odile déposa un cadeau sur la table. « Commandé à Chicago. » Doucement, j'ôtai le ruban en velours et ouvris la boîte. À l'intérieur, je découvris un béret, gris, aussi doux qu'une colombe.

— *J'adore !* m'exclamai-je en me jetant par-dessus la table pour l'embrasser sur les deux joues. Je ne l'enlèverai plus jamais.

Elle rectifia la position du béret au-dessus de mes yeux.

— Tu as l'air d'une Française, me dit Eleanor – c'était le plus beau compliment qu'elle pût me faire.

De retour dans ma chambre, béret sur la tête, je sortis le disque de Joséphine Baker qu'Odile m'avait prêté et caressai le visage de Joséphine, jalouse de son grand sourire facile, de sa peau de satin, de son assurance. Je me débarrassai de mes chaussures et arrachai ma chemise et mon pantalon. En culotte et soutien-gorge blancs, je contemplai mon reflet maigrichon en me demandant ce que cela ferait d'être un sex-symbol en bas de soie. J'attrapai un marqueur noir et dessinai des cercles autour de mes cuisses, là où j'imaginais que les bas s'arrêteraient.

Ce n'était pas suffisant. Je devais me dessiner une vie toute nouvelle.

*

L'été qui précéda notre terminale, je travaillai avec Mary Louise au O'Haire motel, entre passer l'aspirateur et faire les lits, nettoyer les toilettes et récurer les baignoires. Ça payait mieux que le baby-sitting et Mrs Vandersloot nous offrait un Coca à la pause.

Cette première semaine d'août, le motel était plein de moissonneurs itinérants qui travaillaient du lever au coucher du soleil. La plupart étaient âgés et grisonnants mais nous espérions toujours que certains seraient jeunes et beaux. Du Texas à l'Oklahoma Panhandle, dans tout le Dakota du Sud jusqu'à nous dans le Montana, ils aidaient à moissonner l'Amérique. Ces hommes n'étaient liés à aucune ville comme nous l'étions. Ils étaient libres et nous les enviions.

Leurs compliments nous faisaient rougir car ils nous regardaient comme si nous étions déjà femmes. Hier soir, sous un croissant de lune, Mary Louise était sortie en cachette pour en retrouver un. Ils avaient bu de la gnôle et s'étaient fait des câlins à l'arrière de son pick-up. Elle me raconta que Johnny savait ce qu'il faisait, bien plus et mieux que son petit ami Keith.

Les moissonneurs devaient repartir le jour même, emportant avec eux leurs machines et la promesse d'aventures. Je traînais l'aspirateur dans le couloir quand je me cognai à l'un d'eux. Il attrapa le Hoover d'une main et me retint de l'autre. Je sentis le blé sur sa chemise en coton élimée. Tout en rectifiant la position de mon béret, je lui jetai un coup d'œil. Dieu qu'il était beau ! Bronzé par tout ce temps passé au soleil. Vingt et un ou vingt-deux ans. Des yeux qui avaient vu des États entiers, de longues étendues de routes et des feux verts, des tas de feux verts. Un homme.

— Qu'est-ce qu'une jeune fille aussi jolie fait à tirer ce vieux truc-là ? Vous travaillez ici ?

— Oui.

— Où dois-je le mettre ?

— Chambre quatre.

— Inutile de chuchoter, chérie. On n'est pas à l'église.

Je déverrouillai la porte et il déposa l'aspirateur devant le poste de télévision. Les draps étaient en bouchon par terre. Mary Louise aurait sifflé avant de dire « Il y en a qui se sont bien amusés la nuit dernière », mais je n'étais pas Mary Louise.

— J'aime bien votre petit chapeau, commenta-t-il.

Il s'approcha, presque jusqu'à me coller. Je savais qu'il sentait mon cœur battre la chamade.

— Vous êtes jolie comme une biche.

Je fermai les yeux sous la sensation de ses lèvres sur les miennes. Je n'avais jamais rien éprouvé d'aussi bon.

— Amène-toi, Mike ! gueula un moissonneur depuis l'entrée.

Nous nous séparâmes. Je retins mon souffle. Sa main calleuse me caressa la joue.

— Vous allez bien ?

J'acquiesçai. Il m'oublierait à la seconde où il arriverait à la grand-route mais je me souviendrais toujours de notre baiser. Je passai le restant de la matinée à porter les doigts à ma bouche.

La journée de travail terminée, en compagnie de Mary Louise, je m'arrêtai à la maison pour remplir la mangeoire du colibri de maman avant de longer le parc où se trouvaient les scoutes. Juste au-delà des limites de la ville, je m'allongeai à côté d'elle dans la prairie dont l'herbe était aussi dure que du foin. À quelques pas de nous, une marmotte sortit la tête d'un trou. Il faisait chaud et sec – il faisait toujours chaud et sec. Au loin, une moissonneuse-batteuse grondait sur un champ. Je croisai les mains sur ma nuque, Mary Louise suçotait un brin d'herbe et les nuages défilaient sans jamais s'attarder. Nous vivions des rediffusions de *La Petite Maison dans la prairie* pendant que le reste du monde regardait MTV. Les cours reprenaient dans une semaine et je me disais que nous allions mourir toutes les deux d'un trop-plein de calme et de silence.

— Promets-moi que nous partirons d'ici, déclara-t-elle.

*

Le jour de ma dernière rentrée au lycée, je choisis une jupe assortie à mon béret et tout le monde me regarda comme une extraterrestre – à Froid, ceux qui ne portaient pas de jeans étaient des mutants. Je n'avais plus de cours communs avec Mary Louise et, chaque fois que je l'apercevais dans le couloir, elle était en compagnie de Keith. Je me frayais un passage parmi les bizuths un peu perdus sans jamais parvenir à la rejoindre. Robby et moi avions le même emploi du temps et il n'était qu'à une largeur d'allée de moi, tout comme à l'église. Comme toujours en fait. Je savais qu'au fond je lui plaisais. Mais c'est à ce fond que je ne faisais pas confiance.

Après l'école, chez Odile, je bus du café au lait et contemplai sa photo de mariage. Un homme me regarderait-il un jour comme Buck l'avait regardée ce jour-là ? De la même façon que Keith reluquait Mary Louise ?

— Je ne vois pratiquement plus Mary Louise, expliquai-je, blessée que ma meilleure amie m'ait laissée tomber aussi facilement que son option de maths.

— Le problème de l'amitié, m'expliqua Odile, c'est qu'on ne se trouve pas toujours au même endroit au même moment. Vous vous souvenez du temps où vous ne saviez plus où donner de la tête avec Eleanor et les garçons ? C'est au tour de Mary Louise d'être débordée. C'est ça, un premier amour. Il vous mange tout votre temps.

— À vous entendre, l'amour, c'est comme une sangsue.

— Oui, en effet, répondit-elle en riant.

— Non, ce n'est pas vrai, rétorquai-je vivement.

— Elle reviendra. Donnez-lui le temps.

Je songeai à la façon dont Mary Louise s'était empourprée quand Keith avait passé son bras autour d'elle. Lorsque je m'étais approchée, il l'avait prise par la taille en disant : « Viens, on s'en va. » Elle l'avait suivi parce qu'ils voulaient être seuls. Mary Louise était toujours la première à tout avoir. Premier baiser. Première base. Premier amour.

— C'est normal d'être jalouse, dit Odile.

— Je ne suis pas jalouse !

— C'est normal, répéta-t-elle. Seulement…

— Seulement quoi ?

— Essayez de vous rappeler que votre jour viendra, conclut-elle sans véritable conviction.

Ouais, c'est ça.

À la maison, Ellie me prépara mon dîner favori, steak et pommes frites servis avec une salade verte. Tous les autres commençaient par leur salade mais je mangeais toujours la mienne en dernier avant le fromage, comme une Française.

— Tu es vraiment obligée de garder ce truc sur la tête en permanence ? s'enquit papa.

— Ça s'appelle un béret. *C'est chic.*

— Il y a des mois que tu ne l'as pas enlevé. C'est chic de puer ?

J'ignorai sa remarque.

— Le steak est délicieux ! m'exclamai-je en français.

— Pourrais-tu trouver un moyen pour qu'elle parle en anglais ? demanda papa à Eleanor.

Elle sourit. Je crois qu'elle aimait bien que je parle français.

— As-tu réfléchi à ce que je t'ai dit à propos de ton inscription à l'université ? reprit papa.

— Je t'ai déjà expliqué, je veux être écrivaine.

— Écrire, ce n'est pas une profession.

— Va donc dire ça à Danielle Steele, lui répliqua Eleanor. Elle est plus riche que Jonah Ivers !

— Tu vas faire de la comptabilité, déclara papa. Tu as besoin d'un plan B.

— Un plan B ? Tu crois que je vais échouer ? De toute façon, ce que j'étudie ne te regarde pas.

Il pointa sa fourchette dans ma direction.

— Si, car c'est moi qui paie tes études.

— Avec toi, on en revient toujours à l'argent.

— L'une des fonctions d'un banquier, dit-il, c'est de s'assurer que tout le monde ait un plan.

Je ne comprenais pas comment nous étions passés d'un dîner agréable à une dispute sur la fac.

— Je crois, intervint Ellie, que ton père essaie de te faire comprendre qu'il a vu des gens perdre leur maison, des entrepreneurs leur société et qu'il ne veut pas te voir souffrir comme ils ont souffert.

Après le dîner, j'allai chez Odile.

— Quand vous aviez mon âge, saviez-vous ce que vous vouliez faire plus tard ?

— J'adorais les livres, je suis donc devenue bibliothécaire. Vous devez à tout prix découvrir votre propre passion.

— Papa prétend que je devrais apprendre un métier.

— Il n'a pas tort. Vous avez besoin de vous sentir vivante mais vous avez également besoin de payer votre loyer. Pour une femme, c'est important de disposer de ses propres revenus. J'ai travaillé comme secrétaire à l'église et j'ai apprécié de gagner de l'argent. Il faut que vous puissiez choisir.

— J'aimerais juste qu'il arrête de me faire la leçon.

— Cette chère professeure Cohen me répétait toujours : « Essayez d'accepter les gens pour ce qu'ils sont et non pas comme vous voudriez qu'ils soient. »

— Que voulait-elle dire ?

— Elle parlait de mon père. Elle disait qu'il avait à cœur de défendre mes meilleurs intérêts mais je ne voulais pas la croire. Vous et votre père êtes différents mais cela ne signifie pas qu'il ne vous aime pas ; il continuera de s'inquiéter pour vous.

*

Le jour du grand bal d'hiver, je songeai que si personne ne m'invitait à y aller, ce n'était pas grave. Les garçons de Froid n'avaient pas de cervelle. Je trouverais mon âme sœur à New York, j'avais posé ma candidature à Columbia. Sur cinq millions d'hommes, l'un d'eux allait forcément m'apprécier. Simone de Beauvoir n'avait pas trouvé Sartre avant l'âge de vingt et un ans.

À la cafétéria, Mary Louise s'approcha prudemment de moi et m'invita chez elle après le dîner pour me montrer sa robe. Des mois durant, elle avait oublié que j'existais. Et voilà que maintenant elle voulait frimer.

— Je ne peux pas, mentis-je. J'ai trop de boulot.

— S'il te plaît !

Une partie de moi aspirait à être une bonne amie. Une part plus grande espérait que Keith la largue pour qu'elle soit aussi malheureuse que moi.

Après le dîner, je m'affalai dans le fauteuil d'Odile.

— Mary Louise m'a laissée tomber. Encore une fois.

— Ne vous a-t-elle pas invitée chez elle pour voir sa robe ?

Je contemplai les livres sur notre étagère 1955.34. *Le Secret de Terabithia*, *Racines*[1], *Mon Ántonia*.

— Je n'ai pas envie d'y aller.

— Et si je vous accompagnais ? suggéra Odile.

— Ça pourrait peut-être m'aider, répondis-je, requinquée.

Elle ne me quitta pas des yeux de tout le trajet jusque chez Mary Louise. Comme un faucon, aurait

1. *Roots*, roman d'Alex Haley publié en 1976.

dit maman. À la seconde où nous franchîmes le seuil, Mary Louise fit un tour sur elle-même et, dans sa robe pastel, le cou et les épaules dénudées, elle m'apparut plus délicate que jamais.

Son corps s'était totalement transformé en l'espace d'une nuit. Ses seins remontaient aussi fiers que les Rocheuses tandis que les miens restaient aussi plats que les plaines. Ses hanches avaient pris la forme d'une cloche alors que mon corps demeurait aussi rectiligne qu'un crayon.

— Qu'en pensez-vous ? demanda-t-elle en tirant sur son bustier.

— Époustouflant ! fit Odile.

Croisant les bras sur ma maigre poitrine, je réfléchis une seconde jusqu'à ce que je trouve le compliment qui lui ferait le plus grand plaisir.

— Plus jolie qu'Angel.

— Non ! s'exclama-t-elle en jetant un œil au miroir derrière le portemanteau. Vraiment ?

J'acquiesçai, incapable de prononcer un mot de plus. La jalousie monta en moi comme des larmes. La voir si belle en cet instant, c'est tout juste si je parvenais à la regarder.

Keith arriva et, comme il s'attardait près de la porte, Sue Bob le poussa vers Mary Louise. À voir la façon dont il la regardait, je me sentis complètement désespérée et déglutis à plusieurs reprises pour chasser la bile amère qui me remontait dans la gorge. Incapable de tenir plus longtemps, je me rapprochai doucement de la porte. Mary Louise me rejoignit d'un bond et Sue Bob prit une photo de nous deux. « Pourquoi devrais-tu te sentir seule et malheureuse ? » me disait la bile. « Une véritable amie ne t'aurait pas invitée chez elle pour que tu te sentes coupable. Elle exulte, elle triomphe, tu ne le vois donc pas ? Va donc révéler à ce sportif boutonneux ce qu'elle t'a avoué – que le moissonneur qui l'a pelotée embrassait mieux, qu'il faisait tout mieux. »

— Keith…, commençai-je, alors que le bras de Mary Louise entourait ma taille.

Odile fronça les sourcils.

— Il faut que tu saches…, continuai-je.

— Arrêtez, me murmura Odile. Il suffit d'un mot…

— Hein ?

— Je vois les corbeaux qui tournent dans votre tête.

45

Odile

Paris, septembre 1944

Comment as-tu pu me trahir ? La question résonnait dans ma tête alors que j'avançais perdue, comme à la dérive, sur le trottoir, vers le fleuve, vers la maison. Majestueux et richement décoré, le pont Alexandre-III se dressait pourtant devant moi, mais je ne voyais que le crâne rasé de Margaret. Je voulais me cacher dans ma chambre ou tout avouer à maman et Eugénie, mais elles seraient horrifiées de la façon dont j'avais jeté ma meilleure amie dans la gueule du loup. Dans la gueule de Paul. Comment le pourraient-elles quand je ne comprenais pas moi-même ? Non, j'avais trop honte pour affronter maman, et je ne pouvais pas non plus retourner à la Bibliothèque, où tout le monde adorait Margaret. Elle m'avait clairement assuré que si je continuais à y travailler, elle n'y remettrait plus jamais les pieds ; et elle perdrait ainsi ses amis et sa vocation.

Peu de temps auparavant, j'avais observé d'un œil soupçonneux nos abonnés en m'interrogeant sur le genre d'individu qui irait écrire une lettre de dénonciation. Maintenant je le savais : quelqu'un comme moi. *Monsieur l'Inspecteur, Margaret Saint James, sujet britannique, a osé tomber amoureuse d'un soldat allemand.* Et dire que j'étais allée jusqu'à déposer ma plainte directement à un policier.

Je traversai la Seine, la boucle de ma ceinture à la main, son cuir se balançant telle une badine. Je me penchai par-dessus la balustrade et contemplai l'eau. Je n'étais qu'une brute, tout autant que Paul. Je retirai mon alliance et la jetai dans le fleuve. Et voilà. Il n'était plus mon mari. Nous allions divorcer sans plus jamais nous adresser la parole. Le divorce. Une divorcée était en dessous d'une femme déchue. « Qu'est-ce que les gens vont penser ? » demanderait maman. Elle se ficherait bien des *raisons* qui me poussaient à divorcer. Elle me chasserait aussitôt de la maison, exactement comme tante Caro.

Une heure plus tôt, j'avais célébré mon avenir mais je n'avais plus qu'un néant de ténèbres devant moi. Je ne savais plus que faire. Je remontai lentement les Champs-Élysées, passai devant des couples qui dînaient à la terrasse d'un café, contournai une file devant un cinéma et poursuivis ma route au hasard jusqu'à ce que j'arrive à l'Hôpital américain. Je longeais une ambulance garée dans l'allée quand une infirmière m'interpella :

— Heureuse de vous voir de retour ! Vous ne serez pas de trop pour nous aider.

Margaret ne voulait plus rien avoir à faire avec moi, mais ici je pouvais soigner les blessés. Je décidai de rester à l'hôpital – le personnel dormait sur des lits de camp – ainsi que je l'avais fait au début de la guerre. Je n'aurais pas à affronter ma famille et mes amis, et Paul ne me retrouverait jamais. Soulagée, je m'affalai sur le perron en pierre à l'arrière du bâtiment.

Margaret avait raison. Je n'avais jamais voulu admettre à quel point elle m'avait indignée en insultant des soldats comme Rémy ou en insinuant que le deuil de Bitsi n'était qu'une mascarade. Et j'avais toujours refusé de reconnaître combien je jalousais sa vie glamour. J'avais refoulé mon ressentiment et, comme d'un magnum de champagne secoué en tous sens, des émotions visqueuses avaient fusé d'un coup. Sur le moment, j'avais souhaité la punir, et ce moment avait suffi pour détruire des vies, celle de Margaret et celle de sa fille.

Un soldat américain muni de béquilles clopina jusqu'à moi.

— Salut, jeune fille.

Comme je reniflai, il me tendit un mouchoir.

— Qu'est-ce qui ne va pas ?

Je me mordis la lèvre tant j'avais peur d'ouvrir la bouche et laisser toute cette histoire s'échapper tel un torrent.

— Qu'est-ce qui ne va pas ? insista-t-il en s'asseyant à côté de moi.

— J'ai fait une chose horrible.

— Eh bien, la plupart d'entre nous peuvent comprendre cela.

Son regard était si intense que je préférai détourner la conversation.

— De quel État venez-vous ?

— Du Montana.

— Et c'est comment, le Montana ?

— Un vrai paradis.

Des abonnés du Kentucky m'avaient dit la même chose, tout comme des soldats du Kent et du Saskatchewan.

— Vous allez devoir me convaincre.

— Le Montana est le plus bel endroit au monde, et ça signifie quelque chose, alors que nous sommes assis là, aujourd'hui, dans le gay Paree[1]. J'ai toujours voulu quitter ma ville de bouseux, mais si j'ai la chance de pouvoir y retourner, je jure que je n'en repartirai plus jamais. Là-bas, les gens sont bons. Honnêtes. Jadis je pensais que c'était ennuyeux.

— L'ennui, ce ne serait pas si mal pour changer.

— Comment se fait-il que vous parliez si bien l'anglais ?

— Je l'ai appris à la Bibliothèque américaine quand j'étais enfant.

— Il y a donc un Hôpital américain *et* une Bibliothèque américaine ?

— Et n'oubliez pas la Compagnie américaine de radiateurs et l'Église américaine ! M. de Nerciat, un de nos abonnés, plaisantait toujours à propos des Américains qui nous avaient colonisés sans rien dire à personne.

Il éclata de rire.

— Quels abonnés ?

— Je suis bibliothécaire. Enfin, je l'étais.

---

1. Cliché américain pour Gai Paris.

— J'adorerais voir votre bibliothèque. Vous pourriez peut-être m'y emmener.

Je fis une grimace.

— Vous avez raison, reprit-il en se frottant la cuisse. Avec cette patte folle, il est préférable que je me tienne tranquille. Mais j'aimerais passer plus de temps avec vous.

Le lendemain après-midi, je pique-niquai avec lui sur le perron. Il avait échangé ses rations de cigarettes contre du jambon et un morceau de baguette. Il me raconta que les champs du Montana ressemblaient à une couverture en patchwork. Qu'il n'y avait aucun nuage dans son grand ciel[1]. Et me suggéra de goûter au ragoût de bœuf de sa mère. Deux jours plus tard, il me demandait en mariage.

Je souhaitais m'en aller sans revoir personne. Repartir de zéro et devenir quelqu'un d'autre. Quelqu'un de meilleur. Maman et papa me manqueraient, mais, moi partie, ils gagneraient au change. Mes collègues et mes abonnés allaient me manquer, mais si je n'étais plus là, Margaret pourrait rester. J'adorais la Bibliothèque mais Margaret était bien plus importante à mes yeux. Et j'allais le lui prouver.

— Alors, jeune fille ?

Buck me regardait comme s'il comprenait tout de moi et j'eus l'impression que je pouvais tout lui dire. Et en même temps, je pressentais que, d'une certaine façon, il savait déjà.

---

1. En américain le Montana est connu comme *the big sky country*, le pays du grand ciel.

— Bien sûr que je vous épouserai.

Il me serra contre lui. Je perçus la chaleur de sa poitrine, le coton doux de sa chemise. Je me sentis en sécurité.

À mon retour de Bretagne, j'avais emporté ma valise à la Bibliothèque. Au petit jour, quand seul le concierge était présent, je vins la récupérer en même temps que la dernière fournée de lettres que j'avais volée. Puis je m'assis au bureau de Bitsi, couvert de dessins d'enfants et de crayons poisseux qui traînaient à côté de sa tasse préférée, dont personne ne voulait parce qu'elle était ébréchée, et j'écrivis :

> Très chère Bitsi, s'il te plaît veille tendrement sur Margaret. Dis à maman et papa que je vais bien, dis-leur que je suis désolée. Prends bien soin du manuscrit de la professeure. Je t'aime comme une sœur, comme une jumelle.
>
> Bien à toi avec tendresse,
>
> Odile

Je fis ensuite le tour de la Bibliothèque pour lui faire mes adieux. D'abord la salle des périodiques, où tout avait commencé. Puis la salle de référence, où j'avais appris autant que les abonnés. Et enfin l'Après-Vie. Je passai la main sur les reliures des livres pour leur assurer qu'ils ne seraient pas oubliés. Et je quittai la Bibliothèque pour la dernière fois.

49

Lily

Froid, Montana, janvier 1989

En rentrant de chez Mary Louise, Odile me demanda ce que j'avais failli dire à Keith.

— Rien.

— Lily, me gronda-t-elle.

— Elle l'a trompé avec un des moissonneurs.

— Ce ne sont pas vos oignons. Pourquoi vouliez-vous l'en informer ?

— Je ne sais pas !

— Eh bien, réfléchissez-y.

— Je voulais l'avoir à nouveau pour moi toute seule.

— Est-ce que vous êtes en colère contre elle ?

— Peut-être.

— Et quel est son crime ?

— Je ne veux pas en parler.

— Tant pis !

Je savais qu'elle ne lâcherait pas le morceau.

— Je n'ai pas de petit ami, et elle, elle en a deux. Ces derniers mois, elle m'a complètement oubliée.

— Je comprends, répondit Odile.

Ces deux mots me firent plus de bien que tous ceux qu'elle avait pu me dire jusque-là. La bile dans ma gorge se dissipa.

— Si Mary Louise vous a blessée en quoi que ce soit, dites-le-lui, poursuivit-elle. Ne refoulez pas une chose pareille et ne croyez surtout pas que vous vous sentirez mieux si vous la rendez malheureuse. Mary Louise a un cœur gros comme ça – il y a suffisamment de place pour vous et pour Keith.

Tandis que nous nous engagions sur l'allée d'Odile, elle ajouta :

— Et vous aussi, vous aurez des petits amis.

— Ouais, c'est ça.

— Croyez-moi.

Sous les étoiles, en voyant son expression solennelle, je compris qu'il s'agissait sans doute de sa leçon la plus importante.

— L'amour viendra, reprit-elle. Il s'en ira peut-être, puis il reviendra. Mais si vous avez la chance d'avoir une amie véritable, chérissez-la. Ne la perdez pas.

Elle avait raison, j'avais besoin d'aimer Mary Louise. Mais si je lui avouais ce que j'avais failli faire, j'étais certaine que jamais plus elle ne m'adresserait la parole.

Odile déverrouilla sa porte et je m'affalai avec elle sur le canapé.

— Je veux fuir d'ici.

— Ne faites pas ça, répliqua Odile.

— Et pourquoi pas ?

— Je vais vous le dire… Parce que je me suis enfuie.

— Quoi ?

— Tout comme vous, j'avais honte. J'ai quitté mes parents. Mon travail. Mon mari.

— Vous avez quitté Buck ?

— Non, mon premier mari. Mon mari français.

Tout se mélangeait dans ma tête.

— Vous n'êtes pas la seule à avoir été jalouse de votre meilleure amie, déclara-t-elle.

— Vous ?

— Je l'ai trahie.

Elle toucha la boucle ternie de sa ceinture.

— Margaret a dit qu'elle ne voulait plus jamais me revoir. Elle et moi avions les mêmes amis et nous adorions toutes les deux la Bibliothèque. Mais elle, elle travaillait par amour – elle s'était portée volontaire, elle donnait sans attendre un centime en retour.

— Comment avez-vous pu partir ?

— Si j'étais restée, elle aurait tout perdu, en particulier ce qui était son lieu de vie. J'aimais la Bibliothèque mais j'aimais bien plus Margaret. Trop honteuse pour révéler toute la vérité à mes amis et à ma famille, et redoutant bien trop les conséquences, j'ai épousé Buck et quitté la France sans dire au revoir à personne. Je n'ai jamais vu la tombe de mon frère et j'espère que mes parents ont pu réclamer son corps.

Elle prit une profonde inspiration.

— J'ai pris la fuite. Et, avant vous, je ne l'avais jamais révélé à quiconque.

Je la pris dans mes bras mais elle ne me rendit pas mon étreinte.

— Jamais je ne pourrai me pardonner, murmura-t-elle.

— De ce que vous avez fait à Margaret ?

— De l'avoir abandonnée.

— C'est elle qui vous a demandé de partir.

— Parfois, c'est dans ces moments-là qu'il faut rester.

Sidérée par ce que je venais d'entendre, je coulai un regard vers les fougères près de la fenêtre, la pile de disques bien rangés, l'étagère de ses livres préférés. Après la tornade de ses révélations, je m'attendais presque à ce que tous ces objets aient dégringolé au sol.

— Mais… vous trouvez toujours le mot juste.

— C'est parce que j'en ai tellement dit de mauvais.

— Êtes-vous réellement bigame ?

— Buck est mort. Donc je ne le suis plus.

Je gloussai avec elle, même si ce n'était pas drôle. Mais d'une certaine façon, ça l'était quand même.

— Qu'aviez-vous fait ? Était-ce si épouvantable ?

Lorsque Odile eut terminé son récit à propos de Margaret et de son amant, de la manière dont Paul et ses acolytes l'avaient agressée, les pièces manquantes du puzzle trouvèrent aussitôt leur place et je pus enfin avoir une vue d'ensemble.

— Même si ce que vous dites est vrai…

— C'est vrai, m'interrompit-elle sèchement. Ils lui ont brisé le poignet.

— Ce n'était pas votre faute. Vous ne lui avez rien cassé.

— Ça revient au même. J'ai trop parlé.

— Chaque individu est responsable de ses actes.

— Dans l'absolu, je serais d'accord, mais pas dans le cas présent. Les enjeux étaient trop graves. J'ai mis Margaret en danger. Je n'ai jamais raconté un mot de cette histoire, pas même à Buck.

Elle me regarda droit dans les yeux.

— Mais je vous le dis à vous parce que je ne veux pas que vous commettiez la même erreur. Maîtrisez votre jalousie, sinon c'est elle qui vous contrôlera.

Je regrettai de ne pouvoir convaincre Odile de ce que je pressentais être la vérité, que jamais elle ne ferait sciemment de mal à un autre humain.

— Vous arrive-t-il de vous interroger sur ce qui est arrivé ensuite ? Pensez-vous que Margaret ait regagné l'Angleterre pour retrouver sa fille ? N'avez-vous jamais essayé de la contacter pour savoir si elle allait bien ?

Odile ouvrit un tiroir et en sortit une coupure du *Herald* de juin 1980, où je reconnus le profil de Margaret Saint James.

> Nous avions perdu des amants, des membres de notre famille, des amis, nos moyens de subsistance. Nombre d'entre nous ramassaient les débris de leur existence même si certains avaient disparu à jamais. Nous avons dû nous recréer nous-mêmes.
>
> Une de mes connaissances affrontait cette perte en détruisant des objets. Le fracas des assiettes contre le

sol était sa consolation. Peut-être voulait-elle briser les choses avant que celles-ci ne la brisent, mais cette destruction me dérangeait beaucoup. Ces années à Paris avaient été des années de vaches maigres, le rationnement s'était poursuivi bien après la guerre. Nous étions affamés et fatigués.

J'ai demandé à sa bonne de me donner les morceaux de vaisselle en pensant que j'allais pouvoir les réparer mais ils étaient irrécupérables. J'en ai rassemblé des fragments pour égayer les habits usagés de ma fille. À la Bibliothèque, les abonnés admiraient mes broches. Je les ai vendues et les Parisiennes portaient mes créations. Ce qui se porte à Paris se porte bien vite dans le monde entier.

Je fus absolument ravie de savoir Margaret vivante et en bonne santé, et artiste en plus.

— Êtes-vous sûre qu'elle a perdu la garde de sa fille ?

— Elle était convaincue qu'elle la perdrait.

— À en croire ce que dit l'article, sa fille vivait avec elle.

Odile étudia la coupure de journal d'un peu plus près.

— Je n'avais jamais interprété ça comme ça…

— Peut-être qu'en fin de compte les choses ne se sont pas si mal terminées pour Margaret. Voilà l'adresse de sa boutique à Paris, dis-je en montrant la page. Vous devriez lui écrire.

— Peut-être qu'elle n'appréciera pas mon geste.

— Vous devriez essayer.

— Je tiens à respecter sa décision.

— En fait, vous craignez qu'elle ne vous réponde pas.

— Il y a de ça aussi.

— Écrivez-lui !

C'est peut-être en cela que je ressemblais à ma mère, grande guérillera optimiste. Je sentais qu'une fin heureuse était possible pour Odile, je le sentais de tout mon cœur. *L'amour viendra et partira, puis il reviendra. Chérissez votre amie. Ne la perdez pas.*

— Je vais y réfléchir.

Nous avions toutes deux emprunté une route obscure pleine de sentiments laids et destructeurs. Mais Odile m'avait vue à mes pires moments et elle continuait de m'aimer. Je l'embrassai sur les deux joues et lui dis bonsoir. Une fois encore, Odile m'avait sauvée.

47

Odile

Froid, Montana, 1983

Je passais une fois de plus mon anniversaire seule, face à la télévision qui diffusait de l'athlétisme – parce que Buck et Marc aimaient le sport. Devant l'épreuve de lancer de poids, je me rappelai comment nous la regardions ensemble tous les trois sur le canapé, la façon dont Buck coupait le son (« Ces foutus commentateurs ne disent jamais rien de bon de toute façon »), ce qui me permettait d'écouter Bach sur la chaîne stéréo.

Peut-être vivais-je trop dans le passé. C'était facile quand les souvenirs étaient tendres. J'avais savouré ma nuit de noces avec Buck, un peu surprise d'avoir retrouvé le plaisir. *L'amour est comme la mer. C'est une chose mouvante mais calme et égale, elle épouse la forme de la terre qu'elle rencontre et sur chaque rivage, elle est différente*[1].

---

1. Extrait de *Mais leurs yeux dardaient sur Dieu*, de Zora Neale Hurston, déjà cité.

Bien sûr, il y avait eu des moments difficiles. La rencontre avec les parents de Buck, à leur domicile, à leurs conditions, par exemple.

— Ma, pa, voici la surprise dont je vous parlais. Je vous présente ma petite chérie, Odile, avait annoncé Buck avec fierté en me serrant contre lui.

— C'est un plaisir de faire votre connaissance, avais-je articulé clairement, comme le faisait la comtesse.

— A deal ? s'était étonné son père.

— Ordeal, l'avait corrigé sa mère

— *Oh-deal*, avait rectifié Buck. On s'est mariés en France.

Son père m'avait regardée avec circonspection et le vague sourire de sa mère s'était mué en une moue pincée.

— Comment as-tu pu te marier alors que nous n'étions pas là ? avait-elle demandé.

— Et pour ce qui est de Jenny ? avait ajouté Mr Gustafson.

— Elle est comme une fille pour nous. Pendant ton… absence, nous avons passé les vacances ensemble.

Absence ? Buck ne prenait pas les eaux en Europe, il était au combat.

— Tout le monde présumait que vous vous étiez entendus tous les deux, avait repris Mr Gustafson.

Je m'étais tournée vers Buck.

— C'était ma petite amie au lycée, m'avait-il expliqué. Je ne lui ai jamais demandé de m'attendre. Je ne suis plus un gamin. La guerre… Elle ne comprendra jamais comme toi, tu peux le faire. Entre tous, tu es la seule qui sache.

C'était vrai, Buck et moi avions la guerre – sa mère n'était même pas parvenue à prononcer le mot. Mais le temps était allé de l'avant et lui et moi avions eu beaucoup plus – un foyer, un fils, le bonheur.

Chez mes beaux-parents, je n'avais jamais perçu la moindre chaleur à mon égard, mais le père Maloney m'avait laissée rédiger la lettre d'information de l'église et j'avais adoré le faire et créer une petite bibliothèque dans le vestibule. Il avait fallu du temps aux villageois pour me pardonner d'avoir « volé » Buck à sa petite amie de lycée, mais plus ils étaient mauvaises langues, plus Buck était attentionné avec moi. Lorsque j'avais montré à Buck une photo de la cour de l'ALP, il avait planté des pétunias. Grâce à un de ses camarades de l'armée dans l'Est, il avait trouvé des livres en français et j'avais complété mes étagères des romans de la professeure Cohen, qui se déroulaient en Égypte. Bien que le manuscrit qu'elle m'avait confié n'eût jamais été publié, j'aimais à croire que son texte était toujours en sécurité à la bibliothèque. Jamais Buck ne s'était plaint du prix de mon abonnement à l'édition parisienne du *Herald*, jamais il n'avait fait remarquer qu'elle arrivait avec une semaine en retard. « Certaines femmes veulent des bijoux, toi, tu as besoin de papier, disait-il. Je le savais quand je t'ai épousée. »

Je lisais chaque article des « ALP News », et c'est ainsi que j'avais su que Miss Reeder avait levé des fonds pour la Croix-Rouge avant de reprendre son travail à la bibliothèque du Congrès. Miss Wedd avait été libérée de son camp d'internement et était revenue à la Bibliothèque pour en gérer la comptabilité, Bitsi avait été promue directrice adjointe, la comtesse avait publié ses mémoires et Boris avait pris sa retraite. C'était une vraie satisfaction de savoir que la Bibliothèque continuait à vivre. Au fil des années dans les journaux, j'avais vu mon père interviewé sur la montée de la consommation de drogue en ville et Margaret avait fait l'objet d'un article. Ils me manquaient tous, surtout Margaret.

À présent, je déambulais dans la maison comme un fantôme sans personne à hanter. Je mangeais seule, je dormais seule, j'étais malade d'un trop-plein de solitude. Dans le placard, je contemplai la boîte de lettres que je n'avais jamais pu me résoudre à brûler. J'avais commis des erreurs. J'avais appris, mais pas assez rapidement. Si ma vie avait été un roman – où se succédaient des chapitres tour à tour ennuyeux et excitants, douloureux et drôles, tragiques et romantiques –, l'heure était venue de réfléchir à la dernière page. J'étais seule. Si seulement mon histoire voulait bien se terminer. Si seulement j'étais suffisamment courageuse pour refermer une fois pour toutes ce livre.

Le fusil de Buck était debout dans le coin et la poussière s'était accumulée sur sa lunette. Je me demandai si l'arme était chargée. Connaissant Buck, elle l'était. *Tu as été l'arme et Paul la détente.* Non, ce n'était pas ce qu'avait dit Margaret. *Paul a été l'arme, mais c'est toi qui as appuyé sur la détente.* Tu as appuyé sur la détente. Prends donc ce fusil, me dis-je. Ce que je fis.

On sonna à la porte. Tout m'était égal. Nouveau coup de sonnette. Mon doigt était presque sur la détente. Quelqu'un entra et appela : « Hello ! » Je reconnus la voix. La fille qui habitait la maison voisine. Je remis le fusil en place.

— Y a quelqu'un ?

Déconcertée, l'esprit embrumé, j'entrai au salon.

— Je dois écrire un texte sur vous. Je veux dire, sur votre pays, me dit la jeune fille. Peut-être pourriez-vous venir à la maison, comme ça je pourrais vous interviewer.

Il était étrange de voir une autre personne que moi dans mon salon.

— On se croirait dans une bibliothèque, chez vous, ajouta-t-elle.

La dernière fois remontait à quatre ans, le jour où l'entrepreneur de pompes funèbres était venu chercher la dépouille de Buck.

La fille tourna les talons, prête à repartir.

— Quand ? lui demandai-je.

— Que diriez-vous de maintenant ? dit-elle en tournant la tête vers moi.

J'eus l'impression que la vie m'offrait un épilogue.

48

Lily

Froid, Montana, mai 1988

— L'université sera un nouveau chapitre de votre vie, me déclara Odile à la sortie de la messe. C'est à vous de faire en sorte qu'il soit excitant.

— Il devrait l'être. J'ai été acceptée à Columbia, Mary Louise à l'Institut d'art de New York.

Dieu merci, parce que je ne pouvais imaginer la vie sans elle. Keith avait été admis au Vo-tech[1] de Butte et lui avait promis d'écrire. Robby n'allait nulle part. Tiffany prenait le chemin de la fac de Northwestern – ou était-ce Northeastern ? J'éprouvais une nostalgie inattendue à l'égard de mes camarades de lycée, même ceux que je n'aimais pas.

Dans la salle paroissiale, chaque table avait été spécialement décorée de paniers fleuris en rouge et noir, les couleurs des classes terminales. Au percolateur, les hommes discutaient de la roublardise du président

1. Université technologique publique.

Reagan qui participait à un sommet à Moscou. Nous autres, femmes, attendions les pâtisseries.

— Vous devez être si fière de Lily, dit Mrs Ivers à Odile.

— Je suppose qu'après l'université elle reviendra bien plus intelligente que le reste d'entre nous, commenta la vieille Mrs Murdoch.

— Elle est déjà plus intelligente que certains, répliqua Odile en tournant délibérément le regard vers d'autres femmes qui se dépêchèrent de prendre leurs distances.

Je me souvenais de l'expression *envoyer balader*, qui veut dire littéralement envoyer quelqu'un en promenade mais qui signifie réellement va te faire voir ailleurs.

— Elles essaient constamment de vous parler, fis-je remarquer à Odile.

— Qui ça ?

— Ces dames. Elles vous disent « Belle journée » ou « superbe sermon », et vous les envoyez paître.

— Elles ont été méchantes avec moi.

Je fus surprise par son ton acerbe. Elle aussi, d'ailleurs – je le vis à ses yeux.

— Elles essaient de se racheter, ajoutai-je. Le temps est peut-être venu de leur offrir une seconde chance, non ?

Odile les observa tandis qu'elles se versaient le café. Elle les rejoignit au percolateur et saisit le pot de crème.

— Revigorant, le sermon d'aujourd'hui ! leur lança-t-elle.

— En effet, répondit Mrs Ivers avec un sourire timide.

— Le père était inspiré, ajouta Mrs Murdoch en levant sa tasse.

Odile lui servit de la crème.

*

Le matin de la remise des diplômes, je mis mon béret et enfilai une robe Gunne Sax, puis j'attrapai mon discours et me rendis chez Odile. Des rouges-gorges picoraient la terre sur la pelouse. *Tu as failli être un rouge-gorge*[1]. *Sois courageuse*. Oh, maman, j'essaie…

Odile était aussi excitée que moi par la cérémonie. Elle avait remplacé sa vieille ceinture rouge par une noire très élégante.

— *Très belle !* m'exclamai-je.

Elle rougit.

— Lisez-moi votre discours.

Je fis semblant d'être sur une scène.

— Les gens prétendent que les ados n'écoutent pas. Eh bien si, nous écoutons. Nous entendons ce que vous dites et ce que vous ne dites pas. Parfois nous avons besoin de conseils, mais pas toujours. N'écoutez pas quand on vous prie de ne pas importuner quelqu'un – tendez la main et faites-vous-en un ami. Les gens ne savent pas toujours que dire ou faire. Essayez de ne pas leur en tenir rigueur, vous ne savez

1. *Robin* en anglais.

jamais ce qu'ils ont dans le cœur. Ne craignez pas d'être différents. Tenez bon, ne cédez pas. Pendant les périodes difficiles, souvenez-vous que rien ne dure pour toujours. Acceptez les autres tels qu'ils sont, et non pas tels que vous voudriez qu'ils soient. Essayez de vous mettre à leur place… ou, comme dirait mon amie Odile, « dans leur peau ».

Elle me contemplait, radieuse.

— Vous gardez tant de gens dans votre cœur.

Lorsque je la serrai contre moi, je la sentis aussi petite qu'un colibri.

Voyant Ellie s'approcher avec l'appareil photo, Odile insista pour rectifier son rouge à lèvres avant de poser avec moi. Puis ce fut l'heure. Les garçons réclamèrent qu'Odile s'installe tout au fond du break avec eux, Eleanor et Mamy Pearl s'assirent au milieu, et papa me laissa conduire en gardant pour lui son sempiternel conseil : « Ne t'en va pas écraser les gamins qui jouent sur le trottoir. »

Au lycée, Mary Louise s'approcha, déjà vêtue de sa toge et coiffée de son mortier, et accrocha un pompon noir à mon béret. Dans le gymnase, notre classe de cinquante occupait les premiers rangs. Pareils aux lourds épis de blé bruissant et chuchotant entre eux avant la moisson, nos murmures gagnaient et se répandaient en vagues. Je jetai un œil derrière moi, vers les amis et la famille venus nous soutenir. La ville était toujours là, derrière nous. Ses habitants étaient déjà là. C'était un au revoir. C'était un bonsoir. J'en avais terminé, je pouvais m'en aller. Partir. C'était exactement ce que je désirais depuis des années. Et pourtant…

Lorsque je fis mon discours, ma voix tremblait. Balayant l'auditoire du regard, je vis combien papa était fier et ajoutai :

— Et pour finir, voici le conseil d'une fille de banquier : trouvez votre passion mais assurez-vous d'avoir un travail qui réglera les factures.

Tout le monde rit. L'orchestre joua *Only The Young* de Journey. Puis on appela un à un le nom de chaque étudiant, et nous allâmes tous chercher nos diplômes sur l'estrade. Ensuite, dans un grondement d'excitation, les mortiers s'envolèrent vers le plafond et je serrai Mary Louise dans mes bras. Une porte venait de s'ouvrir en grand.

À la maison, Joe, Benjy et moi descendîmes de voiture en nous bousculant et les adultes suivirent. Des amis arrivèrent pour ma soirée et Ellie les rameuta dans la maison.

— C'est Carol Ann qui a fait le gâteau, au chocolat, bien sûr. Vous connaissez Lily !

Je regardai Odile.

— Une leçon de français ? suggérai-je.

— Alors vite fait.

À la table de la cuisine, je fus heureuse d'avoir Odile pour moi toute seule, comme toujours. Elle me tendit une enveloppe. À l'intérieur, je trouvai un billet d'avion pour Paris et une carte postale en noir et blanc. Je la serrai dans mes bras.

— Je n'arrive pas à y croire ! dis-je.

J'examinai le billet. Il n'y en avait qu'un.

— Où est le vôtre ? Vous ne venez pas ?

— Pas cette fois.

Je lus la carte. « À Lily, avec tout mon amour. » Paris. Cela me paraissait impossible. Où allais-je loger ? En comparaison, New York était simple, un dortoir et une séance d'orientation. Mais Paris ? Je n'y connaissais personne. Comment allais-je rencontrer des gens ?

Lorsque je retournai la carte et vis la photo, la réponse fut claire. En face d'une vieille demeure majestueuse s'étirait un chemin en galets bordé de pensées, ou peut-être de pétunias. Debout derrière une fenêtre, une femme en blanc regardait par la vitre, le visage dissimulé par le bord de son chapeau. Juste en dessous figuraient les mots : « Bibliothèque américaine de Paris. Ouverte tous les jours. »

NOTE DE L'AUTRICE

En 2010, je travaillais comme directrice des programmes à la Bibliothèque américaine de Paris et mes collègues Naida Kendrick Culshaw et Simon Gallo m'ont raconté l'histoire du personnel qui, grâce à son courage, avait réussi à garder l'ALP ouverte pendant la guerre. Naida la conservatrice a organisé une exposition sur la Bibliothèque pendant et après la guerre en allant consulter d'autres bibliothécaires aussi loin qu'à Boise, dans l'Idaho. Elle est brillante et je pense à elle comme à ma Miss Reeder. Simon travaille à la Bibliothèque depuis cinquante ans et connaît tout sur l'ALP. Outre le fait qu'il ait partagé avec moi tout son savoir, il a revu tous les nombres du système décimal Dewey dans ce livre. Ces nombres sont ceux qu'on utilise aujourd'hui – pas ceux utilisés en 1939. Il m'a expliqué que chaque bibliothèque avait son propre système pour gérer ses ouvrages.

Je suis sidérée par la bravoure et l'engagement des bibliothécaires de l'ALP durant la Seconde Guerre mondiale. Deux caractéristiques qui sont restées des constantes chez le personnel jusqu'à aujourd'hui. Les recherches sur mon roman m'ont pris plusieurs années. Pendant lesquelles la directrice, Audrey Chapuis, et sa directrice adjointe, Abigail Altman, m'ont apporté un soutien sans faille, partageant avec moi leurs récits, leurs documents et leurs contacts. J'ai rencontré les enfants de Boris Netchaeff, Hélène et Oleg. C'est par eux que j'ai appris l'expérience de Boris dans l'armée aussi bien que des informations sur sa famille. L'épouse de Boris, Anna, était comtesse, comtesse (née) Grabbée ; Boris n'avait pas de titre mais ses ancêtres étaient tous princes ou nobles. Lorsque Anna et Boris avaient quitté la Russie, ils avaient tout laissé derrière eux. Hélène apparaît dans ce livre – elle se trouvait dans l'appartement quand la Gestapo a fait irruption et tiré sur son père. Elle a écrit : « Lors de ma petite enfance, j'ai passé de nombreux jours à la Bibliothèque américaine... Détail amusant, je n'avais que quelques mois lorsque, notre mère trouvant du travail, papa m'emportait à la bibliothèque où de charmantes employées ou responsables jouaient les nurses ! Je me souviens encore du bruit des beaux parquets de bois qui grinçaient ou crissaient lorsque quelqu'un marchait vite, ou encore de l'odeur des livres et d'autres détails encore, comme des pièces condamnées auxquelles je n'avais pas accès. À cette époque, je me demandais pourquoi, et je pense encore qu'il y avait peut-être des personnes qui y étaient cachées. » La Bibliothèque utilisait jusqu'au dernier centimètre d'espace et, en lisant le commentaire d'Hélène, je me suis demandé si les bibliothécaires n'avaient pas caché des abonnés juifs durant la guerre.

Boris a travaillé à la bibliothèque jusqu'à soixante-cinq ans. En 1982, il est décédé à l'âge de quatre-vingts ans. Hélène a dit qu'il était *increvable* en dépit de la balle au poumon tirée par la Gestapo et du paquet de Gitanes qu'il inhalait au quotidien.

Lorsque Miss Reeder est retournée aux États-Unis, elle a levé des fonds pour la Croix-Rouge en Floride et vanté le travail qu'accomplissait cet organisme. Elle a travaillé ensuite à la Biblioteca Nacional de Bogotá en Colombie avant de rejoindre le personnel de la bibliothèque du Congrès. Grâce aux archives de l'Association des bibliothèques, le rapport top secret de Miss Reeder sur la vie à Paris pendant la guerre est disponible en ligne. Je suis reconnaissante à Cara Bertram et à Lydia Tang des archives de l'ALA pour leur aide. Ç'a été un vrai plaisir de lire la correspondance de Miss Reeder et de la partager avec vous dans ce livre. Une de ses lettres que je préfère était adressée à sa collègue Helen Fickweiler. « Une des choses les plus difficiles que j'aie jamais eues à faire a été de vous demander à vous et à Peter de quitter la Bibliothèque et de rentrer chez vous. Je sais, cependant, que c'était la seule décision juste et bonne et ma tête comme mon cœur fonctionneront plus facilement le jour où je saurai que vous êtes sains et saufs à New York.

« Les mots ne parviennent pas à exprimer ma profonde gratitude pour votre loyauté et votre dévotion en restant avec nous en des temps aussi difficiles et éprouvants. Votre travail a toujours été excellent et, sans votre savoir et votre efficacité, je doute que nous ayons été en capacité de poursuivre. »

Miss Reeder fait état de l'argent qu'Helen devrait recevoir des fonds propres de la Bibliothèque à New York à son arrivée – cent dollars, soit l'équivalent d'un mois de salaire – ainsi que la lettre de recommandation promise. La lettre de la directrice se termine par : « Quant à vous, si jamais j'ai du personnel sous mes ordres, où que je sois, vous serez la première sur ma liste de collègues, chère Helen, comment pourrais-je jamais vous remercier ou vous dire ce que j'éprouve. »

Helen Fickweiler et Peter Oustinoff se sont mariés à leur retour aux États-Unis. Kate Wells de la Bibliothèque publique de Providence a partagé un article du 19 juin 1941 dans l'édition de l'*Evening Bulletin.* « Miss Fickweiler a perdu douze livres pendant son séjour dans Paris occupé par les nazis et elle déclare qu'elle ne veut plus voir le moindre navet de sa vie après avoir été contrainte de consommer ce légume sous les formes les plus diverses… » La petite fille de Peter et Helen, Alexis, a écrit : « Helen travaillait pour le mouvement de la résistance à Paris et c'est là qu'elle a rencontré Peter. Il a également fait partie des forces alliées puis travaillé avec les forces américaines, françaises et russes. Helen a été bibliothécaire à New York au Chemists Club et, plus tard, à l'Université du Vermont. »

La comptable Miss Wedd est revenue du camp d'internement pour travailler à la Bibliothèque jusqu'à son départ à la retraite. J'ai une belle photo d'elle à sa soirée d'adieu. Son visage est radieux et elle arbore un petit bouquet. Evangeline Turnbull et sa fille ont travaillé toutes les deux à la Bibliothèque jusqu'à la déclaration de guerre. En tant que Canadiennes, et donc faisant partie du Commonwealth, elles étaient considérées comme sujets britanniques et étrangères ennemies. Elles sont retournées au Canada en juin 1940.

Le Dr Hermann Fuchs, le Bibliotheksschutz ou « protecteur des bibliothèques » en charge des activités intellectuelles en territoire occupé, France, Belgique et Pays-Bas, est retourné à Berlin après la guerre et il est resté bibliothécaire. Ce n'est pas le Dr Fuchs mais les Dr Weiss et Leibrandt, ce dernier spécialiste de l'Europe de l'Est, qui ont organisé le pillage des bibliothèques slaves de Paris. Martine Poulain, experte des bibliothèques françaises, écrit : « Le rôle exact de Fuchs reste difficile à déterminer. Considéré avec bienveillance par ses collègues français, avant, pendant et après la guerre, il fut sans doute plus impliqué dans les turpitudes nazies que la mémoire collective ne le laisse accroire. » Le Dr Fuchs a quitté Paris avec les troupes allemandes le 14 août 1944. Il a écrit à un de ses collègues français : « Je pars comme je suis venu, ami des bibliothèques françaises et de certains bibliothécaires… D'abord sous les ordres de M. Wermke, puis comme chef du service des bibliothèques, je me suis efforcé de faire de mon mieux pour ne pas rompre les liens qui nous unissaient. Je n'ai pas toujours réussi à faire ce que j'aurais voulu faire, je n'ai pas pu toujours apporter le secours qu'on venait me demander. Souvent, les circonstances étaient plus fortes que moi ; souvent, les nécessités militaires m'ont forcé à abandonner des démarches entamées. À vous autres, Français, de juger ma conduite. »

Dans ses mémoires, *Shadows Lengthen*[1] (Charles Scribner's Sons, 1949), Clara de Chambrun a écrit que le Dr Fuchs avait prévenu l'ALP que la Gestapo tendait des pièges et que, par la suite, il l'avait convoquée pour qu'elle lui explique pourquoi la Bibliothèque contenait des ouvrages anti-allemands. La comtesse a également décrit le jour où un abonné avait menacé de dénoncer la Bibliothèque. Les lettres de dénonciation à cette époque étaient endémiques. Une source prétend que de trois à cinq millions de ces lettres ont été envoyées, une autre entre cent cinquante mille et cinq cent mille. J'ai créé les lettres de dénonciation contre la Bibliothèque, cependant elles sont rédigées sur le modèle des lettres conservées dans les archives du Mémorial de la Shoah, le musée de l'Holocauste de la France. Les lettres qu'Odile découvre dans le bureau de son père sont réelles. Toujours pleines de haine et de rage, elles sont difficiles à lire. Nombre d'entre elles sont violentes et irrationnelles. La plupart sont anonymes

1. Littéralement, « Les ombres s'allongent ».

et accusent des membres de la famille, des amis et des collègues de travail. Outre les dénonciations de personnes juives, les accusations vont de l'écoute de la BBC et des jugements négatifs sur les Allemands aux infidélités des épouses dont les maris étaient prisonniers de guerre et aux gens qui achetaient ou vendaient des marchandises au marché noir.

Les événements contenus dans ce livre sont fondés sur des individus et des événements réels mais j'ai modifié quelques éléments. Dans la vraie vie, c'est la secrétaire Miss Frikart qui a accompagné la comtesse au quartier général allemand afin de répondre au Dr Fuchs. C'est Miss Reeder qui a dit, à propos des livres, « Rien ne possède cette qualité mystique permettant aux lecteurs de voir le monde à travers les yeux d'autrui. La Bibliothèque est un pont de livres entre les cultures », lorsqu'elle a rendu publique sa création du service aux soldats. J'ai aussi condensé le temps après la première rencontre entre Miss Reeder et le Dr Fuchs. La comtesse était dans sa maison de campagne. Sa rencontre avec Miss Reeder et le personnel a eu lieu quelques mois plus tard.

Mon but, en écrivant ce livre, était de partager ce chapitre si peu connu de l'histoire de la Seconde Guerre et de capturer les voix des courageux bibliothécaires qui ont défié les nazis afin d'aider leurs abonnés et de partager leur amour de la littérature. Je voulais explorer les relations qui font de nous ce que nous sommes tout autant que nos façons de nous aider et de nous entraver les uns les autres. Le langage est une grille que nous pouvons ouvrir ou fermer sur les gens. Les mots dont nous usons donnent forme à la perception de la même façon que les livres que nous lisons et les histoires que nous nous racontons. Personnel comme abonnés étrangers étaient considérés comme des « étrangers ennemis » et plusieurs ont été internés.

Les abonnés juifs n'étaient pas autorisés à entrer dans la Bibliothèque et beaucoup d'entre eux ont été tués par la suite dans les camps de concentration. Une amie m'a dit qu'à son avis, en lisant des histoires qui se déroulent pendant la Seconde Guerre, les gens aiment s'interroger sur ce qu'ils auraient fait. Je pense qu'une meilleure question est de s'interroger ce que nous pouvons faire maintenant pour nous assurer que les bibliothèques et le savoir restent accessibles à tous et que nous traitions les gens avec dignité et compassion.

REMERCIEMENTS

Un grand merci à Heather Jackson, agente extraordinaire, pour sa gentillesse et aussi pour m'avoir déniché la maison parfaite devenue le domicile d'*Une soif de livres et de liberté* et à sa coagente Linda Kaplan pour avoir attiré l'attention d'agents et d'éditeurs dans le monde entier.

Formidables remerciements à l'équipe d'Atria, depuis mon éditrice, Trish Todd, qui m'a convaincue par ses premières paroles : « Vous m'avez accrochée dès le système décimal Dewey », jusqu'à Libby McGuire, Lindsay Sagnette, Suzanne Donahue, Leah Hays, Mark LaFlaur, Ana Perez, Kristin Fassler, Lisa Sciambra, Wendy Sheanin, Stuart Smith, Isabel DaSilva et Dana Trocker pour leur soutien et leur enthousiasme. Merci du fond du cœur à Lisa Highton et Katherine Burdon, ainsi qu'à l'équipe de Two Roads au Royaume-Uni. Des applaudissements nourris aux relectrices Tricia Callahan et Morag Lyall pour leur attention à tous les détails.

Toute ma gratitude à mon mari, ma sœur, mes parents, aussi bien qu'aux amis et collègues qui ont lu les premiers jets et dont les encouragements m'ont soutenu le moral : Laurel Zuckerman, Diane Vadino, Chris Vanier, Wendy Salter, Mary Sun de Nerciat, Adelaïde Pralon, Anna

Polonyi, Maggie Phillips, Emily Monaco, Jade Maître, Anca Metiu, Alannah Moore, Lizzy Kremer, Kaaren Kitchell, Rachel Kesselman, Marie Houzelle, Odile Hellier, Clydette et Charles de Groot, Jim Grady, Susan Jane Gilman, Andrea Delumea, Maddalena Cavaciuti, Amanda Bestor-Siegal et Melissa Amster.

J'ai grandi en adorant les bibliothèques et les librairies. Nous avons besoin de ces espaces plus que jamais et je remercie les libraires et bibliothécaires, engagés et travailleurs, qui créent ces havres littéraires.

PAPIER À BASE DE
FIBRES CERTIFIÉES

Le Livre de Poche s'engage pour
l'environnement en réduisant
l'empreinte carbone de ses livres.
Celle de cet exemplaire est de :
450 g éq. CO_2
Rendez-vous sur
www.livredepoche-durable.fr

Composition réalisée par PCA

Achevé d'imprimer en France par
CPI BRODARD & TAUPIN (72200 La Flèche)
en mars 2022
N° d'impression : 3047245
Dépôt légal 1re publication : avril 2022
LIBRAIRIE GÉNÉRALE FRANÇAISE
21, rue du Montparnasse – 75298 Paris Cedex 06

30/2109/1